門をいくつも抜け，曲がりくねった小径《こみち》をたどった奥にある石の迷宮――ミルバンク監獄。一八七四年の秋，テムズ河畔にそびえるこの牢獄を慰問のために訪れたわたしは，不思議な女囚と出逢った。十九歳のその娘シライナは，監獄じゅうの静けさをかき集めたよりも深い静寂をまとっていた。なぜこんな人が，こんなところに？　すると，看守から聞かされた。あの女は霊媒なの。戸惑うわたしの前に，やがて，秘めやかに謎が零《こぼ》れ落ちてくる……。魔術的な筆さばきの物語が終局に至って突きつける，青天の霹靂《へきれき》のごとき結末。サマセット・モーム賞など多くの文学賞に輝く本書は，魔物のように妖しい魅力に富む，絶品のミステリ！

登場人物

マーガレット・プライア……慰問の婦人
ジョージ・プライア……その亡父
プライア夫人……マーガレットの母
スティーヴン……マーガレットの弟
ヘレン……その妻
プリシラ……マーガレットの妹
アーサー・バークリー……その婚約者
エリス……
ヴァイガーズ……小間使い
ハクスビー……女囚監獄長官
リドレー……婦人看守長
マニング……
プリティ……
ジェルフ……
クレイヴン……婦人看守

シリトー……監獄の世話人
ブルーア……教誨師の秘書
ジェーン・ジャーヴィス……
ローラ・サイクス……
シライナ・アン・ドーズ……
エレン・パワー……
メアリ・アン・クック……
アグネス・ナッシュ……女囚
マージェリー・ブリンク……貴婦人
ルース……その侍女
シルヴェスター夫人……米国人女性
マデリーン・シルヴェスター……その娘
ヴィンシー師……霊媒宿の主人
ヒザー……英国心霊協会関係者
ピーター・クイック……支配霊

半　身

サラ・ウォーターズ
中村有希訳

創元推理文庫

AFFINITY

by

Sarah Waters

キャロライン・ハリディに

謝　辞

ローラ・ガウイング、ジュディス・マレー、サリー・アビー、サリー・O－J、ジュディス・スキナー、シミアン・シヨウル、キャシー・ワトソン、レイオン・ファインスタイン、デザ・フィリッピ、キャロル・スエイン、ジュディ・イースター、ベルナール・ゴルフィエ、ジョイ・トペロフ、アラン・メルザック、ケリ・ウィリアムズに感謝する。

本書の執筆に際して援助をいただいたロンドン芸術協会新人作家育成基金にも、心からの感謝をこめて。

半身

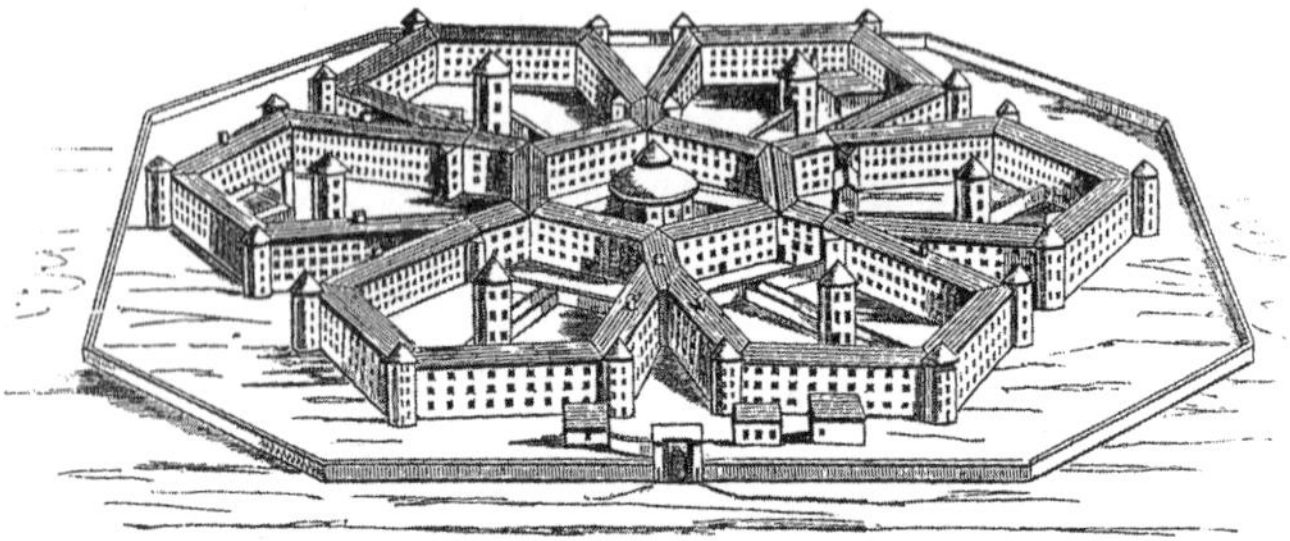

ミルバンク監獄俯瞰図

一八七三年　八月三日

生まれて初めて、わたしはこんなに怯えている。暗がりに置き去りにされ、文字を書く明かりは窓の月だけ。わたしは自室に押しこまれ、外から鍵をおろされている。ルースは鍵をかけろと皆に迫られたが、拒み通した。「このわたしに、無実のご主人を閉じこめろとおっしゃるんですか」結局、医師がルースの鍵を取り上げ、彼女とわたしは引き離された。屋敷じゅうにあふれる声が、わたしの名を囁いている。眼を閉じて耳をすませば、いつもの夜に戻れそうなのに――それなのに、いまもわたしは待っている。ブリンク夫人が交霊会に呼びに来るのを。マデリーンやほかの娘たちは、顔を上気させて思いを馳《は》せているかもしれない。ピーターに――ピーターのりっぱな黒い頰髯と、光り輝く手に。

けれども、ブリンク夫人は自分の冷たいベッドにひとり横たわり、マデリーン・シルヴェスターは階下《した》でひきつけを起こしたように泣き続けている。ピーター・クイックは消えてしまった。たぶん、もう永遠に。

彼は手荒すぎ、マデリーンは繊細すぎた。ピーターが来ている、とわたしが言っても、彼女は震えてかたく眼を閉じるばかりだった。「ピーターよ。怖くないでしょう？　ほら、そこにいるわ。見て、眼を開けて」マデリーンは従わず、ただただ、こう繰り返した。「いや、怖い！　ドーズさん、いやです、お願い、彼を近づけないで！」

初めてピーターと一対一で会うと、たいていの貴婦人が言うことだ。マデリーンのこの言葉も、ピーターは大声で笑いとばした。「なんだ。せっかく来てやったのに追い返すのか。ここまでの道のりがどんなに辛《つら》いか、おまえのためにどんなに苦労したかわかっているのか」すると、マデリーンは泣きだした——もちろん、泣きだす貴婦人も多い。わたしはたしなめた。「ピーター、優しくして。マデリーンは怖がってるだけよ。優しくすれば、そばに行かせてもらえるわ」ところが、ピーターが近づいてそっと触れると、全身を硬張らせ、蒼白になり、あらんかぎりの声で叫びだした。「おいおい。台無しにする気か。よくなりたいんだろう？」彼女はまた悲鳴をあげ、突然、床に倒れて、脚をばたばたさせだした。貴婦人のこんな姿を見たのは初めてだ。「どうするの、ピーター！」わたしたちは顔を見あわせた。「この馬鹿が」そう言うと、ピーターはマデリーンの両脚をおさえ、わたしは両手で彼女の口をふさいだ。黙らせて落ち着かせようとしただけなのに、手をどけてみると血がついていた。舌を咬んだのか、鼻血を出したのか。最初は血だとわからなかった。それは黒く、とても温かく、封蠟のように粘った。

血まみれの口で彼女は金切り声をあげ、ついにブリンク夫人がやってきた。ホールの足音に続き、怯えたような声が聞こえた。「ドーズさん、どうしたの、どこか痛いの、大丈夫？」マデリーンがびくんと震え、声をかぎりに叫びだした。「ブリンクさん、ブリンクさん、助けて、殺される！」

とっさにピーターが身をのり出し、頬を張りとばすと、マデリーンはそれっきり動かなくなった。わたしは、本当に殺してしまったのかと、ぞっとした。「ピーター、なんてことを！　戻って！　速く！」彼が内房《キャビネット》に行きかけたその時、ドアのノブががたがたと音をたて、ブリンク夫人が現われた。夫人は自分の鍵を持ってきて、それで開けたのだ。手にはランプをさげていた。わたしは叫んだ。「ドアを閉めて、ピーターが来てますから、光に当たるとピーターが！」しかし夫人は、「どうしたの、何があったの」とだけ言った。そして見た。居間の床に赤い髪を光輪のように広げて倒れているマデリーンを。破れたペティコート姿のわたしを。わたしの両の手を濡らしている……いまはもう黒くなく、真っ赤な色をした血を。それから、夫人はピーターを見た。ピーターは両手で顔をおおって叫んだ。「明かりを消せ！」だがガウンの前は開《ひら》いて白い両脚が剝出しになっており、夫人はランプを消そうとせず、やがてわなわなと震えだした。「まあ！」わたしを見て、マデリーンを見て、不意に心臓に手をあてた。「まさか、まさか」そう言うと、甲高い声で叫びだした。「ああ、ママ！　ママ！」夫人はランプを脇に置き、壁のほうに顔をそむけた。わたしが近寄ると、邪険に胸を突きのけられた。振り返ると、すでにピーターの姿はなかった。揺れる黒いカーテンに、銀に輝く手形だけが残っていた。

結局、亡くなったのはブリンク夫人で、マデリーンではなかった。マデリーンは失神していただけで、小間使いが服を着せて、別室に連れていったあと、歩き回ったり泣いたりしているのが聞こえた。けれども、夫人はどんどん弱っていき、ついに立っていられなくなった。その時、ルースが走ってきた。「どうなすったんです」ルースは居間のソファに寝かせると、夫人の手をこすって言葉を継いだ。「すぐによくおなりですわ、奥様、しっかりなさいまし。おそばにおりますよ、ほら。奥様をお慕いしているドーズ様も、もちろんわたしもここに」夫人は何か言いたそうで、声が出せないようだった。それを見たルースは医師を呼ぶと言った。診察の間じゅう、ルースは泣きながら夫人の手を握り、ここにおりますと言い続けた。まもなく夫人は亡くなった。お母様のことをまた呼んだきり、何も言わずに息を引き取ったとルースは語った。やんごとないご婦人もいまわのきわには子供にかえることが多いものです、と医師は言った。夫人の心臓はかなり肥大し、相当弱っていたはずだから、まだ生きていたのは奇跡に近いということだった。

医師はブリンク夫人が何に驚いたのか、特に訊こうともせず、そのまま帰ろうとしたが、シルヴェスター夫人がやってきて、マデリーンを診るように言った。マデリーンは顔に痣《あざ》を作っていた。それを見た医師は声をひそめ、思ったより奇妙な事件かもしれない、と言った。シルヴェスター夫人は声を張り上げた。「奇妙な事件ですって。これはれっきとした犯罪ですよ！」彼女は警官を召《よ》んだ――そのせいで、わたしはいま部屋に閉じこめられている――警官はマデリーンに、誰にぶたれたのかと訊ねた。マデリーンが、ピーター・クイックです、と答えると、皆は口々に言った。「ピーター・クイック？　ピーター・クイックですと？　なんですか、それは」
この大きな屋敷のどこにも火ははいっていない。八月だというのに、わたしは凍えそうだった。もう二度とわたしが温まることはない！　二度と心安らかになれはしない。二度と自分には戻れない。ここはわたしの部屋だけれど、わたしのものはひとつもない。屋敷の庭から漂う花の香りも、ブリンク夫人のお母上のテーブルに並ぶ香水も、家具の磨き粉も、絨毯の色も、ピーターのためにわたしが巻いた紙巻き煙草《シガレット》も、宝石箱の宝石の光も、鏡の中の白ちゃけた自分の顔も、どれも馴染みがないように見える。眼を閉じて、開けたら、ベスナルグリーンのスラムに戻れはしないだろうか、と思う。わたしの伯母が木の椅子に腰かけているだけのあの部屋に。窓の外に殺風景な煉瓦の塀が立ちふさがるヴィンシー師の宿でもいい。いま、わたしのいるこの場所より、百倍もそこにいたい。

もう夜は深く、水晶宮《クリスタルパレス》（鉄骨と硝子でできた大温室のようなアミューズメントパーク。万国博覧会用に一八五一年にハイドパークに建設、一八五四年にシデナムに移築される。一九三九年に焼失）の燈《ひ》は消えている。黒い大きな輪郭だけが夜空に浮かんでいる。

いまも聞こえるのは、警官の声、シルヴェスター夫人の怒鳴り声、マデリーンの泣き声。屋敷で唯一静かな場所は、ブリンク夫人の寝室だ。夫人はそこに横たわっている。闇の中でひとり、身じろぎひとつせず、髪をすべておろし、毛布を胸までかけて。屋敷に響く叫び声を、泣き声を、夫人は聞いているだろうか。口を開けて喋りたいと、いまも思っているだろうか。もし喋ることができたなら、夫人が口にするだろう言葉がわたしにはわかっていた。よくわかっていた。この耳に聞こえているのだから。

その囁きが――わたしにだけ聞こえるその声が――いま屋敷に響く中で、いちばん恐ろしい声だ。

第一部

一八七四年　九月二十四日

どんな小さな歴史のかけらさえ物語になる、というのが父の口癖だった。問題はどこから始めてどこで終わらせるか。難しいのはそれだけだ、と。たぶん父が扱ってきた歴史は、そんなふうに区切りやすいものばかりだったのだろう――選《よ》り分け、分類された偉人の生涯、偉大な業績は、どれもこれも整然として、輝いて、完璧で、まるでゲラ箱に並べられた金属の活字のようだ。

いまここに父がいてくれたら、と思う。今日、書き出したこの物語を、父ならどんなふうに始めるのか訊けるのに。どうすればこの監獄の物語を整然と語れるのか教えてもらえるのに。有象無象《うぞうむぞう》の人生がひしめく場所、門をいくつも抜け、曲がりくねった小径《こみち》をたどった奥にある不思議な形の建物――ミルバンク監獄。父なら監獄が建設された時から書き出すだろうか。でも、それはできない。今朝、完成した日を教えてもらったけれど、忘れてしまった。それにミルバンクはとても堅牢で古めかしくて、テムズ河畔の陰気なあの場所に居坐り、黒い地面に影を落としていない時代があったとは信じられない。ひょっとすると父なら、三週間前にシリトー様が訪ねてきた場面から始めるだろうか。でなければ、今朝七時にエリスが灰色の外出着と外套をわたしの部屋に運んできたところ――いいえ、まさかそんな書き出しをするはずがない。淑女がペティコートに乱れ髪で、小間使いを部屋に入れるところなんて。

父はきっと、獄内を探訪する人々が必ず通過する関門、ミルバンクの外門から始める。では、それにならうとしよう。わたしはまず監獄の門番に迎えられ、その門番が訪問者の姓名を大きな帳簿に記録する。看守に導かれ、狭いアーチを抜けて、いよいよ監獄の敷地内に――

その前に、立ち止まってスカートを引っ張らなければならない。飾り気はなくても、膨らんだ裾は鉄や煉瓦のぎざぎざに引っかかる。父ならスカートのあれやこれやなど気にかけはしなかっただろう。だが、わたしはあえて書いておきたい。地面を掃いているスカートのへりから何げなく視線をあげて、いきなり眼に映ったのが、生まれて初めて見るミルバンクの五角の獄だった。その近さ、唐突さにぞっとした。見つめるうちに鼓動が速くなるのがわかる。わたしは怖かった。

一週間前、シリトー様にミルバンクの平面図をもらったわたしは、それを机の横の壁に押しピンで留めた。線で描かれた監獄は不思議な魅力をたたえ、五角形の中庭を囲んだ回廊状の獄舎を六つ、ぐるりと連ねたその有様は、幾何学的な花冠に――でなければ、子供の頃にチェッカーボードの升目《ますめ》を塗って遊んだ落書きに似ている。近くで見れば、ミルバンクはもちろん魅力的ではない。ただただ巨大で、黄色い煉瓦と鎧戸のおりた窓の壁や塔は、輪郭も角度も間違っているか、よじれているように見える。まるで悪夢か狂気にからめとられた人間が設計したかのようだ――でなければ、受刑者をわざと狂気に追いこむために造られたのだろうか。ここで仕事をしていたら、わたしならきっと狂ってしまう。そんなことを考えていたので、びくびくしながら案内の看守に従った。一度、立ち止まって振り返り、ついで頭上に小さく切り取られた空を見上げる。ミルバンクの内門は五角形のふたつが連結する地点それぞれにあり、そこにたどりつくまで細い砂利道を進むと、ボスポラス海峡に浮かぶふたつの大岩（海に浮かぶふたつの岩の間を船が通過しようとすると、たちまちはさんで砕いてしまう「ぶつかり岩」。ギリシャ神話、アルゴー船の遠征より）のように、両脇の壁がどんどん迫ってくるのを肌で感じる。黄色い煉瓦の上に落ちる影はかさぶたの色。壁の下の地面は湿って、煙草のように黒い。

この土が空気をすえた匂いにしている。構内に案内され、背後でいきなり門が閉められると、その匂いはいっそう強くなる。何もない小部屋の椅子にぽつりと坐らされ、開いたドアの前を横切る看守たちが顔をしかめ、小声で話すのを見ていると、鼓動はさらに速く、激しくなる。やっとシリトー様が姿を現わすと、わたしは思わずその手を取った。「ああ、よかった！　新入りの囚人と間違われて牢屋に連れていかれて、置き去りにされるのではないかと思いかけていたところですわ！」シリトー様は笑って答えた。そんな間違いは絶対に起きない、このミルバンクでは。

それから、わたしたちは獄舎の中に歩み入った。シリトー様は、わたしをまっすぐ女囚監獄に案内して、詰め所にいるハクスビー女囚監獄長官に会わせるのがいちばんと考えたのだった。歩きながら、シリトー様の説明する道筋を、記憶の中の平面図と照らしあわせようとしたけれども、監獄の造りはとても変わっていて、わたしはすぐにわからなくなった。男を収容する獄舎にはいらなかったことは確かだった。敷地の中央に建つ六角形の建物からそれぞれの獄舎にいたる門の前はただ通り過ぎた。この中央の建物には、倉庫や、医師の家や、シリトー様の事務室や、シリトー様の部下の部屋や、診療所や、礼拝堂がおさまっている。「どうだね」窓の外に顎をしゃくり、煙突の吐く黄色い煙は洗濯室のボイラーからあがっていると教えてくれたあとに、こう言った。「ここはひとつの小さな都市だ！　自給自足でやっていける。いつも思うが、籠城しても相当、持ちこたえられるだろうな」

　誇らしげに言った自分がおかしかったのか、シリトー様は笑みをもらし、わたしも思わず微笑んだ。とはいえ、内門で陽射しと大気を遮断されて怖くなったのに対し、獄舎の奥に進んで、あの内門が、薄暗い曲がりくねった通路の果てに遠のき、ひとりでは二度と戻れそうにないところまでやってくると——今度は心細くなった。先週、父の書斎の書類を整理していて、ピラネージ（イタリアの銅版画家）による監獄の銅版画集を見つけたわたしは、今日直面するかもしれない暗い恐ろしい光景を想像しながら、すみずみまで眺めて、不安な時間を過ごした。もちろん、想像したようなことは何も起こらなかった。塵ひとつ落ちていない白塗りの通路をひたすらたどり、建物の連結地点で黒っぽい監獄の制服を着た看守に挨拶されるだけだ。けれども、その通路と看守があまりに整然として違いがないところが厄介だった。同じ道を十ぺんもぐるぐる引き回されたとしても、わたしにはそれがわからない。くわえて不気味なのは、ひどくよく響くここの音だ。看守の立つ場所には門があり、それは鍵をはずされ、蝶番をきしませて開き、重々しい音をたてて閉まり、いちいちかんぬきをかけられなくてはならない。人気《ひとけ》のないほかの通路からも、別の門や、錠や、かんぬきの音が、遠くに近くに絶え間なく聞こえる。永遠にやむことのない嵐の中に囚《とら》われたかのようで、わたしの耳はいつまでも鳴り続けた。

歩いて歩いて、ようやく鋲《びょう》を打たれた古めかしい扉の前にたどりついた。格子窓のあるその扉が女囚監獄への入り口だ。ここで婦人看守に迎えられた。膝を折ってシリトー様に挨拶したその人が、監獄で初めて出会った女性だった。わたしはしげしげと観察した。まだ若く、蒼白い肌の無愛想な彼女は、灰色の毛織の服に黒のマントを羽織り、青で縁取りされた灰色の麦藁ボンネットをかぶって、踵《かかと》の低い頑丈そうな黒の深靴を履いている。これが婦人看守の制服であることは、このあとすぐに知れた。わたしにずっと見られていることに気づくと、彼女はあらためてお辞儀をした。シリトー様が言った。「リドレー看守長だ」そして彼女には――「こちらが新しい慰問のご婦人、プライア嬢だ」

リドレー看守長が先に立って歩きだした。ちりん、ちりんと規則正しく金属音が響く。男の看守と同じく、婦人看守も幅広の革ベルトを締め、真鍮の留め金具《バックル》からぴかぴかの鍵束をぶらさげていることにわたしは気づいた。

ますます特徴のなくなってきた通路を抜けると、塔の内部をぐるぐるとのぼっていく螺旋階段の下に出る。塔の最上階には、たくさんの窓をめぐらし、さんさんと光のはいる白壁の円《まる》い部屋があり、そこにハクスビー長官の執務室があった。「こういう構造になっている理屈はすぐにわかる」階段をのぼるシリトー様は顔を真っ赤にして、息を切らしながら言った。そしてたしかに、すぐに理由はわかった。塔は五角形の中庭の中央にそびえ、女囚監獄のすべての壁と格子窓を一望することができる。部屋はまったく飾り気がなかった。床には敷物もない。二本の柱の間に縄が張られていて、女囚は連れてこられるとその前に立たされる。縄の向こうに机があった。そこに坐って、大きな黒い台帳に書き物をしているのがハクスビー長官その人だった――「我らのアルゴス（百の眼を持つ巨人。厳重な見張り人の意）だよ」シリトー様は微笑みながら言った。わたしたちを見ると、長官は立ち上がって眼鏡をはずし、リドレー看守長と同じく膝を折って挨拶した。

ハクスビー長官はとても小柄な婦人で、髪は雪のように白かった。眼光はまるで矢のようだった。机のうしろ、石灰塗料を塗った煉瓦壁には琺瑯《ほうろう》の銘板がしっかりとねじ留めされている。黒ずんだ文字曰く、

御身《おんみ》は我らが罪を知る。我らは御身を信頼し、秘する罪過《ざいか》を懺悔する。

この部屋にはいって、すぐに弧を描く窓辺に歩み寄り、外を見晴らしたいという気持ちをおさえることは難しく、そんなわたしの様子をシリトー様は見て取った。「どうぞ、もっと窓のお近くに」そこでわたしは、眼下の楔形の中庭を観察し、次に、眼の前の醜い獄舎の壁を見つめ、そこに連なる格子窓の列に眼を凝らした。シリトー様は、どうだね、あまり素晴らしいとは言えない、ひどい光景だろう、と言った。眼の前はすべて女囚監獄。そのひとつひとつの窓

の向こうに独房があり、そこには女囚がいる。シリトー様はハクスビー長官に向き直った。

「いまは何名の女囚が？」

長官は、二百七十名です、と答えた。

「二百七十！」シリトー様は首を振った。「プライアさん、哀れな女どもがこのミルバンクにたどりつくまでに通ってきた、暗く曲がりくねった迷路を想像したまえ。泥棒だったかもしれない、娼婦だったかもしれない、悪徳に溺れたかもしれない。恥を知らず、義務を知らず、あらゆる美徳を知らず――そういう点は誰が見ても確かなんだな。世間は、下劣な女ども、と判断し、連中を委ねたわけだ、ハクスビーさんとこの私に、よく面倒を見るようにと……」

しかし、どうしろと言うのか、とシリトー様はこぼした。「こちらは、女どもに規則正しい生活を与えている。祈りや、謙遜の心を教えている。しかし、どうしても一日のほとんどの時間、女どもはひとりで、房の壁に囲まれて過ごすことになる。そしてそこに――」シリトー様は前に並ぶ窓の列に顎をしゃくった。「――三年、いや、六、七年もいる。監禁され、嘆いて。女どもを黙らせ、手を忙しくさせておくことはできても、頭の中までは――そのおぞましい記憶や、卑しい考えや、よこしまな野心などから守ることはできない。どうだね、ハクスビーさん？」

「そのとおりです」

わたしは、それなのに慰問が女たちによい影響を与えるとお思いですの、と訊ねた。

シリトー様は、思うどころかよくわかっていると答えた。あれらの哀れで無防備な心は、子供か未開人と同じで――感じやすい。矯正するには、とにかく、もっとよい鋳型が必要なのだと。「看守がその役目をになえるかもしれないが、勤務時間は長く、仕事もかなりきつい。女囚どもが怨みつらみをぶつけてくることもあれば、粗暴な挙に出ることもある。だが、貴婦人が来て、この役目を請け負ってくれたなら――高貴なご婦人が、居心地のよい日常を離れて、女どもの哀れな過去に関心を持ち、連中に会うためだけにわざわざ足を運んでくださったと教えてやることができたならどうだろう。貴婦人の立ち居振る舞いと、おのれのあさましい有様との惨《みじ》めな落差をわからせてやれば、おとなしく、穏やかに、従順になるのではないか――そのような例をいくつとなく見てきたんだ！　ハクスビーさんにしても見ている！　要するに、影響や、同情や、感情の調教といった問題で……」

　シリトー様はとうとうと喋り続けた。もちろんそのほとんどは、我が家の客間ですでに語られたことばかりだ。その間、母は眉を寄せていた。炉棚の置時計の音がこち、こち、とゆっくり、やけに大きく響いていた。〝あなたはおいたわしいほどお暇だったろう〟――あの時、シリトー様はそう言った――〝お父上が亡くなってからずっと〟。シリトー様は父が生前借りていた本をひと揃い、拾いに立ち寄ったのだった。暇だったのではなくふせっていたのだと、シリトー様は知らない。その折はそれでありがたかった。けれども、眼の前には寒々とした獄舎の壁が連なり、机の向こうからハクスビー長官に見つめられ、戸口に腕組みをしたリドレー看守長が立ちはだかり、その腰に鍵束が揺れているのを見ると――いままでにない恐怖を感じた。一瞬、皆がわたしの弱さを見抜いて、家に帰らせてくれたらいいのにと思った――劇場で、もしも気分が悪くなって、ホールが静まり返る中、助けを求めて大声をあげるはめになったらと、わたしが不安でたまらなくなった時には帰らせてくれた母のように。

見抜いてはもらえなかった。シリトー様はミルバンクの歴史や、その日常業務や、職員や、慰問者について語り続けた。わたしは立ったまま、彼の言葉に頷いた。時々、ハクスビー長官も頷いた。しばらくすると、監獄内のどこかから鐘の音が聞こえてきて、それを耳にしたシリトー様と長官と看守長は揃って身じろぎし、シリトー様は、思いがけず長広舌《ちょうこうぜつ》になってしまったと言った。その鐘は囚人が中庭に出る合図だった。シリトー様はわたしを長官たちに預けていかなければならないと詫び——次にお会いする時には、女囚たちをどう思ったか教えてほしいと言った。シリトー様はわたしの手を取ったが、共に机のほうに歩きだそうとすると、止められた。「いや、もう少し見ているといい。ハクスビーさん、お嬢様に外を見せてあげてくれ。では、プライアさん、とくとごらんあれ、見物《みもの》だよ！」

看守長が扉をささえる脇を抜けて、シリトー様は塔の螺旋階段の薄闇に消えた。ハクスビー長官がいつのまにかそばにいた。わたしたちは窓硝子に視線を向け、リドレー看守長も外を見ようと別の窓に近づいた。眼下の中庭は三つに分かれ、隣り合う庭はそれぞれ、中央の塔から車輪の輻《や》のようにのびる高い煉瓦の塀で仕切られていた。頭上には都会の汚れた空が広がり、日光の条《すじ》がところどころ漏れている。

「九月にしてはよい天気ですね」ハクスビー長官は言った。

しばらくは、静かだった。中庭はまわりの土地と同じで、絶望的なほど荒涼とし、泥と砂利ばかりだ――風にそよぐ草一本、小鳥を招《よ》ぶ虫一匹さえ見えない。けれども、一分ほどして、中庭のひとつの隅で動きがあり、ほかのふたつの庭にも同じ動きが生じた。扉が開かれ、女囚たちが現われたのだ。これほど奇妙で印象的な光景は、見たことがなかった。高い窓から見下ろしているので、女たちは小さく見え――仕掛け時計の人形か、糸に通したビーズのようだ。ばらばらと庭に出た女たちは三つの大きな楕円を作り、一瞬のうちに誰が先頭で誰が最後かわからなくなった。円はどれも継ぎ目がなく、女たちは皆、同じ服装で、茶色の簡素な服に、白の帽子をかぶり、首に水色のスカーフを結んでいた。個性が見えるとすれば、姿勢だけだった。同じのろのろとした歩調で行進していても、うなだれる者、足をひきずる者、突然の寒気に身体を硬くし、我が身を抱き締める者、空を見上げるわずかな者――そしてひとりだけ、わたしたちのいる窓に眼を向け、ぼんやりとこちらを見ている者。

この監獄のすべての女囚、三百人近い女たちが、九十人くらいずつに分かれて、三つの輪を作っていた。それぞれの庭の隅には黒いマントに身を包んだ婦人看守がふたりひと組で立ち、運動の時間が終わるまで監視をしている。

ハクスビー長官は、とぼとぼと歩く女たちを見ながら満足げだった。「自分たちの位置をよく心得ておりますでしょう。前後に適当な距離をおかなければならないのです」その距離を侵《おか》すと、違反者は報告され、さまざまな権利を奪われる。老女や、病人や、か弱い者や、幼い娘がいる場合は――「以前は少女もいたのですよ――ねえ、リドレーさん――十二、三の」――その者たちだけで別の輪を作らせるのだという。

ていると。

「本当に静かに歩きますのね！」わたしは声をあげた。するとハクスビー長官は、女たちは規則で、監獄内のどこにいても静粛を守らなければならないのだと答えた。話すことも、口笛も、歌も、鼻歌も、〝故意にたてるどんな音も〟看守か慰問者が特に求めないかぎりは、禁じられていると。

「どのくらいの時間、ああやって歩きますの？」——一時間です。「雨が降ったら？」——雨が降れば、運動は中止です。そうなると看守が辛《つら》いことになります。長い間、閉じこめられていると、女囚たちが〝いらいらして気が荒く〟なるので。そう言いつつ、ハクスビー長官は女たちの輪をますます鋭い眼で見つめた。輪のひとつの速さがゆるやかになり、ほかのふたつと歩調がずれ始めている。「そこの」——と、長官はある女囚の名をあげた——「が、歩調を乱していますね。リドレーさん、見回りの時に注意をしておいてください」

ひとりひとりを見分けられることに感銘を受けて、わたしがそう言うと、ハクスビー長官は微笑し、毎日、女たちが歩くのをここから見ているのだと答えた。「わたしはミルバンク監獄で長官として七年間勤めてまいりました、その前はここの看守長で」——さらにその前はブリクストン監獄の看守だったそうだ。すべて足すと監獄で二十一年間過ごしたことになる。囚人が過ごす期間より長いくらいだが、それでも、いま、下を歩いている女たちの中には、もっと長く監獄暮らしを強いられそうな者たちもいるという。入獄には立ち会ったけれども、出獄まで見届けられるかどうか……

そういう者たちのほうが扱いやすいのではありませんか、ここの習慣や生活をよく知っているのでしょう、と訊くと、長官は頷いた。「ええ、そうですね」そして、「そうじゃありませんか、リドレーさん。長期刑の受刑者のほうが扱いやすいですね」

「たしかに」看守長は答えた。「ひとつの罪で長期刑に服している女のほうがありがたいですね――つまり」と、これはわたしに、「毒を盛ったり、硫酸をかけたり、我が子を殺したりしながら、判事の温情で絞首索から逃れた女たちですよ。そんな女ばかりなら、ここに押しこめておいて、看守はみんな家に帰してやれるんですけど。いちばんてこずらされるのは微罪の常習犯ですね、こそ泥や、娼婦や、贋金作りや――まったく、悪魔のような連中で！　悪さをするために生まれてきたような女ばかりです、もうそれだけが生きがいのような。連中がここの習慣を知って考えることときたら、わたしたちの眼をどうごまかすか、どうすればわたしたちをいちばん困らせられるか、そんなことばかりですよ。あの悪魔どもは！」

リドレー看守長はこれだけ言う間、静かな態度を崩さなかったが、その声音に、わたしは瞠目した。もしかすると鍵束からの――いまもそれはベルトから鎖で吊されて、時々、揺れては鋭い音をたてている――連想かもしれないけれども、その声には鋼《はがね》が含まれているようだった。弓につがえた矢と同じで、時にきつく、時に弱く引きしぼることはできても、そのものをやわらかくすることはできないのだろう。わたしはしばらく彼女を見つめ、そしてハクスビー長官に向き直った。長官はリドレー看守長の言葉には頷くにとどめ、いくぶん微笑を浮かべて、こう言った。「わかるでしょう、うちの看守が女囚にどれだけ頭を痛めているか！」

長官は鋭い眼でわたしをじっと見つめた。「わたしたちを血も涙もないとお考えですか？」

しばらく沈黙したあと、そう訊いてきた。それから言葉を継いだ。もちろん、いずれはここの女囚に対する見解をわたしも持つことになるだろう、と。シリトー様がわたしに慰問を依頼したことに、とても感謝している。来てくれるのは、都合のつく時でかまわない。ただし、これだけは守ってほしい。慰問に来るどの貴婦人や殿方にも申し上げている注意なのだが、「用心してください」――ハクスビー長官は一語一語をやけに強調して言った――「ミルバンクの囚人と接する時は！」たとえば、持ち物だ。女たちの多くは掏摸《すり》だった。その眼の前に懐中時計やハンカチーフをちらつかせたりすれば、悪癖に誘いをかけることになる。だから、そのような品を女たちの眼に触れさせてはいけない。ちょうど〝家で指輪や装身具を眼につかない場所にしまって、使用人の出来心を誘わないのと同じ〟だ。

さらに、話の内容にも気をつけるように注意された。塀の外のことについては何も喋ってはいけない。いろいろな出来事はおろか、新聞の見出しさえも――それは特に慎まなければならない。「ここでは新聞が禁じられているのです」ひょっとすると、慰問者を親友とも相談相手とも思う女囚が現われるかもしれないが、そんな場合には〝看守にならって――罪を恥じ、将来は真人間になるように、言い聞かせ〟ること。ただし、服役期間内にはどんな約束もしてはいけない。外にいる家族や友人に、物品や情報をことづけられても、決して承諾してはならない。

「母親が危篤だから、髪をひと房だけ、死に際の母のもとに形見として届けてほしいなどと言われても、断らなければなりません。受け取れば、その女はあなたの弱みをひとつ握ることになります。それを利用して、ありとあらゆる方法で、あなたをなぶるでしょう」

ハクスビー長官がミルバンク監獄に着任以来、そのような不名誉な事件がふたつばかりあったらしい。どちらの場合も、誰にとってもひどく悲劇的な結末に終わったのだとか……

注意事項というのはそれだけらしかった。わたしは心遣いに礼を述べた――とはいえ、すぐ隣に黙って立つ、なめらかな頬の看守長が気になって、あまり身を入れてはいなかった。ちょうど、エリスが皿をかたづけながら母におこごとを言われているようなものだ。わたしは楕円を描いて行進する女たちに無言で眼を戻し、物思いに沈んだ。

「あれを見るのがお気に召したようですね」ハクスビー長官が言った。

この窓から女たちの歩く様子を見て、喜ばない人はひとりもいない、と長官はつけ加えた。きっと、水槽の魚を見ているようで心がなごむのだろう、と。

そう言われて、わたしは窓辺を離れた。

それから、監獄内の日常についてもうしばらく話したように思うけれど、まもなくハクスビー長官は懐中時計に眼をやって、リドレー看守長に、わたしを初めての慰問に案内するように命じた。「わたしが直接ご案内できなくて申し訳ありませんが、これが」――と、机の上の大きな黒い台帳を顎で示し――「わたしの午前中の仕事なのです。囚人の台帳に看守から集まった報告をすべて記録しなければなりません」眼鏡をかけると、長官の眼はいっそう鋭さを増した。「では、今週の女たちの振る舞いを確かめることにいたしましょう、どのくらいまともで――どのくらい性悪だったのか！」

リドレー看守長はわたしを案内して、薄暗い塔の階段をおりていった。下の階で、もうひとつの扉の前を通り過ぎた。「ここはなんの部屋ですの?」わたしが訊くと、ハクスビー長官の私室で、食事をとったり寝たりする場所だという答えが返ってきた——どの窓からも獄舎がそびえて見える静かな塔でひとり眠るのはどんな気持ちだろう、とわたしは思った。

いま、机の横に貼った平面図を眺めると、その塔の位置がはっきりとわかる。いまなら、案内された道筋がなんとなくわかる。リドレー看守長はきびきびと歩いて、あの見分けのつかない通路を迷いのない足取りで突き進んだ——常に北を示す方位磁針のように。監獄の通路をすべてつなげるとゆうに三マイルの長さになる、と看守長は教えてくれた。道に迷うことはありませんか、と訊くと、ふんと鼻を鳴らされた。ミルバンクに看守になるためにはいった女は、夜、床《とこ》についても同じ真っ白な通路をどこまでも歩く夢を見るのだそうだ。「一週間はそんな状態ですけど、それを過ぎれば地図は頭にはいります。一年もたつと、たまには迷ってみたいものだと思いますね」彼女自身はハクスビー長官よりも長くこのミルバンクにいる。目隠しをされても自由に歩き回れるくらいだという。

ここでリドレー看守長は笑みを浮かべたが、わたしの眼には、それがとても苦々しいものに映った。彼女の頰はほの白くつるりとして、ラードか蠟のようだった。色の薄い眼には、睫毛《まつげ》の短い、ぽってりした目蓋《まぶた》がかかっている。両手がとても清潔ですべすべなのが印象的だった——軽石で手入れをしているのかもしれない。爪はこぎれいに、深爪気味に切っている。

それから監房区に着くまで、彼女はひとことも喋らなかった——そう、鉄格子の仕切り門を抜けて、独房の並ぶひやりとした静かな長い長い、修道院の回廊のような通路にはいるまで。この通路は幅が二メートルほどだろうか。床には砂が敷かれ、壁や天井は石灰塗料が塗られている。左側の上のほうに——わたしには高すぎて覗けないほど上に——厚い硝子と鉄格子のはまった窓が列をなしていた。反対側の壁には戸が並んでいる。ひとつ、またひとつ、またひとつと、まるで悪夢の中で、まったく同じ扉のどれかひとつを選べと言われているかのようだった。戸口からはかすかな光が漏れていたが、なにか匂いも漂ってきていた。あの匂い——監房区に足を踏み入れる前から気づいていたあの匂いは、いまこうしてこれを書いている間も匂う気がする！——何とは言えないが、とにかくひどい匂い。〈汚物用の桶〉とやらのむっとする臭気や、あまりきちんと洗われていない、たくさんの口や手足の匂いだろうか。

ここが第一の監房区、A監房区だとリドレー看守長が教えてくれた。監房区は全部で六つ——ひとつの階にふたつずつある。A監房区には新入りが、つまり第三級の女囚がはいる。

看守長はひとつめの無人の房にわたしを招き入れつつ、戸口にふたつの扉がついているのを示した。ひとつはかんぬきがかかる木の扉で、もうひとつは鍵のついた鉄格子扉だった。昼間は木の扉は開けておき、鉄格子だけを閉めておく。「こうしておけば巡回中に女たちの様子を見ることができますし、房内の換気にもなります」そう言いながら、両方の扉を閉めると、房内はたちまち暗く、そして狭くなったような気がした。看守長は腰に両手をあてて見回し、とてもよい部屋だと言った。広くて、おまけに「堅牢に造られています」——なにしろ隣り合った房とは煉瓦の壁二枚で仕切られているのだという。「これなら隣同士で話をしたりできませんからね……」

わたしはリドレー看守長に背を向けて立った。房は薄暗くても眼に痛いほど白く、あまりにむきつけで、いまこうして眼を閉じても、目蓋の裏にそのすべてをはっきりと思い描くことができる。鉄線入りの黄色い硝子のはまった小窓が、高いところにひとつだけあった――ハクスビー長官の塔からシリトー様と一緒に見た窓のひとつに違いない。扉の横には琺瑯の板が埋めこまれ、〈囚人の注意事項〉がひとくさりと、〈囚人のための祈禱文〉なるものが書かれていた。裸の一枚板を棚がわりに、錫《すず》のカップと、木皿と、塩を入れた箱と、聖書と、『囚人の友』という信仰の本が置かれていた。房内には椅子と、テーブルと、たたんだハンモックがあり、ハンモックのそばには、粗《あら》い布地の袋と緋色の糸をたくさん入れた箱、それに欠けた琺瑯の蓋つきの〈汚物用の桶〉があった。窓の狭い下枠には獄内で支給される櫛が置かれ、その古ぼけて、すり減り、欠けた櫛の歯には縮れた髪やふけがついていた。

その櫛だけが、それぞれの房を見分ける目印なのだと、あとで知った。女たちは私物をいっさい持ちこむことができず、支給されたもの――カップや皿や聖書――は、いつも整頓して、規則どおりに一列に並べて置いておかなければならない。リドレー看守長のあとについて一階を歩き回り、寒々とした無人の房をひとつひとつ眺めるのはとても気の滅入ることだった。監獄全体の構造のせいで、眩暈《めまい》も感じていた。なにしろ、通路は五角形の建物の外壁に沿った回廊なので、いびつに歪んで見える。白く単調な通路の端にたどりつくと、また別のそっくりな通路が、不自然な角度の曲がり角を作ってのびている。ふたつの通路がぶつかるところにはそれぞれ螺旋階段があるけれども、特に監房区ではそこに小塔が設けられ、各階の看守が小さな私室を持っている。

わたしたちが歩いている間、房の窓からは中庭を行進する女囚たちのざっざっという規則正しい音が聞こえていた。一階のふたつめの監房区のいちばん奥にたどりついた時、また監獄の鐘がひとつ鳴ると、行進がゆるやかになり、歩調はばらばらになった。しばらくすると、扉の開く音、鉄格子のがちゃつく音、そしてまた深靴の音が——今度は砂を踏みしめる音が反響し始めた。わたしは思わずリドレー看守長を見た。「女囚たちです」彼女は淡々と言った。わたしたちはそこに立ったまま、音がどんどん、どんどん、どんどん大きくなるのを聞いていた。とうとう信じられないような騒音になった——信じられないというのは、わたしたちは五角形の角を三つ曲がっていたので、女囚たちが近くにいるのだとしても、姿を見ることはできなかったからだ。「幽霊かもしれませんわ！」わたしは思わず言った——シティの家の地下室では時々、ローマ軍の兵の行進する足音が聞かれるという噂を思い出した。ミルバンクの地では、この足音がいつまでも響くのかもしれない。何世紀もたって、この監獄がなくなったあとも。けれども、リドレー看守長はこちらに向き直っていて、「幽霊ですって！」と鼻を鳴らすと、おかしなものを見るような眼でわたしを見た。そして、その言葉が合図だったかのように、女たちが通路の曲がり角から姿を現わした。突然、彼女たちはひどく現実的な存在になった——幽霊でも、人形でも、糸につながれたビーズでもなく、うつむいて歩く荒れた肌の女や娘たちに。こちらに気づくと、皆てんでに顔をあげた。リドレー看守長の姿を認めると、神妙な顔になった。わたしのことは悪びれずに観察しているようだった。

　ともあれ、女たちはおとなしく自分の房に戻って腰をおろした。うしろからついてきた婦人看守が、ひとつひとつ鉄格子を閉めていく。

　名前は、たしかマニングだったと思う。「こちらは初めて慰問にいらしたプライア様」リドレー看守長が言うと、その婦人看守は頷いて、お待ちしておりました、と応じた。それから、にっこり笑い、言葉を継いだ。たいへんな苦行を引き受けましたね、うちの女どもを訪ねるなんて！　誰かと話をしてみますか？——ええ、できましたら、とわたしは答えた。彼女はまだ閉めていない房にわたしを案内すると、中の女に手招きをした。「来なさい、ピリング。こちらのお嬢様は新しい慰問の貴婦人だ。おまえと話をなさるそうだよ。立ってお嬢様によく姿を見せて。ほら、さっさと！」

　女はわたしに近寄り、お辞儀をした。中庭を行進したなごりで頰は赤らみ、くちびるはわずかに湿っている。マニング看守が言った。「おまえの名と罪状を」すると、女はすぐに——ほんの少しつかえながら——答えた。「スーザン・ピリングです。盗みで」

　マニング看守が、房の入り口の脇に鎖で吊されている琺瑯の札を示した。そこには、囚人番号と階級と罪状と釈放予定日が印《しる》されていた。わたしは訊ねた。「ここに来て、どのくらいたちますか、ピリング？」——彼女は答えた。七ヵ月です。わたしは頷いた。あなたはいくつですか？　そう訊ねながらも、三十七、八というところだろうと思っていた。ところが彼女は、二十二です、と答えた。わたしはしばらくためらって、やがて頷いた。そして、次の質問をした。ここの暮らしはどうですか？

ここの暮らしは好きです。ミス・マニングも親切です。

わたしは言った。「そうでしょうね」

沈黙が落ちた。女はわたしを見つめ、看守たちもわたしをじっと見ているようだった。急に、二十二の時に母に叱られたことを思い出した。よそのお宅にうかがったら、もっと自分から話題を見つけなさい。ご婦人がたのお子様の健康を気遣うなり、皆様のご旅行のお話をうかがうなり、絵や刺繍の出来栄えを誉めるなり。何もなければ奥様のドレスを話題に……

わたしはスーザン・ピリングの泥の色をした服を見た。そして訊いた。ここで配られる服はどうですか？　それは――サージかしら、リンジー（綿と毛の交織）かしら？　すると、リドレー看守長が進み出て、スカートをつまんで少し引き上げ、これはリンジーです、と言った。長靴下は――青地に赤の縞がはいった、とても粗い生地で――毛でできている。ペティコートはフランネルのと、サージのがひとつずつ。靴は頑丈そうで、不恰好だった。監獄内の作業場で男の囚人が作っています、と看守長は説明した。

ひとつひとつ数え上げる間、女囚は人形のようにおとなしく立っていたので、わたしもかがんでスカートのひだをつまんでみなければ悪いような気がした。匂いは――まさにリンジーの服が、こんな場所で汗かきの女に一日じゅう着られたような匂いだった。思わずわたしは訊いた。服は何日おきに交換を？――服はひと月に一度、ペティコート、肌着、長靴下は半月に一度替えます、と看守たちが答えた。

「入浴はどのくらい許されていて？」わたしは女囚に直接訊いた。

「あたしたちの好きなだけです、ただ、ひと月に二回までだけど」

その時、女囚が前で揃えている手にふつふつとできものの痕が見えた。ミルバンクに送られる前は、どれほどきちんと入浴していたのだろうと思わずにいられなかった。

そして、房にふたりきりで残されたら何を話せばいいのかと不安になった。それでも、わたしはこう言った。「また、今度会いに来た時に、あなたがここでどんなことをしているかお話ししていただきたいわ。いいかしら？」

はい、ぜひ。女囚はすぐにそう答えてから、訊いた。それは、あたしに聖書の話をしなさるってことですか？

リドレー看守長が、水曜日に来る慰問の貴婦人は、女囚たちに聖書を読んだあとで内容について質問をするのだと説明した。わたしはピリングに言った。いいえ、わたしはそんなことはしません、ただあなたたちと話をして、どんなことを考えているか直に聞きたいの。女囚はわたしを見つめたが、何も言わなかった。マニング看守が進み出て、女を房の奥に押しやり、鉄格子を閉めた。

この監房区から螺旋階段をのぼった二階が、C監房区とD監房区だった。この階は厳罰房で、救いがたいほど厄介な女囚、たとえばミルバンク監獄内で罪を犯したり、ほかの監獄で悪さをしてここに送られたり、送り返されたりした女ばかりということだった。ここではすべての扉にかんぬきがかけられていた。そのせいで、通路は下の階よりも薄暗く、空気は鼻が曲がりそうな匂いだった。この階の看守は、小牛のような身体つきをした眉の濃い婦人で、その名を――よりによって――プリティといった。彼女はリドレー看守長とわたしの先に立ち、蠟人形館の案内人のように、時々、扉の前で立ち止まっては、おもしろくもなさそうに解説をした。極悪だったり、特に話の種になりそうな罪人、たとえば――

「ジェーン・ホイ。子殺し。毒針のように性悪です」

「フィービー・ジェイコブズ、盗み。自分の房に火をつけました」

「デボラ・グリフィス、掏摸《すり》。教誨師《きょうかいし》に唾を吐いて、ここに移されました」

「ジェーン・サムソン、自殺――」

「自殺ですって」

わたしが思わず声をたてると、プリティ看守はきょとんとした。「阿片チンキです。七回飲んで、最後は警察官に発見されて、社会の風紀を乱すということで送られてきました」

聞きながら、わたしは閉ざされた扉を無言で見つめた。しばらくすると、看守は小首をかしげ、したり顔で言った。「そこの女がいま、自分で自分の喉を絞めていないとどうしてわかる、と考えてるんですね？」――もちろん、わたしはそんなことは考えていなかったのだが。「こっちをどうぞ」彼女は、ひとつひとつの扉の脇に縦長の鉄のはねあげ蓋があり、看守が好きな時にそれを開けて、中の女を見ることができるのを示した。看守は、これを検分窓と呼び、女囚たちは〈眼〉と呼ぶ。わたしはもっとよく見ようと、身をかがめて近づいた。それを見たプリティ看守は、うかつに顔を寄せないほうがいい、とわたしを止めた。女囚たちはずる賢く、看守が何人も眼をつぶされたという。「スプーンの木の柄をこすってこすって尖らせて——」わたしはぎょっとして、慌てて飛びのいた。けれども、彼女は笑って、鉄のはねあげ蓋をそっと開けた。「サムソンがあなたを傷つけることはないでしょう。まあ、ちょっとごらんください、気をつけて……」

その房の窓には鉄の鎧板が取りつけてあり、階下の房よりも暗く、ハンモックのかわりに堅い木のベッドがあった。その上に女囚が——ジェーン・サムソンが——腰かけて、浅い編み籠を指でむしり、膝の上を椰子《やし》の繊維だらけにしていた。籠の四分の一くらいをほぐしたらしい。ベッドの横にはもうひとまわり大きい籠があるけれども、たぶんそれもあとでほぐすのだろう。窓の鎧戸から、陽の光がしみ入るように射しこんでいる。その光は、茶色い繊維や渦を巻いて漂う埃にからめとられ、女囚はお伽噺の主人公のように見えた——身をやつした姫君が、池の底で無理難題の試練を受けさせられているかのように。

ふと顔をあげた女囚は、わたしに気がつくと、まばたきをして、椰子の繊維くずで痛む眼をこすった。わたしは検分窓の蓋を落としてあとずさった。そうしてから、いまの女は身振りで何か伝えようとしたのか、それとも声をかけようとしたのだろうかと気になった。

そのあと、リドレー看守長はわたしを最上階にあたる三階の監房区に連れていき、そこの看守に引き合わせた。鳶色《とびいろ》の眼をした、親切そうな顔の、熱心な看守はジェルフといった。「うちのかわいそうな女たちに会いにいらしたんですか」リドレー看守長がわたしを紹介すると、彼女はそう挨拶した。ジェルフ看守が受け持つのは、第二級、第一級、特級の女囚たちだった。

作業時間中は、木の扉を開けていてもらえるというのはA、B監房区と同じだが、作業はこちらのほうが楽で、女たちは靴下を編んだり、シャツを縫ったり、鋏《はさみ》や針やピンの使用を許されていた――ここでは、それは強い信頼の証《あかし》とみなされる。わたしが見た時には、ちょうど朝の光が射しこんで、とても明るく、陽気な場所にさえ見えた。こちらが通り過ぎると、女たちは立ち上がってお辞儀をし、やはりわたしのことを無遠慮に見ているようだった。そこでようやく気がついた。わたしが女たちの髪や、服や、ボンネットの細かいところを知りたいのと同じく、向こうもわたしの恰好を詳しく見たいのだ。きっとミルバンクでは、喪の色のドレスでさえ、目新しいのだろう。

この監房区の女囚の大半は、ハクスビー長官が誉めていた長期刑囚だった。ジェルフ看守も、この女たちは当監獄に収監された中ではいちばんおとなしい部類にはいると誉めていた。たいていは刑期を終えるまでに、ここほど規則の厳しくないフラム監獄に移される。「わたしたちにしてみれば小羊みたいなものです、ねえ、看守長?」

リドレー看守長は同意し、C、D監房区のろくでなしとは全然違うと言った。

「まったくです。そこの女囚は――暴力をふるう亭主を殺したんですが――本当に育ちのいい女《ひと》なんですよ」看守が顎をしゃくって示した房では、細面《ほそおもて》の女が、からまった毛糸の玉を辛抱強くほどいていた。「昔は貴婦人だっていたんです」看守は続けた。「貴婦人ですよ、お嬢様のような」

そう言われて、わたしは微笑した。そして、さらに奥に案内されていった。やがて、少し先の房から細い叫び声が聞こえてきた。「ミス・リドレー？　ねえ、ミス・リドレーだろ？」女は鉄格子扉のはたに立ち、鉄棒の間に顔を押しつけていた。「ああ、ミス・リドレー、あたいのこと、長官さんに言ってくれたかい？」

わたしたちはそちらに歩を進め、それからリドレー看守長が一歩踏み出し、鉄格子を鍵束で叩いた。激しい金属音に、女は怯《ひる》んで身を引いた。「静かにおし。おまえの話を伝える暇があると思うの、わたしも長官も十分すぎるほど仕事をかかえているというのに」

「でも、だって」女はつかえながらひどく早口に言った。「話してくれるって言ったろ。今朝、長官さんがここに来た時、ジャーヴィスんとこで巡回時間を半分も使っちまったから、結局、あたいんとこには来てくんなかったんだ。兄ちゃんが裁判所に証拠を持ってってくれたから、長官さんにも、あたい、頼まないと――」

リドレー看守長がもう一度鉄格子を叩くと、女はまた怯んだ。ジェルフ看守が囁いた。「この女は、房の前を通る看守を誰でも呼び止めるんです。刑期を縮めてもらおうとして。でも、あと二年はここにいるはずですよ――サイクス、看守長の邪魔はやめなさい――さ、お嬢様、ここを離れて奥に行きましょう、ぐずぐずしていると、今度はお嬢様までたぶらかそうとするかもしれませんから――ほら、サイクス、いいかげんにして仕事に戻りなさい」

だが、サイクスはなおも鉄格子に顔を押しつけ、リドレー看守長は立ったまま、彼女を叱り、ジェルフ看守は仕方がないというように首を振った。わたしはその場を離れ、奥に進んだ。女の弱々しい嘆願の声と、看守長の叱責の声は、監獄の壁や天井に反響して、鋭く奇妙に響いた。

通り過ぎるどの房の女囚たちも、顔をあげて言葉の内容を聞き取ろうとしていた――けれども、鉄格子のこちら側にわたしの姿を認めると、すぐにうつむいて、縫い物に戻った。わたしには女たちの眼はひどくどんよりとして見えた。顔は蒼褪め、首も手首も指も細い。囚人たちの心《ハート》は弱く、感じやすく、矯正するためにはよい鋳型が必要なのだというシリトー様の言葉を思い出した。すると、自分の心臓がどきどきしてくるのを感じた。このわたしの心臓《ハート》が取り出されて、胸にあいた湿ったうろの中に、あの女たちの粗野な心臓《ハート》が押しつけられるとしたら……

思わず喉に手をやると、鼓動を感じるより先にロケットが指先に触れた。足が重くなった。通路の曲がり角を示すアーチを通り抜け、角を折れ――看守たちの姿が見えなくなると、次の通路にはいる手前で足を止めた。わたしは石灰を刷《は》いた監獄の壁に背中をつけ、そして待った。するとと、不思議なことが起きた。

その時、わたしは次の房の列が始まるあたりにいた。肩近くにある検分窓、つまり〈眼〉の上には、中の女囚の罪状などが印された琺瑯の札が吊されている。正直、札がなければ、ここに人がはいっているとはわからない。その房からは信じられないくらいの静寂が漂ってきた――ミルバンクのどことなく落ち着かない静けさを残らずかき集めたよりも深い静謐が。わたしが訝《いぶか》しみだした頃、静けさは破られた。静寂を破ったのはため息、たったひとつのため息――完璧な、まるで物語の中のため息のように聞こえた。そのため息がわたし自身の気分にあまりにあっていたからだろうか、不思議なほど心を揺さぶられ、リドレー看守長とジェルフ看守がいまにも案内に現われそうなことを忘れた。不注意な看守と先を尖らせたスプーンの話を忘れた。検分窓に指をのばし、そして眼をあてた。房の奥に娘の姿が見えた——ひどく静かで、わたしは脅かさないように息を止めたと思う。

娘は木の椅子に腰かけて、顔を仰《あお》のけ、両眼を閉じていた。編み物を膝に置き、両手を軽く組んでいた。窓の黄色い硝子が陽の光を受けて眩《まばゆ》い。娘はそちらに顔を向けて、陽射しの温もりを味わっていた。泥色の囚人服の袖には、獄内での等級を示す記章が縫いつけられている。特級《スター》——フェルトを雑に切った、縫い目の曲がった星《スター》は、日光に輝いて見えた。帽子の縁から覗く髪は黄金《きん》色で、蒼いほど白い頬に、三日月の眉が、朱唇が、睫毛が、くっきりと映えている。よく似た姿をわたしはたしかに見たことがある。聖女か天使を描いた、クリヴェッリの絵の中に。

たっぷり一分間は見つめていただろうか。その間、娘は眼をかたく閉じ、頭は少しも動かさなかった。その姿に、静謐に、信仰のようなものを感じて、ようやく思い当たった。この女《ひと》は祈っている! 急に恥ずかしくなって、わたしは窓から顔を離そうとした。まさにその瞬間、彼女が動いた。組んでいた両手を開き、頬にあてると、荒れたてのひらに、ちらりと鮮やかな色が見えた。指の間には一輪の花——うなだれた菫《すみれ》の花がある。わたしが見守る中、彼女は花をくちびるにあて、息を吹きかけた。紫色の花びらが震え、輝いて見える……

不意に、彼女を取り巻く世界の色のなさに気づかされた——監獄の、女囚たちの、看守の、わたし自身さえの。わたしたちは皆、水で溶いた灰色の絵の具でうっすら塗られていて、ここにだけぽつんと鮮やかな色があった。まるでキャンバスに間違って落ちた絵の具のように。

けれども、この時のわたしは、こんなに陰気な土ばかりの場所で、どうしてあの白い手に菫があるのだろうとは考えもしなかった。ただ、恐ろしいほどにこみあげてきたのは、この女《ひと》の罪はいったいなんだったのだろうという疑問だった。その時、頭のそばで揺れている琺瑯の札を思い出した。わたしは音をたてないように気をつけて、検分窓を閉めると、札を見やすい位置に動いた。

囚人番号と階級、そして、その下に罪状があった――〈詐欺と暴行〉。入獄は十一ヵ月前。出獄はいまから四年先。

四年！　ミルバンクの四年――どんなにかそれは永い時間だろう。鉄格子に近寄って、あの女《ひと》を呼んで、話を聞いてみたかった。その刹那《せつな》、背後の通路からリドレー看守長の声が、続いて冷たい板石にまかれた砂を踏みしめる深靴の音が響いてきた。わたしはためらった。もし看守たちが同じようにここを覗いて、あの女《ひと》が花を持っているのを見つけたらどうするだろう。きっと取り上げられてしまう。そんなことはさせたくない。わたしは向こうから見えそうな位置まであとずさり、看守たちが追いついてくると、もう疲れたし、初日としては十分に見たと言った――幸か不幸か、これは嘘ではない。リドレー看守長は「そうですか」とだけ言って、きびすを返し、もと来た道をわたしを連れて戻った。仕切り門が閉じられると、わたしは肩ごしに通路を振り返って奇妙な感覚に襲われた――満足が半分と、刺すような後悔が半分と。でも、とわたしは思った。来週、ここに来る時も、あのかわいそうな女《ひと》はここにいる！

看守長はわたしを小塔の螺旋階段に案内し、足元に気をつけながら、下の薄暗い監房区に向かって、ぐるぐるとおり始めた――まるでヴェルギリウスの案内で地獄におりるダンテになった気分だった。わたしはまずマニング看守に、次に男の看守にと引き渡されて、五角形の獄舎の二号棟と一号棟の中を通り抜けて戻った。シリトー様にことづてを残したのち、内門から外へと案内され、楔形の砂利道に出た。両脇にそそり立つ獄舎の壁と壁が、いまはわたしの前に、いやいやながらも道を開けるように思われた。強くなった陽の光に、傷痕のような影の色がかえって濃さを増していた。

看守と歩きながら、わたしは知らず知らず、監獄の荒涼とした地面を見つめていた。裸の黒い土にところどころ菅《すげ》がはえているだけだ。「ここにはお花は咲きませんの？　雛菊も――菫も？」

看守は、雛菊も菫も咲かないと答えた。たんぽぽすらはえない。ミルバンクの土は悪く、テムズ河に近すぎて〝湿原並みに泥んこ〟なのだと。

そうですか、と応えて、またあの花のことを思った。女囚監獄の壁の煉瓦と煉瓦の継ぎ目に植物が根をおろすことができたのだろうか――見当もつかなかった。

とはいえ、長々と思い煩いはしなかった。看守はわたしを外門に案内し、門番は馬車を呼んでくれた。監房も、かんぬきも、影も、獄内に満ちる匂いも、すべて置き去りにして、この身の自由をあらためて感じ、ありがたいと思わずにはいられなかった。結局、わたしはあそこに行ってよかったのだ。シリトー様がわたしの過去を知らずにいてくれてよかった。あのかたも看守も女囚も、誰も知らなければ、過去は過去のままだ。誰にも知られていないというその事実が、わたしの過去を閉じこめ、紐と締め金で封印してくれる……

今夜、わたしはヘレンと話した。弟が連れてきたのだけれど、ほかに三、四人、友達も一緒だった。劇場に行くので、皆、華やかに装っている——その中で、わたしたち家族と同じく灰色のドレスを着たヘレンだけが目立っていた。弟たちが到着すると、わたしは階下におりていったが、長くはいなかった。ミルバンクとわたしの部屋の、ひやりとする静けさのあとでは、大勢の声も顔も耐えがたかった。けれども、ヘレンがそばに来てくれたので、今日の慰問のことを少し話した。同じような通路がえんえんと続くことや、そこを通るだけでひどく心細くなったことなどを。わたしは、女相続人を正気でなくさせようとするレ・ファニュの小説を覚えているかどうか訊いた。「ちょっと思ったの。お母様がシリトー様と共謀していて、わたしを監獄の奥に迷わせ、置き去りにさせるつもりじゃないかしらって」ヘレンはくすりと笑った——とはいえ、母にわたしの言葉が聞こえていないことを確かめていた。わたしが女囚について少し話すと、ヘレンは恐ろしい女ばかりなのでしょうと言った。わたしは恐ろしくなどないと答えた。ただ、とても弱い人たちなのだと——「シリトー様はそうおっしゃったわ。わたしは女囚たちの鋳型なんですって。それがわたしの役割なの。お手本になるのよ」

話す間、ヘレンは両手を見つめて、指輪を順繰りにひねっていた。そして、わたしを勇敢だと言った。この仕事をしていれば、わたしの〝古い悲しみすべて〟をきっと忘れられるだろうと。

その時、母が、深刻な顔で何をひそひそ話しているの、と声をかけてきた。昼過ぎに、監獄の様子を話して聞かせると、母は身震いして、お客様にそんなお話をしてはいけません、と言ったものだ。いままた、母はヘレンに言った。「マーガレットに監獄の話をさせてはいけませんよ、ヘレン。ほら、あなたの旦那様がお待ちよ。お芝居に遅れるでしょう」ヘレンはまっすぐにスティーヴンのそばに行った。弟はヘレンの手を取り、接吻した。わたしは坐ったまま、ふたりを見ていたが、やがて抜け出し、この部屋に戻った。慰問のことを誰にも話せなくても、ここにひとり坐って書き記すことはできるはずだ。わたしの日記に……

もう二十ページも書いている。読み返してみると、ミルバンクでたどった道筋は思ったほどねじくれてはいなかったのだとわかる。ねじれたわたしの頭の中より、よほど整然としている！——そう、これの前に書いた日記はめちゃめちゃだった。でも今度は、すくなくともあんなふうにはしない。

零時半。小間使いたちが屋根裏の階段をのぼっていく音、料理番がかんぬきをおろす音——この音は、二度といままでのように聞くことはできない、今日という日のあとでは！

ボイドが自分の部屋のドアを閉めて、カーテンを引きに行くのが聞こえる。この天井が硝子でできているかのように、ボイドの動きをわたしは追うことができる。ほら、靴紐を解いて、床に靴を落とした。そして、ほら、マットレスがきしんだ。

外には糖蜜のように黒いテムズ河。アルバート橋の明かり、バターシー・パークの樹々、星のない夜空……

三十分前に、母がわたしの薬を持ってきた。もう少し起きていたいから、壜を置いていってくれれば自分で飲むと言ったのだけれど――いけません、と言われてしまった。わたしは〝まだそこまでよくなっていない〟からと。〝そんなことをする〟ほどには。いまはまだ。

わたしは一服分がグラスに注がれるのをおとなしく待ち、母に見守られて薬を飲んだ。もう疲れて、これ以上は書けない――けれども気持ちが騒いで、このまま眠ることはできそうにない。

リドレー看守長の言ったことは正しかった。眼を閉じると、ミルバンクの白い寒々とした通路と房の口ばかりが見える。女囚たちはどんなふうに眠っているのだろう。脳裏に、今日会った人たちの顔が次々に浮かぶ――スーザン・ピリング、サイクス、ひっそりとした塔にこもるハクスビー長官、菫を持ったはかなげな美しい娘。

あの女《ひと》は名をなんというのかしら?

一八七二年　九月二日

シライナ・ドーズ
シライナ・アン・ドーズ
ミス・S・A・ドーズ
ミス・S・A・ドーズ、霊媒
ミス・シライナ・ドーズ、高名な霊媒
　交霊会　毎日
ミス・ドーズ、霊媒
　交霊会　毎日――ヴィンシー師の交霊宿にて
ラムズ・コンジット街、ロンドン中央西
秘密厳守

生者が聞く耳を持たなければ　死者は口を開かない

一シリング追加で、太字にして、黒枠で囲ってくれるそうだ。

一八七四年　九月三十日

監獄の話をしてはいけない、という母の言いつけは、結局、一週間も守られなかった。我が家に来る人、来る人、誰もがミルバンク監獄や女囚たちの様子を聞きたがった。ただし皆がせがむのは、ぞっとするような恐ろしい話ばかりだ。監獄の記憶は鮮明だったけれども、そういうことはまるで覚えていない。頭から離れないのは、むしろそれがあまりにも日常の中にあるということ。監獄がチェルシーから馬車で二マイルのところに、いまこの瞬間も存在し――あの巨大で、陰気な、影の垂れこめた場所に、千五百人の人間が閉じこめられ、おとなしく屈従しているということ。あれからというもの、どんな些細なことをするにも、あの人たちを思わずにはいられない――喉がかわいてお茶を飲んだり、退屈になって本を取り上げたり、寒くて肩掛けに手をのばしたり、美しい言葉を聞きたくて詩を暗唱したり。わたしが千回も普通にやってきたそんな些細なことを、どれひとつとして愉しむことができないなんて。

どれほどの女囚が冷たい房の中で、陶器の茶碗や、本や、詩の朗読を夢見ているのだろう。先週から、一度ならずミルバンクの夢を見る。夢の中のわたしは、女囚のひとりとなって、自分の房でナイフとフォークと聖書を一列に並べている。

けれど、人々が期待しているのはそんな話ではないのだった。監獄という場所に一度、わたしが足を運んだことについては、一種の物見遊山《ものみゆさん》として理解されたものの、二度、三度、四度と通《かよ》うつもりだと聞くと、皆仰天した。真面目に聞いてくれたのはヘレンだけで、ほかの人たちは一様に叫んだ。「まあ！　まさかその女どもと本気で親しくされるつもりじゃあないでしょ？　泥棒だの——もっとたちの悪い女どもと！」

　そうして皆はわたしを見て、次に母を見る。なぜ、そんな場所に、自分の娘を行かせることができるのか、というわけだ。母の答えは決まっていた。「マーガレットはいつも自分の気がすむようにするんですの。言い聞かせてはきたんです、働きたければ、家でする仕事がいくらでもありますよって。亡くなった主人の書簡を——とても美しいものばかり——きちんと分けて、整理したり……」

　書簡の整頓はそのうちにするつもりだとわたしは答えた。でも、いまはこの仕事をやってみたい、自分の力をためしてみたいのだと。そんなふうに、母のお友達のウォレス夫人に言うと、探るような眼で見られた。わたしの病気を、病の原因を、このかたはどのくらい知っているのだろうか。夫人はこう答えた。「そうねえ、憂鬱な気分を晴らすには、慈善事業にまさる妙薬はないと——お医者様がおっしゃるのを聞いたことがありますよ。でも監獄なんて——ああ！　そこの空気を考えるだけでぞっとする！　病気や黴菌《ばいきん》がうようよしているんでしょう！」

　もう一度、あの白い単調な通路と、何もない寒々とした房を思い浮かべた。わたしは、いいえ、その反対で、とても清潔で整頓されています、と答えた。すると妹が、清潔で整頓された場所に住んでいるのなら、なぜ慰めに行く必要があるの、と口をはさんだ。ウォレス夫人は微笑んだ。このかたはプリシラがお気にいりで、あのヘレンより美人だと誉めている。「バークリー様に嫁《とつ》いだら、あなたも慰問に行こうと思うかもしれないことよ。ウォリックシャーにだって監獄はあるんでしょう。あなたの可愛らしいお顔が女囚たちの中に——さぞ見物《みもの》でしょうねえ！　なにかぴったりした言葉がなかった？　マーガレット、あなたなら知っているんじゃなくて？　詩人の言葉よ、婦人と天国と地獄の」

　彼女が言っているのは——

よき男とわろき男は天と地ほどの差があれど
よき女とわろき女は天国と地獄ほど違う

　わたしが暗唱すると、夫人は叫んだ。ほら、さすがだわ！　なんて賢いんでしょう！　あなたの読んだ本を全部読めと言われたら、わたくしなら千年もかかりますよ。

母は言った。ええ、テニソンが婦人について語った言葉（"Merlin and Vivien"より）は本当に真理をついていることね……

　これは今朝、ウォレス夫人が朝食にいらした時の会話で、このあと夫人と母はプリシラを、肖像画の一度めのポーズをするために連れていった。肖像画の件を依頼したのはバークリー様で、新婚旅行からマリシュの屋敷に戻った時に、客間にプリシラの絵が掲げられているようにしたいのだという。画家はケンジントンにアトリエを構えているのだとか。母はわたしに一緒に来るかどうか訊ね——プリシラも鏡を覗いて手袋の指先で眉をそっとこすりながら、絵に興味があるなら一緒に行きましょうよ、と言った。肖像画を描いてもらうので、眉を墨で濃いめに引き、黒い外套の下に淡い空色のドレスをまとっている。母が画家のコーンウォリス先生のほかに見る人はいないのだから、灰色でなく空色がいいと言ったのだった。

わたしは行かなかった。わたしはミルバンクに行った。監獄で女囚たちの慰問を正式に始めるために。

ひとりで監獄に迎え入れられるのは、思っていたほど恐ろしくなかった。夢が監獄の壁を実際よりも高く陰気に、通路をより狭いものに変えていたのだろう。シリトー様は、週に一度来さえすれば、曜日や時間は自由に選んでいいと言った——女たちに課されたあらゆる義務や日課を見ることができれば、その生活を理解する助けになるだろうと。先週は朝早くに行ったので、今日はもう少し遅く行くことにした。監獄の外門に十二時四十五分頃に着くと、この前と同じく、むっつりしたリドレー看守長のもとに案内された。ちょうど食事の配給を監督しに出るところで、わたしも同行することにした。

印象的な光景だった。わたしが監獄に到着した時に、鐘がゆっくりと鳴り響いていた。その鐘を聞くと、看守は受け持ちの監房区から女囚を四人選び、厨房《ちゅうぼう》に連れていく手筈《てはず》になっている。看守長と連れ立って出向くと、厨房の前にはもう全員が集まっていた——マニング看守、プリティ看守、ジェルフ看守、そして十二人の血色の悪い女たち。女囚は皆うつむいて、両手を前で揃えていた。女囚が収容されている棟には厨房がなく、食事は男たちのいる棟から運ぶ。

男女の区域は厳しく隔てられているので、男たちが彼らのスープを運び出し、厨房が無人になるまで、女囚は音をたてずにじっと待っていなければならない。リドレー看守長が説明してくれた。「女囚は男たちを見てはいけない。それが規則です」その時、かんぬきがかかった厨房の扉の向こうから、重たい靴が床をこする音や、低い話し声が聞こえてきた――男の小鬼たちが歩き回る様が、眼に浮かんだ。大きな鼻で、尻尾のある、頬髯をはやした……

　やがて物音が小さくなると、リドレー看守長は鍵束で木の扉を叩いた。「みんな出ましたか、ローレンス」答えが返ってきた――「出たよ！」――かんぬきがはずされ、女囚たちが入れられた。料理番は腕組みをして、音をたてて頬を吸い、女たちを見ていた。

　薄暗く肌寒い通路からはいると、厨房は広々として暑すぎるほどに感じられた。ひどい匂いで、中の空気はむっとしていた。床にまいた砂には、汚水のこぼれた黒い水溜まりができている。部屋の中央に大きなテーブルが三つあり、スープを入れた蓋つきの大きな金属のバケツと、パンを盛った盆が用意されていた。リドレー看守長が女囚をふたりひと組で中に入れると、女たちはそれぞれ自分の監房区に配るスープやパンを持って、よろよろと戻っていった。わたしはマニング看守の組についていった。一階の女囚は皆、自分の房の鉄格子に身を寄せ、錫《すず》のカップと木皿を持って待ち構えていた。スープが注がれると、看守が祈りの言葉を――「主よ、われらの糧《かて》に祝福を、そしてわれらに祝福を！」というような言葉を――唱えるのだが、女たちはまるきり無視しているように見えた。皆、無言で立ち、鉄格子に顔を押しあて、配給がどの房まで来ているのかを見ようとしている。昼食をもらうと、そそくさと引っこんでテーブルに運び、棚の箱から塩をつまんで振りかけていた。

配られたのは、肉とじゃがいものはいったスープと、パンが六オンス——どちらもぞっとするような代物《しろもの》だった。パンは黒く、ぼそぼそなうえ、焼きすぎて煉瓦のように硬い。スープはどろりと濁り、入れた容器が冷えるにつれて、浮いた脂《あぶら》が白く固まってきている。肉は色が悪く、支給のなまくらなナイフでは跡さえつけられないほど、すじばかりだ。女囚の多くは羊の肉を真剣な顔で、野蛮人のように噛みちぎっている。

おおかたの女は素直に配給を受け取ったが、幾人かは注がれるスープを悲しそうに見つめたり、疑わしげに肉をつついたりしていた。「お嫌いなの?」そうやって羊肉をつついている女囚に訊いてみた。その女は、男の監獄で誰の手が触ったかと考えると気持ちが悪いのだと答えた。

「あいつらは汚いものをいじくるんです。そいで、その指をあたいらのスープにつっこむんだ、おもしろがって……」
二、三度、繰り言のように言うと、もうわたしには話そうとしなくなった。カップに話しかけるようになってしまった女を残し、わたしは監房区の入り口にいる看守のもとに戻った。
リドレー看守長から女たちの食事や献立について話を聞いた——たとえば、金曜日は必ず魚だった。たいていの囚人がローマ・カトリック教徒だからだ。日曜日にはスエットプディング(刻んだ牛脂と小麦粉にレーズンやスパイスなどを入れて蒸したもの)が出される。ユダヤ人はいないのですか、と訊ねると、大勢いて、献立のことでちょくちょく〝お決まりの騒動〟を起こしたがる、という答えが返ってきた。

よその監獄に勤務していた折、実際にそんなユダヤ人たちの騒動に出くわしたことがあるのだとか。

「でも、ああいった馬鹿げた騒ぎは放っておけば静まります。すくなくとも、わたしの監獄では」

弟とヘレンにリドレー看守長のことを話すと、ふたりともくすりと笑った。ヘレンが「大げさね、マーガレット！」と言うと、スティーヴンは首を横に振って、リドレーのような婦人看守は法廷でよく見かける、と言った。「生まれついての暴君なのさ。専制君主の星のもと、囚人をつなぐ鎖を腰からじゃらじゃらぶらさげて、生まれてくるんだ。母親はおしゃぶりがわりに、鉄の鍵を与えるんだぜ、牙がはえてくるように」

そう言うと、弟は歯を剝き出した——わたしのように不揃いではなく、プリシラのようにきれいに揃った歯を。ヘレンは眼を丸くして夫を見つめ、それから、声をたてて笑いだした。

わたしは言い返した。「そうかしら。生まれついての暴君というより、むしろ、役柄を演じきるために日夜、研鑽《けんさん》を積んでいるのかもよ。〈ニューゲイトカレンダー（ニューゲイト監獄に投獄された犯罪者の犯罪記録）〉から、あれやこれや切り抜いて、秘密のスクラップブックを作っていたりして。きっとそうよ。〈悪名高いやかまし屋の看守たち〉って題をつけて、ミルバンクの夜更けに引っ張り出してきてはため息をつくの——流行服装図《ファッションプレート》（最新流行のファッションを紹介する版画）を眺める牧師の娘みたいに」するとヘレンはますます大きな声をたてて笑いだし、青い眼には涙がにじんで、濡れた睫《まつ》毛《げ》がくっきりと濃く見えた。

いま、あのヘレンの笑い声を思い出し、義妹を笑わせるたねにしたと知られたら、リドレー看守長はわたしをどんなふうに睨むだろうと考えて——ぞっとした。ミルバンク監獄で見たりドレー看守長は、冗談などまったく通じそうになかった。

それにしても、婦人看守の生活というものは——看守長の場合にしろ、ハクスビー長官の場合にしろ——惨《みじ》めなものに違いない。まるで自身が囚人であるかのように、間近に張りついていなければならないのだから。マニング看守が今日、しみじみと教えてくれたけれど、婦人看守の毎日は皿洗い女中（召使には等級がある。皿洗い女中はほぼ最下級にあたり、奴隷のようにこき使われる）のようなものなのだとか。獄内に休むための私室を与えられてはいても、一日の巡回に疲れ果て、余暇に何を愉しむ気力もなくベッドに倒れこんで眠るだけ。食事は監獄の厨房で女囚たちと同じものが用意される。そして、職務の内容は苛酷だ。「クレイヴンさんの腕をごらんになってください」皆にそう言われた。「肩先から手首にかけて痣《あざ》になってるんですよ。先週、洗濯場で女囚に襲われて」けれども、その後に会ったクレイヴン看守は、自分が監視しなくてはならない女たちと同じくらい品がなく感じられた。〝女囚どもは全員、どぶ鼠並みに下品〟で、見るのもいやだと言う。それほどこの仕事が辛《つら》いなら、ほかの職を探したらと言うと、苦々しい顔になった。「ミルバンクで十一年働いて、いまさらどんな仕事につけるってんですか！」わたしゃ、このまま、この監獄の中を歩き続けるんですよ、倒れて死ぬまで。

最上階を受け持つジェルフ看守だけが、本当に親切で優しい人柄に思われた。ひどく血色の悪いやつれた顔は二十五歳とも四十歳とも見えるが、獄内で耳にする話のほとんどが、恐ろしく悲劇的だと愚痴る以外、監獄生活に不平を鳴らすことはなかった。

女囚たちを仕事に戻す鐘が鳴り、昼休みが終わると、わたしはジェルフ看守の受け持つ三階に行った。「今日から本格的に慰問を始めさせていただきますわ。助けていただけません？ なんだか不安で」こんなことは、チェイン通りの我が家では、絶対に口にしたりしない。「喜んでお手伝いさせていただきますよ、お嬢様」そして、間違いなくわたしを歓迎する女囚の房に案内すると言ってくれた。年配の——監獄で最年長なのだという——その特級女囚は、名をエレン・パワーといった。わたしが房にはいると、立ち上がって椅子をゆずろうとした。そのままで、と断《ことわ》ったが、わたしの前では頑として坐ろうとしない——結局、ふたりとも立ったままということになった。ジェルフ看守はそんなわたしたちを見ていたが、一歩さがって頷いてみせた。「鍵をかけさせていただきますよ」陽気な声で言った。「おすみになったら呼んでください」看守は担当する階のどこにいても自分を呼ぶ声を聞くことができるのだと言いのこし、くるりと背を向けて外から鉄格子扉を閉めた。わたしは立ったまま、鍵穴で鍵が回るのを見つめた。

先週見続けたミルバンクの悪夢で、わたしを閉じこめていたのはこの女《ひと》だったのだと、その時気がついた。

振り返ると、パワーはにこにこしていた。彼女は三年間、服役していて、四ヵ月後には釈放されることになっている。罪状は売春宿の経営。パワーはそう言うと、馬鹿にしたように頭をそびやかした。「売春宿だって！　うちはただ、休憩できる部屋を用意してただけですよ。若い子や娘さんがたまに寄って、中でちょっとキスできる場所ですよ。あたしゃ、自分の孫娘に部屋を掃除させて、いつも花を飾らせてたんですからねえ、活きのいい花を花瓶にどっさり。それを言うに事欠いて、売春宿！　若い子たちだって、女の子を連れていける場所が必要じゃありませんか、ねえ？――お上《かみ》は道のまんなかでキスしろってんですか。あの子たちが帰りがけに、世話になったたし花のお礼もしたいって一シリング置いてったからって――そのどこが罪なんですよ？」

そんなふうに言葉にされると、たしかに罪には聞こえなかった。けれども、看守たちの注意を思い出し、わたしは判決については何も言えないと答えた。パワーが片方の手をあげると、ひどく節《ふし》くれだった指が見えた。彼女は、わかってますよと言った。〝女の口出しする問題じゃない〟ことは。

それから、三十分ほど話をした。一、二度、彼女の売春宿がどれほどいいものかという話に引き戻されかけたが、どうにかあまり議論がましくない話題に持っていくことができた。ふと、マニング看守の階にいた、生気のないスーザン・ピリングを思い出し、あなたはミルバンクの生活や支給の服に満足しているかと訊いてみた。パワーはしばらく考えてから、また頭をそびやかした。「あたしゃ、よその監獄にはいったことがないから、ミルバンクがどうだかってのはわかりませんがね、きついほうじゃないんですか――これ書いてくださいよ」（わたしは筆記帳を持っていったのだ）「誰に読まれたってかまやしない。服はもう、はっきり言って最低ですよ」監獄の洗濯場に持っていかれた服は、いつも違う組み合わせで戻ってくるので、実に気持ち悪いのだという――「たまに、染みをべったりつけられてくることもあるし。けど、それを着なきゃ、裸でいるしかないし。ネルの下着なんかもうごわごわして、痒《かゆ》いんですよ。洗いざらしてネルとは思えないくらい薄くてざらざらになっていてねえ、ちっとも暖かくなくて、ただ痒くて。靴には文句ないですよ。ただ、こんなこと言うのはなんですけどねえ、コルセットがないのは若い娘たちには辛《つら》いんですよ。あたしみたいな年寄はいまさらだけど、若い娘たちは――コルセットがねえ……」

彼女はわたしと話すのが愉しいようだった。それでいて、喋ることに苦労していた。時々言葉を途切らせ、ふと迷ってはくちびるをなめたり、手で口をおおったり、咳をしたりする。最初は気を使ってくれているのかと思った――わたしは彼女の前に立ったまま、会話をもたもたと筆記帳に写していたのだ。けれども、おかしな調子で間《ま》があくのはやまなかった。わたしはまたスーザン・ピリングを思い出した。そういえば彼女も、つかえたり、咳をしたり、なんでもない言葉を思い出そうとしていた。少し知恵が遅れているのかもしれない、とあの時は思ったけれど……。わたしはしばらく過ごしてから、鉄格子のほうに戻り、パワーに暇《いとま》を告げた。彼女は決まり文句のはずの別れの挨拶を言おうとして、また言葉に詰まり、節だらけの手を頬にあてて頭を振った。

「馬鹿な年寄だと思うでしょう。自分の名前さえ覚えてないんだろうって！　これでもうちの人はよくあたしの舌を呪ったもんですよ――野兎の匂いを嗅ぎつけた猟犬よりも速いってねえ。いまのあたしを見たら笑うでしょうよ。ここじゃあ、何時間も、誰とも喋れないんですからねえ。舌がひからびて縮んじまったか、どっかに落っことしちまったかって、自分でも思いますよ。時々、本当に自分の名前を忘れちまうんじゃないかって怖くなるし」

微笑んではいたが、眼は濡れたように光り始め、惨めな顔でじっと見つめてきた。わたしはためらい――そして、沈黙と孤独がそんなにも辛いと気づかなかったわたしのほうこそ愚かだと思ってほしいと言った。「わたしなんて、家にいると無駄な話にばかりつきあわされて。部屋にこもって、口をきかずにすむとほっとするの」

間髪を容《い》れずに、パワーは言った。なら、もっとしょっちゅうここに来てくださいよ！　わたしは答えた。ええ、あなたがお望みなら通《かよ》わせていただくわ、気がすむまでお話を聞かせて。パワーはまたにっこりして、あらためて別れの言葉を口にした。「愉しみにしてますよ」ジェルフ看守が鍵をはずすのを横目に、パワーはそう言った。「なるたけ早く来てくださいよ！」

別の女囚を慰問した。その女囚を選んでから、看守はこう耳打ちした。「特に気を配っている娘です、ここの暮らしがひどくこたえているようで」本当に悲しげで、わたしが房にはいると震えていた。名前はメアリ・アン・クック。赤子殺しで七年の刑を受けていた。十六で入獄し、まだ二十歳にもならないその娘は、かつてはさぞ美しかっただろうに、いまは蒼褪め、やつれ果て、若い娘とはわからないほどだった。まるで監獄の白い壁が生気も色も吸い出して、脱け殻にしてしまったかのようだ。身の上話を聞かせて、と頼むと、のろのろと話しだした。きっともう、何度も繰り返し話したのだろう――看守に、慰問の貴婦人に、そしてたぶん自分自身に。話すことで思い出は、記憶より鮮明ではあるものの無意味な物語に変わってしまう。

その気持ちはよく知っている、と伝えてやりたかった。

クックはカトリックの家に生まれた。母親は亡くなり、父親は再婚。やがて妹とともに女中として屋敷奉公にあがる。奥方と主人と三人の娘はとても親切だったが、その家にはもうひとり、息子がいた――「この坊っちゃまがひどい人で。ほんの子供の頃から、あたしらをいじめてばっかしで――女中部屋のドアに耳をつけて、あたしらが寝たのをみすまして、大声を出して脅かすんです。でも、別に気になりませんでした、どうせすぐに寄宿学校に行っちまって、顔を見なくなりましたし。けど、一、二年して戻ってきたら、すっかり変わってたんです――旦那様と同じくらい大きくなって、ずっと悪賢くなって……」息子は密会を強要した、愛人にふさわしい部屋を与えると言って――彼女ははねつけた。やがて、息子が彼女の妹に金を渡し始めたことを知り、〝妹を守るために〟要求をのんだ。クックは兄を頼ったが、義姉が許さなかったので、息子に味方して、辛くあたったのだという。まもなく妊娠し、屋敷を出た――妹が救貧院にはいることになった。「女の子が生まれたけど、ちっともかわいくなかった。あいつそっくりなんだもの！　死ねばいいと思いました」赤子を教会に連れていって司祭に洗礼を頼んだが、断《ことわ》られたので自分で祝福をほどこした――「あたしらの教会ではできるんです」彼女は慎ましく言った。その後、独身の娘として部屋を借り、泣き声を隠すために赤子はショールにくるんでいたが、顔に布をきつく巻きつけすぎて死なせてしまった。下宿のおかみが小さな死体を見つけた。クックは死体をカーテンの裏に隠して、一週間そのままにしていたのだった。

「死ねばいいとは思ってましたけど、でも殺したりしてません。死んだ時はやっぱし悲しかった。裁判では、あたしが行った教会の司祭を見つけてきて、あたしに不利な証言をさせたんです。そしたらまるであたしが最初っから赤んぼを殺すつもりでいたように思われて……」

「ひどい話ですね」房から出してくれた看守にわたしはそう言った。来てくれたのはジェルフ看守ではなかった——彼女はハクスビー長官の部屋に別の女囚を連れていっていた——腕に痣を作った、品のない顔のクレイヴン看守だった。わたしが呼ぶとクレイヴン看守は鉄格子の向こうに現われてクックを睨みつけた。クックはおどおどと縫い物に戻って、うつむいた。通路を歩きだすとクレイヴン看守はそっけなく答えた。ひどいと言う人もいるでしょうがね。クックみたいな自分の赤ん坊を殺すような女に——そんな連中に流してやる涙は、一滴だってありゃしません。

わたしは、クックはとても若いようだけれども、ハクスビー長官の話では、時々、年端のいかない子供のような娘も来るそうですね、と訊いてみた。

看守は頷いた。たしかに、傑作なのがいた、と。最初の二週間は、人形が恋しいと毎晩泣かれて、巡回中に聞かされるほうは、たまらなかったという。「それでいて」笑いながらつけ加えた。「元気があまってる時は悪魔みたいなもんでした。あの口ときたら——本当にねえ! あんなちびっこがよくそんな言葉を知ってるもんだとたまげたもんです、男の監房でも聞かない汚い言葉を」

そう言いながら、まだ大声で笑っていた。わたしは眼をそらした。通路を端から端まで歩くと、眼の前に小塔に続くアーチ天井が現われた。その先に黒い鉄格子がちらと見えて、はっと気がついた。あれは先週、覗いた房の鉄格子だ。菫《すみれ》を持った、あの娘の房の。

わたしは足取りをゆるめ、声を落として囁いた。次の通路の最初の房にはいっている女囚。金髪の、とても若い、美しい、あの娘。あの女《ひと》はいったい……？

クックの話をしている間、看守は酸っぱいものを食べたような顔つきをしていた。いままた彼女はそんな顔になった。「シライナ・ドーズですか。妙な女です。自分のことばかり見て、考えて――そのくらいしか知りませんね。ここでいちばん扱いやすい囚人だってことは聞いてますけど。ここに来てから一度も面倒を起こしたことがないようですよ。わたしに言わせれば、あの女は深いですね」

深い？

「海のように」

ジェルフ看守の言葉を思い出して、わたしは頷いた。ドーズは貴婦人なのかと訊いてみた。クレイヴン看守は大声で笑いだした。「たしかに物腰は貴婦人ですけどね！　でもわたしら看守はみんな、あの女があまり好きじゃないんですよ。ジェルフさんのほかは――まあ、ジェルフさんは根が優しくて、誰にでも親切に声をかけますからね。だいたい女囚連中でさえ、ドーズとはつきあおうとしないんです。ここはあのくずどもの言う〝仲良しつくり〟の場ですが、誰ひとりあの女とは仲良くなろうとしませんね。用心してるんですよ。誰かが新聞の記事を嗅ぎつけて、言い触らしたせいで――一度もれた話は絶対に広まるんですからねえ、まったく頭が痛いったら！　夜の監獄ともなれば――女どもは馬鹿馬鹿しいことばかり想像するし。いきなり誰かが悲鳴をあげるんですよ、ドーズの房から変な音がするって――」

音……？

「幽霊ですよ！　あの女は、ええと――霊媒、っていうんでしたっけ？」

わたしは足を止め、驚き呆れて相手を見つめた。霊媒ですって！　霊媒が――監獄に！　いったい何をして？　どうしてここに？

クレイヴン看守は肩をすくめた。たしか貴婦人が怪我をしたとか――それに若い娘も。どちらかがあとで死んだはずだ、と彼女は言った。ただ、状況が変だったらしい。結局、殺人の証拠はなく、暴行ということになった。ドーズに対する起訴は全部、汚いでっちあげだと腕利きの弁護士が言いくるめて……

「まあね」彼女は鼻を鳴らした。「なんでも耳にはいるんですよ、ミルバンクじゃ」

わたしは、そうでしょうね、と答えた。通路を歩いていき、角を曲がるとその娘がいた――ドーズが。前と同じように陽の光を浴びて坐っていたけれども、今回は膝に視線を落とし、からまった毛糸をほぐしていた。

わたしはクレイヴン看守を見た。「ここにはいってもよろしくて――？」

房にはいると陽の光はいっそう明るく、薄暗い単調な通路のあとではその白い壁はひどく眩しくて、わたしは思わず手をかざしてまばたきをした。ドーズがほかの女囚のように立ち上がってお辞儀をしないことに、しばらくしてから気がついた。彼女は仕事の手を休めようとも、笑いかけようとも、話そうともしなかった。ただ眼をあげて、じっと興味深げにわたしを見つめた——その間も指は毛糸の玉をいじり回している。粗《あら》い毛糸を、ロザリオの珠《たま》を数えるように。

クレイヴン看守が外から鍵をかけて立ち去ると、わたしは声をかけた。「ドーズとおっしゃるのね？　ごきげんよう、ドーズ」

娘は応えずに、ただわたしを見返した。先週思ったほど、その顔は完璧ではなく、わずかに対称を欠いて——眉やくちびるが——ほんの少し左右が違う。監獄という場において女囚の顔は目立つ。服の色も形も地味で、帽子がぴったりと頭をおおっているからだ。顔と、そして目立つのは手。ドーズの手は華奢だけれども、肌が荒れて真っ赤だった。爪は割れて、白い斑《はん》が見えた。

彼女はまだ無言だった。指ひとつ動かさず、まばたきひとつせずにわたしを見つめているので、頭が弱いのか、それとも口がきけないのだろうかと不安になった。それでも言ってみた。少しお話をしませんか、ミルバンクの皆さんとお友達になりたいの……

わたしの声はやけに大きく響いた。きっと静かな通路全体に伝わって、女囚たちは作業の手を休めて頭をあげ、微笑しているだろう。わたしは彼女から窓に眼をやり、白いボンネットや、袖の縫い目の曲がった星を照らす陽光を示した。「お日様を浴びるのがお好きなのね」——「仕事をしながら陽射しを浴びてはいけませんか？」だしぬけにドーズが答えた。「少しくらい陽を浴びてもいいでしょう。ほんの少しくらい！」

激しい口調にわたしは眼をぱちくりさせ、それからうろたえた。あらためて見回すと、壁はもう眩《まばゆ》く輝いてはいなかった。眼の前で、ドーズのいる陽だまりはみるみる小さくしぼみ、房は薄暗く冷え冷えとしてきた。太陽は残酷にもじりじりと進み、ミルバンクにいくつもそびえる小塔の上を次々に通り過ぎていく。それをここではじっと見ているしかないのだ。日時計の針のように、動くこともできず、ただ無言のまま、冬が近づくにつれて、どんどんその時間が短くなっていくのを。実際、監獄の半分は、一月から十二月まで月の裏側のように暗いに違いない。

そう気づくと急に、毛糸を引っ張っている彼女の前にぼんやり立っていることに、いたたまれなくなった。わたしはたたまれたハンモックに近寄り、手をのせた。すると、彼女が口を開いた――物珍しくて触るなら別の物にしていただきたいわ、お皿でもカップでも。ハンモックと毛布は決められたとおりに、たたんでおかなければいけないの。あなたが出ていったあとで、たたみなおすのは面倒なの。

すぐに手を引っこめた。「そうね」そして言い添えた。「ごめんなさい」ドーズは木の編み針に視線を落とした。何を編んでいるのかと訊いてみると、黄土色の編み物を大儀そうに持ち上げてみせた。「兵士の靴下です」上流の発音だった。その彼女が言葉につかえるのを聞くたびに――エレン・パワーやクックほどではないにしろ、それでも時々つかえていた――わたしはびくりとした。

「ここに来て一年になるのね――あの、わたしと話す間は手を休めてもいいのよ、ハクスビー長官に許可をいただいているから」彼女は編み物を膝に落としたが、あいかわらず静かにもてあそんでいた。「一年間いたのね。ここの暮らしはいかが？」くちびるの端が少しあがった。あたりを見回して、それから言った。「あなたならいかが？」

質問されて驚いた——いま思い出してもどきどきする——わたしはためらった。が、ハクスビー長官にされた注意を思い出して答えた。ミルバンクはとても辛い場所でしょうけれど、自業自得だと諦めるわ。ひとりきりになる時間ができて嬉しいかもしれない、ゆっくりと罪を悔いることができるもの。計画を練るかもしれないし。

計画？

「よりよい人生の」

ドーズは眼をそらし、答えなかった。わたしはかえってほっとした。われながら空々しい言葉だった。黒ずんだ黄金の巻き毛が二筋、三筋、ドーズのうなじにかかっている——ヘレンの髪より淡い色。洗って結い上げればきっと目をひくだろう。陽だまりは明るさを取り戻し、無慈悲にじわじわと移動し続けた。ベッドの上で寒さに震える人からベッドカバーを引きはがすように。ドーズは顔に憩う暖かみを味わうように、光のあとを追って頭を動かした。わたしは声をかけた。「なにかお話をしましょう。お慰めしたいの」

四角い陽だまりがすっかり消え去るまで、彼女は答えなかった。それから、こちらに向き直り、黙って見つめてから、あなたに慰めてもらう必要はない、と言った。〝わたしにはわたしを慰めてくれるもの〟がある。だいたい、なぜあなたにあれこれ話さなければならないの？

あなたこそ、自分の暮らしについて話したら？

険しい声を出そうとしているようだったが、うまくいかず、言葉が震えを帯びてきた。傲慢なわけではない、虚勢を張っているだけで、その裏にまじりけのない絶望を隠していた。優しい声をかけたらきっと泣いてしまう――彼女を泣かせたくなかった。わたしはわざときびきび言った。ハクスビー長官にいろいろと障りのある話題のことは教わったけれども、わたし自身について話してはいけないとは言われなかったわ。興味があるなら、どんなつまらないことでも話してあげる……

わたしはまず名前を告げた。それから、チェルシーのチェイン通りに住んでいることも。弟がひとりいて結婚していることや、妹がもうじき結婚することや、わたしが結婚していないことも。夜、寝付きが悪くていつまでも本を読んだり、書き物をしたり、窓辺に立って川面《かわも》を眺めたりしていることも。そこまで話して、わたしは少し考えるふりをした。ほかに何があるかしら、と――「そんなところよ。話すようなことなんてたいしてないの……」

この間、ドーズは眼を丸くしてわたしを見ていた。それから、ようやく視線をはずし、微笑した。歯は美しく揃って、とても白い――ミケランジェロの使う〈パースニップの白〉。なのに、くちびるは荒れて傷だらけだった。次に口を開くと、前より自然な口調になっていた。彼女は次々に質問してきた。いつから慰問を？　なぜこんなことを？　チェルシーの家でのんびり遊んでいればいいのに、どうしてわざわざミルバンクに……？

「貴婦人は家でのんびり遊んでいるものだと思うの？」

彼女は、わたしがあなたならそうするわ、と答えた。

「あなたが本当にわたしだったら、のんびりなんてしないわよ！」

思いがけず大声を出したわたしに、ドーズは瞠目した。やっと編み物から手を離し、しげしげと見つめてきた。あっちを向いて、と願わずにいられなかった。彼女の眼差しはあまりにまっすぐで落ち着かない気分にさせられる。わたしは、正直に言えばだらだらするのは性にあわないのだ、と言葉を継いだ。二年ほどのんびりしていたけれども――あまり退屈で、そのせいで〝すっかり具合が悪く〟なったのだと。「すすめてくださったのはシリトー様よ。シリトー様は父の昔からのお友達で、うちに来てミルバンクのことを話されて。その時に慰問婦人の制度があると聞いて、それで思ったの――」

それで何を思ったのだったろう？　見つめられると、自分でもわからなくなった。眼をそらしたが、じっと見られているのを感じる。やがて彼女は淡々と言った。「それでミルバンクに来たのね、自分よりもずっと惨めな女たちを見れば、具合が悪いのも治るだろうと」――その台詞ははっきりと覚えている。容赦のない、とはいえほとんど図星を指す言葉に、頬が熱くなった。「いいわ」彼女は続けた。「どうぞ、ごらんなさい、あなたには十分惨めな姿でしょう。世界じゅうの人が見ればいい、それもわたしに与えられた罰」ドーズはまた誇りを取り戻していた。わたしは、こうして会いに来ることが罰の辛さを増すのではなく、やわらげることを願っている、というようなことを言った。すると彼女は即座に切り返した――先ほどと同じように――あなたに慰めてもらう必要なんてないわ。友達はたくさんいる、求めればいつでも慰めに来てくれる。

わたしは眼を瞠《みは》った。「お友達が？　ここに？」ドーズは眼を閉じると、額《ひたい》の前でふわりと優雅に手を動かした。「わたしには友達がいるの――ここに」

忘れていた。思い出したことで、頬がまたすっと冷えた。ドーズは眼を閉じたままだった。眼を開けるのを待って、わたしは訊ねた。「あなたは霊媒だと、クレイヴンさんがおっしゃってたわ」彼女はわずかに首をかしげた。「それじゃ、あなたのところに来る友達というのは――霊なの？」ドーズは頷いた。「その霊は――いつ来るの？」

霊はいつでもわたしたちのまわりにいる、と彼女は答えた。

「いつも？」わたしは微笑したと思う。「いまも？　ここに？」

いまも。ここに。霊たちは〝姿を見せたくない〟だけだ、とドーズは言った。でなければ、〝見せる力がない〟だけ……

わたしは思わずあたりを見回した。あの自殺未遂の女囚――プリティ看守の受け持ちの――ジェーン・サムソンを思い出した。椰子《やし》の繊維がけぶるように空中に渦巻いていた彼女の房。ドーズは自分の房がそんなふうだと信じているのだろうか――部屋いっぱいに霊が満ちていると。「でも、そのお友達は力を手に入れることもできるんでしょう、そう願えば」――霊たちは彼女から力を引き出すとのことだった。「あなたには見えるの？　はっきりと？」時には声をかけるだけのこともある、と彼女は答えた。「言葉が聞こえるだけという日もあるわ、ここで」そしてまた額に手をやった。

「霊はあなたが仕事をしている時にも来るの？」ドーズは首を振った。監獄が静かになって、休んでいる時だけらしい。

「あなたに親切にしてくれる？」

ドーズは頷いた。「とても。贈り物を持ってきてくれるわ」

「まあ」今度こそ、わたしは微笑した。「贈り物を？　霊界の？」

霊界の――ドーズは肩をすくめた。地上の贈り物よ……

地上の贈り物！　たとえば……？

「たとえば、花を」彼女は言った。「薔薇だったり。菫《すみれ》だったり――」

その時、監獄のどこかで鉄格子の閉まる音が響いて、わたしは飛び上がった。ドーズは平然としている。いましがたわたしが微笑をもらすのを見守りながら、まっすぐにわたしを見つめ、信じようが信じまいがどうでもいいという風情《ふぜい》で、落ち着いて喋っていた。ドーズはいま、たったひとつの単語で、わたしの身体に針を突き立てたのかもしれない――息をのみ、顔が硬張るのがわかった。いまさらどうして言えるだろう、花をくちびるにあてている様を、壁の向こうから息を殺して覗いていたなんて。あの時、どこから花が来たのかとさんざん考えてわからなかったのだった。そのまま、今日の今日まで忘れていた。わたしはうつむいて言いかけた。

「そう――」そしてまた、「そう――」それからようやく、自分でもいやになるほどわざとらしく陽気な声を出した。「そう、ハクスビー長官があなたの友達のことを小耳にはさまなければいいわね！　きっと、それでは罰にならないと思われてしまうわ、あなたがここでお友達と一緒だなんて――」

罰にならない？　ドーズは静かに答えた。この罰を軽くするものがあると思うの？　貴婦人としてぬくぬくと暮らすあなたが、わたしたちの生活を、果たさなければならない義務を、着なければならない服を、食べなければならないものを見て、本気でそう思うの？「ここでは看守の眼が片時も離れない――封蠟よりもぴったりと！　いつも水と石鹸が欲しくてたまらない。言葉を、簡単な言葉を忘れてしまう、ここでの一日は本当に限られていて、単語なんて百もいらない――石、スープ、櫛、聖書、針、暗い、女囚、歩け、気をつけ、早くしろ、急げ！　眠れないまま横になる――あなたが暖炉のそばのベッドで、家族や――侍女のそばで寝るのとは違う。寒さに身体じゅうがきりきりと痛んで――ふたつ下の階で女囚が金切り声で叫ぶのを聞きながら。悪夢を見た女が、アル中の幻覚が抜けない女が、新しく来たばかりで――自分の髪を全部切られ、部屋にひとりで入れられ、閉じこめられたことが信じられない女が、わめく声を！」こんな苦しみをいくらかでも軽くするものがあると思う？　あなたはこれが罰ではないと言うの、たまに霊が来て――くちびるにそっと触れてはくれるけれども、接吻が終わらないうちに淡雪のように溶け去って、わたしひとり、前よりも、暗い、暗い中に残されることが。

その言葉は依然なまなましく響いた。わたしは金縛りにあったように聞いていた、彼女がつかえながら小さく絞り出すように話す声を――もちろん看守に聞かれるのを恐れて、わめきも叫びもしない、けれどもわたしにだけは、その激情はひしひしと伝わった。わたしはもう微笑んでいなかった。答えることもできなかった。知らず知らず彼女に背を向け、鉄格子の向こうの通路の、のっぺりした石灰塗料の壁を見つめていた。

その時、足音が聞こえた。ドーズが椅子から立ち上がり、隣に来て、わたしに触れようと――たぶん――手をあげていた。

けれども、わたしが鉄格子のほうに身を寄せると、その手ははたりと落ちた。

あなたを傷つけるつもりで訪ねてきたわけじゃなかったの、とわたしは言った。今日、会った人たちはきっと、あなたほど深く考えないか、外の暮らしで心がすさんでいたのね、と。

ドーズは言った。「ごめんなさい」

「謝らないで！」わたしが謝らせてしまったなんて、耐えられない！「でも、わたしに出ていってほしいのなら、お暇《いとま》するわ――」ドーズは無言だった。わたしは翳《かげ》っていく通路をずっと見つめていたが、しばらくしてやっと、彼女にはもう口をきくつもりがないのだと悟った。わたしは鉄格子を握り、看守を呼んだ。

来たのはジェルフ看守だった。彼女はわたしを見て、次に房の奥を見た。ドーズが坐る音に振り向いてみると、毛糸玉を取り上げて糸を引っ張っていた。「ごきげんよう」と声をかけたが、答えは返ってこなかった。

看守が鍵をかけると、やっとドーズは頭をあげた。ほっそりした喉が動くのが見える。「お嬢様」わたしに呼びかけて、ジェルフ看守をそっと見やった。それからドーズは、「ここでは誰も、ぐっすりと眠れません」と小さな声で言った。「次にお嬢様が眠れない夜には、わたしたちのことを考えてくださいますか」

終始、雪花石膏《アラバスター》のようだった頰が、鴇色《ときいろ》に染まっていた。「ええ、ドーズ。考えます」

隣に立つ看守がわたしの腕に手をかけた。「もっとご案内しますか？　ナッシュや、ヘイマーや──チャップリンなんてどうでしょう、うちの毒盛り女なんですよ」

けれども、わたしはもうほかの女囚に会う気が失せていた。女囚監獄から、男の収監されている棟に連れられていった。

そこで偶然、シリトー様に出会った。「どうだったかな？」

わたしは、看守は皆さんとても親切で、女囚もひとりふたりだけれども、わたしの慰問を喜んでくれたようです、と答えた。

「そうだろうとも。皆、行儀はよかっただろうね？　どんな話をなさったのかな」

女囚たちの思うことや感じることについてです、とわたしは言った。

シリトー様は頷いた。「それはいい！　なんといっても、女たちの信頼を得なければならないからね。ああいう境遇にある女たちに敬意を払っていると実感させることで、初めてあなたは尊敬の念をかち取ることができるのだよ」

わたしはシリトー様を見つめた。シライナ・ドーズとのやりとりで生まれた、途方に暮れたような気分から抜け出せずにいた。そしてわたしは、自信がありません、と告白した。「わたしには慰問の者が持つべき知識も気質も欠けているのでしょうか……」

知識？　シリトー様はすぐにまくしたてた。あなたには人間性に関する知識があるだろう、ここで必要なのはそれだけだ！　うちの看守たちがあなたよりも知識が深いと思うかね。あなたよりも同情心に満ちた気質だと思うのかね。

わたしは粗暴なクレイヴン看守のことを、ドーズがその怒りを恐れて激情を押し隠していた様を思い出した。「でも、何人かいますわね、その――困惑させられるかたが――」

シリトー様は答えた。ミルバンクにはいつも必ずいるのだ！　だが、最終的に慰問婦人の努力にもっともよく応えてくれるのは、いちばん厄介な女囚ということが多い。そういう連中こそ、もっとも感受性が強い。もし扱いづらい女囚に出会ったら〝特別な対象にする〟といい。あなたの差し伸べる手を監獄でいちばん必要としているのは、そういう女なのだから……

困惑させられるかた、という曖昧な言葉を誤解されたけれども、それについて詳しく説明する暇はなかった。看守が呼びに来たのだ。たったいま貴婦人と紳士の一団が到着して、シリトー様みずから監獄を案内しなければならないのだという。内門の外の砂利を敷いた細い地面に、その人たちが集まっていた。紳士たちは五角形の獄舎の壁に歩み寄り、黄色い煉瓦とモルタルを仔細に見ていた。

先週と同じく、息の詰まる監房から解放されると、外気が清々《すがすが》しく感じられた。女囚監獄では窓から太陽の姿がすでに消えていたけれども、陽はまだまだ天高く、午後を明るく照らしている。門番が外門から道路に出て、呼び子を吹いて馬車を止めようとするのを制し、道を渡って堤《つつみ》に近づいた。囚人たちを植民地に送り出す船が発着する船着場があると聞いていたので、見てみたかった。それは木の桟橋で、手前は、鉄格子で仕切られたアーチ天井の暗い通路につながっていた。通路は地下道に続き、桟橋と監獄とを結んでいる。しばらく佇《たたず》み、わたしは船を、そして船に乗せられた女たちの気持ちを想像した。想像しながら——そしてドーズや、パワーや、クックのことをふたたび思いながら——歩きだした。堤に沿って歩き、とある家の前で息をついた。そこでは男がひとり、釣り糸を川面に垂らしていた。男はベルトの留め金具《バックル》から細身の魚を二尾さげている。陽光に鱗《うろこ》が銀に輝き、魚の口は真っ赤だった。

わたしは家まで歩いた。母はどうせプリシラの世話を焼いてまだまだ帰らないだろう。ところが、帰宅してみると、母は一時間も前に戻って、わたしを心配していた。いったい何時間、街をふらふら歩き回っていたのかと責められた。エリスを迎えにやろうと思っていたところだと。

今朝、わたしは母に素直でなかった。だからいまは素直になろうと思った。「ごめんなさい、お母様」それから償いに、コーンウォリス先生と過ごした時間について、プリシラがあれこれ喋るのをおとなしく聞いた。プリシラはまた空色のドレスを持ってきてわたしに見せ、肖像画のためのポーズをとった——花束をかかえて、陽射しに顔を輝かせて、恋人を待つ少女の図。コーンウォリス先生は絵筆の束を持たせたという。最終的にはそれが百合《ゆり》の花束に変わるらしい。「百合の部分と背景は、わたしたちが新婚旅行に行っている間に仕上げるんですって……」

そして、わたしに行き先を告げた。イタリア、と。プリシラはなんの感慨もなく、さらりと言ってのけた。イタリアがかつてわたしにとってどんな意味を持つものだったか、あの子にしてみればどうでもいいことなのだろう。けれども、その言葉を聞いた時、もう今朝の償いは十二分にすませた、と思った。わたしはプリシラを残して部屋に戻り、エリスが夕食の呼び鈴を鳴らすまでおりていかなかった。

　料理番は、よりによって羊肉を出した。食卓で冷めかけた肉には、脂《あぶら》の膜がうっすらとかかっていた。わたしはそれを見つめ、ミルバンクのすえた匂いのスープを、そして汚れた手が触ったのではないかと女たちが疑っていた様子を思い出し、食欲を失った。早めに食卓を離れ、父の書斎で一時間ほど書物や版画を眺めてから部屋に戻り、そしてまた一時間、窓から通りを眺めて過ごした。バークリー様がステッキを振り振り、プリシラを迎えに来るのが見えた。上がり段で立ち止まり、指を葉の露で湿らせ、口髭を撫でつけている。二階の窓辺に立つわたしに見られていると気づいていない。その後、わたしは少しだけ読書をしてから、これを書き始めた。

　いまこの部屋はとても暗く、読書灯だけが唯一の明かりだ。けれども、十二面の硝子のほやのおかげで灯心の光はあたりに広がり、振り向けば、炉棚の上の鏡にわたしの顔が細く黄色く映っていることだろう。それでも、わたしは振り向かない。かわりにこの壁を見る。ミルバンクの平面図の隣に今夜、わたしは押しピンで一枚の版画を留めた。父の書斎で、イタリアのウフィツィ美術館の資料を集めた紙挟みに先刻見つけた。それは初めてシライナ・ドーズを見た時に連想したクリヴェッリの絵――天使の絵だとばかり思っていたけれど、彼の晩年の作《真実《ウエリタス》》だったのだ。愁いを含みながらも凛《りん》とした娘が、太陽を象徴する輝く円盤鏡を持っている。わたしはその版画を持ち出し、ここに貼っておくことにした。悪いことはないでしょう？　きれいなのだもの。

一八七二年　九月三十日

ゴードン嬢、不思議な痛み。七一年五月、母、霊に。心臓。2シリング（二十シリングで一ポンド）。

ケイン夫人。娘パトリシアに会いたい——愛称ピクシー——生後九週間、七〇年二月、霊に。3シリング。

ブルース夫人とアレクサンドラ・ブルース嬢。一月、父、霊に。胃。新しい遺言書？　2シリング。

ルイス夫人（クラーケンウェルの。息子が寝たきりのジェイン・ルイス夫人ではない）——この婦人はわたしを指名したわけではないが、ヴィンシー師が少し話を聞いたあとで、これ以上は男の自分が聞くわけにはいかないし、もうひとり待っている客がいると言って連れてきた。わたしを見て彼女は叫んだ。「まあ！　ずいぶんお若いのね！」——「ですが、折り紙付きです」ヴィンシー師は即座に言った。「仲間内でも期待の星です。保証しますよ」三十分ほどかけてルイス夫人はわたしに悩みを語った——

毎夜三時に霊が現われ、心臓の真上の肌に手をあてて起こすのだという。霊の顔を見たことはなく、凍るような指先を感じるだけらしい。しきりに現われるので肌に指の痕が残っているが、ヴィンシー師には見せられなかったということだ。「わたしにならば見せてくださるでしょう」うながすと、夫人は胸をはだけた。五つの真っ赤な痕がくっきりと、盛り上がっているわけでも、水膨れになっているわけでもなく、刻印されていた。わたしは長い間それを見つめ、やがて口を開いた。「はっきりしているではありませんか、霊が欲しいのはあなたの心臓でしょう？　霊があなたの心臓を欲しがる理由に心当たりは？」「いいえ、何も。ただ、この霊を追い払いたいの。隣で休んでいる主人が霊が来た時に眼をさますんじゃないかと、気が気でなくて」新婚四ヵ月だそうだ。わたしはじっと彼女を見つめて言った。「わたしの手を握って、本当のことを話してください。その霊が誰で、なぜ来るのか、ご存じのはずです」

もちろん彼女は知っていた。それは以前、結婚を約束していた青年で、彼女が別の男に乗り換えると、インドに渡り、その地で死んだ。夫人は泣きながら洗いざらい告白した。「でも、本当にあの人だと思います？」わたしは、そのかたが亡くなった時刻を調べさえすればよいと言った。「英国時間で午前三時だということに、わたしの命を賭けましょう」霊は別の世界ではすべてにおいて自由なのだが、時に肉体を失った時刻に囚《とら》われることがあるのだ、と説明した。

わたしは心臓の上の痕に手をのせた。「あなたたちふたりだけの呼び名がありましたね、彼をどう呼んでいましたか」夫人は、ドリーだと答えた。「そう、わたしには見える。優しそうな青年、泣いている。彼はわたしに手を見せる。あなたの心臓がその手の中にある。心臓にはドリーという文字が、墨のように黒い文字が。あなたへの想いで、とても暗い場所に囚われている。抜け出したくても、あなたの心臓が鉛のように彼を押さえつけている」「どうしたらいいのでしょう、ドーズ先生、わたくしはどうすれば」「あなたは心臓をあげました。彼がそれを持っていたがっているからといって、嘆いてはいけない。ですが、彼に去るように説得しなければ。そうしないと、あなたとご主人がキスをするたびに、彼はおふたりのくちびるの間に割りこむでしょう。あなたのキスを盗もうとして」わたしは霊の呪縛をゆるめるように努力すると約束し、次は水曜日に来るように言った。「お礼はいかほどご用意すればよいでしょう」と言うので、あなたはヴィンシー師のお客様だから、お礼なら彼にと答えた。「何人も霊媒がいるこのような場所では、お客様に誠実であることが肝腎《かんじん》なんです」

夫人が去ってから、ヴィンシー師が戸口に現われ、夫人の置いていった金をわたしにくれた。「ドーズさん、いまの奥さんの心をずいぶんつかんだようじゃないか。見てみな、金貨だぜ」彼はわたしの手に金を置いた。体温でかなり温まった一ポンド金貨を差し出して笑い、やけどするなよ、と言った。わたしは、ルイス夫人はあなたの客だからお金はいらない、と言った。「なあに、身寄りもなくて、たったひとりで頑張るあんたを見てると、男の責任ってやつを思い出さずにいられないのさ」彼は金貨をのせたわたしの手をまだつかんでいた。引っこめようとすると、彼は握る手に力をこめた。「あの奥方は痕を見せたのかい?」わたしは、廊下で奥さんの声がしたようだ、と言った。

ヴィンシー師が行ってしまうと、わたしは金貨を貯金箱にしまい、その日はのろのろと過ぎた。

一八七二年　十月四日

ファリンドンの屋敷にて、ウィルソン嬢――五八年、兄、霊に。ひきつけ、そして窒息。3シリング。

ここで、パートリッジ夫人――五人の赤子の霊、エイミー、エルシー、パトリック、ジョン、ジェイムズ。皆、一日も生きられなかった。この貴婦人は喪の黒いベールを顔に垂らしていたが、わたしはそれをあげさせた。「首のまわりに赤ちゃんたちの顔が見える。赤ちゃんたちの輝く顔をネックレスのように胸にぶらさげていることに、あなたは気づいていない」けれども、ネックレスにはあとふたつ、宝玉を待つ隙間があいていた。わたしはベールを戻した。「この先、何があっても心を強く持ってください」――

その貴婦人を見ていると、気分が沈んできた。送り出したあと、階下におりて、今日は疲れてこれ以上は見られないと伝え、部屋に戻って閉じこもった。十時。ヴィンシー師の奥さんはもう寝ている。真下の部屋のカトラーはおもりを持って運動。サイブリー姐《ねえ》さんは歌。一度、ヴィンシー師が来る。階段の踊り場に足音が響いたかと思うと、ドアの外で息づかいがした。かれこれ五分ほど。「ヴィンシーさん、ご用ですか」声をかけると、階段の絨毯を調べに来たのだという答えが返ってきた。絨毯が浮いていて、わたしが爪先をとられてつまずかないように。大家ならそこまでするものだ、と言った。夜の十時だろうと。

彼がいなくなると、わたしは鍵穴の前に靴下を吊した。

そして坐りこみ、伯母のことを考えた。伯母が死んで、明日で四ヵ月になる。

一八七四年　十月二日

雨は三日も降り続いている——気の滅入る冷たい雨は、川面《かわも》を鰐革のように黒くごつごつと荒れさせる。はしけを木の葉のようにくるくる回し、上下に激しく揺する。見ているだけで疲れてしまった。わたしは毛布にくるまり、父の古い絹のナイトキャップをかぶって坐っている。家のどこかから母の声が聞こえた。甲高く、エリスを叱っている——カップを落とすか、水をこぼすかしたのだろう。ドアの閉まる音、そして鸚鵡《おうむ》の鋭い鳴き声。

鸚鵡はバークリー様からプリシラへの贈り物で、客間の竹の止まり木にいる。バークリー様はプリシラの名前を覚えさせようとしているけれど、まだ鳴き声をたてるだけだ。

今日は我が家の厄日だった。雨で台所は水につかり、屋根裏部屋の天井は漏り、何より悪いことに、ボイドが来週から暇をとると言いだして、プリシラの結婚式が間近だというのに新しい小間使いを探さなければならないと、母はすっかり憤《いきどお》っていた。まさに青天の霹靂《へきれき》だった。わたしたちは皆、ボイドは満足していると思っていた。三年も働いていたのだから。けれども昨日、ボイドは母の前に現われ、新しい勤め先を見つけたので、来週、辞めさせていただきたい、と言った。ボイドは母の眼を見ようとしなかった——あれこれ言い訳をしたが、母にはそれぐらいお見通しだった——問い詰められて、ボイドはついにわっと泣きだした。そして本当の理由は、この家にひとりでいるのが怖くなったからだと言った。わたしの父が亡くなって以来、この家は〝おかしく〟なり、父の無人の書斎を掃除させられるたびに、恐ろしくてたまらないと言い張る。夜になれば、きしむような音やなんだかわからない音が聞こえて、眠ることができない――一度など、ボイドの名を呼ぶ声がかすかに聞こえてきたと言うのだ！　恐怖でまんじりともせず、かといって、あまりの恐ろしさに自分の部屋からエリスの部屋に行くこともできないと言う。そういうわけだから、辞めたくないのは山々だけれども、もう神経がずたずたなので、メイダ・ヴェイルにある屋敷に行くことにした、と。

母は、そんな馬鹿げた話は生まれてこのかた聞いたことがないと息巻いた。

「幽霊ですって！」母は言った。「この家に幽霊なんて！　お気の毒な旦那様の思い出を、あんな卑しいボイドなどに穢《けが》されるなんて」

プリシラは、父の幽霊が出るにしても、屋根裏の小間使いの部屋を歩き回るのはおかしい、と言った。「あなたは遅くまで起きてるでしょう、マーガレット。何も聞かなかったの？」

わたしは、ボイドの鼾《いびき》なら聞いた、と答えた。てっきり眠っていると思っていたけれど、それじゃ、あれは怖くて鼾をかいていたのね……

母は、おもしろがれて結構なことね、と言った。わたしはちっともおもしろくないわ、また新しい娘を見つけて、仕込まなきゃならないなんて！

そしてまたボイドを呼んだ。もう少しいじめるつもりなのだ。

雨で四六時中、家の中で顔を突きあわせていたせいか、寄ると触るといさかいになった。今日の午後、わたしはとうとう耐えられなくなり、雨をついて、ブルームズベリーに馬車で向かい――大英博物館に行った。そこの閲覧室で、ロンドンの監獄について書いたメイヒューの本や、エリザベス・フライのニューゲイト監獄の記録や、シリトー様にすすめられた本を二冊ほど借り出して読んだ。本を運ぶのを手伝ってくれた殿方が、こういう荒っぽい本を読むのがとても優しげに見えるかたばかりというのはなぜだろう、と言い、本を持ち上げて背表紙を読み、微笑んだ。

父亡きいま、ここにいることに心がわずかに痛んだ。閲覧室はまったく変わっていない。最後にここに来た二年前と同じ常連たちが同じ姿で、二折版《フォリオ》を広げ、つまらない本を熱心に読み、サービスの悪い職員と小声ながらも激しく口論をしている。顎鬚をしゃぶる紳士、笑いをもらす殿方。漢字を書き写す婦人はまわりがざわつくたびに注意をする……皆、丸天井の下のいつもの場所に固められたかのようだ――まるで琥珀《こはく》の文鎮に閉じこめられた蠅。

誰かわたしを覚えているだろうか？　ひとりの職員だけがわたしに気づいた。「こちらはジョージ・プライア先生のお嬢様だ」窓口に立つと、職員は若い助手にそう言った。「何年もお父様とよく一緒にいらっしゃっていましたね――あのかたが本を探しにいらっしゃる姿が眼に浮かびますよ。ルネサンス研究の資料を調べるお手伝いをなさっていたでしょう」彼は父のその論文を読んだと言った。

顔を知らない人々は、わたしのことを〝お嬢様〟ではなく〝奥様〟と呼んだ。この二年で、わたしは娘から老嬢に変わっていた。

近ごろでは老嬢は多いのだろう——昔より数がずっと増えているように見える。いや、もしかすると幽霊と同じことで、自分も仲間入りしなければ眼にはいらないのかもしれない。

長居はしなかった。なんとなく落ち着かず——そのうえ雨でとても暗かった。けれども、母とボイドが火花を散らしている家には戻りたくない。わたしは馬車でガーデンコートに向かった。この天気で、ひょっとするとヘレンが家にひとりでいるかもしれない。そのとおりだった。昨日から来客はなく、ヘレンは火の前に坐ってトーストを焙《あぶ》り、細かくちぎってジョージーに与えていた。わたしがはいっていくと、ヘレンは「ほうら、マーガレットおばちゃまよ！」と言って、ジョージーを抱き上げ、わたしのほうへ差し出すようにした。坊やは足をばたばたさせて、わたしのおなかを蹴とばした。「こら、まるまるかわいいあんよちゃん」わたしは言った。「どうしたの、真っ赤なほっぺちゃん」ヘレンは、坊やの頰が赤いのは、歯がはえかけて腫れているのだと言った。わたしの膝にのせられると、まもなく坊やはぐずりだし、やがて乳母に連れられていった。

わたしはヘレンにボイドと幽霊の話をした。そして、プリシラとバークリー様のことを話し合った。わたしは、新婚旅行でふたりがイタリアに行くつもりなのを知っていたかどうか訊いてみた——きっと前から知っていたのだろうが、ヘレンはそれを認めようとせず、誰でも行きたければイタリアに行く権利はあると言った。「あなたがイタリアに行くつもりだったのが駄目になったからって、アルプスを越えようという人を誰も彼も止めだてするつもり？　プリシラに悲しい思いをさせないで。あなたのお父様はプリシラのお父様でもあるのよ。あの子が結婚を延期されて、辛《つら》くなかったと思うの？」

わたしは、お父様が病気だとわかった時にプリシラがどれだけ泣きわめいたか、よく覚えている、と言った――あれは、せっかく新しいドレスを一ダースも作らせたのに、全部返して喪服を作らなければならなくなったからだ。わたしが泣いた時、みんなはなんて言ったかしら？

ヘレンは眼を合わせず、あなたの場合とは違うでしょう、と答えた。「あの子は十九だったし、無理もないわ。二年も辛い思いをしたんだもの。バークリー様が我慢強く待ってくださってありがたいと思わなくちゃ」

わたしは尖った口調で、あなたとスティーヴンはずいぶん運がよかった、と言った。するとヘレンは穏やかに答えた。「ええ、そう思うわ――結婚して、晴れ姿をお見せできたもの。プリシラにはそれができないけれど、でも、お父様のご病気を理由に準備を焦るより、ずっと素晴らしいお式になるはずよ。あの子に愉しませてあげなさいな」

わたしは立ち上がって暖炉に近づき、炎に手をかざした。ややあって、今日のあなたは厳しい、とわたしは言った。膝の上で赤ちゃんをあやして、お母さんをしているからかしら。「ねえ、プライア夫人、うちの母そっくりよ、その喋り方。気をつけないと、すぐにあんなふうになっちゃうんだから……」

ヘレンは真っ赤になって、うるさいわよ、と言い返した。が、すぐにぷっと吹き出して、口をおおった。炉棚の上の鏡にヘレンの顔が映っている。そうやって赤くなるのは、あなたがまだギブソン嬢だった時以来ね、とわたしは言った。わたしたちが真っ赤になって笑っていたあのころを覚えている？「お父様はよくあなたの顔をトランプの赤いハートのようだとおっしやったわ――わたしはダイヤみたいだって。覚えてる？」

ヘレンは微笑し、ふと頭をあげた。「ジョージーが泣いてる」――わたしには聞こえなかった。「あの歯が痛くて本当に困っちゃうわねえ！」そう言うと呼び鈴を鳴らして、小間使いのバーンズを呼び、赤ん坊を連れてこさせた。まもなくわたしは暇《いとま》を告げた。

一八七四年　十月六日

今夜は何も書きたくない。頭痛がすると言って部屋に戻ったので、そろそろ母が薬を持ってくるはずだ。今日はやるせない一日を過ごした――ミルバンク監獄で。

もう顔が知られて、外門に差しかかると陽気に声をかけられた。「おや、お戻りですかね」わたしを見た門番は言う。「いいかげん、あっしらにうんざりじゃあ、ござんせんか――ま、ここで働かねえですむお人にゃ、おもしれえ場所かもしれねえな、牢ってとこは」

この門番は古風な呼称がお気にいりのようだった。看守を牢番、婦人看守を女牢番と呼んだりする。ミルバンクで三十五年も門番を務め、何千という犯罪者が門をくぐるのを眼にし、すさまじく悲惨な事件の数々を知っていると豪語していた。今日もまたひどい雨だったけれども、門番小屋の窓辺に立って、ミルバンクの地面が泥沼になるとしきりにぼやいていた。ここの土は水捌《は》けが悪く、外回りの作業はとても厄介なのだとか。「ろくでもねえ土でさ」わたしを窓辺に招き、かつては城を囲む堀のようにこの獄を取り巻いていた、水のない溝と跳ね橋の跡を見せてくれた。「けど、土がもたねえんでさ。囚人どもが水を抜くそばから、テムズの水がしみ出してきやがって、朝になるとまた真っ黒な水がたまっちまうって有様で。結局、埋めるはめになっちまった」

わたしはしばらくそこにとどまって、門番小屋の火で温まった。それからいつもどおり女囚監獄のリドレー看守長のもとに連れていかれた。彼女は毎回、監獄のあちらこちらを見せてくれる。今日は診療所に案内された。

厨房《ちゅうぼう》と同じく女囚の獄舎から離されて、これは六角形の中央棟にあった。つんとする臭いが鼻をつくけれども、暖かく広々として、女たちが作業や祈り以外の目的で訪れる唯一の部屋であるからには、心地よい場所なのだろうと思った。それでもやはり、沈黙は守られなければならないのだ。ここにも看守が立って、横になった女囚たちが喋らないように監視していた。個室や、拘束用の革紐のついたベッドがいくつかあるのは、病人が狂暴になった時のため。壁には、壊れた枷を足にはめられた主《しゅ》のお姿がかけられ、聖書の引用がただ一行。主の愛がわたしたちを動かします（コリントの信徒への手紙二、第五章十四節）。

そこには五十ほどベッドがあった。実際に寝ているのは十二、三人で、そのほとんどが重体のようだった――頭をあげることさえできず、わたしたちが通り過ぎても、そのまま横になっていたり、身震いをしたり、灰色の枕に顔を押しつけたりしていた。リドレー看守長は厳しい眼でひとりひとりを見ていたが、ひとつのベッドのそばで立ち止まった。「ごらんください」横たわったある女囚を示した。女の脚は剝出しになっており、その青黒い足首には包帯が巻かれていたものの、ひどく膨れあがり、足のすぐ上に太股がついているようだった。「こういう連中にはさいてやる時間もありません。ウィーラー、お嬢様にお話し。なぜおまえの脚はそんなふうになった？」

女囚は首をすくめた。「お嬢様が知りたいってんなら」それからわたしを見上げて言った。「食事のナイフで切っちまったんです」わたしはあのなまくらなナイフと、女囚たちが羊肉を歯で嚙みちぎっていた様を思い浮かべ、当惑してリドレー看守長を見た。

「もっときちんとお話し。なぜおまえの血は腐った？」

「へえ」ウィーラーは、いくぶん口ごもるように言った。「傷口に錆《さび》がはいって、膿《う》んだんです」

リドレー看守長は鼻を鳴らし、ミルバンクでどんなものが傷口にはいって膿むのかを知ったら驚きますよ、と言った。「傷口が腐るように、服から取った鉄のボタンを足首にあてて縛っていたのを外科医が見つけました。あまり順調に腫れてしまって、ボタンを摘出するのにナイフを使わなければなりませんでしたよ！　まったく、この女のために外科医を雇っているようなものです！」そう言って、首を振った。わたしはもう一度、膨れあがった足首を見た。包帯が巻かれているより下の部分は真っ黒なのに、踵《かかと》は白く、チーズの外皮のようにひびだらけだった。

しばらくして診療所の婦人看守に話を聞くと、女囚たちはこの部屋にはいるためなら〝どんな企て〟でもすると言った。「まず、発作を装いますね。うまく手にはいれば硝子を飲みこんで出血をしてみたり。首を吊ることもありますよ、間に合うように発見されることをあてにして」だが、二、三人、見込み違いで本当に首が締まってしまった女もいるのだという。本当に辛《つら》いことだったたと。そうするのは退屈からだったり、友達がここにいると知れば仲間に会うためだったり〝ちょっとした騒ぎの中心になって人目をひきたいから〟だったりする。わたし自身、同じ〝企て〟に手を出したことがあるとは、もちろん言わなかった。けれども、話を聞くわたしの表情がきっと変わったに違いない。それを見た彼女は勘違いして言った。「あら、お嬢様やわたしとは違いますよ、こんなところに来る女どもは！　あの連中は命を本当に粗末にしますから……」

わたしたちのそばでは、若い婦人看守が部屋の消毒の準備をしていた。皿にさらし粉を入れて酢をかける。酢の壜を傾けた途端、つんとする臭いが漂った。まるで、教会で香炉を捧げ持つ司祭のように、皿を持ってベッドの間を進んでいく。やがて刺激臭が充満し、眼が痛くなったわたしは顔をそむけた。するとリドレー看守長はわたしを連れ出し、女囚監獄に案内した。

これまでとはまったく違い、今日は動き回る音とつぶやく声でざわざわしていた。「どうしたんですの？」まだ消毒薬がしみる眼をこすりながら訊ねると、リドレー看守長が説明した。今日は火曜日なので——わたしは火曜日に来たことがなかった——火曜と金曜はそれぞれの房で授業があるのだという。やがてジェルフ看守の監獄区で、教師の婦人のひとりに話を聞くことができた。看守に紹介されると、その教師はわたしの手を握り、お名前は存じ上げておりますす、と言った——わたしは女囚から聞いたのかと思ったが、そうではなく、父の著書をご存じなのだった。たしかブラドレー夫人というかたで、三人の若い貴婦人を助手に、女囚たちを教育するために雇われていた。手伝ってくれるのはいつも若い人ですが、毎年、新しい人を探さないといけなくなって、と彼女は言った。せっかく助手に雇っても、すぐに結婚して辞めてしまうんですよ。口振りから、わたしを実際より年配だと思っているのがわかった。

夫人はちょうど、本や石板や紙を山積みにした小さな台車を押していくところだった。ミルバンクに来る女たちは概《おおむ》ね無知蒙昧《もうまい》で〝聖書さえも〟ろくに知らないのだ、という。たいていの者は文字を読めるが、書くことができない。どちらもできない人間もいる――その点では男よりも劣っているとのことだった。「これは」と、彼女は台車の上の本を示した。「ましな女たちのためのものです」わたしはかがんで見てみた。ずいぶん擦り切れて、紙がかなりくたびれている。ミルバンクに長く留め置かれた女たちの作業で荒れた指が、退屈や不満をまぎらそうとして、つまんだりひねったりしたのだろうか。サリヴァンの綴り方の本、イングランドの歴史一問一答、ブレアの物知り教科書――みんな子供の頃、パルヴァー先生に暗唱させられた教科書だ。スティーヴンは休暇で帰ってくると、必ずわたしの教科書を取り上げて、こんなものはなんの役にもたたない、と大笑いしたものだった。

「しょうがないんですよ」かすれた題字を読もうと眼をすがめるわたしを見て、ブラドレー夫人が言った。「新品の教科書を与えても、全然、意味がありませんの。本当に扱いがぞんざいなんですから！　ページを破いて、いろいろなことに使うんです」刈りこまれた髪をカールさせるのに使うのだという。帽子の下に隠してこっそりと。

婦人看守がブラドレー夫人を近くの房に連れていったので、わたしは物知り教科書を取り上げて開き、皺だらけのページを少し読んでみた。こんなところで眼にする教科書の質問は、ひどく場違いな印象だった――けれども、どこか詩的なものを感じた。〈硬い土地にあうのはどんな穀物?〉〈銀を溶かすのはどんな酸?〉通路の向こうから聞こえてくるのは、とぎれとぎれの小さな声、頑丈な靴底が砂をこする音、リドレー看守長の怒鳴り声。「気をつけして、先生の質問にお答え!」

〈砂糖は、油は、ゴムはどこでとれる?〉
〈浮き彫り《レリーフ》とは何? 影はなぜできる?〉

わたしは本を台車に戻して通路を進んだ。時々立ち止まり、真剣な顔で教科書のページに見入り、低くつぶやく女たちを見た。親切なエレン・パワー、哀《しら》しげな顔のカトリックの娘――我が子を窒息させてしまったメアリ・アン・クック、恩赦の報せを迫って看守を悩ませるサイクス。監房区の曲がり角に当たるアーチ天井に差しかかった時、聞き覚えのある声がした。わたしは少し歩を進めた。シライナ・ドーズ。聖書を暗唱する彼女の前で、貴婦人がにこやかに耳を傾けていた。

聖書のどの部分かは知らない。わたしはただ胸をつかれたのだ、監房の中でひどく奇妙に響くその声音に、あまりに屈辱的なその姿に――ドーズは房の中央で立たされ、エプロンの前で両手をしっかり組み、頭《こうべ》を垂れていた。わたしの中の彼女は――いつも思い描いていたのは――クリヴェッリの絵のように凜《りん》として気高く、あたりを払う姿だった。時折、ドーズの語った霊や、贈り物や、あの花のことを考え――揺るぎないまっすぐな眼差しを思い出したものだ。なのに今日、華奢な喉を監獄のボンネットのリボンの下で波打たせ、荒れた唇を動かし、じっとうつむいて、お洒落な貴婦人の教師のそばに立たされた彼女は、ただただ幼く、無力で、哀れな、栄養不良の少女にしか見えなかった。ドーズは見られていることに気づいていなかったが、わたしがもう一歩、踏み出すと――ふと顔をあげて、口をつぐんだ。ドーズの頰が火のように赤くなると、わたしも顔が燃えるように感じた。彼女の言葉を思い出したのだ。世界じゅうの人間の眼にさらされることが、与えられた罰のひとつなのだと。

離れようとしたが、教師もまたわたしに気づき、立ち上がって会釈をした。この女とお話をなさいますか？　すぐにすみますわ。このドーズは本当によく暗記していますの。

「続けて」彼女は言った。「たいへんよくできていますよ」

ほかの女囚であれば、たどたどしく暗唱し、誉められ、おとなしく沈黙する有様を見守っていたかもしれないが、ドーズのそんな姿は見るに忍びなかった。「いえ、今日は忙しそうですから、またこの次に参りますわ」教師に会釈を返すと、ジェルフ看守についてもっと奥の房に進み、そこの女囚たちと話をして一時間ほどを過ごした。

それにしても！　その一時間は本当に情けなくて、話をした女たちときては、誰も彼もが陰気だった。最初の女囚は、自分の仕事をおいて、立ち上がってお辞儀をしたあとも、ジェルフ看守が鉄格子に鍵をかけている間じゅう、ぺこぺこと頭をさげていた。が、ふたりきりになるなり、わたしを引き寄せ、押し殺した声で囁いた。「こっち来て、こっち！　あいつらに聞かれたらやばいんだ。聞かれたらあたい、食われちまう！　齧《かじ》るんだ、我慢できないよ！」

鼠のことだった。夜になると鼠が出てくる、とその女囚は言った。寝ていて顔の上に、ひやっと前足が触ったかと思うと、齧られて飛び起きるのだと。彼女は袖をまくり、咬み痕を見せた——あきらかに自分で咬んだ痕だ。わたしは、どうして鼠があなたの房にはいりこむの、と訊いた。すると、看守が持ちこむのだという答えが返ってきた。「あいつらは眼から」——扉の脇の検分窓から、ということだ——「鼠を入れるんだ。尻尾持ってそこから落とすんだ、ちゃんと白い手が見えるんだから。そっから石の床に落とすんだよ、一匹ずつ……」

ハクスビー長官に言ってくれるかい、鼠を捕ってくれって？

話してみましょう、となだめるためだけに言って房を出た。ところがその次の女囚も同じくらい狂っており、三人めは——ジャーヴィスという娼婦は——最初はとても気が弱いたちに見えた。話している間じゅう、立ったままそわそわ落ち着かず、眼を合わせようともしない。そのかわりに、わたしの服装や髪形を輝きのない眼でちらちら見る。とうとう辛抱できなくなったように叫びだした。姐《ねえ》さんはなんでそんなつまんない服を着てるのさ？　うちの看守と同じくらい陰気じゃないか！　ここの服を無理やり着せられるのはもううんざり、自由になったら、姐さんみたいな服は死んでも着やしない、好きなドレスを毎日着てやる！

わたしは訊ねた。あなたがわたしならどんな服を選ぶの？　彼女は間髪を容《い》れずに答えた。

「シャンベリーの紗《しゃ》のドレスに、かわうその毛皮の外套、麦藁の帽子に百合《ゆり》を飾るよ」靴は？

――「リボンで編み上げる、絹の上靴がいいね！」

でも、とわたしはやんわり言った。それはパーティーや舞踏会向けの衣装よ。あなたがミルバンクに慰問に来るとしたら、そんな服を着る？

着るかって！　ホイやオダウドにそれを着たあたしを見せてやれるんだ、グリフィスやウィーラーやバンクスや、プリティ母さんやリドレー姐さんにも！　そりゃ、着たいよ！

あまりの興奮ぶりに、わたしは落ち着かない気分になった。気の毒に、毎晩、房で横になりながら、凝ったドレスを細かくあれこれ空想して眠れないのだろう。看守を呼ぼうと鉄格子に足を踏み出すと、突然、ものすごい勢いでわたしに駆け寄り、顔を近づけてきた。眼はもうどんよりしておらず、ずる賢そうに光っていた。

「あたしら友達だよね、姐さん？」わたしは頷いて――「ええ、そうよ」と答えて――また鉄格子に歩み寄ろうとした。彼女はいっそう顔を突きだし、早々に訊いてきた。姐さんは次に、誰を慰問するの？　B監房区？　だったらちょっと手紙を渡してくれない？　友達がいるんだ、エマ・ホワイトって。彼女はわたしのポケットに手をのばした。帳面とペンに。一ページでいいから破って、それを〝めくばせ並みに素早く〟、ホワイトの格子の間から入れてほしいと言うのだ。半ページでもいいと！　「従姉妹なんだ、本当だよ、看守の姐さんたちに訊いてもらってもいい」

すでに飛びのいていたわたしは、ポケットに押しつけてくる手を払いのけた。「手紙ですって？」仰天し、狼狽して言った。手紙なんて引き受けることができないのはわかっているでしょう！　そんなことをしたらハクスビー長官がわたしをどう思うかしら？　そんなことを言いだしたなんてハクスビー長官が知ったら、あなたをどう思うかしら？　わたしの言葉に彼女は一歩さがったが、諦めようとしなかった。ハクスビー婆さんには関係ないよ、ホワイトに友達のジェーンが気にかけてると知らせてどこが悪いのさ！　帳面を駄目にするようなことを言ったりして、あたしが悪かったよ。でも、ひとこと伝えてくれたっていいじゃないか――そのくらいなら――ホワイトに友達のジェーン・ジャーヴィスが気にかけてるって、気持ちを伝えたがってるって。

わたしはかぶりを振って鉄格子を叩き、ジェルフ看守が出してくれるのを待った。「そんなこと頼んではいけないとわかっているでしょう？　あなたにはがっかりしたわ」するとずる賢そうな顔は膨れっ面になり、くるりとうしろを向いて両手で自分を抱き締めた。「死んじまえ！」ジャーヴィスは激しく罵った――通路の砂をじゃりじゃり踏みしめて近づいてくる看守に聞き取れるほどではなかったけれども。

ジャーヴィスの悪口に何も感じなかったことが自分でも不思議だった。わたしは一度、またいただけで、正面からじっと見据えた。わたしの表情に気づくと、見るからに不機嫌な顔になった。そこに看守が来た。「仕事に戻りなさい」優しく言うと、わたしを房から出して、鉄格子に鍵をかけた。ジャーヴィスは躊躇していたが、椅子をひきずっていき、縫い物を取り上げた。そして顔をあげた彼女の表情はすねたようでもなく、不機嫌そうでもなく――ドーズがそうだったように——ひたすらに哀れで、弱々しく見えた。

まだブラドレー夫人の若い助手たちがE監房区の女囚を教えている声や物音は続いていたけれども、わたしはその階を離れて、第三級女囚の監房区におりていき、そこを監督するマニング看守について歩いた。房の女囚たちを見ながら、この中の誰にジャーヴィスはことづてをしたかったのかしら、と考えずにいられなかった。とうとうわたしは、そっと囁いた。「こちらにエマ・ホワイトという女囚はいまして？」——いますよ、お会いになりますか、という返答に、わたしは首を振り、ためらってから、ジェルフ看守の房にいた別の女囚が消息を知りたがっていたんです、と答えた。従姉妹だそうですね——ジェーン・ジャーヴィスは？

マニング看守は鼻を鳴らした。「従姉妹なんて言ったんですか？　ふん、あれがエマ・ホワイトの従姉妹なら、わたしも従姉妹ですよ！」

ホワイトとジャーヴィスは監獄の有名な〈仲良し〉で、〝どんな恋人よりずっとたちの悪い〟カップルなのだ、とマニング看守は言った。あちこち勤めたが、どこの監獄にも〈仲良し〉はいたという。きっと淋しいからだろう。非常に扱いづらい女囚が小娘のように恋わずらいにかかったのを実際に見たそうだ。気に入った相手にふられたか、その女にはもうずっと〈仲良し〉の相手がいたかしたらしい。マニング看守は笑った。「あなたが〈仲良し〉の相手にされないように気をつけてくださいよ、お嬢様。いままでにも婦人看守にのぼせた女囚は何人もいましてね、みんなほかの監獄に移されましたよ。連れていかれる時の愁嘆場といったら、お笑いですよ、ははは！」

彼女はまた笑って、さらに奥の房に進んだ。ついていきながら、わたしは落ち着かない気分だった――〈仲良し〉という言葉は、聞いたことも自分で使ったこともあるけれども、そんな意味があったとは。それに、知らなかったとはいえ、もう少しでジャーヴィスのよこしまな恋のキューピッドになるところだったとは……

マニング看守がひとつの鉄格子扉の前にわたしを案内した。「これがホワイトです」そう小声で言った。「ジェーン・ジャーヴィスがのぼせてる女ですよ」房を覗くと、黄色い顔のずんぐりした娘が寄り眼になって、ズックの袋のがたがたの縫い目を睨んでいた。わたしたちが見ているのに気づくと、立ち上がってお辞儀をした。マニング看守が言った。「なんでもないよ、ホワイト。その後おまえの娘のことでなにか便りはあったかい?」――そしてわたしに言った。「ホワイトには娘がいるんです、伯母に預けた。でもその伯母というのが悪い女で――そうだろう、ホワイト?――幼い娘が悪い影響を受けないかと心配なんですよ」

ホワイトは、何もないと答えた。そしてこちらの視線をとらえたが、わたしは眼をそらし、マニング看守を鉄格子扉のもとに残して、男の監獄に連れていってくれる婦人看守を見つけた。その場を離れることが嬉しかった。黒ずんでいく地面に踏み出し、顔に雨が当たってもなお嬉しかった。今日ここで見聞きしたことすべてが――病人、自殺未遂の女、気のふれた女の鼠、〈仲良し〉、マニング看守の笑い――なにもかもがおぞましかった。初めての慰問のあと、爽やかな空気の中に戻り、わたしの過去はすべて封印されて忘却の淵に葬られたと安堵したあの日の気持ちはなんだったのか。いま、篠つく雨は外套を重たくし、墨色のスカートに泥を飛ばして裾のあたりをいっそう黒くしている。

わたしは馬車で帰宅すると、わざと支払いに手間どって、母が見つけてくれるのを待った。期待ははずれた。母は客間で新しい小間使いの面接をしていた。娘はボイドの友人でボイドより年上だった。幽霊など怖くはないし、ぜひかわりに勤めたいと言う――母にさんざんいじめられたボイドが、友達を泣き落としたに違いない。なにしろ、この娘はうちよりかなりいいお給金をもらっているらしかった。それでも、まるまるひとつのベッドをひとりで使えて、自分だけの部屋をもらえるのなら、月のお給金が一シリング減るくらいなんでもない、と言い張った。いまの奉公先では〝悪い癖のある〟料理女と相部屋なのだとか。また、河の近くでお勤めしている友達がいるので、近所に移りたいのだと言う。母は言った。「それはどうかしら。うちはもうひとり小間使いを置いてるんだけど、おまえが仕事を二の次にするようならおもしろく思わないだろうねえ。それに、おまえの友達とかいう娘さんをうちに呼んでもらっては困るし、仕事の時間を削って会いに行かれても困るわ」娘はそんなことは絶対にしないと約束し、母はひと月だけ試しに雇うことに同意した。土曜日から来ることになった。馬面のその娘はヴァイガーズといった。いい名前だ。ボイドという音はあまり好きではなかった。

「あんなに器量が悪くなければいいのに！」辞去する娘をカーテンの陰から見ながらプリシラが言った。わたしは微笑みかけて――急に恐ろしい考えにとらわれた。ミルバンクのメアリ・アン・クックは奉公先の息子に苦しめられたと言っていた。この家にはバークリー様、ウォレス様、それにスティーヴンの友達が折に触れてやってくる――あの娘が不器量でよかった。

母も同じことを考えたのだろう、プリシラの言葉に首を横に振って言った。ヴァイガーズはいい娘だと思うわ。不器量な女中はたいていそうなの、器量自慢の娘より忠実で。分別がありそうだから、身のほどをわきまえて働くでしょう。ああ、これで階段をあがってくる足音がするなんて与太話を聞かされなくてすむわ！

母の言葉に、プリシラはしだいに真面目な顔になった。もちろんマリシュに嫁《とつ》げば、大勢の女中を使わなければならないのだ。

「大きなお屋敷では、まだ」今夜、ウォレス夫人は母とカードをしながら言った。「女中はお台所の棚に寝かせるの。わたくしが娘のころは、銀器をおさめた箱の上に下男を寝かせたわ。使用人のうちで枕を与えられたのは料理女だけだった」夫人はわたしに、部屋の真上で女中がうろうろしていて、よく寝られること、と言った。わたしは、テムズ河の眺めを諦めるくらいなら、そんなことはなんでもありません、と答えた。それに女中はたいていい――よほど怖いことでもないかぎり――夜は疲れてそのまま寝てしまいます、と。

「そうそう、使用人はそうでなくてはね！」夫人は叫んだ。

娘が使用人について言うことは気にしないで、と母が口をはさんだ。「使用人の扱いなんて、マーガレットは雌牛の扱い並みに知らないんですから」

それから、口調をあらためた。まったくどういうことなのかしらねえ？　街には三万人も失業中のお針子《はり》がいるのに、一ポンドで麻の外套をまっすぐな縫い目で仕立ててくれる娘がひとりも見つからないというのは、本当にもう……云々。

スティーヴンがヘレンを連れてくるかもしれないと思ったが、ふたりは現われなかった——この雨に降りこめられているのだろう。十時まで待って、わたしは部屋に引きあげた。ついさっき、母が薬を持ってあがってきた。わたしはちょうど寝巻に着替えて、毛布を羽織るように坐っていた。ドレスを脱いだ胸元に、母は目ざとくロケットを見つけた。「まあ、マーガレット！　あんなにたくさんすてきな宝石を持っているのに、全然つけようとしないと思ってたら、まだそんな古ぼけたものをつけてるのね！」わたしは答えた。「お父様の形見ですもの」——中に金髪がひと房はいっていることは言わなかった。母は知らないことだ。「でも、よりによってどうしてそんな古いものを！」形見なら、どうしてお父様が亡くなってすぐに作らせたブローチや指輪をしないの、と母はなおも言った。わたしは答えずに、ロケットを寝巻の内側にしまった。胸の谷間で、それは氷のように冷たかった。

母を満足させるために抱水クロラールを飲みながら、机の横にピンで留めた絵と、この日記帳を、母が見ていることに気づいた。日記帳は閉じていたけれども、しおりがわりにペンをはさんだままだった。「それは何？」母は訊いた。「何を書いてるの？」そんなに長々と書き物をするなんて身体に毒よ。また悪いことばかり考えて疲れてしまう、と。わたしは言い返したかった。ぐったりさせたくないなら、どうしてわたしを睡眠薬浸けにするのよ？　でも何も言わずにおいた。わたしはただ日記帳をしまい——母が行ってしまうと、また取り出した。

一昨日、プリシラが一冊の長編小説を置くと、バークリー様はそれを取り上げ、ページを繰って大笑いした。女の作家というのは鼻持ちならないと、彼は言った。女に書けるものは〝心の日記〟くらいだろう——その言い回しが妙に耳に残った。以来、前の日記帳のことが思い出されてならなかった。あれにはわたしの心臓の血がたっぷりと注ぎこまれ、たぶん、本物の心臓と同じくらい、燃えつきるまで時間がかかった。この手記は違う。過去の痛みを反芻するのではなく、そう、クロラールのように、余計な考えを心から遠ざけるために書く。

　ああ、そうだ！　そうなのだ、今日のミルバンクの慰問のせいで変に思い煩うことがなければ、余計なことを考えずにすむだろうに。いつもどおり、慰問の内容を整理し、今日の道のりを図面の上でたどりなおしても、心は休まらなかった——かえって頭は釣針のように鋭くなり、すりぬけようとする思いを捕えては、のたうち回らせる。「わたしたちのことを考えてくださいますか」と先週、ドーズは言った。「次にお嬢様が眠れない夜には」——いまのわたしは、ドーズが望む以上に眠れずにいる。監獄の暗い房に入れられたすべての女たちを思う。沈黙と静寂を強いられ、女囚たちは、落ち着かずに狭い房内を行ったり来たりする……みずからの喉に巻く縄を探し、肌に突き立てるナイフを磨《と》ぐ。ふたつ下の階のホワイトに思いを届けたがっている娼婦のジェーン・ジャーヴィス。そして、監獄の詩めいた奇妙な文句を小声で唱えるドーズ。いま、その文句がわたしの心をとらえた——今夜は一晩、わたしもドーズとともに暗誦しよう。

　硬い土地にあうのはどんな穀物？
　銀を溶かすのはどんな酸？

浮き彫り《レリーフ》とは何？　影はなぜできる？
安心《レリーフ》とは何？　影はなぜできる？

一八七二年　十月十二日

『霊界に関してよくある質問と回答』

霊の友　著

肉体を離れた霊はどこに行くのでしょうか?

新しく霊となった者は皆、霊界の最下層に行きます。


霊はどうやってそこに行くのでしょうか?

案内者に導かれます。俗に言う天使です。


地上を離れたばかりの霊には、霊界の最下層はどのように見えますか?

かぎりない平穏、光、色、歓び、その他もろもろのめでたいものに満ち満ちた世界です。


新たな霊は誰によって迎え入れられるのでしょうか?

先に申し上げた案内者が、すでに霊界入りしていた家族や友人が勢揃いする場に霊を導きます。彼らは笑顔で歓迎し、霊を光輝く泉に導き、沐浴《もくよく》させます。さらに身をおおう衣《ころも》を与え、住む家を用意します。衣も家も豪華なものです。

この最下層に住まう霊の義務はなんですか?

次の階層にのぼるために思念を浄化することです。

通過しなければならない階層はいくつあるのでしょうか?

階層は七つです。最高の階層こそが俗に〈神〉と呼ばれる〈愛〉の住まう家です!

せいぜい人並みに信心深く、情けもあり、そこそこの地位にあった人間の霊は、霊界においてどの程度、出世できるものでしょうか?

情け深く温和な気質を培《つちか》ってきた人は、地上界での地位に関係なく、早く上にのぼることができます。卑しく、乱暴な、猜疑《さいぎ》心に満ちた気性の者は道を――ここで紙は破れていたが、妨げられます、とあるらしい――とりわけ下劣な魂は、先に申し上げた最下層にすらはいることを許されません。そのかわりに暗黒の世界に連れていかれ、過《あやま》ちを認めて悔い改めるまで苦行を積みます。その苦行は何千年も続くでしょう。

霊媒とは霊界においてどのような立場にあるのですか?

霊媒はこれら七つの階層にはいることは許されていませんが、門の前に行って、霊界の奇跡を垣間見ることができます。また、邪悪な魂が苦行を積む暗黒の世界に行って、覗くこともできます。

霊媒が住む家はどこにあるのですか？

霊媒が住むのはこの世でもあの世でもない、その間に横たわる、はざまの世界です。――ここにヴィンシー師は宣伝を書きこんだ。住む家をお探しの霊媒諸兄諸姉、来たれ。そして、この宿の住所を添えた。ヴィンシー師はその本をハックニーの紳士から、ファリンドン通りの紳士に渡してくれと託された。それをこっそりわたしの部屋に持ってきた。「誰にでも見せるわけじゃない。たとえば階下のサイブリー姐《ねえ》さんにはな。こういう本は特別の相手にとっておくんだ、おれが気に入った相手だけだよ」

花の色が褪せるのを防ぐ法――花瓶の水にグリセリンを少々、入れましょう。花弁が落ちたり変色したりするのを防ぎます。

物を発光させる法――自分のことが知られていない、なるべく遠く離れた土地の店で、夜光塗料を買いましょう。それをテレビン油少々で薄めて、モスリンの布を浸します。布が乾いたら、それを振って、光る粉を採集しましょう。それをかければなんでも光らせることができます。

テレビン油の匂いは少々の香水でごまかせます。

一八七四年　十月十五日

ミルバンクに行く。内門に着くと、看守たちが何人かと婦人看守がふたりいて――リドレー看守長とマニング看守だ――監獄の制服を粗《あら》い羅紗《ラシャ》のマントにすっぽり包み、厳しい寒気にフードを深くかぶっていた。リドレー看守長がわたしを見つけて会釈した。留置場やほかの監獄から護送されてくる囚人たちを待っているのだとか。彼女とマニング看守は女囚を引き取るためにやってきたのだった。「一緒に待ってもよろしくて?」新入りをどう扱うのか、まだ見たことがなかった。しばらくそこに立つ間、看守たちは両手に息をかけていた。やがて門番小屋で声があがり、蹄《ひづめ》と鉄の車輪の音が近づいて、見るからにいかめしい、窓のない乗り物――護送馬車――が、砂利を敷き詰めたミルバンクの構内にはいってきた。リドレー看守長と男の上級看守が進み出て御者を出迎え、そして護送馬車の戸を開けた。「最初に女からおろします」マニング看守が囁いた。「ほら、出てきますよ」そう言うと、マントをかきあわせて前に進んだ。わたしはその場にとどまり、囚人たちが出てくるのを遠くから見ていた。

女囚は四人いた――三人のまだあどけなさを残した少女と、頬に傷のある中年の女。全員が身体の前でしっかりと手枷をはめられている。皆、護送馬車後部の高い昇降段から地面に降り立つと少しよろけ、しばらくその場に立ちつくしてあたりを見回し、薄青の空を眩しそうに見上げ、そしてミルバンクのおどろおどろしい小塔や黄色い壁を見つめた。年嵩《としかさ》の女だけは怯えているように見えなかった――けれど、この光景には慣れているのだとすぐにわかった。婦人看守ふたりが新入りの女囚を手際よく整列させて、中に連れていこうとした時、リドレー看守長の眼が鋭くなるのをわたしは見た。「またおまえか、ウィリアムズ」傷のある女囚の表情が険しくなったような気がした。

わたしはマニング看守のあとから、この小さな一団についていった。若い娘たちは不安そうにきょろきょろし続け、ひとりが隣の娘に耳打ちして叱られていた。娘たちのおどおどした様子に、初めてここに来た時の自分が思い出された――あれからまだひと月にもならない。どれも同じに見えたのっぺりした通路を、いまはなんと見慣れたことだろう！　看守も、婦人看守も、房の鉄格子扉も木の扉も、鍵もかんぬきも――それぞれの音が、力の加減や目的によって、がちゃん、かちり、ばたん、きい、と微妙に違って聞き分けられる。嬉しさ半分、怖さ半分でそんなことを思う。監獄の通路を何度も往復しただろうリドレー看守長は、目隠しをしても歩けると言っていた。婦人看守が女囚と同様、ミルバンクの厳格な日課に縛られると同情したことが記憶によみがえった。

そんなわけで、女囚監獄のまだはいったことのない建物に案内され、未知の部屋のひとならびを通り抜ける時には嬉しいとさえ思った。最初の部屋には、受付の看守がいて、新入りの書類を調べ、監獄の分厚い台帳に記入していた。彼女もまた、傷のある女囚を睨みつけるように見た。「あなたの名前は聞かなくてもわかるわ」前に置いた台帳に書きこみながら言った。「罪状は、看守長？」

リドレー看守長が書類を持っていて、読み上げた。「窃盗」にべもない言い方だった。「逮捕した警官に手酷く暴行を加える。四年」受付の看守は首を振った。「去年、出所したばかりでしょう、ウィリアムズ？　真人間になると約束して、たしか、ありがたくもキリスト教徒の貴婦人のお宅にお世話になると決まったはずよ。どうなったの？」

リドレー看守長は、窃盗が起きたのはその貴婦人の屋敷だと答えた。警官が大怪我を負わされた凶器というのが、まさにその盗品だったと言う。すべてがきちんと記載されると、受付の看守は手を振ってウィリアムズをさがらせ、別の女囚を呼び寄せた。今度の娘は黒髪で――ジプシーのように肌も浅黒かった。受付の看守は娘をしばらく立たせたまま、台帳に新しい書きこみをしていた。「それじゃ、黒い瞳のお嬢さん」やっと彼女は優しく訊いた。「名前は？」

娘の名はジェーン・ボン、歳は二十二、堕胎の周旋をしてミルバンク送りになった。

次は――名前は忘れた――二十四歳の掏摸《すり》。

三人めは十七の娘で、とある店の地下室に押し入り、火をつけた。質問されると泣きだし、あとからあとから流れる涙や鼻水をぐしゃぐしゃにこすり、とうとうマニング看守が前に進み出てハンカチーフを手渡した。「ほら、ほら、わけもなく泣かないの」マニング看守は指先で娘の血色の悪い顔に触れ、巻き毛を撫でた。「泣きやみなさい」

リドレー看守長はその様子を見ていたが、何も言わなかった。受付の看守が「ま！」と声をたてた――書類のいちばん上に間違いを見つけ、顔をしかめながら、前かがみになって書きなおした。

この部屋で執《と》り行なう事務手続きが完了すると、女囚たちは次の部屋に連れていかれた。誰もわたしに、そろそろ監房に行ったほうが、と言いださなかったので、ついていって最後まで見届けてやろうと思った。次の部屋には長椅子があり、女囚たちはそこに坐らせられたが、もうひとつ別に椅子が用意されていた。部屋の中央の小卓の横にぽつんと置かれたその椅子は、不吉な予感をはらんでいた。小卓には櫛と鋏《はさみ》がのっており、それに気づいた娘たちはいっせいに身震いした。「ふん、いい勘してるね」年嵩の女囚はじろりと仲間を見て言った。「そう、ここで髪をばっさりやられるのさ」リドレー看守長はすぐに黙らせた。けれども、その言葉の効果はすさまじく、娘たちは歯の根もあわないほどわななき始めた。

「お願いです！」ひとりが叫びだした。「髪はいや！　切らないで！　お願い！」

リドレー看守長は鋏を取り上げ、二、三度、しゃきしゃきいわせると、わたしを見た。「どうです、この騒ぎ。まるでわたしがこの女どもの眼玉をほじくり出したがっているみたいでしょう？」そう言うと、おののく娘たちのひとりめを――放火犯を――刃でぴたりと指し、次に椅子を示した。「来なさい」リドレー看守長は言った――娘がためらうと、「来なさい！」と恐ろしい声で叱った。わたしまでたじろぐほどの声だった。「警備員を呼んで、手足を押さえつけられたいの？　最近まで看守だった男たちだ、手荒だよ」

娘はしぶしぶ立ち上がり、身体を震わせながら椅子に坐った。リドレー看守長は娘のボンネットをむしり取ると、指で髪を梳《と》かしながら、まとめられた巻き毛をほどき、ヘアピンを抜き取っていった。ボンネットを渡された受付の看守は、軽く口笛を吹き吹き台帳に記入し、舌の上で飴《あめ》を――白薄荷《はっか》の飴を転がした。娘の髪は赤みがかった茶色で、ところどころ汗か脂《あぶら》で黒っぽくべとついていた。ほどかれた髪が首すじに落ちるのを感じて、娘がまた泣きだすと、リドレー看守長はため息をついた。「馬鹿な娘だねえ、顎の下で切り揃えるだけだよ。だいたい、おまえの頭なんか誰が見るというの、ここで？」――こう言われて、もちろん娘はいっそう激しく泣きだした。けれどもわななく娘にかまわず、看守長は油っぽい髪の房を櫛で梳かして、片方の手にまとめて持ち、もう片方の手を鋏にのばした。急にわたしは自分の髪を意識した。ほんの三時間前に、リドレー看守長と同じ仕種《しぐさ》でエリスが手に持ち、結い上げてくれた髪。それがいまや、ヘアピンもなにもはねとばして、残らず逆立つように思えた。坐ったまま、鋏の刃が音をたてる間、蒼褪めた娘が引きつけるように泣きじゃくる様子をじっと見ていなければならないのは、本当に辛《つら》かった。辛いのに――眼を離すことができない。怯えるほかの女囚たちと魅入られたように呆然と見入っていると、やがて看守長は手を持ち上げ、切られた髪がその拳《こぶし》から力なく垂れた。ひとすじふたすじの髪が濡れた顔にはりつき、娘が身をよじる。われ知らずわたしも身をよじっていた。

　リドレー看守長は、髪をとっておきたいか、と訊いた――女囚は切られた髪を束にして所持品と一緒に預けておき、出所の時に持ち帰ることができるらしい。娘は馬の尾に似た束が揺れるのを見つめていたが、首を振った。「そう」リドレー看守長は柳細工の籠に近づき、髪をその中に落とした。「髪にも使い道があるんです」ぼそりと言った。「このミルバンクでは」

ほかの女たちもそれぞれ前に引き出されて、髪を切られた——年嵩の女囚は見事なまでに冷静だった。掏摸の女は最初の娘と同じくらい惨《みじ》めな有様で、堕胎屋の〈黒い瞳のスーザン〉は——タールか糖蜜のように重たく垂れ下がる長い黒髪の娘は——大声で罵り、足をばたつかせ、頭を振り続けたので、とうとう受付の看守までが呼んでこられて、マニング看守と一緒に娘の手首を押さえつけ、リドレー看守長は息を切らしながら真っ赤な顔をして髪を切ることになった。「終わったよ、この雌虎め！」ようやく彼女は言った。「髪が多いこと、多いこと、手でつかみきれないほどだ！」黒い巻き毛の束を高く掲げると、受付の看守が前に出てためつすがめつし、ひと房ふた房、指先でつまんで撫でた。「まったくいい髪だ！」看守長は誉めた。「本物のスペイン娘の髪。マニングさん、これは糸できちんとまとめておかないと。これはいい髢《かもじ》になるわ」そして娘に向き直った。「そんな怖い顔をするんじゃない！　六年たって、この髪を返してもらったら、きっとありがたく思うだろうよ！」マニング看守が糸を持ってきて、切った髪を縛る間《かん》に、娘は長椅子に戻された。首すじの鋏の当たった場所が赤くなっていた。

この間《かん》、いっそう落ち着かない変な気分で坐っていたわたしのほうを、女囚たちはちらちら怯えたように見て、この監獄でどんな役割をしているのだろうと訝《いぶか》っているふうだった——ジプシー娘が暴れると、リドレー看守長は言った。「慰問の貴婦人がいらしている時になんてざまだ！　もうお嬢様はおまえを慰問してはくれまいよ、癇癪を起こすところを見せたりして！」髪を切る仕事が終わると、リドレー看守長は壁のタオルを取り、手をぬぐった。わたしは近づいてそっと訊ねた。これからこの娘さんたちはどうなりますの？　リドレー看守長はいつもどおりの口調で、裸にして湯浴《ゆあ》みをさせ、監獄の医師に預けられるのだ、と答えた。「そこで調べるんです、何も隠し持っていないか」――女囚は時々、身体に物を隠して持ちこむのだとか。「噛み煙草や、ナイフまで」身体を調べられたあと、女囚は囚人服を与えられ、それぞれの房に入れられ、教誨師《きょうかいし》のダブニー師の訪問を受ける。「そのあとは一日、誰も訪れません。自分たちの罪を反省する機会となるはずです」

手を拭いたタオルを壁の鉤《かぎ》にかけると、わたしの肩ごしに長椅子の惨めな女たちを見た。「おまえたち、服をお脱ぎ」彼女は叱咤《しった》した。「さあ、ぐずぐずしない！」女たちは、毛刈り職人を前にした羊のように声もなく縮こまっていたが、慌てて立ち上がり、服を脱ぎ始めた。マニング看守は浅い木箱を四つ持ってきて、それぞれの足元に置いた。わたしはしばらく呆然とその光景を見ていた――稚《いとけな》い放火犯はドレスの身頃をはだけて、垢だらけの肌着をあらわにし、ジプシー娘は両腕をあげて脇の下の翳《かげ》りを見せつつ、せめてもの恥じらいからうしろを向いて、コルセットの留め金をはずし始めた。リドレー看守長がわたしに顔を寄せて訊いた。「一緒に行って湯浴みをごらんになりますか？」――頬にかかる息に、はっとして顔をそむけた。わたしは、いいえ、もう監房のほうに参りますと言った。彼女は一歩さがり、口元を微妙に歪めた。薄い瞳のまっすぐな光の奥にちらりと何かが揺らめいた気がした――意地の悪い満足か、揶揄の色が。

けれども、彼女はこう言っただけだった。「わかりました」

わたしはあとも見ずに女たちを残して部屋を出た。リドレー看守長は外の通路を婦人看守が通り過ぎるのを聞きつけて呼び止め、わたしを監房に案内するようにと命じた。連れていかれる途中、半分開いた扉の向こうに見えたのがくだんの医師の部屋だったようで、陰気な室内には高い木の寝椅子と、器具をのせた台があった。殿方がひとりいて——たぶん医師本人だろう——わたしたちが通りかかっても顔をあげなかった。ランプに手をかざし、爪を整えていた。

今度、わたしを案内してくれた女《ひと》はブルーアさんといった。彼女は若く——看守にしてはずいぶん若いと思ったら、この人は教誨師の秘書で、いわゆる看守ではないのだとか。言われてみれば、監房の婦人看守とは違う色のマントを羽織り、物腰も口調もずっと親切で優しかった。女囚の郵便物を扱うのも彼女の仕事だった。ミルバンクの女たちは二ヵ月に一度だけ、手紙を一通受け取って、自分からも出すことが許されている。それでも房はたくさんあるので、運ぶ手紙もほとんど毎日なのだそうだ。自分のは楽しい仕事だ——監獄でいちばん楽しい仕事だと思う、と彼女は言った。房の前で立ち止まって、手紙を渡してあげる時に、女囚たちの顔がぱあっと変わるのは、何度見ても飽きない、と。

その一端を見ることができた。彼女が手紙を配りに行くところをつかまえた形になったので、わたしも同行することにした。ブルーアさんが手招きした女たちは皆、歓喜の声をあげて駆け寄り、ひったくるように手紙をつかむと、何度も何度もくちびるを押しあてた。ひとりだけ、わたしたちが近づくと怯えたような顔になった女囚がいた。ブルーアさんは素早く言った。「あなたにはないわ、バンクス。大丈夫よ」——そしてブルーアさんは、いまの女囚には重病の妹がいて、容体を報《しら》せる手紙を毎日待っているのだと言った。その手紙を届けなければならないというのは、この仕事で唯一、いやな義務なのだと――「だって、もちろんわたしは手紙の内容を知っているはずですもの、バンクスより先に」

監獄を出入りする手紙は必ず教誨師の事務所を通り、彼女かダブニー師の検閲を受ける。わたしは言った。「それでは、あなたはここの女たちの人生を全部、知っているんですね！　全員の秘密も、将来の計画も……」

そう言われて、彼女は赤くなった――そんなふうには考えたことがなかったというように。

「手紙は読まなければならないんです。規則ですから。それに、書いてあることは当たり障りのないことばかりです」

小塔の階段をのぼり、厳罰房の区画を過ぎて最上階に行った。ここでふと思ったことがある。このころには手紙の束もかなり薄くなり、その中にはあの年嵩の女囚、エレン・パワー宛《あて》のものもあった。パワーはそれを見て、次にわたしに眼を向け、ウィンクした。「うちのちっちゃい孫娘からですよ。あたしのことをちゃんと忘れないでいてくれるんです」こうして手紙を配りながら通路を進み、曲がり角が近づくと、わたしは思い切ってブルーアさんに近寄って訊いてみた。シライナ・ドーズに手紙は来ていまして？　ブルーアさんはきょとんとしてわたしを見つめた。ドーズにですか？　いいえ、まさか！　でも、よりによってあの女を名指しでお訊きになられるなんて。だって、この監獄であの女だけです、わたしが一度も手紙を運んだことがないのは！

一度も？――そう、一度も、という答えが返ってきた。ドーズが入所した当時のことは知らない――それは、ここに勤める前のことだと言う。けれども、ブルーアさんがお役目についてからは、この一年の間にただの一度も、手紙を運んだことはないそうだ。

「あの女《ひと》にはお友達も家族もいないんですの？」

ブルーアさんは肩をすくめた。「いるとしたら、すっぱり切り捨てたものですね――もちろん、切り捨てられたのかもしれませんけど。だとしても不思議はありません」彼女の笑みは苦いものになった。「ここには、秘密を誰にも見せない女もいますもの……」

少しそっけなく言うと、先に行ってしまった。わたしが追いついた時には、手紙を――たぶん――字の読めない女囚のために、読んでやっていた。けれどもブルーアさんの言葉は心にしこりとなって残った。彼女の横を通り抜けて、曲がり角の向こうの通路に歩いていった。足音を忍ばせたので、ドーズが顔をあげてこちらの眼を見る前に、房の鉄格子の間からほんの一瞬、うかがうことができた。

シライナ・ドーズを心配して、見舞ったり時節の挨拶だけにしろ慰めの手紙を送ったりする人がいるかもしれないと、これまで考えたことはなかった。誰もいないとわかると、ドーズのいる房の孤独と沈黙はいっそう深まったように感じた。その時、ブルーアさんの言葉が真実であることを、口にした本人以上に実感した。ドーズは秘密を誰にも見せないのだ、ミルバンクの内でも外でも。そして、別の看守が言った言葉――あれほど美しいのに、ドーズと〈仲良し〉になろうとする女はいない。ああ、やっとわかった。

あらためて彼女を見つめたわたしの胸に憐愍《れんびん》の情がわきあがった。そして思った。あなたといい、わたしは同類。

そんなふうに思っただけで歩き去ればよかった。そのまま離れればよかった。けれども、ドーズが顔をあげて微笑みかけ、期待の色を浮かべるのを見ては、見捨てることなどできなかった。わたしは遠くに見えたジェルフ看守に合図した。彼女がやってきて鉄格子の鍵を開けてくれた時にはもう、ドーズは縫い物を脇に置いて、歓迎するように立ち上がっていた。

そして——看守がわたしを房に入れ、そわそわと気をもむ様子で去り、ふたりきりになると——最初に口を開いたのは、ドーズだった。「ありがとう、来てくださって!」この前はお話ができなくて淋しかった、と彼女は言った。

この前?「ああ。でも、先生とお勉強で忙しかったでしょう」

ドーズはつんと頭をあげた。「先生」あの連中はわたしを天才かなにかだと思っているのよ、朝のお説教で聞いた聖書の文句を午後にはすっかり暗記しているからって、とドーズは鼻白んだ。ほかにどんな暇つぶしが、ここにあると思っているのかしら。

「あの連中よりもあなたとお話をしたかった。お話をした時、親切にしてくださったのに、わたしったら失礼なことばかり言って。あれからずっと考えて——あなたは友達になりに来たと言ってくれたでしょう。わたし、ここにいると、人とつきあう方法を忘れてしまって」

その言葉に胸を打たれ、いっそう彼女が好もしく、哀れに思われた。わたしたちは監獄の日課について話をした。「そのうちもっと楽な監獄に移されるかもしれないわね——フラムとか」

——ドーズは肩をすくめただけで、どこだろうと監獄は監獄、と言った。

そこでドーズと別れて別の房に行っていれば、いまこんなに悩むこともなかったかもしれない。けれどもわたしは魅せられていた。とうとう、こんな言葉が口をついて出た。ここの人が言っていたけれど——もちろん、悪口なんかじゃなく——あなたに手紙が来たことは一度もないって……

本当なの？　とわたしは訊ねた。ミルバンクの外に、あなたがここで苦しんでいることを気に懸けてくれている人は誰もいないの？　ドーズはしばらくこちらをじっと見つめた。またつんとして答えてくれなくなるかと思った。けれども彼女は口を開いた。友達ならたくさんいる、と。

霊の友達でしょう？　前に話してくれた。でも、それ以外の友達もいるでしょう、外で生活していた時の？——ドーズはまた肩をすくめ、何も言わなかった。

「ご家族は？」

伯母がいるとのことだった。〝もう霊になって〟時々、訪ねてくるのだという。

「ほかに親しいかたは？　生きている人で」

すると、彼女はこころもち胸をそらして、もしあなたがミルバンクに入れられたら、いったい何人の友達が訪ねてくれるかしら、と言った。ここにはいる前の彼女は、それほどごたいそうな身分ではなかったが、ほとんどの女囚たちのような〝泥棒やならず者〟の世界にいたわけではない。こんなところにいる姿を〝見られたくない〟。霊の友達のほうがずっと好きだ、とドーズは言った。霊は蔑《さげす》まない。人間は笑うだけだ、彼女の〝不幸〟を。

それは注意深く選ばれた単語だった。わたしは思わず、房の鉄格子の外にかかる琺瑯《ほうろう》の札に印《しる》された文字を頭に浮かべていた。〈詐欺と暴行〉。ほかの人たちは犯した罪について話すことで心が慰められるみたいだけど、と言うと、ドーズはすぐに答えた。「それでわたしの罪も聞きたいというわけね。ええ、聞きたければ話してあげるわ、でも、罪なんて犯してない！　ただ――」

ただ？

ドーズは首を振った。「ただ馬鹿な娘が霊を見て怯えただけ。そして娘の様子に怯えた貴婦人が亡くなっただけ。そして、わたしがすべての責任を負わされたの」

そこまではすでにクレイヴン看守から聞かされている。わたしはなおも訊ねた。その娘さんはどうして怯えたの？　ドーズはためらって、やがて答えた。霊が〝いたずら〟をした――ドーズはそう表現した。霊がいたずらをし、〝ブリンク夫人〟という貴婦人がその様子を見て、ひどく驚いて――「わたしは知らなかったけれど、心臓が悪かったそうなの。奥様は失神して、そのまま亡くなってしまった。あのかたはわたしのお友達だった。裁判でわたしの無実を誰も信じてくれなかった。みんな、自分たちに理解できる原因を見つけなければならなかったのね。娘の母親が連れてこられて、娘も奥様と同じように乱暴されたと証言して、それで責めは全部わたしが負わされたというわけ」

「本当は全部――いたずらな霊のせいなのに？」

「ええ」でもどんな判事が、どんな陪審員が——霊媒ばかりを集めた陪審員ならともかく！——そんな言い分を信じてくれるかしら、とドーズは言った。「あの連中は霊のはずがないと言うの。なぜなら霊なんて存在しないから」——ドーズは顔をしかめた。「最後は結局、詐欺と暴行として片づけられた」

その娘さんは——ひどい目にあったという娘さんはどう言っているのか訊ねると、ドーズは、あの娘は霊はたしかにいたと言っていたけれど、時間がたつうちに混乱してきたのだ、と答えた。「母親は裕福で、最高の弁護士を雇ったわ。こちらの弁護士は無能だったけれど、全財産を払わされた——わたしが人を救うことで貯めたお金を全部——一銭残らず！——どぶに捨てたようなものよ」

でも、娘さんは霊を見たんでしょう？

「見てはいないの。触られたのを感じただけ。みんなは——触ったのはわたしの手だろうと……」

話しながら華奢な両手をかたく組み、指で荒れた拳《こぶし》をそっとさすっていた姿が、いまこうしていても目に浮かぶ。支えになってくれるような友達はいないの、と訊くと、ドーズの口元は小さく歪んだ。友達は大勢いた、誰もが彼女は〝裁判の犠牲になった〟と同情した——最初だけは。悲しいことだが、〝霊媒の世界でも〟嫉妬深い人というのはいるものだから、身を落とした彼女を見てとても喜ぶ人もいた。ほかの人たちはただ怖がっていた。最後には、有罪の判決がおりたあとは、味方になる人はひとりもいなかった……

そう言うドーズの姿は惨めで、あまりに稚《いとけな》く、はかなげだった。「でも、責めるべきは霊だと主張はしたんでしょう？」――彼女は頷いた。わたしはたぶん微笑したと思う。「その霊が自由なのに、あなたはこんなところに入れられるなんて不公平ね」

あら、〈ピーター・クイック〉は自由じゃないわ！　そう言うと、わたしの身体を透かすように、ジェルフ看守が閉めた鉄格子を見つめた。「霊界には霊界の罰がある。ピーターはわたしと同じように暗い場所に閉じこめられているの。彼はただ待っているのよ――わたしと同じで――刑期が終わって自由になる日を」

これはすべてドーズが実際に喋った言葉だ。こうして書いてみると奇妙に思えるけれども、眼の前に彼女が立ち、こちらの疑問にひとつひとつ筋道を立てて、真剣に、熱心に答えた時には、そう思わなかった。それでも、〈ピーター〉とか〈ピーター・クイック〉とかいう霊について、心安く話してくれるのを聞くと――また、頬がゆるんだ。いつのまにか、ふたりの距離は狭まっていた。わたしが一歩さがると、ドーズはやっぱりという顔になった。あなたもわたしが狂っていると、でなければ芝居をしていると思っているのね。あの連中のように、たいした名女優だと――「いいえ！」即座に答えた。「いいえ、そんなことは思っていないわ」――たしかに不思議な話だけれど、そんなふうには思わなかったし、いまも思っていない。わたしは首を振って、ただ、頭が慣れていないのだと言った。普通の物事にしか。〝霊的な世界については知りすぎるほど知っていてとても無知〟なのだろう、と。

するとドーズはふっと、かすかに笑みを浮かべて、霊的な世界については知りすぎるほど知っている、と言った。「その報いが、ここに閉じこめられることだった……」

話しながら、色のない寒々とした監獄全体と、ここでの苦しみをすべて表わすように、小さく手を動かした。

「ここは本当に辛《つら》いわね」しばらくして、わたしは言った。

ドーズは頷いた。「あなたは交霊術なんて絵空事だと思っているでしょう。でも、ここに来たらなんだって実在すると思わない？　現にミルバンクがあるのだから」

わたしは剝出しの白い壁を、たたまれたハンモックを――蓋つきの汚物桶を見た。わからないわ、と答えてみる。監獄はこの世のものとは思えないほど恐ろしいところだけれど――だからと言って、交霊術が信じられるものだろうか。この監獄は少なくともこの眼で、鼻で、耳で、確認することができる。でもドーズの霊は――たしかに本物かもしれないけれど、わたしにとっては存在しないも同然だ。どんなものか話すこともできないし、話題にしようがない。

するとドーズは、霊の存在を知って嬉しいと話しなさい、と言った。話されることで霊は〈力を得る〉。そのあとで、耳を傾けなさいと。「そうしたら霊たちがあなたのことを喋るのが聞こえるわ」

わたしは笑った。わたしのことを？　まあ、天国ってずいぶんつまらない場所ね、マーガレット・プライアのことしか話題がないなんて！

ドーズは顎をあげて、頭をそらした。彼女には――前から気づいていたけれども――雰囲気や口調や仕種《しぐさ》をいつのまにか変える、独特の才能が具《そな》わっていた。とても自然で――場末の芝居小屋の役者とは全然違う、まるで静かな音楽が微妙に転調したように、ふっと変わる。

笑いながら、わたしのことしか話すことがないなんて、あの世は退屈なところだとまだわたしが言っている間に、ドーズは変化した！ ずっとおとなび、賢者のような表情になった。やがて、彼女は優しく、落ち着いた声で言った。「なぜそんなことを言うの？ 知っているはずよ、あなたがとても親しくしている霊がいることを。特にひとりの霊が——彼はいまここにいる、わたしよりもあなたのそばに立っている。そしてあなたは、この世の誰より彼と親しいはず」

思わず息をのみ、彼女を凝視した。霊が贈り物や花をくれる、というような話ではない。顔に水をかけられたか、つねられたかしたようなものだった。愚かにも、屋根裏の階段で父の足音を聞いたというボイドの話を思い出した。「どうして知っているの、彼を？」——ドーズは答えなかった。「わたしの喪服を見て、それで当てずっぽうを——」

「あなたは賢いわ」でもこの力は賢さとは関係ないのだ、とドーズは言う。自然にできることだ、息をしたり、夢を見たり、水を飲んだりするのと同じ。意識しなくても——このミルバンクにいてもできる！ 「いいことを教えてあげましょうか、これはとても変な力なの。まるで海綿のような、でなければ——ええと、背景にあわせて肌の色を変えて身を隠す生きものはなんといったかしら？」わたしは答えなかった。「とにかく、昔、わたしは自分がそういう生きものの一種だと思っていたの。病気の人たちが来て、相談にのっていると、わたしも病気になった。妊娠中の女の人が来た時には、わたしのおなかに子供を感じた。霊になった息子と話したいという紳士が来た時には、身体じゅうの空気が抜けて、頭が破裂したような衝撃を受けた——その息子は崩れ落ちる建物につぶされて亡くなったことが、あとでわかった。彼が死ぬ瞬間の感覚を、わたしが感じたの」

ドーズは手を胸にあてて、わたしに一歩近づいた。「あなたが来た時、わたしは感じたの、あなたの——悲しみを。闇の中にいるような悲しみを、ここに。痛いほど！　はじめは、それであなたの心はからっぽになってしまったのかと思った。何もない、まったくのうつろで、殻が割れて中身がこぼれてしまった卵のよう。でも違った。あなたの心はいっぱいだった——かたく閉じて、箱のように厳重に閉められて。そんなふうに鍵をかけて、しまっておかなければならない何があるというの、ここに？」彼女は自分の胸を叩いた。そしてもう片方の手をあげて、わたしの胸の同じところに、そっと触れた……

その指先からなにかを感じて、わたしはびくっと震えた。ドーズは眼を見開き、それから微笑した。彼女は見つけた——それはただの偶然、本当に不思議な単なる偶然にきまっている——彼女はわたしの服の下にロケットを見つけ、それを指の先でなぞり始めた。鎖が引っ張られる。その仕種はあまりに親密で、それでいてほのめかしに満ちていて、いまこうして思い返すと、彼女はわたしの喉元まで指先で鎖をたどり、襟からするりと指を入れて、ロケットを取り出した——ような気がした。けれどもそんなことはしなかった。その手はわたしの胸元にとどまり、ただそっと重みをあずけていた。小首をかしげて、ロケットの黄金の下で脈打つわたしの鼓動を聞いているかのようだった。

やがて、表情がまたすうっと変わり、囁き始めた。「彼は言っている。彼女が首に悩みの枷をかけ、はずそうとしない。はずさなければいけないと伝えてほしい、と」そして頷いた。「笑っている。彼はあなたのように賢かった? ええ、賢かった! でもいまはもっと多くの新しい知識を学んでいる、そして――ああ! どんなにか、あなたと一緒に、共に学びたいと願っていることか! いま、彼はどうしている?」顔がまた変化した。「彼は首を振っている、泣いている、叫んでいる。そうじゃない! 違う! ペギー、そうじゃない! いつか共に暮らそう、きっと一緒になろう――だけど、そんな方法じゃない!」

こうして書いていても身体が震える。ドーズがわたしの胸に手を置いて、人とは思えない表情でそう言う間、わたしは瘧《おこり》にかかったように震えていた。「もういいわ!」素早く言い、彼女の指を払いのけて飛びすさった――その拍子に鉄格子にぶつかり、音をたてた。わたしはいままで手を置かれていた場所に自分の手をあてた。「もういいわ」と繰り返した。「でたらめばかり言わないで!」いつしか彼女の頬は蒼褪め、わたしの顔を見上げた表情は、怯えているようだった。まるで、すべてを見たかのように――泣き声、叫び声、アッシュ医師《せんせい》と母、モルヒネのきつい匂い、管を入れられて腫れたわたしの舌。ドーズのために、彼女を思いやってここに来たのに。弱いわたしを心の奥からひきずり出した。こちらを見る彼女の眼は憐愍《れんびん》をたたえている!

その眼差しに耐えられなかった。わたしは背を向け、鉄格子に顔を押しつけた。ジェルフ看守を呼んだ時には声が震えていた。

近くにいたのか、看守はすぐに現われて進み出ると、無言で房から出してくれた。そうしながら、わたしの肩ごしに、気遣わしげに鋭い一瞥をくれた――わたしが呼ぶ声の不自然さに気づいたのだろう。通路に出され、鉄格子にまた鍵がかけられる。すでにドーズは毛糸を取り上げて、いつもどおりに指にかけていた。顔をあげた彼女の眼は、何もかも知っているという光を静かにたたえていた。わたしはなにか言おうと、なにか普通のことを言おうとした。けれども、そうしたら彼女がまた喋りだすような気がして、恐ろしくてならなかった――父のことを、というよりも、父のために、父を代弁して喋りだすような気がして――彼の悲しみを、怒りを、失望を。

わたしは黙って顔をそむけ、房をあとにした。

一階の通路でリドレー看守長が、先ほど、受付で見た新入りの女囚たちを連れてくるところに行きあった。皆、泥色の囚人服とボンネットをかぶって見分けがつかず、あの年嵩の女の頬に傷がなければ、そうと気がつかなかっただろう。立ちつくして、それぞれが房に入れられ、鉄格子扉と木の扉が閉められるのを見届けてから、帰宅した。ヘレンが来ていたけれど、いまは話したくなかった。まっすぐ部屋に戻り、閉じこもった。ボイドが来て――いえ、ボイドはもういない、新しい女中のヴァイガーズが――身体を洗うお湯を運んできた。そして、ついさっき母が薬の罎を持ってあがってきた。とても寒くて、身体が震えてどうにもならない。わたしがいつも好んで遅くまで起きていると知らないヴァイガーズが、十分に薪をくべていなかったからだ。けれども、わたしは疲れるまで起きているつもりだった。ランプを低くおろして、時々、手をガラスにのせて温めた。
ロケットは鏡の横の衣装戸棚にかかっている――たくさんの影と闇の中でたったひとつ、それは光り輝いている。

一八七四年　十月十六日

今朝、眼がさめるとわたしは混乱していた。一晩じゅう悪夢に悩まされたのだった。夢の中で父は生きていた――窓から外を見ると、父がアルバート橋の欄干にもたれて、苦々しい顔でわたしを見ている。外に走り出て叫んだ。「お父様、亡くなったんじゃなかったのね!」「死んだ?」父は答えた。「私はミルバンクに二年も入れられていたんだ! 踏み車をずっと踏ませられたものだから、靴の底がすっかり擦り切れてしまった――見てごらん」そう言って足をあげ、底のなくなった靴とひび割れて傷だらけの足の裏を見せた。わたしは思った。そういえば、お父様の足って見たことがなかったわ……
馬鹿馬鹿しい夢だった――父の死後、何週間も苦しめられた夢とは全然違う。あの夢の中で、わたしはお墓の脇に坐りこみ、新しい土を手で掘りながら、声が嗄《か》れるまで呼び続けた。眼をさますたびに、指先にまだ土がついているような気がした。今朝は怯えて目覚めたわたしは、エリスが洗面のお湯を持ってきた時に、お喋りしていつまでも引き止め、とうとうエリスに、もう失礼しないとお湯が冷めてしまいます、と言われてしまった。わたしはエリスをさがらせ、お湯に手を浸《ひた》した。それほど寒い朝ではなかったけれども、湯気で鏡がくもった。それを拭きながら、いつもどおりロケットに眼をやった——ロケットは消えていた！　どこにいったのだろう？　昨夜、鏡の横にかけたのは確かだ、もしかすると、そのあとでまた手に取ってもてあそんだかもしれない。何時に床《とこ》についたのかもよく覚えていないが、それはいつものことだ——あのいまいましい睡眠薬のせいで！——でも、ロケットをつけて寝たりはしていない——そんなことをするはずがない。だから、壊れてシーツにまぎれたわけでもない——だいたい、寝具の中は注意して捜したのだから。

　何ひとつ身にまとっていないようで、惨《みじ》めな一日だった。心臓の真上にあるはずの存在が失われ、それがまるで痛みのように感じられる。エリスに、ヴァイガーズに——プリシラにまで訊いた。でも母には言わなかった。母はきっと、はじめは女中のひとりが盗んだと思い、そのあとで、そんな馬鹿げたことがあるはずはないと気づいて——いつも母が言うとおり、あれは本当につまらない品だし、もっと高価な宝石をわたしはすぐ近くにしまっている——またわたしの気の病《やまい》が重くなったと心配するだろう。母にも、誰にもわかってはもらえない、わたしがよりによって昨夜——シライナ・ドーズを訪《おとな》い、あの会話をかわした直後に、あのロケットを失った不思議を！

　そしていま、病が重くなったのではないかと、わたし自身が不安に思い始めている。あの薬が効きすぎたのだろうか。眠ったまま起きだして、ロケットを取り、どこかに置いたのだろうか——最近読んだウイルキー・コリンズの小説のように。そのシーンを読んで笑っていた父を思い出した。けれども、我が家に来て首を振っていた婦人のことも思い出した。そのかたのお祖母様《ばあ》は阿片チンキが効きすぎて、眠ったまま歩き回って包丁を取り、自分の脚を切り裂いてそのままベッドに戻って寝ていたら、血がマットレスにどんどん吸われて、危うく命を落とすところだったとか。

わたしは自分が夢遊病になったとは思わない。女中の誰かが盗《と》ったのだ。エリスが過《あやま》って鎖を切ってしまい、わたしに見せるのを恐れているのだろうか？　ミルバンクには、女主人のブローチをうっかり壊して、修理に持っていこうとしたところをつかまり、泥棒にされてしまったという女がいた。エリスはそれを心配しているのだろうか。怯えるあまり、壊れたロケットを捨ててしまったのかもしれない。きっと、どこかの清掃人夫がそれを見つけて、細君に渡すだろう。その細君は汚れた爪でロケットを開け、その中に光り輝く髪を見つけ、この髪は誰のものか、なぜおさめられているのかと、一瞬、不思議に思うだろう……

ロケットをエリスが壊そうが、清掃人夫の細君の手に渡ろうがかまわない――父からもらったものだけれど、どうでもいい。この家には父の思い出がたくさん詰まっている。わたしが恐れるのはヘレンの髪が失われること。ヘレンがみずからの手で切り取って、愛の証《あかし》としていつまでも持っていて、とわたしにくれた髪が。あれを失うことだけは――たまらない！　もうすでにヘレンのほとんどを、わたしは失ったのだから。

一八七二年　十一月三日

今日はもう客は来ないと思った。ここ三日というもの天気が悪く、ヴィンシー師やサイブリー姐《ねえ》さんのところにさえ、ひとりも来なかった。わたしたちは居間を暗くして円陣を組み、交霊術をためした。最近の霊媒は交霊術ができなければならないそうで、アメリカでは依頼人は皆、それを要求するらしい。昨夜は九時まで頑張ったが、霊は現われず、とうとう明かりをともして、サイブリー姐さんの歌を聞いた。今日、またためしたけれども、結局、何も起きなかった。ヴィンシー師は、霊媒が自分の手を霊の手と偽る方法を教えてくれた。それはこんな具合だった——

　わたしはヴィンシー師の左腕を握り、サイブリー姐さんは右腕を握った——はずだった。実は、同じ一本の腕をふたりで握っていたのだが、部屋を真っ暗にしていたので、それが見えなかった。「おれは自由なほうの手でなんでもできるわけだ。たとえば」という言葉とともに、首筋に指先が触れ、わたしは悲鳴をあげた。「海千山千の霊媒にかかれば、簡単に騙されるものだとわかっただろう。もしこの手が、ひどく熱かったり、冷たかったり、濡れていたりしたら、どれだけ真実味が増すと思う？」わたしは、サイブリー姐さんにも実演してあげてください、と言って、席を変わった。それでも、この腕のトリックを教えてもらえたのは収穫だった。

四時か五時頃まで待ったが、雨はいっそう激しくなり、今日はもう誰も来ないだろう、と全員が諦めた。サイブリー姐さんは窓辺に立って言った。「ああ、因果な商売だねえ！　ずっとここに縛りつけられて、生きてる人だの死んでる人だのが、好き勝手な時に来るのを待ってなきゃならないんだから。今朝なんか、部屋の隅で霊がげらげら笑ってるので眼をさましたよ、朝の五時にさ」そして、両目をこすった。〝それならわたしも聞いたわ、昨夜の酒壜の中から出てきて、あなたがおまるにもどした霊でしょう〟内心、そう思ったが、サイブリー姐さんは伯母のかわりに親切にしてくれるので、そんなことを言うつもりはなかった。ヴィンシー師は言った。「本当に因果な商売だよ。なあ、ドーズさん？」そして立ち上がってあくびをすると、今日はどうせ誰も来ないから、テーブルクロスを戻してカードでもやろうと言った。ヴィンシー師がカードを持ってきた途端、呼び鈴の音がした。「悪いな、ご婦人がた！　おれの客だろう」

居間にはいってきたベティが見たのは、ヴィンシー師でなくわたしだった。そのうしろから貴婦人と供《とも》の侍女がはいってきた。貴婦人はわたしを見ると、胸に手をあてて叫んだ。「あなたがドーズさんね？　ええ、わかりますとも！」気がつくと、ヴィンシー師の奥さんが、そしてヴィンシー師も、サイブリー姐さんも、ベティまでも、わたしを見ていた。けれども、わたし自身、負けず劣らず驚いていた。頭に浮かんだのはただ、このかたは先月わたしが子供たちの死を予言した女の母親に違いない、という考えだった。〝正直者は馬鹿を見るってこと。わたしもヴィンシー師と同じようにするべきだったのよ。先月のあの女《ひと》が自害でもして、母親が訴えに来たんだわ〟

だが、貴婦人の顔を見ると、たしかに痛みはあるが、その背後に幸福の色がはっきり見えた。わたしは言った。「部屋でお話をうかがいます。いちばん上の階なので、階段がずいぶんありますが、よろしいですか？」

貴婦人は侍女に笑いかけ、そして答えた。「よろしいですか、ですって？　わたくしはもう二十五年もあなたを探していたんですよ。たかが階段にあなたをとられたりするものですか！」

この貴婦人は少し頭がおかしいのかもしれない。が、部屋に案内すると、彼女は立ったままあたりを見回し、侍女を、それからわたしを見つめた。わたしはその時、相手が正真正銘の貴婦人であると見て取った。手は真っ白で美しく、古風な指輪をはめているが、とても垢抜けている。五十過ぎというところか。ドレスの黒は、わたしの黒衣よりずっと上品な色。「わたくしがここに来た理由がわからない？　おかしなこと。あなたならもうわかっているいると思ったけれど」「なにかお悩みがあっていらしたのでしょう？」「わたくしはね、夢に導かれて来たのですよ」

夢のお告げでわたしのところに来たのだと言う。三日前の夜、夢の中でわたしの顔と名前とヴィンシー師の宿の所番地を知ったのだと。その時には正夢だとは思わなかったが、今朝、《霊媒と夜明け》誌にわたしが出したふた月前の広告でわたしの顔を見た時、これは霊が引き合わせようとしているのだと気づいたと言う。それでわざわざホルボーンまで探しに来て、実際にわたしの顔を見ると、なぜ霊に導かれたのかわかったと言った——わたしには全然、わからなかったが。仕方がないので、貴婦人と侍女を見つめてじっと待った。ややあって貴婦人が言った。「ああ、ルース、あの顔を見たわよね？　見たでしょう？　このかたにも見せたほうがいいかしら？」すると侍女は答えた。「そうなさいまし、奥様」貴婦人はコートの内側からベルベットにくるまれたものを取り出し、その布をはずして、中のものに接吻すると、わたしに見せてくれた。それは額にはいった肖像画で、貴婦人は差し出しながら、泣きそうな顔をしていた。わたしはそれを見た。貴婦人はわたしを見た。侍女もわたしを見た。やがて貴婦人が言った。「さあ、もうおわかりでしょう？」

見えていたものといえば、金色の額縁と、貴婦人の震えている白い手だけだった。だが、実際に絵を手渡されると、わたしは思わず声をたてた。「ああ！」

貴婦人は頷いて、また手を胸にあてた。「たくさんお世話にならなければ。いつからお願いできて？」わたしは、いますぐに始めましょうと言った。

彼女は侍女を階下で待たせ、一時間ほどわたしとともに過ごした。名前はブリンク夫人といって、シデナムに住んでいる。そう、わざわざホルボーンまでやってきたのだ、わたしに会うだけのために。

一八七二年　十一月六日
イズリントンに行く。ベイカー夫人。妹のジェーン・ゴフを、六八年三月、脳炎で。２シリング。

キングズ・クロスに行く。マーティン夫妻。ヨットから落ちた息子アレックを——偉大な海で偉大な真理を見つける。2シリング。

ここで。ブリンク夫人。守護霊を。1ポンド。

一八七二年　十一月十三日

ここで。ブリンク夫人。二時間。1ポンド。

一八七二年　十一月十七日

今日、入神《トランス》から醒めるとわたしは震えていた。ブリンク夫人はわたしをベッドに寝かせて、額《ひたい》に手をのせた。そして侍女をヴィンシー師のところに葡萄酒を取りにやり、葡萄酒が来ると、こんな悪い酒では駄目だと言って、ベティにパブからもっといいのを買ってこさせた。「無理をさせてしまったわね」と言う夫人に、わたしはそうではなくて、しょっちゅう倒れたり、気分が悪くなったりするのだと答えた。夫人はあたりを見回して、無理もない、こんな部屋に住んでいたら誰でも気分が悪くなると言った。そして侍女を見た。「あのランプを見て」ヴィンシー師が赤いペンキを塗った、くすぶるランプ。「あの汚らしい絨毯も、あの寝巻も」わたしがベスナルグリーンで買って、伯母さんが繕ってくれた古い絹の寝巻だ。夫人は首を横に振って、わたしの手を取り、言った。あなたはこんな汚い箱にしまっておくにはもったいない貴重な宝石ですよ。

一八七四年　十月十七日

今晩はなぜか、ミルバンクや交霊術やシライナ・ドーズが話題にのぼった。夕食にバークリー様をお招きし、そのあとスティーヴンとヘレンとウォレス夫人が母とカードをしに来た。もう結婚式が近いので、バークリー様は自分を〝アーサー〟と呼んでほしいと言っている。プリシラは天邪鬼《あまのじゃく》に〝バークリー〟と呼んでいた。ふたりはマリシュの領地や屋敷についてとうとうと語り、女主人におさまったらどう采配を振るかということをプリシラはえんえんと喋った。乗馬を習い、馬車の御し方も覚えると張り切っている。鞭を持って一頭立て二輪馬車の御者席にちょこんと坐るプリシラの姿が、はっきり心に浮かんだ。

結婚したらぜひ屋敷に遊びに来てね、とプリシラは言った。屋敷には、この場にいる者を全員泊めても誰も気がつかないだろうというくらい、部屋がたくさんあるのだとか。バークリー家には未婚の従姉妹がひとりいる。とても知的なかたで――蛾や甲虫を採集して、〝紳士と肩を並べて〟昆虫学会に名を連ねている。バークリー様は――アーサーは――わたしが女囚たちの中にはいって続けている活動のことを手紙で知らせたら、そのかたがわたしに会いたがっていると言った。

すると、ウォレス夫人がわたしに訊いた。最後にミルバンクに行ったのはいつだった？

「あの女帝様はお元気、リドレー看守長は？　それから、言葉を忘れてしまうおばあさんは？」

――エレン・パワーのことだ。「気の毒にねえ！」

「気の毒？」プリシラが言った。「低能なだけでしょう。だいたいマーガレットの言う女たちはみんな低能みたいじゃない」そんな連中と一緒にいて、どうして平気でいられるのかわからない、と続けた――「わたしたちと一緒にいるのは全然我慢できないくせにね」プリシラはわたしを見ていたが、アーサーに向かって話しかけていた。プリシラの足元の絨毯に坐っていたアーサーはすぐに、きみの話すことに耳を傾ける価値なんかないとわかっているからさ、と返した。「中身がからっぽだからね。そうだろう、マーガレット？」――もちろん、彼もわたしを名前で呼ぶようになっていた。

アーサーに微笑みかけてから、わたしはプリシラが身をかがめ、彼の手をつかんでつねるのを見守った。そして、女囚を低能呼ばわりするのは間違っているわ、と言った。あの女《ひと》たちの人生が、あなたの人生とかけはなれているだけよ。どれほど違うものか、想像できて？

そんなもの想像したくもない、とプリシラは答えた。あなたったら想像することしかしないんだから。それがあなたとわたしの違い。アーサーはプリシラの手を取っていた。ほっそりした両の手首は大きな片手につつまれていた。

「でも、マーガレット」ウォレス夫人はなおも訊いた。「みんなそういう卑しい女ばかりなの？　つまらない小悪党だけ？　有名な殺人鬼は？」笑って歯を見せた――古いピアノの鍵盤のように、まっすぐきれいに揃っている歯を。

わたしは、殺人犯はたいてい絞首刑にされてしまうのだと言った。ただしヘイマーという娘は、鍋で女主人を叩き殺したけれども、女主人が残酷だったことが立証されて、懲役刑になっているとつけ加えた。マリシュに行ったらあなたも気をつけなさいよ、とプリシラに言うと――プリシラは答えた。「あはは」

「それから」わたしは続けた。「――貴婦人もいますわ、鉄格子の札には――〈夫を毒殺〉と――」

アーサーは、それこそマリシュでは願い下げだな、と言った。「あはは」と皆が応じた。場が和《なご》んで話題はほかに移った。だが、わたしはふと思った。監獄にはとても興味深い娘がいると話してみようか、霊媒がいると……？ 最初はやめようと思った――が、思いなおした。いけないことがあるだろうか？ そして、いざ話してみると、弟が打てば響くように答えた。

「ああ、あの霊媒。なんていう名前だったたっけ？ ゲイツ？」

「ドーズよ」わたしは驚いた。その名前をミルバンク監獄の外で口にしたことは一度もなかった。そして、看守以外の者が彼女のことを喋るのを耳にしたことも一度もない。けれどもスティーヴンは頷いた――もちろん、覚えているよ。あの事件の訴追側弁護人はロック先生といってね――「素晴らしい人だった、いまは引退しているけど。一緒に働きたかったたな」

「ハルフォード・ロック様？」母が口をはさんだ。「一度、うちにお食事にいらしたわ。覚えている、プリシラ？ いえ、あなたはまだ小さくて、一緒にはお食事できなかったわね。あなたは覚えている、マーガレット？」

覚えていなかった。覚えていなくてよかったと思う。スティーヴンから母に視線を移し――さらにウォレス夫人のほうを向いた時、わたしは思わず眼を瞠《みは》った。「ドーズ？　あの霊媒？」夫人はそう言っていたのだ。「知っていますよ！　シルヴェスター夫人のお嬢さんの頭を殴った――首を絞めたんだったかしら――とにかく、殺しかけた女だわ……」

折に触れて好んで眺めているクリヴェッリの肖像画を思い出した。あたかも、この席でおずおずとそれを出してみせたら、ひったくられ、部屋じゅうの手から手に渡って、どんどん穢《けが》されていくのを目《ま》のあたりにしているかのようだった。わたしはウォレス夫人に訊いた。事件に巻きこまれた、怪我をしたお嬢さんとお知り合いですの？　夫人は母親を知っていると答えた。〝とても評判の悪い〟アメリカ人で、お嬢さんはすてきな赤い髪の、色白のそばかすさんだった、と。「シルヴェスター夫人の騒いだことといったら！　それでも、お嬢さんは本当に、あの霊媒のせいですっかり参ってしまったみたいよ」

わたしはドーズの言い分を話した。そのお嬢さんは傷つけられたのではなく怖がっただけだということ、別の貴婦人がその様子を見て、ショックを受けて亡くなったこと。貴婦人の名はブリンク夫人。ご存じですか？――知らない、という答えが返ってきた。わたしは言った。「ドーズは主張しているんです。霊のしわざだと」

スティーヴンは、自分がドーズでも霊のせいにすると言った――裁判でそういう主張が少ないことが驚きだね。とても正直そうなんだけど、とわたしが話すと、当たり前だろう、霊媒なんだから正直そうに見せるにきまっているると答えた。商売柄、そういう訓練を積んでいるのさ。

「ああいう輩《やから》はみんな悪党だ、ひとり残らず」アーサーは手厳しく言った。「とにかくずる賢い。愚か者を食い物にして、贅沢な暮らしをしているんだよ」

思わず胸に手をあてた。ロケットがさがっているはずの場所に。それがなくなっていることに注意をひきたかったのか――その事実を隠そうとしたのか――自分でもわからない。ヘレンを見ると、プリシラと一緒に笑っている。ウォレス夫人は、霊媒が全員悪党というのはどうかしら、と言った。夫人のお友達が交霊会に出席したけれど、その霊媒は絶対にわかるはずのないことをたくさん話したのだとか――そのお友達のお母様のことや、従姉妹の息子さんが火事で亡くなったことまで。

「連中は名簿を持っているんですよ」アーサーが言った。「有名なことです。仲間内で回す台帳のようなものがある。奥様のお友達の名前もそこに載っていたんでしょう。奥様の名前もどこかに載っているかもしれない」

ウォレス夫人は悲鳴をあげた。「霊媒の名簿に！　ご冗談でしょう、バークリー様？」プリシラの鸚鵡《おうむ》が羽を震わせた。

ヘレンは言った。「お祖母《ばあ》様の家にある階段の踊り場に出るそうよ。階段から落ちて首を折った娘の幽霊が。その娘は絹の上靴を履いてダンスに行こうとしていたんですって」

母が、幽霊！　と叫んだ――まったく、この家では幽霊の話しかできないのかしら。台所におりていって下働きの連中のくだらない話に加わったらどう……？

皆がまだ話している間に、わたしはスティーヴンのそばに行って、本当にシライナ・ドーズは有罪だと思うか訊いた。

弟は微笑した。「ミルバンクにはいってるんだろう？　なら有罪さ」

子供の頃からそんなふうにわたしをからかって、あの頃から弁護士みたいに生意気だったわよと、わたしは言い返した。そんなわたしたちをヘレンが見ていた。耳たぶに真珠が留まっている――まるで蠟の滴《しずく》のようだった。遠い日々、ヘレンの喉元をその真珠が飾っていたことが脳裏によみがえる。肌の熱さに溶けてしまいそうだと思ったものだ。スティーヴンの椅子の腕に腰かけて、わたしは言った。シライナ・ドーズがそんなに乱暴で計算高いと考えるなんてひどいわ。「まだ子供のような娘よ……」

そんなことは関係ないさ、と弟は言った。裁判では十三、四の少女をよく見る――まだ小さいのに、被告席に引き出されて、陪審員の眼にさらされている。だが、と弟は言いそえた。そういう年端《としは》もいかない娘の背後には大人がついているものなんだ、だからドーズが若いということに意味があるとしたら――〝なにがしかの影響《インフルエンス》があって道を誤った〟可能性があるね」あの人はとてもしっかりしていて、能力《インフルエンス》は霊的なものしかないようだ、とわたしは返した。「それじゃ、誰かをかばっているんだな」

監獄で五年間を過ごすのと引き替えに？　ミルバンク監獄で？

そういうことはあるんだよ、と弟は言った。ドーズは若くて、かなりの美人なんだろう？

「〈霊〉がからんでいた――思い出したよ――あれは男じゃなかったか？　交霊会で霊をやるのは、たいがい、薄布をかぶった役者なんだぜ」

わたしは首を振った。そんなことあるはずないわ！　考えすぎよ！

そう言ったわたしを、弟はしげしげと見つめていた。きれいな娘が男のために監獄にはいる、そんな情熱について姉さんが何を知ってるっていうんだい？

何を知っているかですって？　無意識のうちに手が胸元にあがるのに気づいたわたしは、ドレスの襟をなおしてごまかした。それでは交霊術は全部嘘だと考えているのかと反問してみると、弟は手をあげた――「全部とは言ってない、たいがいと言ったんだ。どいつもこいつも詐欺師だと考えているのはバークリーだよ」

アーサーと話す気はなかった。「あなたはどう思うの？」わたしは繰り返した。弟は、理性的な人間なら誰しも同じように考えるはずだと言った。たいていの霊媒はただの詐欺師で、一部は躁病患者のたぐいだったりもする――もしかするとドーズはその手の人間で、馬鹿にされるのでなく、憐れまれるべきかもしれない――「現代はめざましい時代だ。電信局に行けば大西洋の向こうの同僚と意思疎通がはかれる。原理？　それは知らないよ。ただ五十年前ならそんなことはまったく不可能で、自然界の法則に反していると決めつけられた。でもいまは電信で言葉が送られてきても、ペテンがあるとは思われない――隣の部屋に人が隠れていて、そこから打電しているとか。でなければ――霊だのなんだのを信じている牧師のように――言葉を送ってきた人間は、本当は悪魔が化けているとかさ」

でも、電信機は電線でつながっているでしょう、と言うと、もう電線がなくても言葉を伝えられる機械を作ろうとしている技術者が現われているとのことだった。「きっと自然界にも電線のようなものがあるんじゃないかな——フィラメントみたいな——」弟は指をひらひらさせた。「科学の言葉ではとらえきれないくらい鋭敏で不思議な……科学の眼では見ることができないくらい細い。そういう電線を感じて、言葉を受け取ることができるのは、姉さんの友達のドーズみたいに繊細な娘だけなのかもしれないね」

「言葉って、スティーヴン、死者からの？」弟は答えた。死人が別の形で生きてるとしたら、連中が話すところを聞くには摩訶不思議な方法を使うしかないだろう……

それが本当なら、ドーズはやっぱり無実じゃないの——

本当だとは言ってないよ、ただ、そうかもしれないと言っただけだ。「それに本当だったとしても、その娘が信用できるとはかぎらないよ」

「でも、もし本当に無実だったら——」

「無実だったら、霊に証明させればいいさ！　だいたい、娘が怖がったり貴婦人がショック死した一件があるだろう。そっちを弁護するはめにはなりたくないね」母は呼び鈴でヴァイガーズを呼んでいた。弟は手をのばして、ヴァイガーズの捧げる皿からビスケットを取った。「結局」ベストからビスケット屑を払い落としながら言った。「最初に言ったとおりだと思うな。空中のフィラメントなんてものより、薄布をかぶった色男のほうが信じられるよ」

顔をあげると、ヘレンはまだこちらを見ていた。わたしがスティーヴンと親しく、普通に口をきいているので喜んでいるのだろう——普段のわたしがそうでないのは自覚している。そのままヘレンのそばに行こうとしたが、母がプリシラとアーサーとウォレス夫人の坐るカードテーブルに彼女を呼んだ。四人は三十分ほど21《ヴァンテアン》のゲームをしていたが、とうとうウォレス夫人が、みんなしてわたくしを丸裸にしようとしているのね、と叫んで、二階にあがっていってしまった。やがて夫人が戻ってくると、わたしは呼び止めて、シルヴェスター夫人とその娘について訊いた。最後に会った時、そのお嬢さんはどんな状態でしたの？　〝泥のように惨《みじ》め〟だったわ、と夫人は答えた――あの母親が真っ黒な鬚に真っ赤なくちびるの紳士と結婚させたのだと。「お身体のほうはいかが、って訊かれるたびに、〝結婚しますの〟とだけ言っていたんですって――突き出してみせる指には、卵くらいの大きさのエメラルドが光っているの、あんな赤毛なのに野暮なこと。ま、財産家のなさることですからね」

シルヴェスター夫人はどちらにお住まいですの？　そう訊くと、ウォレス夫人は茶目っ気のある顔つきになった。「帰りましたよ、アメリカに」裁判が終わる前に一度見かけたが、気がつくと屋敷は売られ、使用人はみんな暇を出されていた――娘を結婚させようとあんなに慌てて連れ帰った女《ひと》は見たことがない、と夫人は呆れたように言った。「でも、裁判のあるところに醜聞はつきものでしょう。あちらでは、そういうことはあまり気にしないのかもね。ニューヨークでしたっけ」

ここで母が――ヴァイガーズにあれこれ指図をしていたのだが――口をはさんだ。「なあに？　何を話しているの？　また幽霊じゃないでしょうね？」母の喉は、テーブルの光を反射して、ひきがえるの喉のように緑色だった。

わたしは首を振り、プリシラに会話を委ねた。「マリシュで」カードが配られると、プリシし」――アーサーとあいかわらずイタリアの話をしているのだった。わたしたちが小さい頃に父がしたイタリア旅行や、父がヘレンとわたしを助手にイタリアに行こうとしていたことなどを、母は話した。ヘレンが学者だとは知りませんでしたとアーサーが言うと、母は答えた。あら、ヘレンが家族になったのは、亡くなった主人の研究のおかげなんですよ！

ラは話しだした。やがて別の単語が耳朶《じだ》を打った。「イタリアで……」

新婚旅行の話をしているらしい。わたしは火のそばに立って炎を見つめ、スティーヴンは坐って新聞を広げてうとうとしていた。不意に母の言葉が耳に飛びこんできた。「……いいえ、一度も。これからだってするつもりはないわ！　旅行なんて煩わしいし、暑いし、食物も違うし」

「ヘレンは主人の講義に出席していたんですの。うちのマーガレットがそこでヘレンと出会って、家に連れてきたんです。それからはいつも家に遊びに来てくれて、主人もヘレンが大のお気にいりでしたわ。もちろん、知らなかったんですけどね――ねえ、プリシラ――お目当てがスティーヴンだったなんて――あら、真っ赤よ、ヘレンったら！」

火のそばで、わたしはそれを聞いていた。ヘレンの頬が紅に染まるのを見ながら、わたしの頬は冷たいままだった。何度も聞かされたものだから、自分でもそれが本当なのだと半ば信じるようになっていた。弟の言葉を反芻してもいたわたしは、ほとんど口をきかなかった。が、この部屋にあがってくる前に、もう一度、スティーヴンのところに行って揺り起こした。「あなたの言っていた薄布をかぶった恋人だけど――わたしは監獄の郵便配達係に会ったのよ、その人がなんて言ったかわかる？　シライナ・ドーズは入獄してから一通も手紙を受け取っていないの——自分から出したこともないのよ。ねえ教えて。誰が進んでミルバンク監獄送りになると思う、何も送ってくれない——手紙ひとつ、ことづてひとつよこさない——そんな恋人をかばうために？」

スティーヴンは答えることができなかった。

一八七二年　十一月二十五日

今夜は大喧嘩！　午後いっぱいブリンク夫人にかかりきりだったので、夕食に遅れた。カトラーさんはいつも遅れてくるので誰も気にしない。ヴィンシー師はそっと席に滑りこむわたしを見咎めた。「おや、ドーズさん、ベティがあんたの分の肉を犬にくれてやってなけりゃいいが。いまにおれたちと同じテーブルにつけないくらい、お上品になるんだろうな」わたしは、そんな日は永久に来ないと言った。「ふん、おまえさんの能力《ちから》があれば、未来を覗いて本当かどうか教えられるんだろうよ」四月前《よつき》はうちの小さい部屋に住めて喜んでいたくせに、いまじゃもっと上等なものを欲しがるようになった、とこぼしながら回してくれたお皿には、兎肉がほんの少しと、茹でたじゃが芋がひとつだけのっていた。わたしは言った。「ええ、奥さんの賄《まかな》いより上等なものはいくらでもありますからね」すると全員がフォークをおろしてわたしを見た。ベティが笑いだすと、ヴィンシー師がベティを平手で打ち、奥さんはわめきだした。「まあ！　まあ！　うちのテーブルで店子《たなこ》からこんな侮辱を受けたことはないよ！　このあばずれ、うちの人が親切であんたを安い家賃で住まわせてやってるのに、なんて言い種だ。あんたがうちの人に色目を使ってるのは、わかってんだからね」

「あんたの亭主は霊媒のヒモよ！」そう言って、わたしは皿の茹でじゃが芋をヴィンシー師の頭に投げつけた。命中したかどうかは見届けていない。食堂を飛び出し、階段をひと息に駆け上がり、ベッドに身体を投げ出し、泣き、笑い、ついに気分が悪くなった。

そして皆のうちで、サイブリー姐《ねえ》さんだけが、パンと、バターと、自分のグラスから分けたポートを持ってきてくれた。ヴィンシー師が階下のホールで喋っている。たとえ父親がはっきりしている娘でも、もう金輪際、若い娘の霊媒は家に入れたくない、と。「能力《ちから》が強いとは聞いているし、事実、強いんだろう。だが、若い娘のヒステリーは――いやいや、カトラーさん、恐ろしいもんだ！」

一八七四年　十月二十一日

泡水クロラールには慣れてしまうのだろうか？　ほんの少し眠気を誘うために、母はわたしの薬の量を増やしているような気がする。やっと寝ついても、眠りは途切れ途切れで、黒い影を日蓋《まぶた》に感じたり、耳元で囁く声がする。はっと眼をさまし、身を起こして部屋を見回し、誰もいないことを確認して呆然とする。そしてまた横になり、早く眠れますようにと念じながら、一時間も輾転《てんてん》とする。

こんなふうになったのはロケットをなくしたせいだ。夜は落ち着かないし、昼はだるい。今朝はプリシラの結婚について、つまらないことで馬鹿なことを言ってしまい、母はわたしがどうかしているとこぼした。ミルバンクの卑しい女たちとまじわったりするから、お馬鹿さんになるのよ、と叱られた。わたしは面当《つらあ》てに、ミルバンクに行った――そのせいで、いまはひどく眼が冴えている……

今日はまず、監獄の洗濯場に案内された。低い場所にある、蒸し暑くて、ひどい臭いのする恐ろしい部屋。巨大な怪物のような洗濯物しぼり機や、ぐつぐつと糊を煮ている大鍋が並び、天井から無数に吊されているハンガーの列には名前も形もわからない黄ばんだものが――シーツや、肌着や、ペティコートだろう――ぽたぽたと滴《しずく》を落としながらぶらさがっている。熱気で顔も頭も火照《ほて》り、わたしは一分と耐えられなかったが、婦人看守の話では、女囚はほかのどの仕事よりも洗濯を受け持ちたがるとのことだった。洗濯係になると、体力をつけるために普通よりもいい食事を支給される、卵や新鮮なミルクが与えられ、肉の量も増やされる。そして当然、共同作業なので、仲間とお喋りもできる。

その部屋の熱気と活気のあとでは、監房はとても寒く惨《みじ》めに思えた。あまり多くの房には行かなかったけれども、ふたりの女囚を初めて慰問した。ひとりは〈貴婦人〉の女囚でタリーといい、宝石詐取の罪で服役していた。房にはいると、彼女はわたしの手を取って言った。「ああ、やっとまともな会話ができるのね！」けれども、タリーが聞きたがるのは新聞に載るたぐいばかりで――もちろん、そうした話をすることは許されなかった。

「でも、女王陛下にはおかわりなくて？――そのくらい教えてくださってもよろしいでしょ」

彼女はオズボーンの王宮のパーティーに二度招かれたことがあると自慢し、高貴な貴婦人の名をふたりほどあげた。あなた、このかたがたをご存じ？――わたしは知らなかった。タリーはわたしが〝どこの家の出〟か知りたがり、父が学者にすぎなかったことを告げると、急に冷淡になったようだった。そして最後に、できたらハクスビー長官にサイズのあうコルセットと歯磨き粉を支給してくれるように圧力をかけてくださいな、と言った。

そこには長くとどまらなかった。ふたりめの女囚は、この女《ひと》よりもずっと好もしかった。このアグネス・ナッシュは贋金を使った罪で、三年前にミルバンク送りになっていた。ずんぐりした体格で、顔は浅黒く、口のまわりにうっすらと髭がはえていたが、とても美しい真っ青な眼をしていた。わたしが房にはいると立ちあがり、お辞儀はしなかったが椅子をゆずってくれて、話をする間じゅう、たたんだハンモックの上に腰をおろしていた。手は血色が悪いが、とても清潔だった。指の一本は第二関節までしかなかった――〝赤んぼの時に肉屋の犬に食いちぎられちゃった〟のだとか。

自分の罪についてはあけすけで、悪びれることなく語った。「あたいは泥棒村の出なんです。世間じゃあたいらを悪党扱いするけど、仲間はいい人ばっかしなんだ。食うのに困ったら盗むように、赤んぼの頃から仕込まれて――うん、何度も盗んだよ。けど、あんまし必要なかったんです、兄ちゃんは腕のいい木挽《こび》きで、食い物も着る物もあたいらに不自由させなかったから」つまずくことになった元凶は、贋金使いに関わったことだった。ナッシュばかりでなく――多くの娘が、皆同じ理由で手を染めるのだという――きれいで簡単な仕事だからだ。「あたいは贋金使いだって、ここに入れられたけど、使ったことなんかないんです。うちで型を抜いただけで、ばらまいたのはほかの連中なんだ」

監房に足を運ぶようになってから、犯罪の重さや種類や質に関するこういうこだわりをよく聞かされる。わたしは問い返した。それじゃ、本当は贋金使いよりも罪は軽かったの？――するとナッシュは答えた。罪が軽いの重いのってことじゃないんです、ただこうこうだって言ってるだけで。「世間じゃ、この仕事をちっとも理解してくれてない。そのせいなんだ、あたいがこんなとこに入れられたのは」

どういう意味？　だって贋金作りは正しいことじゃないでしょう？　だいたい贋金をつかま

されてしまった人が気の毒じゃないの。

「そりゃ、そうだけど。でも、お嬢様の財布に、あたいらの作った銭が全部もぐりこむと思いますか？　もちろん、いくつかははいるだろうけど——運が悪けりゃ！　でも、ほとんどはあたいらの間でぐるぐる回ってんだ。あたいが友達にそういう銭を一枚渡して煙草をひとつもらう。そいつはまた別の友達にその銭を渡す。で、そいつがまたスージーとかジムとかに——たとえば、荷船からかっぱらった羊肉のはじっことかと交換してもらう。で、スージーとかジムとかがまた、その銭をあたいんとこに持ってくる。仲間内の小さい商売で、誰にも迷惑をかけちゃいない。なのに判事の野郎は〈贋金作り〉と〈盗っ人〉って言葉が同じだと思ってやがる。あたいは五年もくらうはめになって……」

　贋金作りの経済学というものがあるなんて思いもしなかった、いまのお話はとても説得力がある、とわたしは言った。ナッシュは頷き、今度、判事の奴と食事をすることがあったら話してやってくださいと答えた。「あたいはちょっとずつ戦うつもりなんだ、お嬢様のような貴婦人を通して」

　ナッシュは笑みを見せなかった。真面目なのだろうか、からかっているのだろうか。これからはお金を受け取る前によく確かめてみると言うと——やっと笑った。「そうしてください。でもねえ、もう、とっくにお嬢様の財布ん中にはいってるかもしれないよ、あたいが型を抜いて磨いたやつが」

　でも、どうやって偽物を見分ければいいの、と訊ねると、神妙になった——一応、ちっちゃい印をつけてあるけど――「企業秘密は守っとかないとさ――ここでも」

ナッシュはわたしの眼を見た。自由になったらまた同じことをするつもりじゃないでしょうね、と訊くと、肩をすくめて言った――だって、ほかにどうしろっての？　それがあたいが手につけた職なんだ。あたいがすっぱり足を洗っちまったら、村のみんながおもしろく思わないもの！

二年後にまた手を出す犯罪よりもましなことを考えられないなんて、とても残念だわ、とわたしは言った。ナッシュは答えた。「そりゃそうだけど。でも、ほかにすることがないんだもの――ここの房の煉瓦を数えるか、縫い物の針目を数えるくらいで――それはいっつもやってるし。あとはうちのがきどもが、母親なしでどうしてるかって考えたり――それもいつものことだけど、考えるとうんと辛《つら》いです」

お子さんたちがお母さんに会えないでいる理由を考えてごらんなさい、と言ってみた。悪い行ないを反省して、そういうことをすればどこに送られることになるのか、よく考えてごらんなさい、と。

ナッシュはげらげら笑いだした。「考えたよ。まるまる一年。ここに来りゃみんなそうだ――誰に訊いたっていい。ミルバンクの最初の一年ってのは、そりゃ恐ろしいもんです。なんだって誓う気になる――また悪いことをしてここにぶちこまれるくらいなら、腹すかして家族と一緒のほうがいいって。誰にでもなんだって約束する、ってくらい後悔するんだ。でも、それは最初の一年だけ。あとは後悔なんかしない。罪を思い出す時――〝あんなことをしなければ、ここにはいなかった〟じゃなくて、〝もっと、うまく、や、って、さえいれば……〟って思うんだ。それからはここを出たらやる、ものすごくうまい詐欺やかっぱらいの手を、あれやこれや考える。〝よくもあたいを悪党呼ばわりしてここにぶちこんだね。あと四年たったら、本物の悪党ってものがどんなものか見せてやるよ！〟」

ナッシュは片眼をつぶってみせた。わたしは唖然として見つめ、ようやく言った。「そんな話を聞いて、わたしが喜ぶなんて思わないでね」——すると即座に、笑顔のままで言った。もちろん、そんなことは考えてもいないですよ……

わたしが立ち上がると、ナッシュも立ち上がり、外へ送り出そうとするように鉄格子のほうに二、三歩踏み出した。「お嬢様、話ができてすごく嬉しかった。覚えといてくださいよ、銭のことを！」わたしはよく覚えておくと答え、看守を探して通路の左右を見た。ナッシュは頷いた。「次は誰のとこに行くんですか？」——悪気はなさそうだったので、控えめにわたしは答えた。「あなたのご近所のシライナ・ドーズにでも」

「あいつ！」ナッシュは間髪を容《い》れずに叫んだ。「あの不気味な女……」青い眼をぎょろりと白眼にして、またげらげら笑いだした。

わたしは急にナッシュが嫌いになった。格子の間から呼ぶと、ジェルフ看守が来て、出してくれた。そのあとで実際にドーズの房を訪ねた。彼女の顔は前よりも蒼褪め、その手はますます赤く、荒れていた。わたしは厚い外套を着て、胸の前をしっかりかきあわせていた。ロケットの一件は話題にしなかったし、前回の発言を質《ただ》したりもしなかった。あなたのことを考えていた、とだけ言った。あなたが話してくれたことや、あなた自身のことをずっと考えていたの。今日はもっと話してもらえる？

どんなことを？　と訊ねられた。

ミルバンクに来る前はどんな暮らしをしていたのかを知りたい、とわたしは答えた。「いつ頃から――そうなの？」

「そうって？」――ドーズが小首をかしげた。

「そんなふうに――いつから霊が見えるようになったの？」

「ああ」ドーズはにっこりした。「眼が見えるようになってからずっとよ……」

そして、幼い頃はどういうふうだったかを話してくれた――彼女は伯母と二人暮しで、その伯母はしょっちゅう病気で倒れていた。いつもより加減が悪かったある日、ひとりの婦人が訪ねてきた。その婦人はドーズの亡くなった母親であることが、のちにわかった。

「伯母が教えてくれたの」彼女は言った。

「怖くなかった？」

「怖がっちゃ駄目と伯母には言われたの。お母さんはわたしがかわいくて来たんだからって……」

母親の訪問は続き、やがて伯母は〝能力《ちから》を有効に使う〟べきだと思いたち、ドーズを交霊会に連れていくようになった。ラップ音や悲鳴、ほかの霊が次々に現われ……「あれはちょっと怖かったわ。母のように優しい霊ばかりじゃなかったから！」あなたはいくつだったの？――

「十三、かしら……」

テーブルがかしぎ、華奢な少女が真っ青な顔で「伯母さん！」と叫ぶ有様が眼に浮かんだ。そんな小さな子をさらしものにするなんて、どんな神経の伯母様かしら、と言うと、ドーズは首を振り、そうしてもらってよかった、と答えた。霊とたったひとりで対面することになっていたら、それこそ怖かっただろう――そんな目にあう孤独な霊能者が少なくないのだという。彼女の場合はだんだんと慣れていくことができた。「わたしはいつも伯母とばかりいたの。同じ年頃の女の子はつまらなかったわ。くだらない話しかしないし、向こうは向こうで、わたしを妙な眼で見るのよ。時々、同類を見つけることもあったけど、その人が自分の能力《ちから》に気づいていなければ同じでしょう――それどころか、うすうす気づいていて不安に思っている人なら、かえって怖がられる……」

見つめるわたしの視線を彼女はとらえた。わたしはたじろいで眼をそらした。「とにかく」ドーズは前よりきびきびと言った。「交霊会のおかげでわたしの能力《ちから》は磨かれたの」ほどなくドーズは、いつ低級霊を送り返し、善なる霊を呼び出したらよいのか、こつをつかんだ。霊もまた〝地上の愛する友人たちに〟伝言を送ってくるようになった。彼女は言った。それは、人人にとって嬉しいことでしょう？　嘆き悲しんでいる時に優しい伝言をもらうことは？

わたしは失われたロケットを、ドーズがわたしにもたらした伝言を思った――だが、ふたりともそのことには触れなかった。わたしはただこう言った。「それで、あなたは霊媒になったのね。あなたのところに来た人たちはお金を払ってくれるの？」

ドーズは断固とした口調で、自分からは〝一ペニーも要求していない〟と言った。時々、お礼をくれる人はいた――けれども、それはまるで別の話だ。それに、霊媒としての仕事を続けていくためならお金を受け取ることは恥ではないと、霊も言っている。

この時期について話すドーズは微笑んでいた。「あれは、わたしにとって幸せな時だった。その時にはわかっていなかったけど。伯母はすでに去っていたの――わたしたちの言葉で言えば、霊の世界に。淋しかったけど、伯母は地上にいる時より満たされていたから、悲しいとは思わなかった。わたしはしばらくホルボーンの宿に住んでいたの。宿の霊媒一家には親切にしてもらった――あとで裏切られてしまったけれど。とにかく、わたしは自分にできることをして、とても喜ばれた。いろいろな人に会ったわ、おもしろい人や――賢い人――あなたのような人に！　チェルシーのお屋敷にもずいぶん出入りした」

オズボーンの王宮に行ったことを自慢していた宝石詐取の女を思い浮かべた。この息が詰まるほど狭い房の中で、ドーズの誇りは痛々しかった。「あなたを暴行の罪で訴えた貴婦人と娘さんがひどい目にあったのは、そういうお屋敷でのことなの？」

ドーズはつと眼をそらして、いいえ、それはまた別のお屋敷、シデナムの、と静かに答えた。それから不意に言いだした。知っている？　今朝の祈りの時間、ものすごい騒ぎがあったのよ！　ミス・マニングの監房のジェーン・ペティットが教誨師《きょうかいし》に祈禱書を投げつけて……

ドーズの気分は、変わってしまっていた。これ以上は話してくれそうにないとわかって、がっかりした――あの〝いたずらな〟霊、〈ピーター・クイック〉の話をもっと聞きたかった。

じっとかしこまって耳を傾けていたせいか、気がつくと体じゅうが冷えていた。外套をかき寄せると、ポケットから筆記帳が顔を出し、それに眼をとめたドーズは、残る時間、視線を何度も筆記帳の端に向けていた。やがてわたしが立ち上がって、出ていこうとすると、こう言った。なぜいつも帳面を持ち歩いているの？　監獄の女囚についてなにか書くつもり？

わたしはどこにでも筆記帳を持ち歩くの、と答えた――父の研究を手伝うようになって以来、そうするのが習慣になっていて、持っていないと落ち着かない。書きこんだことをあとで別の筆記帳に――日記に――書き写すこともある。その日記は親友みたいなものかもしれない。心の内を何もかも打ち明けても、秘密を守ってもらえるのだから。

ドーズは頷いて言った。その日記はわたしと同じなのね――日記に口なし。この房でも、何を話しても大丈夫。わたしは誰にも喋れないもの。

悲観しているというより、冗談のような口振りだった。わたしが、あなたは霊に喋るかもしれない、と言うと――「あら」と顎をあげた。「あの子たちにはなんでも見えるのよ。あなたの秘密の日記の中身も。たとえあなたが」――そこで一度、言葉を切り、指先でくちびるを軽くなぞった――「自分の部屋に閉じこもって、扉をかたく閉めて、ランプの芯をうんとさげて、暗がりの中で日記をつけていても」

わたしは眼を見開いた。まあ、どうして、という言葉が口をついた。本当にそうやって日記を書いているのよ。ドーズは一瞬、わたしの眼を見つめて、くすりと笑い、誰でも日記を書く時はそうするものだと答えた。自由だった頃は彼女も夜に暗がりで日記をつけていて、いつもあれこれ書いているうちに眠くなったという。いまはそれをよく思い出すとドーズはしみじみもらした。毎晩眠れないし、日記をつける時間はたっぷりあるのに、ここでは何を書くことも許されていない。

ヘレンがスティーヴンと結婚すると聞かされた時、毎夜、眠れずに苦しんだことを、わたしは思い起こした。あの日から父の死まで何週間もの間、全部あわせても三晩と眠っていない――初めてモルヒネを飲んだあの日まで。真っ暗な房で眼を見開いたまま横たわるドーズの姿を思い浮かべた。モルヒネかクロラールを持ってきて、飲ませてやったら……

そこまで考えて、もう一度ドーズに眼をやると、まだポケットの筆記帳を見ていた――わたしは思わず、筆記帳を手でおさえた。その仕種《しぐさ》に気づくと、ドーズの眼に皮肉の色がまじった。そう、用心したほうがいいわ、と彼女は言った――ここではみんな紙に飢えている。紙とインクに。「監獄に連れてこられると、大きな黒い台帳に名前を書かされるの」――それが自分の名前をペンで書いた最後。自分の名前を呼ばれた最後――「ここではドーズと呼ばれるの、まるで下女のように。誰かにシライナと呼ばれても、自分のことだとわからないかもしれない。シライナ――シライナ――どんな女だったかも忘れてしまったわ！　もう死んでしまったのかもしれない！」

かすかに声が震えた。わたしはジェーン・ジャーヴィスを、〈仲良し〉のホワイトに伝言を送るために紙を一枚破ってとねだった娼婦を思った――あれから、一度もジャーヴィスの房には行っていない。けれども、ただ自分の名前を書いて、そうすることで自我を、己れが存在することを実感するために、紙が欲しいというのなら――

　そんなささやかな夢なら。

　わたしは耳をすまして、ジェルフ看守がまだ監房のずっと遠くで忙しくしていることを確かめた。そしてポケットから帳面を出すと、白紙のページを開いてテーブルに置き、ペンを差し出した。ドーズはそれをじっと見つめ、次にわたしを見た。やがてペンを持ち、不器用な手つきでキャップをはずした――その形にも重みにも馴染みがないためだろう。震える手でペンを構え、インクがペン先をじっとりと光らせるのを待ち、それから書いた。*Selina*。続いてフルネームを書いた――*Selina Ann Dawes*。もう一度、洗礼名だけを。*Selina*。

　書くためにテーブルに寄せられた彼女の頭は、わたしの顔に触れそうだった。話しかける声は囁き声にさえ届かなかった。「日記をつける時にこの名を書くことがあるかしら？」

　一瞬、答えに詰まった。こうしてつぶやくような声を聞き、寒々とした房内で彼女の体温を感じながら、いままでになんとしばしばドーズのことを書いてきただろう、と愕然としたのだった。とはいえ、ほかの女囚のことをあれほど書いているのだから、ドーズのことを書いてはいけない理由はないではないか？　ヘレンのことを書くより、ドーズのことを書くほうがずっといい。

　それで、わたしはただこう言った。「あなたのことを書いてもいいの？」

　書いてもいい？　彼女は微笑した。誰でもいいからわたしのことを書いてくれるのを思い浮かべるだけで――それが特にあなたなら、あなたが机の前に坐って、シライナがこう言った、シライナがこうしたと書いてくれるなら、とても嬉しいと言った。「シライナは霊について胡散臭い話をたくさんした……」

　彼女は笑いながら頭を振った。けれども、笑い声は生まれたのと同じくらい素早く絶え、見守るうちに微笑も消え去った。「もちろん」低い声で、「そんなふうに呼んでほしいと言っているわけではないのよ。ドーズと呼んでくれたらいいの、みんなと同じに」

あなたの望むとおりに呼んであげる、とわたしは言った。

「本当？」訊き返し、そしてつけ加えた。「だからと言って、わたしからあなたを〈ミス・プライア〉以外の名前で呼ばせてと言っているわけじゃ……」

　わたしはためらった。看守たちはふさわしいこととは思わないでしょうね、と答えた。

「ええ、もちろん！　でも」つと眼をそらして、「ここでその名前を口にするつもりはないんだけど。ただ、あなたを思う時――夜、監獄が静まってから、あなたのことを思う時――わたしはあなたを〈ミス・プライア〉とは呼んでいない。前に一度教えてくれたでしょう、友達になりに来たと言ってくれたあの時に……」

　彼女はややぎこちなく、またペンを紙にあて、自分の名の下に書き添えた。*Margaret*。マーガレット。その文字を見て、わたしは怯《ひる》んだ。まるで誓いの文句か、わたし自身の滑稽な似顔絵を書かれでもしたかのように。すぐに彼女は言った。ああ！　ごめんなさい、馴れ馴れしくして！　わたしは遮った。いえ、いえ、そうじゃないの。「ただ――その名前は、あまり好きじゃないの。わたしの悪いところを全部表わしているようで――妹はとてもすてきな名前なのに。そんなふうに呼ばれると、母に叱られているみたい。父はわたしを〈ペギー〉と呼んでいたけれど……」

「じゃあ、そう呼ばせて」だがわたしは、前に一度、ドーズにその名で呼ばれたのを思い出した——あの時のことを考えるといまだに鳥肌が立つ。わたしはかぶりを振った。すると、彼女は囁いた。「それじゃ、別の名前をちょうだい、あなたを呼ぶ名前を。なんでもいい、〈ミス・プライア〉なんて——看守や普通の慰問客と何ひとつ違わない、なんの意味もない名前じゃなくて、意味のある名前——秘密の名前、欠点ではなく、あなたのいちばんいいところを表わす名前……」

彼女は喋り続け——わたしも、くらくらするような昂《たかぶ》りに急《せ》きたてられて筆記帳を渡し、ペンを差し出した。「オーロラ！　オーロラと呼んで！　この名前は——これは——」

ヘレンが弟と結婚する前にくれた名前だとは、もちろん言わなかった。〝若い頃に〟自分をそう呼んでいたのだと、わたしは話した。そんな馬鹿な思い出を口にした自分に頬が赤らむのを感じた。

けれども彼女は厳《おごそ》かな顔になった。ペンを握りなおすと、線を引いて *Margaret* を消し、かわりに *Aurora* と書いた。

そして言った。「シライナ、それにオーロラ。なんだかすてき。天使たちの名前みたい——そう思わない？」

急に監房がしんとなった気がした。遠くで鉄格子が閉まり、かんぬきがきしんだと思うと、監獄の靴の踵《かかと》が砂を踏みにじる音がずっと近くで聞こえた気がした。わたしは彼女の指が放したがらないのを感じながら、ペンをもぎ取った。「ごめんなさい、長居して。疲れたでしょう」

「いいえ、全然」

「いいえ、お邪魔したわ」わたしは立ち上がり、そそくさと鉄格子に向かった。通路には誰も見えなかった。「ジェルフさん!」と呼ぶと、叫ぶ声が返ってきた――「すぐ参ります、お嬢様!」――遠くの房からだった。わたしは振り返って――誰もいないのだから、見られる心配も聞かれる心配もない――手を差し出した。「ごきげんよう、シライナ」

彼女の指がまたわたしの指に触れ、その顔が微笑でほころんだ。「ごきげんよう、オーロラ」――房の冷気の中で囁かれた言葉は、くちびるから一瞬、白い紗《ゴーズ》のようにふうっと浮かんで見えた。手を引っこめ、鉄格子のほうに向きかけたわたしは、ふと彼女の顔からひたむきさが少し消えたような気がした。

わたしは訊ねた。どうしてそんなふうに?

「そんなふうにってなあに、オーロラ?」

なぜ笑うの、秘密めかして?

「わたし、秘密めかして笑っている?」

「わかっているくせに。なんなの?」

彼女はためらっているようだった。やがて言った。「あなたはとても誇り高いのね。あれだけ霊の話をして――」

霊の話をして？

また急にいたずらっぽい顔になった。首を振り、からかうように笑う。

やっと口を開いた。「ペンを貸して」そして、こちらが答える前に奪い取ると、また筆記帳に手をのばして、とても素早く書き始めた。ジェルフ看守の靴音が大きくなり、この通路にはいってきたのがわかる。「早く！」――わたしの胸の中で心臓が激しく打ち、服の胸が太鼓の皮のように震えるのが見える。けれども彼女は微笑んだまま、書き続けた。靴音が近づき、心臓は壊れそうに鳴り響く！――ようやく筆記帳が閉じられ、ペンのキャップが閉まり、わたしの手に戻された瞬間、ジェルフ看守が鉄格子の向こうに現われた。ジェルフ看守の褐色の眼がいつもどおりじろじろと見たが、もはや変わったことは何もなかった。わたしの胸がどきどきと騒いでいるほかは――それも、ジェルフ看守が鍵をはずし、鉄格子を押し開ける間に、外套で包み隠した。ドーズはわたしから一歩さがった。エプロンの前で両手を組み、頭をさげた。笑みは消えていた。彼女はひとことだけ言った。「ごきげんよう、ミス・プライア」

一度頷いただけで、房から出してもらい、無言で通路を歩き始めた。

けれども、歩いている間じゅう、腰に当たる筆記帳を意識せずにはいられなかった。彼女の手で、それは不思議な重荷と化していた。監房区から中央棟にはいると、わたしは手袋を取って、てのひらでじかに表紙に触れた。革にはまだ荒れた指のぬくもりが残っている気がした。が、ポケットから取り出す勇気はなかった。馬車に乗せられ、御者が鞭をふるう音がして初めて、わたしは筆記帳を取り出した。ようやくそのページを探しあて、さらにそれを傾けて街灯の光がうまく文字を照らす角度を見つけるのに手間取った。ひと目見てすぐに閉じ、ポケットにしまったが、馬車に揺さぶられていく間、ずっと手でおさえていた——やがて革はじっとりと湿ってきた。

いま、それは眼の前にある。インクのしみと、ドーズの書いた——彼女の名前と、わたしの古い、秘密の名前。そして、その下には、こう書いてある。

あれだけ霊の話をして、ロケットのことにはひとことも触れないのね。
あの子たちがわたしに言わないと思ったの、自分たちがロケットを盗《と》っていたことを？
あなたが捜し回るのを見て、あの子たちは大笑いしていたわ。
ねえ、オーロラ？

蠟燭のもとでわたしはこれを書いている。炎は低く、それが時折、さらに低く沈む。荒れた夜になり、扉の下から風が吹きこみ、床の敷物がふわりとめくれる。母とプリシラはベッドで眠っている。チェイン通りに、このチェルシーに住む者は、ひとり残らず眠っているかのようだ。眼をさましているのはわたしだけ——わたしと、そしてボイドがいた真上の部屋で歩き回るヴァイガーズだけ——なにか耳について眠れないのだろうか？　夜になると家は静かになるものだと昔は思っていた。いまは、家じゅうの置時計から懐中時計が時を刻む音、すべての床板や階段がきしむ音が聞こえるように感じる。張り出し窓に映る自分の顔。なんだか不思議なもののようで、じっと見つめるのが怖い。でも、その向こうから押し寄せる夜闇を覗くのも怖い。なぜなら夜はミルバンクを内懐《ぶところ》に抱いているから、その厚い、厚い影とともに。そしてその影のひとつにシライナが横たわっている――シライナ――彼女はわたしにこの名を書かせる。ページに鵞《が》ペンの先を滑らせるそのひと筆ごとに、彼女ははっきりと、形を持ち、人となる――シライナ。あの影のひとつに、シライナが横たわっている。彼女は眼を開けている。そしてわたしを見つめている。

一八七二年　十一月二十六日

伯母さんにいまいる場所を見せてあげたい――わたしはシデナムにいる、ブリンク夫人の家に！　たった一日で、ここに移ることになった。ヴィンシー師のところにあと一時間でもいるくらいなら死んだほうがわたしの幸せだと夫人は言った。ヴィンシー師は、「どうぞ、連れていってください！　きっと奥様に災いをもたらすでしょうがね」と憎まれ口を叩いたが、サイブリー姐《ねえ》さんは自分の部屋の戸口で見送ってくれ、いつかわたしが出世するのはわかっていたと泣いた。ブリンク夫人は自分の馬車にわたしを乗せてくれた。屋敷に着いた時には、気絶しそうになった。見たこともない大きな屋敷、まわりを広い庭が囲んでいて、玄関のドアまで砂利を敷いた小径《こみち》がのびている。呆然としているわたしを見て、ブリンク夫人は言った。「まあ、真っ青な顔！　ええ、動転しても無理はないですもの」そしてわたしの手を取って張り出し玄関から中に導き、部屋から部屋にゆっくりと案内した。「さあ、どうかしら？　これは知っていて――こちらは？」頭が混乱していてよくわからないと言うと、夫人は答えた。「そう、でもそのうちにはっきりしてきますよ、だんだんと」

やがて夫人はこの部屋にわたしを連れてきた。もともと夫人の母上のものだったが、これからはわたしの部屋だと言って。あまりにも大きいので最初はここも客間だと思った。けれどもここにはベッドがあった。そばに行き、その柱に触ったわたしは、また失神しそうな顔色になったのだろう、ブリンク夫人が叫んだ。「まあ！　あなたにはひどいショックだったのね！やっぱりもとのお部屋にお送りしましょうか、ホルボーンに？」

わたしは、いいえ、お気遣いなく、少し疲れただけでなんでもありません、すぐになおります、と答えた。夫人は言った。「そう、では一時間ほどひとりにしてあげましょう。新しい家に慣れる時間が欲しいですものね」それからわたしにキスをした。「キスをしてもかまわないでしょう、これからは？」この半年間手を取って慰めた、嘆きの虫に取り憑かれたご婦人がた、さらにはわたしの身体に触れ、部屋のドアの外で息を殺すヴィンシー師のことを思った。その誰も、キスをしてくれたことはない。誰ひとり。伯母が亡くなってからは。

今日まで考えたこともなかったが、頬にくちびるを感じて、ふとそう思った。

夫人がいなくなると、わたしは窓辺に足を運んで外を眺めた。見えるものは森と水晶宮だけだ。水晶宮は評判ほどではないが、それでもホルボーンの景色よりずっと素晴らしい！　景色を堪能してしまうと、部屋の中を少し歩き回り、あまりの広さに思わずポルカのステップを踏んだ。広い部屋でポルカを踊るのがわたしの夢だった。階下のブリンク夫人に聞こえないように、まず靴を脱ぐと、十五分ほどそっと踊り続けた。やがてわたしはあたりを見回し、家具調度に眼を向けた。

つまるところ、ここはとても妙な部屋だった。簞笥《たんす》や引き出しがどっさりあって、どれもレースや、書簡や、絵や、ハンカチーフや、ボタンや、そんなものが詰まっている。巨大な衣装戸棚を開けると、ドレスがぎっしりで、小さな靴が何列も何列も並び、棚にはたたんだ絹靴下とラベンダーの匂い袋《サシェ》がたくさんあった。鏡台には何種類ものブラシと、使いかけの香水壜がたくさんと、ブローチや指輪やエメラルドの素晴らしい首飾りをおさめた宝石箱があった。どれもとても古いものばかりだが、すべて埃を払われ、磨かれて、いやな匂いもせず、ブリンク夫人を知らない人が見たら、お母上はなんて几帳面《きちょうめん》なかただろうと思うに違いない。「お母上がいつ戻ってくるかわからないから、あまり勝手にいろいろ触らないほうがいいわ」と、そんなふうに思うだろう――実際にはもちろん、夫人のお母上は四十年も前に亡くなっているから、好きなだけここにとどまって、こころゆくまであれこれ触ることができる。わかっていてもなお、ここの物に手を触れてはいけないような気がした。そうすると、振り返った時に、お母上が戸口に立ってじっとわたしを見ていそうで。

そう思いながら、実際に振り返り、戸口を見ると、そこには女が立ってわたしを見ていた！眼があって、わたしは心臓が喉から飛び出しそうに――

けれどもそれはブリンク夫人の侍女、ルースだった。彼女はベティとは違い、本物の貴婦人付きの侍女らしく、足音をたてずに現われた。幽霊のように。わたしが飛び上がるのを見て、ルースは言った。「まあ、お嬢様、お赦《ゆる》しください！　奥様がきっとお休みになっているとおっしゃったものですから」洗面のお湯を持ってきてくれたのだった。部屋にはいってきて、ブリンク夫人のお母上が使っていた陶器の鉢にお湯を注ぎながら、彼女は訊いた。「晩餐のお召し替えのドレスはどれでございますか？　よろしければ女中にアイロンをかけさせますが」慎ましく床に眼を向けていたが、わたしが裸足でいるのを見て、踊っていたことに気づいているのかもしれない。ルースは着替えのドレスを待って立っていたが、わたしはいま着ているのより少しましな服をもう一着持っているだけだった。「奥様は本当にわたしが着替えるようにお望みなの？」「きっとお望みですわ」わたしはベルベットの服を渡した。しばらくしてルースが持ってきたそれは、蒸気をあてられてとても温かかった。

その服に着替えて坐っていると、やがて八点鐘が鳴った。ここではこんな時間に夕食にするのだ。ルースが迎えに来て、腰のリボンをほどいて結びなおしてくれた。「ほら、とてもおきれいですわ」そして案内された食堂で、ブリンク夫人はわたしを見て叫んだ。「まあ、とてもきれいですよ！」ルースが微笑んでいる。大きなぴかぴかのテーブルの端に坐らせられ、反対側の席に坐るブリンク夫人は、わたしが食べている間こちらを見守りながらずっと喋っていた。「ルース、ドーズさんにもう少しおじゃがをお取りして——ドーズさん、ルースにチーズを切らせましょうね」そして、ここの料理は口にあうか、どんな食物が好きかと訊いた。今日の夕食は卵と豚肉の切り身と腎臓とチーズと無花果《いちじく》。ヴィンシー師の奥さんの兎肉を思い浮かべて、つい声をたてて笑ってしまった。ブリンク夫人が、なぜ笑っているのかと訊いたので、幸せだからですと答えた。

夕食後、ブリンク夫人は言った。「それでは、この家があなたの能力《ちから》にどんな影響をもたらすか、確かめてみましょうか」わたしは一時間ほど交霊し、夫人はとても満足したようだった。そして、明日はわたしのドレスを一緒に買いに行って、二、三日中には、やはり交霊に興味のある友達を集めて交霊会を開きましょうと言った。それからこの部屋にまたわたしを連れてくると、もう一度キスをした。ルースがお湯を運んできて、おまるを持っていったが、ベティにさせるのとは違って、顔から火が出るほど恥ずかしかった。もう十一時になるが、眼が冴えて眠れない。交霊のあとはいつもそうなのだが、ここの人たちにそんなことは言えない。広い屋敷は物音ひとつせずに静まり返っている。ここにはブリンク夫人とルースと料理女と女中とわたしがいるだけ。尼僧院のようだ。

りっぱな天蓋つきのベッドには、夫人のお母上の白いレースの夜着が広げてかけてあり、それを着てほしいと夫人は言った。でも、今夜は一睡もできないと思う。わたしは窓辺に立って街の灯《ひ》を眺め、突然降りかかった、眼も眩《くら》むような信じがたい幸運のことを考えていた。何もかもブリンク夫人の夢のおかげ！

水晶宮はやはり素晴らしい。こうしてすべての灯がともされると。

第二部

一八七四年　十月二十三日

今週にはいってずいぶん冷える。今年は冬が早い。父が亡くなった年もそうだった。父が病床についたあの惨《みじ》めな数週間かと同じように、眼の前で街がどんどん変化していく。通りを歩く呼び売りたちは、寒さを呪いながら、底のすり減った深靴で足踏みをし、子供たちはつながれた馬を囲んで、湿っぽくはあるが大きな温かい脇腹に身体を押しつけている。エリスの話では、川向こうの通りで二日前に、三人の息子とその母親が揃って餓えと寒さで亡くなったとか。アーサーも、夜明け前にストランド街を馬車で通ると、家の上がり段にうずくまる物乞いたちの毛布が霜でおおわれているのを見かけると言っていた。

外は霧もひどい——黄色の霧、茶色の霧、墨を流したような黒の霧——地獄の窯《かま》から吹き上がるかのように、下水溝から舗道にたちのぼる。服に染みをつけ、肺に満ちて咳のもとになり、家々の窓に押し寄せる霧——明るい照明のもとでは、上げ下げ窓の隙間から、家にはいりこんでくる様がよく見えるかもしれない。三時過ぎともなれば夕闇に閉じこめられ、ヴァイガーズがランプをともすと、炎は霧にくすぶり暗く燃える。

わたしの部屋のランプはいま、かすかに燃えている。子供の頃、夜じゅうつけられていた灯《とう》心草《しんそう》ランプのように弱々しい光。いまもはっきり覚えている――闇に浮かぶランプのほやの明るい部分を数えながら、家じゅうで眼をさましているのは自分だけだと感じ、乳母の寝息やスティーヴンとプリシラの鼾《いびき》や寝言に耳を傾け、横になっていた。

この部屋はあの頃の子供部屋だった。天井にはぶらんこを吊っていた痕があり、棚にはまだ子供用の絵本が何冊か眠っている。その一冊は――ここから背表紙が見えるけれど――スティーヴンのお気にいりだ。悪魔や幽霊の絵がとても鮮やかに描かれていて、絵に眼を凝らしてから、急に何もない壁や天井を見ると、幽霊がもとの絵とはまったく違う色で、ふわふわと浮かんでいるのがはっきり見える。

最近はどうしてこう幽霊のことばかり考えるのだろう！

家にいると退屈なので、今朝は大英博物館に行った――霧で普段よりずっと暗く、二時になると、これでは閲覧室を開けていても仕方がないと文句が出始めた。霧の日はいつもそうやって、明かりをつけてほしいという声があがる。けれどもわたしは――真面目な目的からというより暇つぶしで監獄の歴史についてノートをとっていたのだが――気にならなかった。それどころか博物館を出て、午後の空が灰色に垂れこめ、この世のものとは思われない光景を呈しているのに出くわすと、心が震えた。その時のグレートラッセル街ほど色も輪郭も失われた世界を見たことがない。一歩踏み出すと、自分まで舗道や屋根のように色も形もなくしてしまいそうで恐ろしくなった。

もちろん遠くほど濃く見えるのが霧というものだ。歩きだしたからといって、体の輪郭が薄れるようなことはなかった。わたしのまわりには常に円《まる》いおおいがあるように感じられた——紗《ゴーズ》のおおいが、夏に蜂からケーキを守るために女中がお皿にかぶせる網のようなものが、はっきりと見えた。

ほかの人たちにもこのおおいが見えているのだろうか、こんなふうにはっきりと？

考えるうちに滅入ってきたわたしは、とりあえず停車場を見つけて、馬車で帰宅することにした。途中、日除けは締めきっておくとしよう。わたしはトテナムコート通りに向かって歩き始めた。道々、表札や窓をひとつひとつ眺めていく——最後に父と腕を組んで通ってから、ここの家並みや店並みがちっとも変わっていないことに、淋しいような満足を覚えながら……

そんなわたしの眼に、ある扉の脇に両隣のそれよりもひときわ明るく光る真鍮の表札が飛びこんできた。〈英国心霊協会会館——会議室、図書閲覧室〉

二年前にこんな表札はなかったはずだ。それとも当時は霊の世界に興味がなかったわたしの眼に、はいらなかっただけだろうか。立ち止まり、もう少し近づいてみた。シライナは——この名前を書くことにまだ慣れない——彼女は自由だった時にここに来たことが、この通りでわたしとすれ違ったことがあるのだろうか。ヘレンと知り初《そ》めたあの頃に、そこの角で待ち合わせしていたわたしの脇を通ったのだろうか。

考えるほどに不思議な気持ちになる。もう一度、真鍮の表札を見て、扉の把手に手をかけた。ついにぐっと握って回すと、中にはいった。

最初は何も見えなかった――狭い階段のほかは。部屋は商店の上の二、三階にあるのだった。階段をあがると、小さな事務室があった。壁は美しい羽目板張りで、木の日除けは今日の霧におろされている。窓と窓の間には巨大な絵――あまりいい出来ではないが――《エン・ドルの口寄せ女の家のサウル（サムエル記上、第二八章七節の挿話にもとづく）》が飾られていた。緋色の絨毯を敷いた上に机が置かれ、その向こうには一枚の紙を持った婦人が坐っており、隣には紳士がいた。婦人は胸に銀のブローチをつけていた。墓石で見かける、組んだ両手の意匠だ。紳士は絹の室内履きを履いている。わたしを見て、ふたりは微笑んだが、すぐにすまなそうな顔になった。紳士は、階段が急で申し訳ありませんと言った。「わざわざここまでのぼっていただいたのに！　説明会をお望みでしたか？　今日は取り止めになったんですよ、この霧で」

とても礼儀正しく、親切だった。わたしは、説明会に来たのではないと答え――馬鹿正直に――偶然表札を見かけて、好奇心に駆られたのだと言った。するとふたりは、申し訳なさそうな顔から賢者のような表情に変わった。婦人は頷いて言った。「偶然と好奇心。素晴らしい取り合せですこと！」紳士が手を差し伸べて握手を求めてきた。見たこともないほど華奢な殿方で、その手も脚も信じられないほどほっそりしていた。「この天気で人が集まらなくて、あまりおもしろいものをご紹介できないのですよ」わたしは図書室について訊いた。開いてますの？　はいってもよろしくて？　はい、開いております――料金を一シリング頂戴《ちょうだい》しなくてはなりませんが。たいした額ではないように思えた。ふたりは机の台帳に記帳させた――「ミス・プライ、アー」と、紳士がはすかいから首をのばして読み上げてから、こちらの婦人はミス・キスリングベリーといって、自分の秘書だと紹介してくれた。彼自身は館長のヒザー氏と名乗った。

館長は閲覧室に案内してくれた。ささやかな——クラブや学寮にあるような図書室。三、四つある書架はすべていっぱいで、ラックには新聞や雑誌が、洗濯物のようにかかっている。テーブルがひとつと革張りの椅子がいくつか置かれ、壁には雑多な写真類。そして硝子張りの戸棚がひとつあった——この戸棚こそが本当に奇《あや》しい、あえて言えば恐ろしいものだということは、あとで知ることになる。わたしは真っ先に本に向かった。ほっとさせられた。実のところ、なぜこんなところに来たのか、何を探しに来たのか、われながら訝《いぶか》り始めていた。けれども書架の前では——そう、たとえどんなに不思議なものについて書かれていたとしても、本を繰って読むという行為に迷うことはない。

書架の前に立ち、棚を端から端まで見渡した。ヒザー氏はテーブルについている婦人に何事か囁くようにかがみこんだ。ただひとりの閲覧者の彼女はかなり歳を召していて、小冊子の上に薄汚れた白手袋の片手をのせて、ページをおさえていた。ヒザー氏の姿を見ると、せかせかと手招きをして言った。「素晴らしい本だわよ！　とても勉強になるわ！」

のせていた手をあげた拍子に、小冊子は音をたてて閉じた。すると表題が見て取れた——《神の力》。

眼の前の書架がそんな題名の本で埋まっていることに気がついた。けれども一、二冊、立ち読みしてみると、書かれている事柄はどれも馬鹿馬鹿しく思えた——たとえば〈椅子について〉の項では、たくさんの人が坐るやわらかいクッションの椅子には念がこもりやすいから、霊媒は籐《とう》や木の椅子にしか坐ってはいけない――そこまで読んで、苦笑を浮かべたのをヒザー氏に見られたような気がして、思わず顔を隠すようにそっぽを向いた。おもむろに書架を離れ、新聞のラックの間を歩いていたが、結局、壁に貼られた一群の写真に眼を向けた。それらは〈マレー夫人の交霊により出現した霊、一八七三年十月〉を撮影したもので、穏やかそうな婦人が写真家の手のそばにある椅子に腰かけ、その背後に白いローブを着た人影が三つ、ぼんやりと浮かんでいる――額に貼られたラベルによれば、そのそれぞれが〈サンチョ〉、〈アナベル〉、〈キップ〉であるとのことだった。こちらは本よりずっと滑稽で、急に痛いほどの感慨が押し寄せてきた。ああ、お父様にこれを見せてあげたかった!

そんなことを思っていると、背後に気配を感じてぎょっとした。ヒザー氏だった。

「これは自慢でしてね」一群の写真を顎で示しながら言った。「マレー夫人は実に強力な霊媒です。アナベルのドレスの細かいところをよく見てください。昔、写真の隣に、アナベルのつけている襟のはぎれを額に入れて掲げていたことがあるのですが、飾って二週間もたたないうちに、そのはぎれは――霊の力というのは恐ろしいものです!――あとかたもなく消えうせてしまいました。額だけを残して」わたしは眼を瞠《みは》った。「そうなのですよ」それから彼は硝子張りの戸棚に歩いていき、わたしを手招きしながら言った。「ごらんください、これこそ私の自慢の蒐集品です。すくなくともここには、もう少し形をとどめている品々が……」

その声も口調も、心誘うものだった。遠くからでは、戸棚は壊れた彫像や白い石のかけらばかりに見えた。けれども近寄ってみると、硝子の向こうにあるのは大理石ではなく、石膏や蠟の——石膏像や蠟細工の、顔や指や足や腕だった。ほとんどが不気味にねじれていた。長い間陳列されていたことでひびがはいったり黄ばんだりしているものもあった。これも霊の写真と同じく、ひとつひとつにラベルが貼られていた。

わたしはもう一度、ヒザー氏を見た。「もちろん、手順はご存じでしょう？　ああ、実に単純で鮮やかです！　霊媒は自分の守護霊を物質化すると、ふたつの手桶を示します——ひとつには水が、もうひとつには融かした石蠟《せきろう》がはいっています。守護霊は手や足や身体のどこかを、まず石蠟に浸《ひた》し、それから素早く水に浸します。霊が脱けたあとには、こうした型が残るわけです。もちろん、ほとんどは」彼は言い訳がましくつけ加えた。「完全なものではありません。それに、石膏像を作れるほど丈夫な型ばかりではありませんし」

わたしたちの前にある像のほとんどが、おぞましいほどに不完全なものに思えた——それぞれがほんの小さなグロテスクな細部、たとえば足の爪ひとつ、皺ひとすじ、膨らんだ目蓋《まぶた》の睫《まつ》毛《げ》一本で、見分けがつく。それでいて、不完全で、歪んで、変にぶれていて、呼び出された霊がまだ蠟の温かいうちに霊界に戻っていったように見える。「この小さな蠟の型をごらんください」ヒザー氏が言った。「これは赤ん坊の霊ですよ——この小さな指、腕のえくぼが見えるでしょう？」それを見て、胸が悪くなった。わたしには、月満ちる前の胎児のように不気味で人間になりきっていないものに見えた。子供の頃に伯母がそんな子を産んだ。大人たちが囁き合い、その囁きにどれほどわたしが苦しみ、悪夢にうなされたことか。思わず眼をそらして、戸棚の最下段の、いちばん暗い隅を見た。ところが、そこにはさらに醜悪なものが飾られていた。それは手の型だった。男の手――蠟でできたそれは、手と呼ぶにはあまりに異様に膨れあがり――節《ふし》くれだった五本の指も、静脈の浮いた太い手首も、ガス灯の光を浴びて、濡れたように輝いていた。赤子の蠟の型には胸が悪くなった。けれども、この手にはなぜか胸が震えるようだった。

わたしはラベルを見た――本当に身体が震えだした。

「支配霊〈ピーター・クイック〉の手。ミス・シライナ・ドーズにより物質化」

もう一度、ヒザー氏を振り返った――彼はまだ、えくぼのある赤子の腕を満足げに見ている――わたしは震えていたが、それでも硝子に近寄ってみずにいられなかった。ごつごつと膨れあがった蠟の型を見ながら、シライナのほっそりした指を、黄土色の毛糸で囚人の靴下を編んで上下する手首の華奢な骨を思い浮かべた。その落差は凄まじかった。気がつくと、わたしは戸棚の前にしゃがみこみ、せわしない息で安硝子を曇らせていた。立ち上がったが――あまりに急に動きすぎたのだろう、ヒザー氏の手がわたしの腕をつかむのがわかった。「お嬢さん、大丈夫ですか？」テーブルの婦人は顔をあげて、薄汚れた白手袋の手を口にあてた。小冊子はまた勢いよく閉じ、床に落ちた。

しゃがんでいたら眩暈《めまい》がしただけで、部屋も暑くてのぼせたのだろう、とわたしは答えた。ヒザー氏が椅子を持ってきて坐らせてくれた――すると、顔のすぐ前に戸棚がきて、わたしはまた身震いした。婦人が腰を浮かせて、キスリングベリーさんにお水を持ってきてもらいましようかと言ってくれたが、ご親切にありがとうございます、でももう平気です、と断《ことわ》った。ヒザー氏はわたしを冷静に観察していた。外套とドレスを見ているのだった。これを書いているいま考えてみれば、ああいう場所には喪服に身を包んだ婦人が大勢、かすかな望みと好奇心に背中を押されて敷居をまたぎ、階段をのぼるに違いない。その中には、この戸棚の蠟の型を見て失神する人もいるだろう。わたしがもう一度、硝子の奥の蠟細工を見た時、ヒザー氏の声も眼差しもやわらいでいた。「たしかに少し気味が悪いかもしれませんな。しかし、やはり素晴らしいでしょう？」

それには答えずに、好きなように想像させておいた。くどくどと蠟や水に手足を浸す手順を説明されている間に、わたしはやっと落ち着きを取り戻した。こういう幽霊を型におさめることができる霊媒はそれだけ賢いんですの？——そう訊くと、ヒザー氏は考えこむ顔になった。「賢いというよりは、能力《ちから》が強いのですよ——私やあなたより、頭がいいわけではない。これは霊力の問題で、まったく別ものなのです」霊を信じない者が真剣な心霊研究を〝馬鹿馬鹿しい〟と片づけがちなのは、ここに原因があるのだ、とヒザー氏は言った。霊は、年齢や身分や〝浮き世におけるその手の区別〟に関係なく、畑からひと粒の小麦を拾うように、世の中から霊感に恵まれた者を見つけ出す。たとえば、霊感が強いと噂のある、高貴な紳士の館を訪ねたとする。台所で主人の靴を墨で磨いている小女《こおんな》がいて——霊感が強いのはその娘かもしれない。「たとえば、これです」——また戸棚を示した。「この型を作ったのはミス・ギフォードという人物で——小間使いでした。自分の力にまったく気づいていなかったのですが、女主人が腫瘍を患《わずら》って倒れた時に、患部に手をあてただけで治癒したのです。こちらはミスタ・セヴァーン。いま十《とお》六歳ですが、十の時から霊を呼び出していました。私は三、四歳の霊媒を見たことがあります。赤子が揺りかごの中で——ペンを取って書く仕種《しぐさ》をするのです、霊が〝赤子を愛している〟と……」

わたしは戸棚に視線を戻した。なぜこの部屋に引き寄せられたのか、何を探しに来たのか、やっとわかった。胸を手でおさえ、〈ピーター・クイック〉の蠟の手を見つめた。わたしは切りだした。このシライナ・ドーズという霊媒ですけれど。ご存じですの？

ああ、とヒザー氏はすぐに声をあげた——例の婦人がまた眼をあげてこちらを見る。もちろん！　あの気の毒なミス・ドーズの災難を聞いたことはありませんか？　「監獄に入れられたのです！」

ヒザー氏は首を横に振って、ひどく重々しい表情をこしらえた。そういえば聞いたことがあ、るような気もします、とわたしは応じた。シライナ・ドーズがそれほど有名とは知りませんでした……

そうですか？　ヒザー氏は問い返した。まあ、世間的には有名とは言えないかもしれません。ですが、心霊主義者の間では——いやあ、国じゅうの心霊主義者が震えあがったものです、ミス・ドーズの逮捕を知った時にはは！　イングランドじゅうの心霊主義者が、裁判の一進一退をつぶさに見守って——そして判決がおりた時には泣いた——はずですよ——ミス・ドーズと、自分自身の運命を慮《おもんぱか》って。「警察は我々を〝ならず者やごろつき〟と称していますが、我々はただ手相占い等の研究をしているだけです。ミス・ドーズがなんの罪に問われたと思いますか？　暴行――それに詐欺ですって？　なんという中傷だ！」

その頬は朱に染まっていた。思わぬ激情にたじろぐしかなかった。ヒザー氏が訊ねた。ミス・ドーズの逮捕と投獄の詳しい経緯をご存じですか？――よくは知りませんが、ぜひ詳しくうかがいたいですわ、と答えると、書架に歩み寄り、眼と指を革の背表紙に這わせ、やがて一冊を引き抜いた。「ごらんください」表紙を開きながらヒザー氏は言った。「これは《心霊主義者》といって、うちの機関紙のひとつです。去年の七月から十二月までの発行分ですよ。ミス・ドーズが連行されたのは――いつだったかな？」

「たしか八月ですよ」薄汚れた手袋の婦人が言った。ずっと耳をそばだてて、こちらをうかがっていたらしい。

ヒザー氏は頷いてページをめくった。「ああ、これだ」しばらくして言った。「これですよ、お嬢さん」

彼の指し示すくだりを覗きこんだ。「ミス・ドーズのために嘆願書を提出」とある。「交霊術師、警察に捕わる。我々の証言は黙殺」その下に短い記事があった。交霊術師ミス・ドーズの逮捕勾留に続き、パトロンであるブリンク夫人が、シデナムの自宅における私的交霊会において死亡した経緯が述べられていた。立ち会ったミス・マデリーン・シルヴェスターも負傷したという。犯人はミス・ドーズの支配霊〈ピーター・クイック〉か、それを装った暴力的な低級霊……

これまで聞かされてきた——クレイヴン看守、スティーヴン、ウォレス夫人、そしてシライナ本人から——話と同じだった。けれどもちろん、シライナの言い分を支持し、真に責められるべきは霊であるという主張にぶつかったのは初めてだ。わたしはヒザー氏を見た。「これはどういうことなのでしょうか。わたしは霊のことは何も知らないんですの。あなたはシライナ・ドーズが冤罪だと——」

間違いなく冤罪です、という答えが返ってきた。確信していますとも。「あなたは確信なさっているのでしょうけど」——わたしはシライナの口から語られた話を思い出していた。「でも、心霊主義者が全員、あなたと同じくらい確信していますの？　少しはいるんじゃありません、そうでもないかたが？」

彼はややうなだれた。〝一部の団《サークル》（定期的に交霊会を開く小人数の集団）〟には疑念を抱いている者もいる、と応じた。

疑念？　それは彼女の潔白に対するものですの？

彼は瞬《しばたた》いて、やがて声を低め、驚きと咎めるような色をないまぜに答えた。「ミス・ドーズの〈能力《ちから》〉に対する疑念です。ミス・ドーズは強力な霊媒でしたが、とても若かった。ミス・シルヴェスターはもっと若かったですが——ほんの十五かそこらで。そういう若い霊媒に、よく暴力的な霊がつく。ミス・ドーズの支配霊——ピーター・クイック——は時々、本当に暴力的に……」

ミス・ドーズの不注意というものだろう、そんな霊の前に依頼者をひとりきりで監督もなしにほうり出したのは——たとえそれまでに何度もほかのご婦人がたとそうしていたにしろ、とヒザー氏は言った。それにミス・シルヴェスター自身の能力《ちから》が未熟だったという問題もある。それがピーター・クイックに影響しなかったと言い切れるだろうか？　低級な霊が侵入した可能性がなかったと？　そういう低級霊は能力《ちから》が未熟な者を標的にするものだ——利用し、いたずらをしかける。「そのようないたずらは我々の求める奇跡ではない！　断じて違う！——新聞が書きたてるようなものでは。残念ながら、多くの霊能者が——一部は、彼女の業績を讃えていた同輩です！——気の毒なミス・ドーズに背を向けました。彼女がもっとも助けを必要としている時に。苦汁をなめたミス・ドーズは、我々にも背を向けるようになりました——味方である者にまで」

わたしは絶句してヒザー氏を見つめた。シライナを誉め讃え、敬意を表《ひょう》して〈ミス・ドーズ〉、〈ミス・シライナ・ドーズ〉と呼ぶ人がいる、〈ドーズ〉でも〈女囚〉でも〈女〉でもなく——わたしはどぎまぎした。彼女自身の口から、あの薄暗い、どこか現実離れした監房という場所で聞かされるのと違い、わたし自身が馴れ親しんだこの世界で、登場人物がひとりとして——女囚も、婦人看守も、わたしさえ——いない中ではひどくなまなましく現実味がある。こんな場所で紳士によって語られるのは、まったく違った感覚だ。「それじゃ彼女は成功していたんですね、裁判の前までは？」すると彼は有頂天になって、両手を叩きつけるように組んだ。それはもう！　彼女の交霊会はまさに奇跡でした！　「もちろんそう有名ではありませんでしたよ、ロンドンの大物霊能者ほどは——たとえばミセス・ガピや、ミスタ・ホームや、ハックニーのミス・クックや……」

その名前なら聞いたことがあった。ホーム氏は窓を通り抜けたり、炎の中から素手で石炭を取り上げたりする人物だ。ガピ夫人はハイベリーからホルボーンに瞬間移動した――「お買い物のリストに〝たまねぎ〟って書いている間に移動したのでしょう？」

「笑ってらっしゃいますね」ヒザー氏は言った。「あなたも世間の人間と同じだ。能力《ちから》が派手であればあるほどお気に召される。ナンセンスと馬鹿にできるからでしょう」

その眼はまだ優しかった。わたしは答えた。おっしゃるとおりかもしれませんわ。でもシライナ・ドーズは、彼女の能力《ちから》は、ホーム氏やガピ夫人ほど――素晴らしかったんですの？

彼は肩をすくめた。素晴らしいという言葉の定義が、お嬢さんと私とでは違うかもしれません。そう言いながら、また書架に歩み寄って別の紙ばさみを取り出した――これも《心霊主義者》を綴じたもので、もっと古い号だった。またたく間に目当ての記事を見つけると、彼はそれを差し出した。あなたのおっしゃる〝素晴らしい〟ものというのはこんな能力ですか？

記事には、シライナがホルボーンで開いた交霊会で、暗闇の中に持ちこまれた鈴が霊によって鳴らされ、紙筒を通して囁く声が聞こえたとある。また別の紙ばさみを渡してくれた――なんという名前か忘れたが別の新聞が綴じてある。そのクラーケンウェルの私的交霊会の記事によれば、見えない手が花を落としたり、石板に白墨で名前を書いたりしたとあり、もっと古い記事には、ある嘆き悲しんでいた紳士が、シライナの腕に霊界からのメッセージが赤く浮き上がるのを見て驚嘆したと……

これが彼女の言っていた時なのだ、誇らしげに言った〝幸せな時〟。その誇りが淋しく感じられたものだが――いまは、いっそう侘しい気持ちになった。花も紙筒も肌に浮き上がる言葉も――どれもこれも安っぽい見せ物のようだ。たとえ霊のしわざだとしても。彼女は監獄に囚《とら》われた女優のように、過去の栄光の思い出にすがって日々を送っている。記事の裏に、その栄光が実はどんなものだったのか見える気がした――蝶か蛾のようにひらひらと、赤の他人の家を渡り歩く日々。うらぶれた宿を転々として、わずかな日銭を稼ぐためにけばけばしい芸を見せ歩く日々。場末の寄席の芸人のように。

彼女をこの道にひきずりこんだという伯母。亡くなった貴婦人――ブリンク夫人。いまヒザー氏に教えられるまで、シライナがブリンク夫人の家に、一緒に住んでいたとは知らなかった――「そうなのですよ」ヒザー氏は答えた。そのことでも起訴されたのだという――暴行ばかりでなく、詐欺の罪で――まったく馬鹿馬鹿しい。ブリンク夫人は彼女をとても可愛がり、家庭を与え――〝母親そのものでした〟。夫人の庇護《ひご》下でシライナの能力《ちから》は育ち、磨かれた。シデナムのその家で初めて支配霊を得たのだ。そう、〈ピーター・クイック〉を。

彼は首を振った。「これは人知の及ばぬ問題だ。説明ができるのは霊だけです。ですが――夫人はそれで亡くなったのでしょう？

まさか霊を証言台に立たせるわけにはいきません！」

その言葉は心に響いた。もう一度、最初の《心霊主義者》を見ると、記事は逮捕の一週間後のものだ。わたしは訊いた。これの続きは？　裁判や評決やミルバンク送りの記事はありますか？　ありますとも。ヒザー氏は答えて、また瞬時に探しあて、こちらに渡すと、それまで見せてくれた号を几帳面《きちようめん》に片づけ始めた。わたしはテーブルに椅子をひとつ運び、白手袋の婦人からは遠く、蠟の型の戸棚は視界にはいらない場所に陣取った。ヒザー氏が微笑し、会釈をして離れていくのを見送り、ゆっくり読み始める。大英博物館で監獄史を書き写した帳面を持っていたので、新しいページを開くと、シライナの裁判記録を写し始めた。

裁判ではまず、シルヴェスター夫人が質問されていた――アメリカの婦人であり、神経質な少女の母親。ウォレス夫人の知人。「シライナ・ドーズと知り合ったのはいつですか」――夫人は答える。「ブリンクさんのお宅の交霊会ですよ、七月の。たいそう賢くて力のある霊媒だとロンドンで評判だったものですから、ぜひぜひ会ってみたくて」

「彼女のことはどう思われましたか」――「ひと目で賢い娘さんだとわかりましたよ。とても慎ましいかたで。あたくしの行った交霊会には、いかにも女好きのする若い人がふたり来ていて、あの娘さん、きっと流し目を送るだろうと思ったんですけどね。しなかったんですよ、それが。まったく、評判どおりの娘さんでした。もちろん、うちの娘と親しくさせちゃ、いけなかったんですけどねえ」

「ふたりを親しく交際させた目的は」――「個人的なおつきあいじゃありませんわ、娘の身体のためですよ。ドーズさんなら、うちの娘の健康を取り戻してくれるかと、藁にもすがる気持ちで。もう何年も病気が治らなくて。ドーズさんは、身体ではなく、心霊的な病《やまい》だとおっしゃいましてね」

「ミス・ドーズはシデナムの家であなたのお嬢さんの治療をしていたわけですか」――「はい」

「どのくらいの期間」――「二週間ほどですわ。娘は暗い部屋でドーズさんと過ごすんです、一日に一時間ほど。一週間に二日ずつ」

「お嬢さんはその治療でミス・ドーズとふたりきりに？」――「いいえ、娘は人見知りしますからね、あたくしも同席します」

「ミス・ドーズの治療を受けたこの二週間で、お嬢さんの健康状態はどうなりましたか」――「よくなっているように見えましたよ。でもいま思えば、あれは不健全な興奮状態だったんです、ドーズさんの治療とやらが原因の」

「なぜそう思うのです」――「娘の状態を見たからですよ、ドーズさんが正体を現わして、うちの子に乱暴をした夜に」

「ブリンク夫人が発作で亡くなった夜ですね。つまり一八七三年の八月三日の夜」――「ええ」

「その夜にかぎって、お嬢さんをたったひとりでミス・ドーズのもとに行かせた。なぜです」――「ドーズさんに説得されたんですよ、あたくしがいるせいで、マデリーンの治りが遅いと。なんでも、娘との間に特別な回路を開かなければならないのに、あたくしがいるとその邪魔になるんだと。まことしやかに言うものですから、すっかり騙されてしまいましたわ」

「それはここに居並ぶ陪審員の決めることです。とにかく、あなたはお嬢さんをひとりきりでシデナムに行かせたのですね」――「ええ、ひとりで。あら、もちろん、小間使いをひとりと、うちの御者もですけど」

「ミス・ドーズの治療を受けにお宅を出る時のお嬢さんの様子は」――「なんだかぴりぴりしてました。さっきも申しましたけど、きっとドーズさんのせいで、変に興奮していたんですよ」

「〝興奮〟というのは、どういう状態でしょうか」――「有頂天だったんですよ。娘は世間知らずですから。ドーズさんは娘に、霊媒の素質があるなんて吹きこんだんです。その能力《ちから》が開花したら、健康になれると」

「お嬢さんにそういう素質があると信じましたか」――「藁にもすがる気持ちだったと申しましたでしょう。娘の病気の原因がやっとわかったと安心したんですよ」

「なるほど、それなら信用したのは決して不面目なことではありませんね」――「そうでしょうかしら」

「そうですとも。それはさておき、先ほどはお嬢さんがミス・ドーズを訪ねていく時の状態を話していただきましたが、次にお嬢さんとお会いになったのはいつですか」――「何時間かあとですよ。九時には帰ると思っていたんですが、十時半になっても、いっこうに戻ってこなくて」

「あなたはどう思いましたか」――「もう心配で心配で、気が変になりそうでした！　うちの従僕に馬車で様子を見に行かせたんです。そうしたら戻ってきて、小間使いから娘が怪我をしたと聞かされたと言うじゃありませんか。あたくしにすぐ来てほしいと。もちろん参りましたとも」

「家に着いた時、そこはどんな様子でしたか」――「大騒ぎでした、召使たちが上へ下へ走り回って、家じゅうの明かりがつけられて」

「お嬢さんはどんな様子でしたか」――「娘は――ああ！　娘は失神していたんです。服はひどく乱れて、顔や喉に叩かれたような痕があって」

「迎えに来たあなたを見て、お嬢さんは」――「なんですか、ひどく混乱していて。あたくしを突きのけて、罵るんですよ。変にかぶれたんですわ、あのペテン師に！」

「ミス・ドーズには会いましたか」――「ええ」

「彼女は」――「うろたえているようでしたけどね。あれはお芝居ですよ。うちの娘が男の霊に手荒く扱われたと言うんです。そんな馬鹿な話がありますか。あの女《ひと》にもそう言ってやったら、急に罵りだして。あたくしに黙れと言って、いきなり泣きだすんです。娘が愚かなせいですべてを失ったとか言って。その時ですよ、ブリンクさんが発作を起こして、二階で寝ていらっしゃると聞かされたのは。もうその頃には、お亡くなりだったのかもしれませんわねえ、あたくしが娘を介抱している間に」

「ミス・ドーズの言葉に間違いはありませんか。本当にそう言ったのですか、自分は〝すべてを失った〟と」――「ええ」

「どういう意味だと思いましたか」――「あら、なんとも思いませんでしたよ、その時は。娘のことで頭がいっぱいでしたからね。でも、いまならわかりますよ。マデリーンを利用するつもりだったんです。娘に取り入って、搾《しぼ》れるだけお金を搾り取ろうとしたんですよ。でも、それもおじゃんでしょう、娘があんな状態で、ブリンクさんはお亡くなりで……」

まだ少し続いていたけれども、書き写さなかった。これはある号から抜き書きしたもので、その翌週の号には娘のマデリーン・シルヴェスター本人の証言の記事が載っていた。三度、証言を求められて、そのたびに泣きくずれてしまうという有様。わたしはシルヴェスター夫人のことはあまり好きになれない――どこか母を思わせる。けれども、娘のほうは大嫌いになった。この娘はわたしを思わせる。

彼女は質問されていた。「その夜の出来事ですが、覚えていますか」――「わかりません。知りません」

「ご自分の家を出たことは覚えていますか」――「はい」

「ブリンク夫人の家に着いたことは覚えていますか」――「はい」

「最初に何をしましたか」――「お茶をいただきました、お部屋でブリンクさんとドーズ先生と一緒に」

「ブリンク夫人はどんな様子でしたか。健康に見えましたか」――「はい、それはもう！」

「夫人はミス・ドーズにどう接していましたか。冷淡であるとか、よそよそしいとか、なにか眼についた様子は」――「ただ親しいように見えました。ブリンクさんはドーズ先生の隣に坐って、先生の手を取ったり、髪や顔を撫でたりしていました」

「ブリンク夫人かミス・ドーズの言葉をいくらか覚えていませんか」――「ブリンクさんは、わくわくしているでしょうとおっしゃいました。わたしは、はいと答えました。ドーズ先生に手ほどきをしていただけるなんて、わたしはとても運がいいとも言われました。そのあと先生が、そろそろふたりだけにしていただきたいとおっしゃいました。それでブリンクさんはお部屋をお出になって」

「ブリンク夫人はあなたをミス・ドーズとふたりきりにして出ていったのですね。それから」――「先生はいつものお部屋にわたしを案内しました。内房《キャビネット》のあるお部屋です」

「ミス・ドーズが交霊会を開く部屋ですね。〈闇の会〉とやらを」――「はい」

「内房《キャビネット》とは、ミス・ドーズが交霊の時に坐る、目隠しされた一角のことですね」――「はい」

「それからどうなりましたか」――（証人は躊躇した）「先生は隣に坐って、わたしの手を取ると、準備をしてくるとおっしゃいました。そして内房《キャビネット》にはいって、しばらくして出てきた時には、ドレスを脱いでペティコート姿でした。先生はわたしも同じようにしなければならないと――ただ、あの、内房《キャビネット》の中ではなく、先生の前で脱ぐようにと」

「ドレスを？　なぜそんなことを」――「能力がうまく開花するためと」

「それで脱いだのですか。真実を話してくださらなければなりませんよ。紳士の前であることはお気にせずに」――「はい、脱ぎました。つまり、ドーズ先生がそうなさいましたし、小間使いは別室に残してきましたから」

「ミス・ドーズは宝石をはずすように言いましたか」――「ブローチを取るようにおっしゃいました。ドレスと下着の両方に針を通して留めていたので、取らないと脱ぐ時に服が破れてしまうと注意されて」

「ブローチはどうしましたか」――「覚えていません。あとで小間使いのリュパンが持ってきました」

「そうですか。では、ミス・ドーズにドレスを脱がされた時、どんな気分でしたか」――「最初は変な気分でしたけど、別にいやではありませんでした。ひどく暑い夜でしたし、先生はお部屋の鍵を閉めていましたから」

「部屋は明るかったですか、暗かったですか」――「暗くはありませんでしたけど、とても明るいというほどではありませんでした」

「ミス・ドーズの姿ははっきり見えましたか」――「はい、もちろん」

「次にどんなことが起きましたか」――「先生がまたわたしの両手を取って、これから霊が現われるとおっしゃいました」

「そう言われてどんな気持ちがしましたか」――「怖くなりました。先生は怖がらないようにとおっしゃいました。霊はピーターだからと」

「それは〈ピーター・クイック〉とかいう霊ですか」――「はい。先生は、来るのはピーターで、前に〈闇の会〉で会ったことがあるはずだし、今度もわたしの能力を磨く手助けをしてくれるだけだと」

「恐怖は薄れましたか」――「いいえ、ますます怖くなりました。それで眼をつぶったんです。先生の声がしました。〝ほら、マデリーン、彼が来たわ〟誰かが部屋にいる気配がしましたけど、眼を開けられませんでした。怖くて」

「間違いなく別の人物の気配ですか」――「そう思います」

「それから」――「よく覚えてません。あまり怖くて泣いてしまいました。そしたら、ピーター・クイックが言ったんです。〝なぜ泣く？〟って」

「本当に別人の声でしたか、ミス・ドーズではなく」――「そう思いました」

「ミス・ドーズとその人物が同時に喋ることはありましたか」――「わかりません。申し訳ありません」

「謝る必要はありませんよ、あなたはとても勇気がおありだ。では、次に何が起きたのか、覚えていますか」――「覚えているのは、手を置かれたことです。ざらざらした冷たい手を」

（証人、泣く）

「たいへん結構。素晴らしいですよ。もう少しで質問は終わりです。大丈夫ですか」――「努力しますわ」

「ありがとうございます。手はどこに置かれましたか」――「腕です。二の腕に」

「ミス・ドーズはここであなたが叫びだしたと言っています。覚えていますか」――「いいえ」

「では、どんなことを覚えていますか」――「何も覚えていません。奥様がいらして、扉を開けるまでは」

「ブリンク夫人が来たのですね。なぜ、夫人だとわかりましたか。眼を開けていたのですか」――「いいえ、まだつぶっていました、恐ろしくて。でも、外でブリンクさんの呼ぶ声が聞こえたと思ったら、鍵がはずされて扉の開く音がして、またブリンクさんの声が聞こえたんです、すぐそばで」

「小間使いは我々に、あなたが家じゅうに響く声で叫んでいたと証言しています。〝ブリンクさん、ブリンクさん、助けて、殺される！〟と。覚えていますか」――「いいえ」

「そのような言葉を叫んだり、口にしたことは全然覚えていないのですか」――「わかりません」

「言ったとすれば、なぜかわかりますか」――「わかりません。ただ、わたしはピーター・クイックが本当に怖かったんです」

「怖かった、というのは、彼があなたを害しようとしていると思ったからですか」――「いいえ、幽霊ですから、それで」

「なるほど。では、ブリンク夫人が扉を開けてから何が起きたか教えてください」――「ブリンクさんが〝まあ、ドーズさん〟とおっしゃったあと、急に〝まあ！〟と叫びました。そしてご自分のお母様を呼んでらっしゃいました、とてもおかしな声で」

「〝おかしな〟というと」――「甲高い、かすれた声でした。それからブリンクさんの倒れる音が聞こえたような気がします」

「そのあとは」――「たしか、ドーズ先生の侍女が来ました。先生はその人にブリンクさんを介抱するようにおっしゃって」

「この時は眼を開けていましたか、閉じていましたか」――「開けていました」

「部屋に霊のいる気配はしましたか」――「いいえ」

「室内になにかありましたか、あなたが眼を閉じる前にはなかったものが――たとえば、布のようなものですが」――「なかったと思います」

「次に何が起きましたか」――「服を着ようとしていたら、それから間もなくリュパンが、小間使いが来ました。リュパンがわたしを見て泣きだしたので、わたしもまた泣いてしまいました。そうしたら先生が静かにしなさいとおっしゃいました。ブリンクさんを一緒に運ぶようにと」

「ブリンク夫人は倒れていたのですか」――「はい、先生と先生の侍女がブリンクさんを起こそうとしていました」

「言われたとおりに手伝いましたか」――「いいえ、リュパンに止められましたの。階下の居間に連れていかれて。お水を持ってきてもらいました。あとは母が迎えに来るまで、何も覚えていません」

「迎えに来た母上に話しかけたことは覚えていますか」――「いいえ」

「母上に乱暴なことを言った覚えはありませんか。そう言うようにそそのかされたことはありませんか、ミス・ドーズに」——「いいえ」

「ミス・ドーズにまた会いましたか、帰宅する前に」——「先生はわたしの母と話していました」

「どんな様子でしたか」——「泣いてらっしゃいました」

そのほかにも証人がいた——使用人たち、シルヴェスター夫人が召《よ》んだ警官、ブリンク夫人の手当てをした医者、友人知人。しかし、《心霊主義者》はすべての証言を掲載してはおらず、記事の次の証人はシライナ自身だった。証言を読む前に、いっとき眼を閉じて、彼女が薄暗い法廷をひかれて歩む姿を想像した。その髪は光のようにさぞ輝いただろう。まわりの男たちが皆、黒い服を着ている中では。その頰はさぞ白く透けて見えただろう。シライナは〝勇敢に顔をあげていた〟——と《心霊主義者》の記事は語っていた。法廷は彼女が裁かれる様子を見に集まった人々であふれ返り、シライナの声は細く、時々、震えていた。

質問はまず彼女自身の弁護士、セドリック・ウィリアムズが、次に訴追側弁護人のロック氏が——前にうちの夕食に来て、弟がとても素晴らしい人だと誉めていた、例のハルフォード・ロック氏が——行なっていた。

ロック氏の質問。「ミス・ドーズ、あなたはブリンク夫人の屋敷に、一年近くも住んでいる。そうですね」——「はい」

「どのような資格で」——「食客《しょっかく》としてです」

「家賃をブリンク夫人に納めたりはしていない」——「はい」

「ブリンク夫人の屋敷に来る前はどこに住んでいましたか」――「ホルボーンの宿に住んでおりました。ラムズ・コンジット街の」

「どれくらいの期間、ブリンク夫人の食客として滞在するつもりでしたか」――「特に考えたことはありません」

「何も考えなかったというのですか、自分の将来を」――「霊が導いてくれますから」

「なるほど。ブリンク夫人のもとにあなたを導いたのも霊だというわけですか」――「はい。奥様はいま申し上げた宿に訪ねてきて、屋敷に移るようにとおっしゃいました」

「あなたはブリンク夫人のために交霊会をしましたね、ふたりきりの」――「はい」

「そして交霊会を開き続けた、料金をとって、ブリンク夫人の屋敷内で」――「最初は何もいただきませんでした。あとになって霊が、料金をいただいたほうがいいと申しました。けれども、わたしから料金を要求したことはありません」

「しかし、交霊会を開いたことは事実でしょう。そして、なにがしかの金銭を受け取る習慣だったはずだ、あなたの世話に対して」――「ご好意はいただきました」

「どんなことをするのですか」――「依頼人のために霊の言葉を伝えます」

「どのように？　あなた自身が入神状態《トランス》になるわけですか」――「たいていは」

「すると何が起きるのです？」――「それは、あとで依頼人に教えていただかないとわかりません。普通はわたしの口を通して霊が話します」

「そして〝霊〟はしばしば姿を現わすと」――「はい」

「あなたの顧客は――失礼、〝依頼人〟は――ほとんどがご婦人ばかりだというのは、事実ですか」――「殿方もいらっしゃいます」

「男性の依頼人ともふたりきりに」――「いいえ、絶対に。〈闇の会〉で、女性もいる時にだけです」

「しかし、ご婦人とはふたりきりになるわけだ、個人的な相談や、霊能力の授業で」――「はい」

「そのようなふたりきりの交霊会では、あえて言えば、依頼人にあなたが多大な影響を与えるのではありませんか」――「それは、皆さん、わたしの影響を受けるためにいらっしゃるのですから」

「では、その影響とはどんなたぐいのものですか」――「どういう意味でしょうか」

「それは健全なものですか、不健全なものですか」――「健全です。とても霊的な」

「ご婦人の中には、その影響がある種の病気や不快を軽減すると思うかたがいると。ミス・シルヴェスターもそのひとりなわけですね」――「はい。もう何人もの婦人が、似たような症状をかかえて訪ねていらっしゃいました」

「症状とは……」――「だるいとか、落ち着かないとか、どこかしら痛むとか」

「あなたの治療というのは――どんなものですか。(証人、躊躇する) 同毒療法？　催眠療法？　電気療法？」――「霊的な治療です。シルヴェスターさんと似た症状のかたを何人も見てきましたが、たいていは霊感が強いだけです――霊能力を自分で制御できるようになれば治ります」

「それがあなたの治療というわけですか」――「はい」

「つまり――具体的にどんなことを。マッサージですか」――「てのひらをあてたりはします」

「マッサージですね」――「はい」

「そのために依頼人は衣服を脱ぐように求められるわけですか」――「いつもではありません。ただ婦人のドレスは邪魔になることが多いので。たぶん、どのお医者様も患者さんに同じことをおっしゃるでしょう」

「しかし医者は、自分の服を脱ぎはしないと思いますが」（笑い）――「霊的な治療と普通の治療では、施術の方法が同じではありません」

「ありがたいことですな。ところで、ミス・ドーズ。あなたのところに来た貴婦人は――つまり、霊的な治療のマッサージを求めに来たご婦人がたは――たいてい裕福でしたか」――「裕福なかたもいらっしゃいました」

「全員と言ってよいのではありませんか。まさかブリンク夫人の屋敷内に、貴婦人でもない女性を招き入れたりはしないでしょう」――「ええ、それは。そんな失礼なことはできません」

「そしてミス・マデリーン・シルヴェスターがたいそう裕福な令嬢であることは、もちろん知っているはずだ。それこそが、彼女と特別に親しくなろうとした理由なのでは？」――「いいえ、違います。お気の毒で、お助けしたかっただけです」

「あなたは大勢の貴婦人の病気を治した」――「はい」

「お名前をあげていただけますか」――（証人、躊躇する）「それは遠慮させていただきます。個人的なことですので」

「おっしゃるとおりです。たいそう個人的なことだ。あなたの治療の効能を進んで証言しようという貴婦人を、我が友、ウィリアムズ氏がひとりも見つけることができないほど。不思議だとは思いませんか」――（証人、答えず）

「ブリンク夫人のシデナムの屋敷はどのくらいの大きさですか。部屋数は」――「十近くあると思います」

「十三ですよ。ホルボーンの宿では何部屋を借りていましたか」――「ひと部屋です」

「あなたとブリンク夫人の関係は」――「どういう意味でしょう」

「職業的なものでしたか、愛情にもとづくものでしたか」――「愛情で結ばれていました。ブリンク夫人は旦那様に先立たれて、お子様もありませんでした。わたしは孤児でした。互いにひかれたのです」

「あなたを娘のように思っていたのでしょうね」――「そうかもしれません」

「夫人が心臓を患《わずら》っていたことは知っていましたか」――「いいえ」

「夫人の動産や不動産を、死後にどう処分するという話をしたことは」――「一度もありません」

「あなたはブリンク夫人とふたりきりで長い時間を過ごしましたね」――「何時間かは」

「夫人付きの侍女であるジェニファー・ウィルソンは、あなたが毎晩、夫人の寝室で一時間以上もふたりきりで過ごしていたと証言していますが」――「それは、奥様のために交霊をしていたからです」

「あなたと夫人は夜ごと、寝る前に一時間も交霊をしていたのですか？」――「はい」

「特に決まった霊と？」――（証人、躊躇する）「はい」

「どんなことを霊に訊くのですか」――「申し上げられません。それは奥様のプライバシーですから」

「霊は夫人の心臓病や遺言について、何も言わなかったわけですね」（笑い）――「ええ、何も」

「ブリンク夫人が亡くなった夜、シルヴェスター夫人に向かって、ミス・マデリーン・シルヴェスターが〝愚かなせいですべてを失った〟と言ったのはどういう意味ですか」――「そんなことを言った覚えはありません」

「あなたはシルヴェスター夫人が偽証をしたと言うのですか」――「いいえ、覚えていないだけです。ひどく動転していて。奥様が亡くなるかもしれないと思ったものですから。そんなことを追及されても困ります」

「夫人が亡くなるかもしれないと思って辛《つら》かったわけですか」――「当たり前です」

「夫人はなぜ亡くなったのですか」――「心臓が弱かったからです」

「しかし、ミス・シルヴェスターは、ブリンク夫人は亡くなる二、三時間前まで、まったく健康そうだったと証言している。あなたの部屋の扉を開けた途端に、夫人は発作を起こしたらしい。何にそんなに驚いたのでしょう」――「シルヴェスターさんが興奮しているところを見たからです。霊が彼女を手荒に扱っているのを」

「あなたを見たからではありませんか、霊に扮装したあなたを」――「いいえ。奥様はピーター・クイックを見て、それでショックを受けたのです」

「夫人はクイック氏を見た――クイック・テンパード（短気の意）氏と呼んだほうがよさそうですね。これが交霊会であなたが〝物質化〟するというクイック氏ですか」――「はい」

「月、水、金の晩に――そのほか個人的に貴婦人の相手をするごとに――〝物質化〟したという霊ですね、この一月から、ブリンク夫人が亡くなるまでの半年間？」――「はい」

「いま、この場でクイック氏を〝物質化〟してはもらえませんか、ミス・ドーズ？」――（証人、躊躇する）「必要な道具がありません」

「どんなものが必要ですか」――「内房《キャビネット》がいります。それから部屋全体を暗くして――いいえ、ここでは無理です」

「できませんか」――「はい」

「クイック氏はずいぶん内気なかたのようだ。それとも、あなたのかわりに起訴されることを恐れているのか」――「こんなに雑念の多い、霊的に汚れた場所に現われることはできません。どんな霊でも」

「それは残念だ。クイック氏があなたの弁護に現われないかぎり、証拠はすべてある方向を示している。ひとりの母親が身体の弱い娘をあなたの手に委《ゆだ》ね、その娘さんは何やらひどい、異様な目にあわされた——あなたが娘さんを扱う様子の、そのあまりの異様さに、後見人であるブリンク夫人は死に至るほどのショックを受けた」——「誤解です。シルヴェスターさんはピーター・クイックに怯えただけです。自分でもそう証言していたではありませんか!」「あなたに信じこまされたとおりに喋っただけでしょう。真実、怖かったに違いない——なにしろ、殺されそうだと助けを求めたほどです! あなたはさぞ驚いたでしょうな。多少、手荒な手を使っても黙らせようとしたはずだ、叫ばせておけばブリンク夫人が様子を見に来るだろう。そうなれば、霊の扮装をしているところを見つかって、夫人を騙していたことがばれてしまう。しかし、ブリンク夫人は結局、部屋に来た。お気の毒に、どんな光景を目《ま》のあたりにしたのやら! 心臓が止まるほどの衝撃だったはずだ——あまりのショックに、ご自分の亡き母上を呼ばれたのだから! そして思い出した、〈ピーター・クイック〉が毎夜、自分を訪れた時の様子を。彼があなたについて話したことを——彼があなたを誉め讃え、実の娘にかわる存在だと言い、贈り物や金銭を与えるようにと」——「いいえ! 違います! 奥様のためにピーター・クイックを呼び出したことはありません。それに奥様の贈り物はご好意です。わたしを愛してくださったしるしの」

「夫人は、あなたを訪ねてきた貴婦人たちのことを考えた。彼女たちと特別に親しくなり、おだて、喜ばせ、そして——シルヴェスター夫人の言葉を借りれば——〝不健全な興奮状態〟にした様を。贈り物を、金銭を、援助をむしり取ったやり口を」——「いいえ、いいえ、全部嘘です！」

「嘘ではないでしょう。でなければ、どう説明がつきますか、あなたがミス・マデリーン・シルヴェスターのような――年下ではるかに身分の高い令嬢に関心を寄せたことに。欲得ずくでないと言うならば、あなたの目的はなんだったのです、」――「純粋に高潔で霊的なものです。シルヴェスターさんが自分の霊能力に目覚める手助けをしたかっただけです」

「それだけですか」――「そうです！　ほかに何がありますか」

これに対しては野次や罵声が傍聴席から飛んでいた。ミルバンクでシライナの言ったとおりだ。《心霊主義者》は最初のうち、彼女を闘士のように書きたてていたのに、裁判が進むにつれ同情は薄れていく。「なぜミス・ドーズの霊的な治療の体験をみずから進んで証言しようという貴婦人がひとりも現われないのか？」同紙はすでに憤《いきどお》りとともにそんな疑問をぶつけていたものだが、同じ疑問がロック氏の反対尋問のあとで繰り返されると、別の意味に聞こえた。

次に、ヴィンシー氏という、シライナが下宿していたホルボーンの宿の大家が証言していた。「いつも思っていましたよ、ドーズというのは腹黒い娘だと」彼はシライナをさまざまに形容した。〝狡猾《こうかつ》で〟、〝嫉妬深くて〟、〝すぐにかっとなって何をしでかすかわからない〟……

最後は《パンチ》誌からの風刺画で締め括られていた。尖った顔の霊媒が、気弱そうな若い貴婦人の喉元から真珠の首飾りをもぎ取ろうとしている。「真珠もはずさなければいけませんの？」と、気弱そうな娘は訊ねている。「多大な影響？」と題がついている。この絵が描かれたのは、シライナが蒼褪めて立ち、判決を言い渡される時だろうか、それとも、手枷をかけられて護送の馬車にひかれていく道すがらか――震えながら坐って、リドレー看守長が頭に鋏《はさみ》をあてた時か。

じっと見ていると気分が悪くなった。わたしは顔をあげた――すると、テーブルの向こう側に坐っている婦人と眼があった。

わたしが筆記帳に書き写している間、その婦人はずっと、かがみこむようにして《神の力》を読んでいた。二時間半も一緒に坐っていながら、一度も存在を意識しなかったと気づいた。わたしが眼をあげると、にっこりして言った。こんなに勤勉な貴婦人は見たことがありませんよ！　きっとこの部屋の霊気のおかげで、やる気が出るんですね。「それはそうと」――彼女はわたしの前の資料を顎で示した――「お気の毒なドーズさんの記事を読んでたんでしょう。まったくひどい事件！　あのかたを助けるおつもり？　わたしはよく行ってたんですよ、あのかたの〈闇の会〉に」

思わず彼女を凝視して、危うく笑いだしそうになった。街を歩いて、適当に誰かの肩を叩いて「シライナ・ドーズ」と言いさえすれば、不思議な事実や噂を教えてくれそうだ。ミルバンクの門を閉じることでしまいこまれた歴史を。

あら、本当なんですよ。わたしの顔つきを見て婦人は言った。そう、シデナムの交霊会に。ドーズさんが入神《トランス》するところを何度も見ましたし、〈ピーター・クイック〉にも会いました――彼に手を握られて、指に接吻までされました！

「ドーズさんは本当にきれいで、一度会ったら好きにならずにいられない娘さんですよ。ブリンクさんがわたしたちの交霊会に連れてくる時には、いつも飾り気のないドレスを着て、黄金《きん》色の髪を滝のように垂らしてね。一緒に坐って、お祈りの言葉を唱えさせられるんだけど、言いおわらないうちに、もう入神《トランス》して。それが本当に急だから、見ていてもいつそうなったかわからないの。喋りだした時に初めてわかるんですよ、声が全然違って、霊の声になるから……」

婦人は祖母の声がシライナの口を通して語りかけるのを聞いたと言った。もう悲しまないでちょうだい、おまえを愛していますよ、と。

わたしは訊ねた。そんなメッセージを運んでくれますの、部屋じゅうの全員に？

「声が弱くなりすぎるか、大きくなりすぎるか、どちらかになるまで続けるんですよ。霊があの人のまわりに押し寄せることがあって――霊はいつも礼儀正しいわけではありませんからね！――そうなると、あの人は疲れてしまうんですが、そんな時にピーター・クイックが来て、霊を追い払うんです――ただ、彼もそういう霊たちと同じくらい乱暴だったりするんですよ。すぐわたしの内房《キャビネット》に連れていって、とドーズさんはよく頼んだものです、そうしてくれないとピーターが来てドーズさんの生気を吸い取ってしまうからって！」

婦人は〝わたしの内房《キャビネット》〟という言葉を、〝わたしの足〟とか〝わたしの顔〟とか〝わたしの指〟とでも言うような口調で口にした。それはどんなものかと訊ねると、驚いた表情になった。「あら！　どんな霊媒も内房《キャビネット》を持ってるんですよ、霊はそこを通ってやってくるんですから！」霊は明るいところには出てこない、光に弱いから、と言う。ほかの霊媒は特別に木であつらえた、鍵のかかる内房《キャビネット》を使うが、シライナは壁のくぼみの前に衝立《ついたて》を立て、その前に二枚の厚いカーテンを並べて垂らすだけなのだ。そうしておいて、カーテンと衝立の間にはいる。シライナが暗闇の中に坐ると、ピーター・クイックが現われるというわけだった。

「どんなふうに現われるんですの？」わたしは訊いた。

婦人の話では、シライナが悲鳴をあげて、それで現われるのがわかるらしい。「その点はあまり気持ちのいいものではありませんけどね。だって、あの人は自分の魂の素《もと》を使って彼の身体を作らなければならないわけだから、とても苦しいですよ。それに彼は激しい霊で、容赦がなくて。いつだって乱暴な霊でしたよ、ブリンクさんが亡くなる前からずっと……」

シライナが叫ぶと、彼がカーテンの裏に現われる――最初は鞠ほどの、煙のかたまりにすぎないが、その煙のかたまりは大きくなる、震えながら縦にのび、カーテンと同じくらいの高さになる。そしてだんだん男の姿に変わる――そして、ついに男になる。髯をはやした男が現われ、一同にお辞儀をする。「摩訶不思議ったらありませんよ。あそこで何度見たことやら。彼はいつも最初に、心霊主義について話すんです。これから新時代が来るんだって。心霊主義が正しいものだと大勢の人が知るようになれば、霊も街中を昼間から堂々と歩けるようになる――それが持論らしくて。でもねえ、彼はいたずら好きなんです。喋っているうちに、だんだん飽きてくるんですね。部屋を見回して――ほんの少しだけ明かりはあるんですよ、燐光の、それなら霊も我慢できます。とにかく、彼がそこらを見回す様子が見えるんです。何を探してると思います？　いちばんの美人を探してるんですよ！　あたりをつけると、さっと寄って、ロンドンの街をデートしませんかって声をかけて。それからその美人を立たせて、部屋じゅうを一緒に歩き回って、最後にキスをするんです」〝いつも女性にキスをしたり、贈り物を持ってきたり、いたずらをしたりする〟のだと、婦人は言った。殿方はまったく好きでないらしく、つねったり、顎鬚を引っ張ったりした。一度など、鼻を殴ったことがあって——あまりに力がこもっていたものだから、くだんの殿方は鼻血を出してしまったとか。

婦人は声をたてて笑い、頬を染めた。ピーター・クイックはそんなふうに一同の間を歩き回るが、三十分もたつと力を使い果たすのだという。そうなると内房《キャビネット》のカーテンの奥に戻り、出現した時とは反対に縮んでいく。ついには、床の上にきらきら光る不思議な足跡だけが残り——それも少しずつ輝きを失って、やがては消えてしまう。「ドーズさんがまた悲鳴をあげます。ちょっと間《ま》をおいてノックの音、それが内房《キャビネット》のカーテンを開けるようにという合図です。そしたら、誰かがドーズさんの縛め《いましめ》を解いて、内房《キャビネット》の外に出してあげるという段取り——」

縛めを解く？——わたしが訊き返すと、婦人はまた頬を赤らめた。「ドーズさんがそうさせるんですよ。自由に動けるままでも、わたしたちは気にしませんけど——せいぜい腰にリボンを巻いて、椅子に結わえておくくらいでも。だけど、疑いを持っている人にも持っていない人にも、証拠を示すのが自分の務めだと言って、みんなが見ている前でしっかり縛らせるんです。あら、もちろん殿方にはさせませんよ。紐で縛るのはいつも婦人でした——椅子に坐らせて身体を調べるのも、縛るのも、いつも婦人でした……」

シライナの手首と足首を椅子に縛りつけ、結び目は蠟で封印する。さもなければ、両腕を背中に回させ、袖をドレスに縫いつける。絹の帯で眼隠しをし、別の帯で口をふさぎ、時には、耳たぶの穴に通した木綿糸をカーテンの外に固定することもある——が、たいていは〝小さなベルベットの首輪〟を喉に巻き、その留め金具《バックル》に結ばれた紐の先を、出席した婦人のひとりが握る。「ピーターが来た時には、紐が少し引っ張られますけど、あとで解放すると、結び目はしっかりしたものですし、封印も破られていないんです。ただ、とても疲れてぐったりしてはいましたね。ソファに寝かせて、気付けの葡萄酒を飲ませないといけないくらいで、ブリンクさんが来て、手をこすって温めてあげたものですよ。そのあとで、ひとりふたり、個人的に娘さんのために交霊術を行なうこともあったようですけど——わたしはすぐに失礼してました。もう十分すぎるほど疲れさせてしまったあとですもの」

喋っている間じゅう、婦人は薄汚れた白手袋の両手をしきりに動かして説明をした——シライナがどこを紐で縛られたか、どんなふうに坐ったか、ブリンク夫人がどう手をこすっていたか。しまいにわたしは、椅子に坐ったまま身体をひねって眼をそらさなければならなくなった。彼女の言葉や仕種《しぐさ》に胸が悪くなったので。ロケットを、スティーヴンを、ウォレス夫人を思い、さらには、この図書室に来た経緯を考えた——偶然、そう、まったくの偶然だった。それなのにここはシライナに満ちている……もはやうさんくさいとは思えなかった。ただただ不思議だった。婦人が立ち上がって外套を着る音がしたが、わたしは眼をそらしたままだった。だが、彼女は本を戻そうと、こちらに近づいた。そして、わたしの前に開いたままになっている紙面を見て、首を振った。

「それがドーズさんのつもりらしいけど」と言って、顔の尖った霊媒師の風刺画を指差した。「でも、あのかたを見たことのある人なら、こんなふうに描くはずはありませんよ。あなたはお会いになった？　天使のようなお顔でしたよ」婦人はどんどんめくり、また別の絵を――二枚の絵を見つけ出した。それはシライナが逮捕されるひと月前の新聞だった。「ほら、これこれ」そう言うと、わたしが紙面を凝視するのをそばに立って見守り、やがて出ていった。

二枚の肖像は同じページに並んで載っていた。一枚めは写真から起こされた銅版画で、一八七二年六月と日付がはいっている。十七歳のシライナだった。当時のシライナはややふっくらしており、眉は濃くくっきりと描かれている。ハイネックのタフタらしいドレスを着て、胸にも耳にも宝石が垂れていた。髪はうるさいほど凝って結われ――売り子のよそ行きの結髪《けっぱつ》のようだと思ったけれども、豊かで、魅力的で、とても似合っていた。クリヴェッリの《真実》のようにはまったく見えない。峻厳とした雰囲気をまとうようになったのは、ミルバンクに送られてからなのだろう。

もう一枚の肖像は、これほど不気味でなければ滑稽と言ってもいい。心霊主義を信奉する画家による鉛筆画で、ブリンク夫人宅の〈闇の会〉に出現したピーター・クイックの上半身を描いたものだった。肩を布ですっぽりおおい、頭には白い縁なし帽をかぶっている。頬は青白く、たっぷりした頬髯も、眉も、睫毛《まつげ》も、眼も黒々としていた。四分の三ほどはすかいに構えたその顔は、正面を向くシライナの顔の隣で――こちらを向けと彼女を睨んでいるようにも見えた。とにかく、わたしにはこの午後、そんなふうに思えた。婦人が去ったあとも、坐りこんで二枚の肖像をじっと眺めていると、紙面のインクが揺らめき、印刷されたふたりの顔がぴくぴくと動きだしたような気がした。坐ったまま呆然と見つめていたわたしは戸棚を、黄ばんだ蠟の型を思い出した。ピーター・クイックの手。「あれも動いているのかしら？」振り向いたら、手が蠢《うごめ》いて、戸棚の硝子戸にひたとはりつき、太い人差し指を曲げて、わたしを招いているかもしれない！

わたしは振り向かなかった。が、しばらく動かずに坐っていた。坐ったままで、ピーター・クイックの黒い眼を見た。その眼は――不思議なことに！――見覚えがある。まるですでに見つめたことがあるかのように――たぶん、きっと、夢の中で。

一八七二年　十二月九日

朝は十時前に起きてはいけませんよ、とブリンク夫人は言った。しっかり休んで、能力《ちから》を大きく強くすることだけを考えてちょうだいな。そして、侍女のルースをわたしにゆずり、かわりにジェニーを新たに雇っておそばに置いた。ご自分よりわたしが快適に暮らせることのほうがずっと大事だからと。いまではルースがわたしに朝食を運び、着替えを調《ととの》え、わたしがナプキンや靴下やこまごましたものを落とすと拾い、「ありがとう」と言うとにっこりして「お嬢様、わたしにお礼などおっしゃらないでくださいまし」と答える。ルースはわたしより年上で、六年前にブリンク夫人の旦那様が亡くなった折、ここに奉公にあがった。今朝、ルースに訊いてみた。「それ以来、奥様はここに何人も霊媒を呼んでらっしゃるの？」「もう千人も呼びましたわ！　たったひとりのかわいそうな霊を呼び出そうとして。でも全員、いんちきで。すぐに見破りましたわ。連中のからくりは全部。侍女が女主人を思う気持ちはおわかりでしょう。ご主人様の髪の毛ひとすじでさえ、あんな連中に傷つけられるくらいなら、わたしの心臓を十ぺんも壊されたほうがましです」ルースはドレスを着せてくれながら、鏡の中のわたしに言った。新しいドレスは全部、背中あきで、ルースの手を借りなければならない。

身仕度がすむと、おもむろに階下のブリンク夫人に挨拶をしに行く。そして一時間ほど交霊会をしたり、買物に連れていかれたり、水晶宮の庭園を散策したりする。時には夫人のお友達が集まって、〈闇の会〉を開く。わたしを見ると皆、「まあ、でもずいぶんお若いのね！ うちの娘よりも若いくらいじゃないの」と必ず言う。それでも交霊会のあとでは、握手を求めて頭をさげてくれる。ブリンク夫人は知人全員に、わたしを引き取ったことや、特別な能力《ちから》を持つ者だということを触れ回っていた――きっと新聞など、いろいろな手段を使ったのだろう。人々は言う。「わたしのまわりに霊がいるかどうか見てくれませんか？ いたらわたしに何を言いたがっているのか教えてもらえませんか？」わたしはそういうことを五年間もやってきた。お客をとってもらわなくても、自力でりっぱにやってきた。けれども同じことを、きれいなドレスを着てブリンク夫人の美しい居間でやってみせると、誰もが心から驚嘆する。こっそりブリンク夫人に耳打ちするのが聞こえる。「ねえ、マージェリー、素晴らしい能力《ちから》ね！ 今度、あのかたを貸してくださらない？ うちのパーティーで交霊会を開いていただきたいの」

けれどもブリンク夫人は、そんな集まりのためにわたしの才能を消耗させるつもりはさらさらないと言った。わたしが、ほかのかたがたも助けさせてくださいそのためにこの能力《ちから》を与えられたのですからと言うと、ブリンク夫人はきまってこう答えた。「もちろん、わかっていますよ。そう、そのうちにね。ただ、やっとめぐりあえたのだから、いまはあなたを独り占めしたいの。自分勝手だと思わないで。もう少しだけそうさせて」夫人の友達は昼間だけで、夜に来ることはなかった。夜はブリンク夫人とふたりだけの時間と決められていた。時々ルースが呼ばれて、葡萄酒やビスケットを持ってくるほかは。わたしが気を失うたびに。

一八七四年　十月二十八日

　ミルバンクに行く。最後の慰問からほんの一週間しかたっていないのに、監獄の空気は季節とともにうつろい、いままでにないほど暗く、寒々とした場所に変化している。小塔は前より高く大きくそばだち、窓は縮んだかのよう。匂いさえ、最後に来た時とは違う――霧に湿った地面、菅《すげ》のように並んだ煙を吐き出す煙突。監房には、汚物の桶や脂《あぶら》ぎって固まった髪や洗っていない肌やゆすいでいない口の匂いばかりでなく、ガスや錆《さび》や病気の臭気もこもっている。通路の曲がり角には、表面がでこぼこの大きな黒い放熱器が置かれ、そのせいで息苦しく圧迫感がある。監房はそれでもひどく寒くて、壁に露がつき、石灰が溶けて泡立つ凝乳のようになり、女囚たちのスカートに白い染みをつけた。それで監獄内ではいつもより咳の音が聞かれ、辛《つら》そうな哀れっぽい顔でがたがたと震える女がずいぶんいた。

　建物につきまとう馴染みのない闇。四時になるとランプがともされ、高いところにある小さな窓が黒い空を切り取り、ガス灯の光の玉がごわごわの旗を照らし、監房は薄暗く、女囚は小鬼のように背を丸め、縫い物や椰子《やし》の繊維の上にかがみこみ、監獄全体がいつもより悲惨で、大昔の牢獄のようだった。婦人看守まで、この新たな闇に影響を受けていた。通路をいつもより足音を忍ばせて歩き、手も顔もガスの炎で黄色く見え、制服の上に羽織るマントは、影で作った外套を思わせる。

今日は面会室に案内された。女囚が友人や夫や子供たちと面会できる部屋だ――監獄内でここほど陰気な場所はなかった。部屋、と呼ばれているけれど、それは名ばかりで、家畜小屋を思わせる。というのも、細長い馬房のように仕切られた部屋がいくつも、通路の両脇にずらりと並んでいるのだ。ミルバンクの女囚に面会があると、受け持ちの婦人看守が、この馬房もどきのひとつに連れていき、頭上の砂時計を返すと、中の塩がさらさらと落ち始める。女囚の顔の前には、格子をはめた小窓がある。通路をはさんでその真正面には、似たような小窓――こちらは格子窓ではなく金網が張られている。そのうしろに面会人は立って話すことができる。ここにも小さな砂時計があり、女囚側のと同時にひっくり返される。

馬房もどきを隔てる通路の幅は七フィートほどで、見張りの婦人看守が常に巡回し、間の空間で品物のやりとりがないことを確認する。女囚と面会人は声を届かせようと声を張り上げる――だから、部屋は時々、うるさいほどになる。たまに静かな時には、女囚が友人に向かって喋る個人的なことまでも、まわりの人間に筒抜けになってしまう。砂時計に入れられている塩は十五分間で流れ落ち、落ちきったところで面会人は帰され、女囚も房に連れ戻される。

ミルバンクの女囚は友人や家族とこのような方法で会うことができるのだ、一年間に四回。

「互いにこれより近づくことはできないんですの？」案内してくれた婦人看守に、馬房もどきの間の通路を歩きながら訊ねた。「ご主人と抱き合ったり――自分の子供に触れることもできませんの？」

婦人看守は――今日はリドレー看守長ではなく、金髪の若いゴドフリー看守だった――首を横に振った。「規則ですから」ここで何度、この言葉を聞いただろう？「規則ですから。厳しいとお思いでしょうね。わかります。ですが、一度でも面会人と女囚を直接に会わせたら、獄内になんでも持ちこまれてしまいます。鍵や、煙草や……おしめがとれたばかりのような子供でさえ、キスしながら刃物を渡すやり方を教えられますからね」

看守について歩きながら、女囚たちを観察した。通路の、巡回する看守の影の向こうの友人を、食い入るように見つめる女たち。刃物や鍵を渡してもらうためだけに抱擁を求めているとは思えなかった。監獄で見たどの女囚よりも、ここの女たちは悲痛に見えた。頬に剃刀で切られたような痕のある女が、格子に額《ひたい》を押しつけている。夫によく声が聞こえるように。元気か、と訊かれると、彼女は答えた。「ああ、ここの連中が世話してくれるなりにね、ジョン――ま、全然ってことさ……」また別の女囚は――ジェルフ看守の監房にいた、ハクスビー長官に嘆願していたあのローラ・サイクスだった――母親が面会に来ていた。みすぼらしいその婦人は、金網からあとずさり、泣きじゃくるばかりだった。サイクスが言う。「ちょっと、母ちゃん、泣いてばっかじゃわかんないだろ。知ってることを教えとくれよ。もう話したのかい、クロスせんせに？」母親は娘の声と、通り過ぎる看守の影に怯え、ますます震えあがるだけだった。ついにサイクスは叫んだ――ああ！　もう半分も時間がたっちまったじゃないか、泣いてるだけで！「今度はパトリックをよこしとくれ。なんで今日はパトリックが来なかったのさ？もう母ちゃんは来ないどくれ、泣いてばっかで役にたちゃしない……」

眼を瞠《みは》るわたしに、ゴドフリー看守は頷いた。「たしかに女たちには酷です」彼女は認めた。「耐えられない女もいます。面会日が来るのを指折り数えて待ちわびたのに、いざここに連れてこられて、面会人に動転されると、もう駄目です。二度と来ないで、と言うんですよ」監房区に引き返す道すがら、訊いてみた。面会人が誰も来ないという女囚もいますの、ひとりも？——看守は頷いた。「何人かは。友達も家族もいないんでしょう。ここにはいったが最後、誰にも忘れられるんですね。そういう連中はここを出たらどうなるんだか。コリンズがそうですし、バーンズも、ジェニングズもそうです。それに——」彼女は固い鍵を回そうと懸命になっていた。「——ドーズもですね、たしか、E監房区の」

看守が口にする前から、その名が出るとわかっていた。

それ以上の質問はせずに、わたしはジェルフ看守のもとに案内された。そしていつもどおり、ひとりひとりを慰問して歩いた——最初のうちはうしろめたさでいっぱいだった。たったいま見てきたもののあとでは、わたしのような縁もゆかりもない者が、好きな時に女囚たちとじかに接することができ、女囚は否応なくわたしの相手をしなければならないということが、ひどく理不尽に思えてならなかった。しかも女たちは、答える以外は沈黙していなければならない、その事実を忘れることはできなかった。それからようやく、女囚たちの、わたしが鉄格子の前で立ち止まると喜び、前に出て近況報告をしたがる姿に気づいた。それは大勢の女囚が。面会日があまりに間遠《まどお》だから——そしてたぶん、分厚い監獄の壁や窓の奥にいてさえ、一年の季節の移ろいを感じているからだろう——〈出獄〉の日取りの話がやたらと多い。たとえば「十七ヵ月後の今日、出られるんです、お嬢様！」とか「あと一年と一週間。そしたらあたいは自由だ！」とか「もう三月《みつき》なんですよ、お嬢様。ああ、待ち遠しいったら」

この最後のはエレン・パワーの――曰く――居間で青年と少女をキスさせただけで牢獄に入れられた、あの老女の言葉だった。寒さが増して以来、わたしは彼女をいっそう気にかけるようになっていた。パワーは弱々しく、かすかに震えていたけれども、わたしが恐れていたほどには加減が悪くなっていなかった。ジェルフ看守に房に入れてもらい、三十分ほど話した。別れぎわに手を取った時、握り返す力の強さと元気そうな様子に安堵した。

わたしがそう言うと、パワーは狡《ずる》そうな顔になった。「あのね、言っちゃいやですよ、ミス・ハクスビーにもミス・リドレーにも――まあ、お嬢様はそんなかたじゃないってわかってますから、わざわざ断《ことわ》るのも失礼ですけどね。実は、あたしの受け持ちのジェルフさんのおかげなんです。自分の分の肉を持ってきてくれたり、夜に喉に巻くようにって赤いネルの襟巻をくれたりするんですよ。特別寒い時にはわざわざ来てくれて」――肩と腰を指し――「自分の手で按摩をしてくれるんです。本当にそのおかげですよ。実の娘のようによくしてくれて――ええ、あたしなんぞを〝母さん〟って呼んでくれるんです。〝元気でいてもらわなきゃね、母さん〟って。〝ここを出られる日まで〟……」

パワーは話すうちに眼を潤ませ、とうとう目の粗《あら》い青の手巾《しゅきん》を取り出して顔に押しあてた。わたしは、ジェルフさんがあなたに親切だと聞いて安心したわ、と言った。

「あの人は誰にでも親切なんですよ」パワーは言った。「この監獄でいちばん親切な婦人看守なんです」そして首を振った。「かわいそうに！　まだミルバンクの流儀に慣れないんだねえ、ここに来て長くないから」

わたしは驚いた。あんなにも顔色が悪く、やつれきったジェルフ看守が、最近まで監獄の外にいたなんて思いもしなかった。けれどもパワーは頷いた。ええ、ミス・ジェルフは外の人だったんですよ——そうだね、一年もたってないはずだけど。どうして、あんな育ちのいい人がミルバンクなんかに来たんだろう。あれほどミルバンクの仕事がむいていない看守は見たことがありませんよ！

この感嘆の言葉が呪文となったのだろうか。通路に足音が聞こえて、同時に顔をあげると、巡回中のジェルフ看守がパワーの鉄格子の前に差しかかるところだった。振り向いたわたしたちに気づき、足取りをゆるめて微笑した。

パワーは赤くなった。「いまちょうどお嬢様にあなたの親切を話してたんですよ。気を悪くしないどくれよ」

一瞬のうちに、看守は微笑を硬張らせ、胸元に手をやると、びくびくした様子で通路を見渡した。リドレー看守長が近くにいることを恐れているのだろうと察したわたしは、襟巻のことも肉の差し入れのことも口にせず、ただパワーに頷いてみせただけで、鉄格子を手で示した。ジェルフ看守は鍵を開けた——けれども眼を合わせようとはせず、わたしが笑いかけても気づかずにいた。仕方がないので、気持ちをほぐしてやるつもりで、あなたが最近ミルバンクに来たとは知らなかったわ、と話しかけてみた。何をしていたの、監獄で働きだす前は？

鍵束を腰のベルトに戻し、袖口についた石灰の染みをこすり落とすと、彼女は膝を折って優雅なお辞儀をした。お屋敷でご奉公をしていました。ご主人様が外国に行ってしまわれて、そのあとはもう、ほかのお屋敷にあがる気になれなかったんです。

わたしたちは通路を歩きだした。ここの仕事はあなたにあっていて？　と訊ねると――ミルバンクを離れることになったら辛《つら》いです、いまでは、という答えが返ってきた。「でも、ここの仕事をきついとは思わないの？　時間だって。ご家族は？　そんなに長くあけていて、家のほうは大丈夫なの？」

婦人看守に夫はいない、全員、独り身か、彼女のような未亡人なのだと言われた。「婦人看守になって、夫を持つことはできないんです」子供のいる婦人看守はいて、その場合は、よそに預けないといけないのだという。けれども、自分にはいない。ジェルフ看守はそう話す間、ずっと眼を伏せていた。わたしは言った。でも、そのおかげでいい看守になれたのよ、子供がいないことで。あなたは監房に百人も女囚をかかえているわけでしょう。みんな赤ちゃんのように無力で、愛情と助けを求めていて。あなたはみんなにとって、いいお母さんなのよ。

すると、ジェルフ看守はわたしを見つめた。ボンネットの陰から、暗く悲しげに見える眼で。「そうだといいんですけど」そう言って、また袖口の汚れを払った。彼女の手は大きかった、わたしのように――労働や喪失をへてごつごつと骨張った手。

それ以上、追及する気になれず、わたしは慰問に戻った。メアリ・アン・クック、贋金作りのアグネス・ナッシュ、最後はいつもどおり、シライナ。

先ほど、ふたつめの通路にはいった時にシライナの房の前を通り過ぎたのだけれども、最後はシライナの房に戻らずにはいられなかった――ちょうど、いま彼女のことを書かずにはいられないように。最初に通り過ぎた時は、壁のほうを向いて、シライナを見ないようにした。迷信めいた気持ちがあったからだろう。わたしは面会室を思い出していた。わたしたちの面会でも砂時計がひっくり返されるような気がして――実際に時が刻まれるより先に、塩のひとつぶも無駄に落としたくなかった。こうしてジェルフ看守とともに鉄格子の前に立った時でさえ、わたしはシライナを見ようとしなかった。看守が鍵を回し、ベルトのあたりで鍵束をかちゃかちゃいわせ、わたしたちを房の中にふたりきりにして去ってから、ようやく眼をあげて彼女を見た。すると――シライナの顔の造作のどれひとつとして、眼も心も休まるものはなかった。かつては美しく結い上げられた、ボンネットの縁《ふち》からのぞく汚れた髪。ベルベットの首輪を巻かれたという喉。縛られたという手首。彼女自身ではない言葉を喋ったという小さな弓の形の口。そんなすべての、奇妙な経歴のしるしが、シライナのか細く弱々しい肉体にまといついて、まるで聖人の聖痕を見るようだった。でも、シライナは変わっていない――変わったのはわたし。新たな知識がわたしに影響を及ぼしていたのだ、少しずつ密《ひそ》やかに――一滴の葡萄酒がカップの水を変えるように。イーストがこね粉をパン種に変えるように。

シライナを見つめるわたしの中に、わずかな疼きが走った。その感覚に――ちくりと恐怖を感じた。わたしは胸に手をあてて、うつむいた。

するとシライナが喋りだした。自分の声で――ありがたいことに！――耳に馴染んだいつもの口調で。「来てくれないのかと思ったわ。通り過ぎて、隣の監房区に行ってしまうのが見えたから」

わたしはテーブルのそばに寄り、のっている毛糸に触れた。ほかの女《ひと》たちのところにも行かなければいけないのよ。そう言うと、シライナはすっと眼をそらし、淋しそうな顔になったので、つけ加えた。でも、あなたが望むなら、いつも必ず最後にここに来るわ。

「ありがとう」シライナは言った。

もちろん、彼女もほかの女囚と同じで、沈黙の檻に閉じこめられているよりも、わたしとお喋りがしたいのだ。わたしたちの話題は監獄のことだった。湿っぽい季節になると大きな黒い甲虫が房にはいりこんでくる——ここでは〈ブラックジャック〉と呼ばれているとか。きっと毎年この虫はわくのよ、とシライナは石灰塗りの壁に点々とついた染みを示した。靴の踵《かかと》で十匹以上もつぶした痕だった。頭の弱い女たちはこの虫を捕まえてペットにしてるらしいわ、とシライナは言った。おなかがすきすぎて、食べちゃう女もいるみたい。本当かどうかは知らないけど、看守たちがそんなことを喋ってたの……

わたしは頷いたり、顔をしかめたりしながら話を聞いていた——けれども、なぜわたしのロケットのことを知っていたのかとは、ついに訊かなかった。心霊協会会館に行って、二時間半も居坐り、彼女の話を聞いたり、機関紙の記事を書き写したりしたことも話さなかった。それでも、記事の内容を思い出さずにシライナを見ることはできなかった。彼女の顔を見ると、どうしてもあの機関紙の肖像画が頭に浮かぶ。手を見れば、棚に並んでいた蠟の型を連想する。

とうとう、ひとことも触れずにはすまないと気づいた。わたしはシライナに、昔の話をしてちょうだいと頼んだ。「この間は、シデナムに住むようになる前のお話をしてくれたでしょう。そのあとはどうなったの？」

シライナは眉を寄せた。なぜそんなことを知りたいの？　と訊くので——興味があるのよ、と答えた。ここの女《ひと》たちのお話はどれも興味深いけれど、あなたのは——「ほら、わかるでしょう、ほかの女《ひと》たちよりもめずらしいから……」

めずらしく思えるだけよ、としばらくしてシライナは言った。でも、もしあなたがわたしたちの仲間だったら——物心がつくころから霊媒仲間のうちで育ったら——別にめずらしくもなんともないわ。「心霊主義者の新聞を買って読んでごらんなさい——そしたら、わたしなんて特別じゃないってわかるから！　あれを読んだら、この世には霊の数より霊媒のほうが多いような気がするわ」

シライナは続けた。そう、わたしは特別なんかじゃなかった、伯母と暮らしていた頃も、ホルボーンの霊媒宿に住んでいた頃も……

「そこでブリンク夫人と出会って、お屋敷に引き取られたの。わたしが特別になったのはそれからよ、オーロラ」

急に小声になったので、聞き取るためにわたしは身をのりだした。あの馬鹿げたあだ名で呼ばれて、思わず頬が熱くなった。「ブリンク夫人の何があなたを変えたの？　夫人はあなたにどんなことをしたの？」

ブリンク夫人はシライナを訪ねてきたのだった、ホルボーンに。「最初は普通の依頼人だとばかり思っていたの――でも、あのかたは導かれて来たのよ。特別な目的があって、やってきたの。応えられるのはわたしだけだった」

目的って？

シライナは眼を閉じた。やがて開いた眼は、前より大きく、猫の眼のように翠《みどり》に煌《きら》めいた。そして、素晴らしいことを打ち明けるように言った。「霊をひとり、呼び出すように言われたの。わたしの肉体を明け渡して、霊に貸すように」

彼女はひたとわたしの眼を見つめた。ふと視界の隅に、房の床を素早く黒いものが動くのをとらえた。飢えた女囚が甲虫の背中の殻をこじ開けて、汁気たっぷりの身をすすり、蠢《うごめ》く脚を嚙み砕く様を、ありありと思い浮かべてしまった。

払うように頭を振った。「あなたを引き取ったのね、そのブリンク夫人は。そして交霊会を開かせて、あなたを見世物にしたのね」

「あのかたはわたしの運命に会わせてくれたのよ」シライナは答えた――そして口にした言葉をはっきりと覚えている。「わたしを引き合わせてくれたの、あのかたのお屋敷で待っていたもうひとりのわたしに。わたしがわたしを見つけられる場所に連れていってくれたの、わたしを探していた霊の導きで。あのかたは、もうひとりのわたしに会わせてくれたの――」

ピーター・クイックに！――わたしがその名を先に言うと、シライナは一度黙って、それから頷いた。訴追側の弁護人たちが法廷でシライナを責めたてた言葉を、ブリンク夫人との交情をあれこれほのめかした言葉を思い出した。わたしはゆっくりと言った。「夫人はあなたを屋敷に連れてきた、彼があなたと出会える場所に。あなたが彼を夫人に会わせることができるように――夜にそっと……？」

けれどもわたしが話すうちにシライナの表情は変わり、ショックを受けたような顔になった。「彼を奥様のために呼び出したことはないわ。ピーター・クイックをあのかたに会わせるなんて。奥様は彼を呼び出すためにわたしを引き取ったわけじゃないのよ」

彼じゃないの？　じゃあ、誰？――最初のうち、シライナは答えようとせず、眼をそらして首を振った。「誰を呼び出したの」わたしは繰り返した。「ピーター・クイックじゃないのなら？　誰？　夫人のご主人？　お姉様？　妹？　子供？」

しばらくくちびるに手をあてていたシライナは、やがてゆっくりと答えた。「お母様だったのよ、オーロラ。奥様がまだ小さい頃に亡くなったお母様。亡くなる時に、決してどこにも行かない、必ず戻ってくると言いのこされて。でも、戻ってこなかった。それは奥様がその能力《ちから》のある霊媒を見つけられなかったからよ、二十五年間。でも、奥様はわたしを見つけた。夢の中で。お母様とわたしは似ているの、わたしたちの間には――つながるところがあった。奥様はそれを知って、わたしをシデナムに連れ帰ると、お母様の持ち物をそっくりゆずってくれたわ。そうして、お母様はわたしの身体にはいって、奥様の寝室を訪れるようになったの。暗い闇から現われて、お部屋に行って――お慰めするのよ」

シライナはいま言ったことを、法廷ではひとことも話さなかったはずだ。思い切って話してくれたのだろう、わたしには。それ以上は話したくない様子だった――が、まだなにかあるようで、察してほしいと期待しているふうだった。わたしには察することができなかった。どんなことがあったのか、想像もつかなかった。ただひどく奇妙で、あまり気持ちのよいものではないように思えた。ブリンク夫人というその貴婦人が、十七歳のシライナ・ドーズの中に自分の母親の影を見、毎夜、彼女を訪《おとな》わせて、その影をますます濃くさせるという行為は。

　けれども、わたしたちはそれにはもう触れなかった。わたしはピーター・クイックのことをもっと訊くことにした。彼はあなたのためにしか現われないの？――ええ、わたしのためだけよ。彼はなぜ来るの？――なぜって、だってわたしの守護霊で、親しい霊だから。わたしの支配霊だからよ。「彼はわたしのために現われるの」シライナはあっさりと言った。「そして――わたしにどうしろと言うの？　わたしは彼のものなのよ」

　気がつくと、シライナの顔は桃色になり、頬は上気していた。彼女の昂《たかぶ》りが、心の火照《ほて》りが、房のすえた空気さえ退《しりぞ》けるようで――羨ましいほどだった。わたしはそっと訊ねた。「どんな感じだったの、彼が現われる時は？」するとシライナは首を振った――あら！　言葉になんてできないわ。自分がふっと消えてしまいそうになるの、身体から魂が引き抜かれるように、ちょうどドレスや手袋や靴下を脱ぐように……

　わたしは言った。「なんだか怖いわ！」――「ええ、怖かった！」彼女は答えた。「でも、素晴らしい気分だった。あれはわたしのすべて。あれでわたしの人生は変わった。あの時から、そう、まるで霊のように、わたしは淀んだ階層から、もっと上の階層に移ったような気持ちだった」

理解できずに眉を寄せたわたしを見て、シライナは言った。どう説明すればわかってもらえるかしら？　ああ、どんなふうに……シライナはその方法を見つけようとするかのようにあたりを見回していたが、ついに棚のなにかに眼をとめて、ふっと笑った。「さっき、見世物って言ったわね……」

シライナはわたしに歩み寄ると、手を取ってと言わんばかりに腕を突き出した。ロケットや、筆記帳に書かれた言葉を思い出して怯《ひる》んだが、彼女はただ微笑むと、静かに言った。「袖をまくって」

何をするつもりなのか、まったくわからなかった。もう一度、シライナの顔を覗きこんでから、おそるおそるその袖をまくり、肘まであらわにした。シライナは手を上向けて、腕の内側を見せた――雪白のなめらかな肌は袖のぬくもりでまだ温かかった。「さあ」じっと見つめていると、彼女は言った。「眼を閉じて」

一瞬ためらったが、言われたとおりにした。深呼吸をして、何をされても驚かないように心の準備をする。けれども、シライナはわたしのうしろに手をのばし、テーブルの毛糸のかたまりからなにかを取り上げただけだった。そして、棚のほうに歩いていき、そこからなにかを取るような音が聞こえた。しばらく静寂が続いた。わたしはしっかりと眼を閉じていたが、しだいに目蓋《まぶた》が震えて、ぴくぴくと動き始めた。静寂が続くにつれて、不安は増していった。「もうちょっと待って」身じろぎするわたしにシライナは言った――間もなく、また声がした。

「もういいわ」

わたしはそろそろと眼を開けた。思いつくのは、なまくらなナイフで腕を傷つけて血でも流しているのだろうか、ということだった。けれども腕はなめらかで、もとのまま傷ひとつ見えなかった。シライナは腕をわたしの眼の前にあげてみせた――が、前ほど近づけようとはしなかった。そのうえ、さっきのように光にさらすのではなく、服の陰になるようにしていた。もしじっくりと見たら、こすって赤くなった跡が見えるのかもしれない、と考えた。けれども、シライナはよく見せようとはしなかった。わたしがまだまばたきしている間に、もう片方の手をあげて、剝出しになったほうの腕を強くしごいた。一度、二度、三度、四度と、指がこするうちに、素肌に文字がぼうと浮かび上がってきた。紅色の――書きなぐられたような、ぼやけてはいるが、はっきりと読み取れる文字。

〈真実〉という単語だった。

文字がはっきりと現われると、こすっていたほうの手をおろして、わたしをじっと見つめた。いんちきだと思う？　と訊かれて、わたしは答えられなかった。シライナは腕を近づけて、触ってごらんなさいと言った――そのとおりにすると、指をなめて、と言われた。

おそるおそる手をあげて指先を見た。白いものがついているように見える――霊のなにかだろうか。とても味わうことなどできなかったが、胸がむかむかしてきた。そんなわたしを見て、シライナは笑った。そして、眼を閉じている間にしたことを逐一《ちくいち》、教えてくれた。

手品の種は、木の編み針と、箱にはいった食事用の塩だった。編み針で文字を書き、そこに塩をすりこむことで、赤く浮かび上がったというわけだった。

わたしはまたシライナの腕をつかんだ。すでに文字の跡は薄れてきていた。心霊主義者の新聞で読んだ記事を思い浮かべた。この手品を新聞はシライナの能力《ちから》の証《あかし》だと断言し、人々はそれを信じた――ヒザー氏も信じた――わたしも信じていたはずだった。わたしはシライナに言った。「こんなことを、あなたに助けを求めてやってきたかわいそうな人たちにもしてみせたの？」

シライナは腕を引っこめると、囚人服の袖でゆっくりとおおい、そして肩をすくめた。幸せになれないからよ、こういうもので霊界からの言葉を見せてやらないと、と彼女は答えた。わたしがたまに肌に塩をすりこんだり――暗がりで婦人の膝に花を落としたりしたからといって、霊が本物でなくなると言うの？「わたしがあなたに話して聞かせた霊媒たち、自分から世間に霊媒であることを明らかにしている人たちで、こういう手品を見せることをためらう人なんていないわ――ひとりも」肌に霊の言葉を書くために、髪に縫い針を隠しているご婦人や、暗がりで声を変に聞かせるために、いつも紙筒を携帯している紳士。この仕事ではありふれたことだ。霊は気ままで、呼び出せばすぐに現われることもあれば、そうでないこともあるから……

シライナもそんな霊媒のひとりだった、ブリンク夫人の屋敷に引き取られるまでは。その後は――そんな小細工は、なんの意味も持たなくなった。シデナムに行くまでに見せた能力《ちから》など、全部、小細工だったのかもしれない！「わたしには能力《ちから》なんてなかったのかもしれない――

わかるかしら？　ピーター・クイックのおかげで手にした能力《ちから》に比べれば、力なんて言えるものじゃなかった」

　わたしは彼女を無言で見つめた。今日のことは、誰にも見せたり話したりしたことは、これまでなかったはずだ。そしていまから話そうとしている大きな能力《ちから》だけれど――特別な能力《ちから》があることは――わたし自身、少し感じていたではないか？　無視できない、たしかになにかがある。それでも、シライナにはまだ謎が、光の届かない場所が、埋められない……

　わたしは言った――ヒザー氏に言ったのと同じことを――わからないわ。その素晴らしい能力《ちから》があなたをこんなところに、ミルバンク監獄に送りこんだわけでしょう。ピーター・クイックはあなたの守護霊だと言うけれど、彼のせいでそのお嬢さんが怪我をして、ブリンク夫人は怯えて――亡くなってしまったじゃないの！　それで助けられたと言うの、ここに閉じこめられて？　こんな場所で、あなたの能力《ちから》がなんの役にたつの？

　シライナは眼をそらして答えた――以前に話してくれたとおり。〝霊には霊の目的があり、人知でははかり知ることができない〟、と。

　それなら、なおさらわたしになんて、霊があなたをミルバンクに送りこむ意味がどこにあるのかわかるわけがないわ！「あなたに嫉妬して、殺して、仲間にするつもりでもないかぎり」

　けれどもシライナはわたしの言うことが理解できない様子で眉を寄せた。生者を羨む霊もいる、と彼女はゆっくり答えた。でも、そんな霊たちでさえ、いまのわたしを羨みはしないわ。

　そう言いながら喉元に手をやり、白い肌をさすった。わたしはまた、そこに巻かれた首輪と、手首の縛《いまし》めを思い浮かべた。

房の冷気が迫り、わたしは身震いした。どれほど長く喋っていたのだろう――ここに書いたよりずっと多くのことを話していた気がする――ふと窓の外を見れば、もう真っ暗だった。シライナはまだ喉に手をあてていた。そして咳をして、唾を飲みこんだ。喋りすぎたわ。そう言うと、棚に歩いていき、水差しを取って口をつけ、ほんの少し水を飲むと、また咳きこんだ。

そうしている間に、ジェルフ看守が鉄格子の外に現われ、じっとこちらを見ているふうなので、わたしはまたここで過ごした時間の長さが気になりだした。それで不承不承に立ち上がり、看守に頷いて合図をした。わたしはシライナを見た。次に来た時にもっとお話をしましょう――彼女は頷いた。シライナはまだ喉をこすっていて、それを見たジェルフ看守は、人のよい眼をくもらせ、わたしを通路に出すと、シライナの傍《かたわ》らに歩み寄った。「大丈夫？　気分が悪いの？　医師《せんせい》を呼ぶ？」

わたしはその場に立ったまま、ジェルフ看守がシライナに寄り添い、ガス灯の薄暗い光を顔に受けるのを見守っていた。その時、わたしの名を呼ぶ声がして見回すと、隣の房の鉄格子から、贋金作りのナッシュが覗いていた。

「じゃ、まだいたんだね、お嬢さん」そして、シライナの房に向かって顎をしゃくり、わざとらしい猫なで声で言った。「あたいはまた、あいつがお嬢さんを消しちまったと思ってたよ――幽霊に連れてかせたか、蛙か鼠に変えちまったかしてさ」ナッシュは身震いした。「ああ、あの幽霊ったら！　夜になるとあいつんとこに幽霊が来てるの知ってる？　来るんだよ、聞こえるんだから。あいつったら話しかけてんのさ、笑ったり——泣いたりして。ねえ、お嬢さん、あたいはね、夜しーんとした中で幽霊の声を聞かされるこの房から出て、どこでもいいから移れるんだったらなんでもするよ」ナッシュはまた身震いすると顔をしかめてみせた。贋金の話をした時のように、わたしをからかっているのかもしれない。けれども、いまのナッシュは真顔だった。ふと、前にクレイヴン看守に言われたことを思い出して、静かな監房にいると、妄想がたくましくなるのかしら、と言ってみた。ナッシュは鼻を鳴らした。妄想？　なら、この房で寝てみりゃいいんだ、ドーズの隣でさ。そしたら言えるもんか、妄想なんて！

そしてナッシュは縫い物に戻り、ぶつぶつ言いながら首を振った。わたしは通路をまた進んでいった。シライナとジェルフ看守はまだガス灯のそばに立っていた。看守はシライナの喉にネッカチーフをしっかりと巻きつけて、優しくさすっていた。ふたりはこちらを見なかった。わたしが行ってしまったと思ったのだろう。その時、シライナが片方の手を、反対側の腕にあてるのが見えた。薄れかけていた赤い文字——〈真実〉——はリンジーの囚人服の袖におおわれた。指先のことを思い出して、やっと塩の味を確かめた。

指先をくちびるにあてている間に、看守がそばに来て、監房区の中を先導してくれた。途中、ローラ・サイクスが鉄格子に顔を押しつけて叫んでくるのに悩まされた。ねえ、お願いだよ、長官さんに伝えてよ。兄ちゃんさえ呼んでくれたら、でなきゃ、兄ちゃんに手紙を届けてくれたら、もう一回、裁判を受けられるはずなんだ。長官さんの許しさえあれば、あたしはひと月もたたないうちに出られるんだよ！

一八七二年　十二月十七日

今朝、着替えているところにブリンク夫人が来た。「ねえ、確かめておきたいことがあるんですよ。どうしてもわたくしに料金を払わせてくださらないの？」お屋敷に引き取られてからは料金を辞退してきたが、いままた訊ねられて、わたしは前に言ったことを繰り返した。こんなに上等なものばかり着て、食べさせていただけるだけでもう十分ですし、霊の働きに対して金銭をいただくわけにはいかないと。「ええ、ええ、あなたならそうおっしゃると思いましたよ」夫人は言うと、わたしの手を取って、化粧台にのせられたお母様の宝石箱の前に誘《いざな》い、それを開けた。「料金は受け取れなくても、年寄からの贈り物は拒まないでちょうだい。これはぜひあなたに受け取っていただきたいの」贈り物というのは、エメラルドの首飾りだった。ブリンク夫人はそれを取り上げて、わたしの首に巻き、抱擁するように留め金をはめた。「母のものはどれひとつ手放すつもりはなかったのだけれど、これはもうほかの誰のものでもなく、あなたのものだという気がするんですよ。まあ、よく似合うこと！　エメラルドとその眼が。母の眼にもよく似合ったんですよ」

鏡の前に立って見ると、とても古びてはいるが、たしかに驚くほどわたしに似合っていた。こんな素晴らしい贈り物は初めてです、とお世辞抜きの礼をのべて、霊に従っているだけのわたしに受け取る資格なんてありません、と言った。ブリンク夫人は、あなた以外の誰に資格があるというの、と取り合わなかった。

そしてまたわたしに寄り添い、首飾りの留め金に手を置いた。「わたくしはあなたの能力《ちから》を強くしようとしているだけですよ。そのためならどんなことでもしましょう。あなたならわかるでしょう、どれだけわたくしが待って待って待ち続けたか。あなたの伝えてくれた言葉を。ああ！　また聞くことができるなんて！　でも。マージェリーはだんだん欲深《よくふか》になってきているの。言葉だけでなく、姿を見たり、手に触れたりしたいの。ええ！　そういうものを呼び出せる霊媒がいるのは知っていますよ。もし、わたくしのために呼び出してくださるなら、宝石箱をまるごとさしあげても惜しくない」

ブリンク夫人は首飾りを撫で、わたしの肌を撫でた。しかしわたしは、ヴィンシー師やサイブリー姐《ねえ》さんと一緒に霊を物質化させようとした時には一度も成功したことがない。「そういうものを呼び出すには内房《キャビネット》が必要だというのはご存じですか？　とても難しい術で、いまだに未知の部分が多いことも？」ブリンク夫人は、よくわかっている、と答えた。鏡の中を見ると、ブリンク夫人はわたしを、わたしの眼をじっと見つめていた。宝石の輝きを浴びて、まるで見知らぬ者のような眼。眼を閉じても、鏡の中の眼は開いているのかもしれない。ブリンク夫人はわたしを、首飾りをつけたわたしの喉を見つめていた。首飾りの台は金色ではなく灰色で、鉛のようだった。

一八七二年　十二月十九日

今夜、居間におりていくとルースがいて、竿に縫いつけた長い黒布を、壁のくぼみの前に垂らしていた。黒い布とだけ頼んだのだが、見ればベルベットのカーテンだった。手に取って見ていると、ルースの声がした。「すてきな布でしょう？　わたしが選んだんです。お嬢様のために。もちろんベルベットでなくちゃいけませんわ。今日はお嬢様にも、奥様にも、この屋敷の皆にとっても素晴らしい日になりますもの。それにお嬢様はもう、ホルボーンにいるのではありませんものね」無言で見上げると、ルースはにっこりして布をわたしのほうに差し出し、頬にあててごらんなさいませと言った。古い黒のベルベットのドレスを着て、そのカーテンの前に立つわたしに、ルースは言った。「まあ、お嬢様ったら、影に飲みこまれているようですよ！　お顔と金色のお髪《ぐし》しか見えませんもの」

そこにブリンク夫人が来て、ルースを部屋から出した。準備はできましたか、と訊かれて、わたしは、できたと思うがやってみないとわからない、と答えた。ランプの灯心をうんとさげてしばらく待っていたが、やがてわたしは立ち上がった。「来るわ。来る、来ます」カーテンの背後に潜りこむと、ブリンク夫人がすべての明かりを消した。一瞬、怖くなった。内房《キャビネット》の闇がここまで深く、こうも暑いとは。狭いくぼみの空気はすぐになくなって、息が詰まりそうだ。「奥様、できません！」けれども、ブリンク夫人はこう答えるだけだった。「頑張って。お願い、マージェリーのためだと思って！　なにかしるしは、気配はないの、ほんの少しでも？」ベルベットのカーテンを通して聞こえる声は甲高く変質して、鉤《かぎ》の手でもついているようだ。やがて、それがわたしに手をのばし、ドレスを背中から引きはがす感じがした。突然、闇に色彩が舞った。誰かの叫ぶ声。「ああ！　わたくしですよ！」そしてブリンク夫人の声。「ママ！　ああ、ママ！」

やがて、わたしが出ていくと、ブリンク夫人は泣いていた。「泣かないでください。嬉しくないんですか？」ブリンク夫人は、嬉しくて泣いているのだと答えた。そしてベルを鳴らしてルースを呼んだ。「ルースや、今夜は本当に不思議なことがこの部屋で起きたのよ。母が眼の前に立って手招きしていたの、光るドレスを着て」信じますとルースは答えた。居間が不思議なふうに見えて、神秘的なよい香りがすると。「天使が近くに来た証拠ですわ。天使が交霊会に来ると、よい香りをもたらすというのは有名ですもの」初耳だわと言うと、ルースはわたしを振り返って頷いた。「本当ですわ」そしてくちびるに手をあてて囁いた。天使は口から芳香を放つんです、と。

一八七三年　一月八日

半月もの間、わたしたちは屋敷にこもりきりで、毎日、霊が耐えられるだけ暗くなるのをただ待っていた。ブリンク夫人には、毎夜、お母様が来ると期待しないでくださいと言ってあった。白い手や顔が見えるだけの時もあると。ブリンク夫人は、わかっていますと言うが、夜ごと執拗になり、わたしに擦り寄ってせがむのだった。「来て！　もっとこっちに。わたくしよ、わかる？　キスして！」

三日前にとうとうキスをされると、ブリンク夫人は胸を手でおさえて悲鳴をあげたので、わたしはあまりの恐ろしさに死んでしまうかと思った。わたしが自分に戻ると、ルースが介抱していた。もうランプの火はともされていた。「いつかはこうなると思っていました。あまり長く待ち続けて、いざとなるとショックだったんですわ」ブリンク夫人は気付けの芳香塩を鼻にあてられて、ようやく少し落ち着いた。「今度は大丈夫ですよ。心の準備ができましたからね。でも、ルース。一緒に坐っていて。ここに坐って、おまえの力強い手でわたしの手を握っていて、そうしたら怖くないから」ルースは、わかりましたと答えた。その夜はもう休んだが、今夜、わたしが自分に戻ると、ルースが横に坐って見守っていた。「見える、ルース？　ママが見える？」「ええ、奥様。見えますとも」

しかし、ブリンク夫人はルースの存在を忘れたようで、お母様の両手を取ってしっかり握っている。「マージェリーはいい子？」お母様は答える。「とってもとってもいい子よ。だから来たんですよ」ブリンク夫人は訊ねる。「どれだけいい子？　キス十回もらえる？　二十回もらえる？」お母様は答える。「三十回あげましょうね」ブリンク夫人が眼を閉じると、わたしはかがんでキスをする——目蓋《まぶた》や頰だけで、決してくちびるにはしない。三十回のキスをもらうと、夫人はため息をついて、わたしをぎゅっと抱き締め、お母様の胸に頭をもたせかける。そして三十分もそのままでいて、胸元の紗《ゴーズ》が湿ってきた頃に、ブリンク夫人は言う。「マージェリーは幸せよ」「マージェリーは満足よ！」

その間じゅう、ルースは坐って、じっと見守っている。わたしには触れない。奥様以外は霊に触れてはいけない、と言ってあるからだ。これは奥様のための霊で、奥様に会いに来た霊なのだからと。その間、ルースはあの黒い眼でじっと見守っている。

　やがて、わたしがすっかり自分を取り戻すと、ルースは部屋まで付き添って、ドレスを脱がせてくれる。服をひとりで脱ぎ着なんていけません、淑女はそんなことしないものですと言う。そして、わたしのドレスを脱がせて皺をとると、今度は靴を脱がせて、椅子に坐らせ、髪を梳《と》き始める。「おきれいな淑女のお髪《ぐし》を梳かせたら、わたしの右に出る者はいませんわ。ほら、この力こぶ。おつむのてっぺんから腰までお髪が滝か絹糸のように流れるくらい、梳いてさしあげますわ」ルースの髪は真っ黒で、ボンネットの下にきっちりとおさめていた。時々見える分け目は、ナイフのように白くまっすぐだった。今夜わたしは、坐らされ、髪を梳かれると泣きだした。「なぜ泣くんです？」ブラシが髪を引っ張るからとわたしは答えた。「まあ、ブラシでお泣きになるなんて！」ルースは立ったまま大笑いすると、ますます力をこめて梳き始めた。百回梳くと言って、わたしに数えさせた。

　ようやくブラシを横に置くと、わたしを鏡の前に連れていった。ルースがわたしの頭の上に手を持っていくと、ぱちっと音をたてて、髪がてのひらに吸いついた。「ほら、おきれいになったでしょう？　年頃のお嬢様らしく。殿方の眼も釘づけですわ」

一八七四年　十一月二日

部屋に逃げ戻った。まったく階下《した》の騒動ときたら。プリシラの結婚式が近づくごとに、注文や計画に何やかやと追加される――昨日はお針子、一昨日は髪結いと料理女。わたしは誰にも会いたくない。当日はエリスにいつもと同じように髪を結わせるし、ドレスは――流行の型を選ぶけれど――灰色を着るし、外套は黒しか持っていないと言うと、もちろん、母は怒った。口から針が飛び出しそうなほどだった。わたしが逃げると、母はエリスやヴァイガーズさえ怒鳴りつけ――プリシラの鸚鵡《おうむ》のガリバーにまで怒りをぶつけた。ガリバーは、甲高く鳴いて、羽を切られた翼を苛立たしげにばたつかせた。

そのまんなかでプリシラは、台風の目にいる小舟のようにおとなしく坐っていた。肖像画が完成するまで、いまの美しさを保とうと努力している。コーンウォリス先生はとても事実に忠実な画家なので、あとで隈《くま》や皺を描き足されてはたまらないから、と。

わたしはプリシラと坐っているより、ミルバンクの女囚たちと坐っていたかった。母に嫌味を言われるより、エレン・パワーと話していたかった。ガーデンコートのヘレンより、シライナを訪ねたかった――ヘレンはうちの家族と同じくらい、結婚式の話ではち切れそうになっているけれど、俗世のあれこれから遠ざけられたシライナは、月世界の住人のように超然と淡々と日々を過ごしているだろう。

すくなくとも今日まではそう思っていた。今日の午後、監獄に着いてみると、ひどく騒然として、シライナもほかの女囚たちも浮き足立っていた。「ああ、悪いところにいらっしゃいました」門で迎えてくれた婦人看守が言った。「女囚がひとり牢破りをして、監房区じゅうが大騒ぎです」わたしは眼を瞠《みは》った――もちろん、女囚が脱獄したと思ったからだ。けれども、そう聞くと看守は声をたてて笑った。〝牢破り〟というのは、ここの女たちが房内のものを壊し回って暴れたりすることを指し、彼女らは時々、狂ったようにそんな発作を起こすのだという。教えてくれたのはハクスビー長官だ。小塔の階段で行きあった長官は、リドレー看守長とともに、ひどく疲れた様子で階段をのぼっていくところだった。

「おかしなものですよ、牢破りというのは。女囚監獄独特の騒ぎで」女囚の本能のように思えることもある、と長官は言った。ミルバンクにある程度いれば、女囚たちも状況を甘受するようになるが。「まだまだ若くて元気で活きのいい女囚は――もう野蛮人です。わめいて物を壊し回って――わたしたちでは近寄ることもできなくて、男の看守を呼びます。騒ぎは監獄じゅうに響きますから、女囚を落ち着かせようと思ったら、こっちも力を使い果たしてしまいますよ。ひとりが牢を破ると、別の女にも伝染するんです。心の底に沈めていた衝動が呼び起こされるんでしょうね、本人にもどうすることもできないんです」

長官は顔をこすった。今回、牢破りをした女は、D監房区の窃盗犯、フィービー・ジェイコブズだった。リドレー看守長と房の被害を見てほしいと呼ばれたらしい。

「一緒に見にいらっしゃいますか？」

D監房区といえば、房の扉がすべて閉められ、不機嫌な女囚たちと悪臭に満ちた監獄一の恐ろしい場所だと思っていたけれども、今日は記憶にあるよりもなお暗く、奇妙なほど静まり返っていた。監房区の奥でプリティ看守と会った。まくり上げた袖をおろしながら、鼻の下の汗をぬぐっている――レスリングの試合から戻ってきたかのように。わたしに気づいて、彼女は満足げに頷いた。「牢破りを見に来たんですか？　まったく――あっはっは――めずらしい見世物ですからねえ！」手招きされて通路を進み、扉の開いた房の前に案内された。「スカートの裾に気をつけてくださいよ」戸口に近づくハクスビー長官とわたしに注意した。「あの馬鹿女、汚物桶をぶちまけて……」

ジェイコブズの房の惨状を、今夜、わたしはヘレンとスティーヴンに説明した。ふたりは首を振って聞いていたけれども、あまり本気にしていないようだった。「房がそんなに殺風景なんだったら」ヘレンは訊いた。「どうして物を壊したり散らかしたりできるの？」今日、わたしが見てきた光景など思いも及ばないのだ。まるで地獄の小部屋のよう――いや、狂人が発作を起こして暴れ回ったあとの病室のようだった。

「連中のずる賢さには参りますね」わたしの横で、ハクスビー長官は房を見回しながら静かに言った。「あの窓――はずした鉄格子で硝子を割ったんですね。ガス管も曲げられて――いまは布を詰めてガス漏れを防いでいます――見えますか？――ほかの女囚たちをガスから守るためです。毛布は破られたなんてものじゃありません、紐にされました。歯で引き裂くんですよ。

いままでに何度、歯を拾ったことか、連中が興奮して乱暴にそうするたびに……」

まるで不動産屋のようだった。ただし、読み上げるのは暴力の目録で、すべての破壊痕をいちいちわたしに示してみせた。堅い木のベッドは木端微塵。分厚い木の扉は靴の踵《かかと》で蹴りつけられて、へこみ、えぐれている。監獄の規則を書いた札は引きはがされ、踏みにじられている。聖書は——その何よりひどい有様に、ヘレンは蒼褪めたものだが——ひっくり返された汚物桶の中身を浴びせられて、べとべとだった。そういった細かい指摘はなおも囁くように続けられた。わたしが普通の声で質問をすると、ハクスビー長官は指を立ててくちびるにあてた。「大きな声を出さないようにしてください」わたしたちの話を聞きつけて、真似る女が出るといけないから、ということだった。

彼女はプリティ看守のそばに戻って後片づけについて話し合い、やがて懐中時計を取り出した。「ジェイコブズは闇房《やみぼう》に——はいってどのくらいになりますか、リドレーさん?」——一時間くらいです、と看守長は答えた。

「じゃあ、会いに行ったほうがいいでしょう」ハクスビー長官はためらってから、わたしを振り返った。一緒にいらっしゃいますか? ごらんになりたいですか、闇房を?

「闇房?」この五角の獄を何周も何周もしたはずなのに、闇房という言葉を耳にしたことは一度もない。なんですの、とわたしはもう一度訊いた——闇房って?

監獄には四時過ぎに着いたので、めちゃめちゃになった房にたどりついた時には、通路はすでに暗くなりかけていた。わたしはミルバンクの夜の重苦しさに、ガス灯の炎の不気味さに慣れていなかった。静まり返った房も小塔も、にわかにまるで知らない場所に思えた。それに、わたしがリドレー看守長とハクスビー長官とたどったのは、見たことのない通路だった。驚いたことに、その通路は監房区から、ミルバンク中央棟に向かってのびていた――下に、下に、螺旋階段と傾斜路をくだっていくと、空気は冷え冷えとして、ますますいやな匂いがこもり、かすかに潮くさくなり、きっと地下に――テムズの川面《かわも》よりずっと下に来たのだろうと思わせた。ようやく、少しばかり広い通路に出ると、とても古そうな、背の低い扉がいくつか並んでいた。ハクスビー長官が最初の扉の前で立ち止まって頷くと、リドレー看守長が鍵を開け、ランプを掲げて中を照らした。

「せっかくですからね」ハクスビー長官はわたしたちが中にはいるとそう言った。「ここもごらんに入れましょう。物置です。手枷、足枷、拘禁服などの」

壁を指し示すその手の先を見て、わたしは慄《おのの》いた。ここの壁は上の房のように石膏が塗られておらず、剝出しのままで、結露で不気味に光っていた。壁にはびっしりと鉄の道具がさがっている――鉄の輪や、鎖や、枷や、そのほかもろもろの奇怪な、何に使うのか想像するほかない道具を前に、わたしはただ震えるばかりだった。

ハクスビー長官は、そんなわたしの表情を見たのだろう、酷薄な笑みを彫った。

「このあたりの道具はミルバンクができた当時のものです。いまでは展示品のようにぶらさがっているだけですが。それでもよく手入れして油を塗られているでしょう？　いつ、これを持ち出さなきゃならないような凶悪な女がはいってくるか、わかったものじゃありません！　ほら、これが手枷です——子供用のもあります——細いでしょう、貴婦人の腕輪のように！　あれは口枷です」——指差されたものは革ベルトのようなもので、息ができるように穴はあけられているが〝叫ぶこと〟はできない——「こちらは脚帯です」これは女ばかりで、男に使われたことはないのだとか。「拘束するのに使います、連中が——もうしょっちゅうです！——床に転がって、扉を足で蹴とばすような時に。これをかけられると、どのくらいきついかわかりますか？　ここの輪が足首と太腿を一緒に縛って、両手首につながれるんです。寝る時もおすわりしたままで、食事も看守に食べさせてもらわなければなりません。これをやられた女はすぐにくじけておとなしくなります」

長官が取り上げた脚帯の革ベルトを触ってみた。留め金が締めつけてできた深いくぼみが黒光りしている。これはそんなにしょっちゅう使いますの、と訊いてみた。ハクスビー長官は、必要に迫られた時だけです、と答えた。年に——五、六回くらい。「そんなものですね？」訊かれて、リドレー看守長は頷いた。

「連中を押さえつける時はたいてい、この——ええ、これで十分なんですが」とハクスビー長官は続けた。「——拘禁服を使います。ほら、これです」戸棚に近づくと、ずっしりと重いズックでできたものをふたつ、取り出した。ひどく目の粗《あら》い布地で、形がよくわからなくて、最初は袋かと思った。ひとつをリドレー看守長に渡すと、ハクスビー長官は自分の持っているほうを、身体にあてて広げた。まるで鏡の前で服をあてて見るように。それでやっと、それがごわごわのオーバードレスのようなものだとわかった——ただし、これには袖と腰に、組紐やりボンではなく革紐がついている。「囚人服の上から着せて、連中が服を破らないようにします。この留め金が見えますか？」――それは留め金などではなく、太い真鍮のねじだった。「これは鍵でびしっと締めつけられます。いま、リドレーさんが持っているのは胴着です」リドレー看守長が振って広げたのを見れば、袖はタールのような色の革で、不自然なほど長く、袖口は閉じられ、先は細まり、ベルトになっていた。脚帯の革ベルトのように、何度も留め金にすれた痕が刻まれている。見つめるうちに、手袋の中でてのひらがじっとりと汗ばんできた。いまも思い出すだけで汗ばむのを感じる。こんなに寒い夜なのに。

ふたりは広げたものを片づけた。その恐ろしい部屋を出て、さらに奥に進み、石造りの低いアーチ天井の通路に出た。ここまで来ると、通路の幅はスカートすれすれにまで狭まった。ガス灯はなく、壁から突き出す燭台に、蠟燭が一本立っているだけ。ハクスビー長官はそれを取り、地下道を吹き抜ける塩気まじりの風から炎を守るように手をかざして、前を照らしながら進んだ。こんな場所があったとは知らなかった。ミルバンクに。いや、この世に。一瞬、ぞっとした。この女《ひと》たちはわたしを殺そうとしてるんだわ！　蠟燭を奪って、闇の中に置き去りにして、狂ったように光を求めて這いずり回らせようと！

その時、四つの扉が現われ、ハクスビー長官は最初の扉の前で立ち止まった。蠟燭の光の頼りなさに、リドレー看守長は腰の鍵束をまさぐるように鍵を探していた。

鍵を回して扉に手をかけた看守長は、手前に引くのではなく、横に滑らせて開けた。扉は分厚く、マットレスのような当て物が張られていた――奥にいる女囚のわめき声や泣き声を吸わせるためだ。女囚はもちろん、扉の動きに気づいた。突然——その暗く狭く静かな空間に、心臓が止まりそうな——どすんという、扉に体当たりする音が響き、もう一度、どすんと音がして、次に絶叫が聞こえた——「てめえ、くそばばあ！　あたいがここで腐るのを笑いに来たのかよ！　畜生、あたいが死ななかったら、くたばるのはてめえだからな！」厚い当て物を張った扉を後ろ手に閉めると、リドレー看守長は奥にある木の扉の小窓を開けた。小窓の向こうには鉄格子。その奥には闇——あまりに黒々と、塗りこめたような闇で、何も見えなかった。眼を凝らすうちに、頭の芯が痛みだした。わめき声はやみ、房はまったく静かになったように思えた——いきなり、底無しの闇から、ぬっと顔が浮かび出た。恐ろしい顔——白ちゃけて、涙とよだれまみれで、傷だらけで、口のまわりに血の泡がはりついて、眼玉はぎらぎらして、それでいて、わたしたちの弱々しい蠟燭の光に眼をすがめていた。ひと目見て、ハクスビー長官は息をのみ、わたしはあとずさった。その顔はわたしのほうを向いた——「見てんじゃねえよ！」リドレー看守長が扉を殴りつけると、女囚は黙った。

「口に気をおつけ、ジェイコブズ。さもないと、ひと月入れておくよ」

　女囚は鉄格子に額《ひたい》を押しつけ、白くなるほどきつくくちびるを結んだが、あいかわらずあの狂暴な目つきで睨んでいた。ハクスビー長官が一歩寄った。「馬鹿な真似を。プリティさんもリドレーさんもわたしも、おまえにはがっかりしたよ。房をめちゃめちゃにして。自分の頭を割って。それがおまえのやりたかったことなの、頭を割ることが？」

　女囚は耳障りな息をもらした。「なんか壊さなきゃ気がすまなかったんだよ。プリティのばばあ――へっ！　ぶっ殺してやる、何日、ここに入れられたって！」

「黙りなさい！」ハクスビー長官が遮った。「もういい。話はまた明日だ。一晩、暗闇で過ごして、反省しなさい。それじゃ、リドレーさん」リドレー看守長が鍵を持って進み出ると、ジェイコブズはますます狂ったような眼で叫んだ。

「戸を閉めんじゃねえよ、売女！　やだ、蠟燭、持ってっちゃやだ！　やだよ！」女囚は鉄格子に乱暴に顔をすりつけた。リドレー看守長が木の小窓を閉じる直前、女囚の着せられている服の襟元がちらりと見えた――例の胴着だろう。鈍い黒の袖に留め金のついた拘禁服。鍵が回されると、もう一度、どすんという音がした――木の扉に頭を打ちつけているのか――やがてくぐもった叫び声が、前と違って甲高い悲鳴が聞こえてきた。「行かないで！　いやだあ！　いやだああ！　いやだあああ！　おとなしくする！」

　この悲鳴は罵詈雑言の何倍も恐ろしかった。わたしは看守たちを振り返った。まさか、このまま置き去りに？　ひとりぼっちで、こんな真っ暗な中に？　ハクスビー長官はまったく動じなかった。時々、見回りが来ます。それに、一時間もすればパンを持ってきますから。――

「でも、こんな真っ暗な中に！」わたしは繰り返した。

「暗闇が懲罰です」看守長はあっさりと言った。そして、蠟燭を持ったまま離れていった。白い髪が闇の中で淡く光っている。リドレー看守長は厚い扉を閉めた。女囚の叫び声はだいぶくぐもっていたが、まだはっきりと聞き取れた――「くそばばあ！」彼女はわめいていた。「呪ってやる――そこのお嬢様、あんたもだ！」わたしは一瞬、棒立ちになって、蠟燭の光が遠ざかるのを見送った。絶叫はますます甲高くなり、わたしは揺らめく炎のあとを慌てて追いかけて、転びそうになった。「鬼ばばあ、鬼ばばあ！」女はまだ叫んでいた——いまも叫んでいるのだろうか。「あたいはこの暗闇で死んじまうんだ——聞いてるかい、お嬢さん？　あたいは暗闇で死んじまうんだ、どぶ鼠のようにさ！」

「みんなそう言いますね」リドレー看守長は辛辣に言った。「残念ながら、死んだ者はひとりもいません」

ハクスビー長官がたしなめるだろうと思ったが、そんなことはなかった。彼女は無頓着に歩き続け、物置の前を通り、坂になった通路を地上の房に向かってのぼった。上に着くと、明るい執務室に戻っていった。リドレー看守長はわたしを上の階に案内した。厳罰房を通り過ぎると、プリティ看守が別の看守とジェイコブズの房を鉄格子の外から見守っていた。房内ではふたりの女囚が水のはいった桶とほうきを持って、汚物を掃除していた。最上階に着くと、わたしはジェルフ看守に引き渡された。わたしは彼女の顔を見、リドレー看守長が行ってしまうと、眼をおおった。ジェルフ看守は囁いた。「闇房に行ったんですね」わたしは頷いた。いくら女囚でも、あんな扱いが許されるの？　わたしの問いに彼女は答えることができず、ただ眼をそらして、首を横に振った。

ここもほかの監房区と同じく奇妙なほどに静かで、女囚たちは身を縮め、きょろきょろしていた。わたしの姿を見ると、皆、堰《せき》を切ったようにいっせいに喋りだした。何が壊されたのか、誰がやったのか、そしてどうなったのか。「闇房に送られたんですか？」そう訊ねては身震いをしていた。

「闇房に？　モリスかい？」

「バーンズ？」

「怪我してんですか？」

「いまごろは後悔してんだろうさ！」

「あたし、一回、闇房に入れられたことがあるんです」メアリ・アン・クックが言った。「あんな怖いとこ初めてでした。暗いのを怖がるなんておかしいって笑う人もいるけど――でもあたしは笑わない。笑えません」

「わたしもよ、クック」わたしは応えた。

シライナでさえ監房区の空気に影響されていた。編み物をほうり出して、房の中を行ったり来たりしていた。わたしを見ると眼をぱちくりさせ、ぎゅっと身体を抱き締めてますます激しく歩き回りだしたので、すぐにでも駆け寄って、腕を身体に回し、落ち着かせてあげたくなった。

「牢破りがあったのね」わたしたちのうしろでジェルフ看守が鉄格子を閉めている間に、シライナは言った。「誰だったの――ホイ？　フランシス？」

「わたしには話すことができないって知っているでしょう」狼狽してそう言うと、シライナは眼をそらした。ちょっとためしただけよ――それに、フィービー・ジェイコブズだって知っているわ。闇房に入れられたのね、拘禁服で締め上げて。人間的だと思う？

わたしは躊躇して問い返した。ジェイコブズのように暴れるのは人間的だと思う？

「ここではみんな、人間的かどうかなんて忘れているわ」シライナは答えた。「――それに、懐かしんだりもしないでしょう、あなたのような貴婦人が来て、わざわざ見せつけて、思い出させたりしなければ！」

シライナの声は残酷だった――ジェイコブズやリドレー看守長と同じくらいに。わたしはシライナの椅子に腰をおろして、テーブルに両手をのせた。手を広げると、指が震えているのがわかった。本気で言っているの、と訊くと、彼女は即座に答えた――本気よ！　女囚が鉄格子や煉瓦で自分の房をめちゃめちゃに壊す音を、聞かされる気持ちがわかる？　顔を砂の中に埋められて、まばたきできない、痛み、疼《うず》き――「叫ばないと死んでしまう！　でも、本当に叫べば思い知ることになる、わたしは――けだものだと！　ハクスビー長官が、看守が、あなたが来ると――わたしはけだものになれない、人間の女でいなければならない。あなたなんか来なければいいのよ！」

こんなにも取り乱すシライナは初めてだった。わたしは言った。わたしが来ることでしか、人間らしさを取り戻せないなら、回数を減らすどころか、もっと足繁く会いに来るわ――「ああ！」シライナは叫び、囚人服の袖を手の甲が白くなるほど握り締めた。「ああ！　みんなそう言うわ！」

彼女はまた歩きだした。鉄格子扉と窓の間を何度も、何度もぐるぐると。袖に縫われた星がガス灯に照らされて、不自然なほどはっきりと浮かび上がり、警告を放つ光のようだった。ひとりが牢破りをすると、それが次々に伝染しがちだというハクスビー長官の言葉を思い出した。シライナがあの闇房に監禁されるなんて、考えるだけで背筋が寒くなる。闇房に置き去りにされるシライナ。拘禁服に囚《とら》われ、気がふれたような形相で顔じゅう血まみれのシライナ。わたしはできるだけ声をおさえて言った。「誰がそう言うの？　ハクスビー長官？　教誨師《きょうかいし》？」

「ふん！　あの連中にそんな気のきいたことが言えるもんですか！」

「しっ」――ジェルフ看守の耳を恐れたのだ。わたしはシライナを見つめた。誰のことを言っているのかよくわかった。「霊のことね？」――「ええ」シライナは答えた。「あの子たちよ」あの子たち。いまこの部屋では、夜の闇の中では、霊の存在が信じられる。けれども、荒々しく恐ろしい空気の渦巻く今日のミルバンクでは、薄っぺらなほら話のように思えた。わたしは片手で眼をおおって言った。「今日は疲れているの、シライナ、悪いけど霊の話は――」

「疲れているですって！」シライナは叫んだ。「あなたなんて、霊に群《むら》がられたこともないのに――囁かれたり、叫ばれたり――髪を引っ張られたり、つねられたり――」涙で睫毛《まつげ》が黒々と見えた。シライナは足を止めていたが、まだ自分の身体を抱き締めたまま、ぶるぶると震えていた。

　あなたのお友達がそんなに重荷だとは知らなかったわ、ただ慰めに来るだけだと思っていたの、とわたしは言った。シライナは惨《みじ》めに答えた。ええ、慰めてくれるわ――「あなたのように、霊は来てくれるけど、あなたのように、またわたしを置き去りにして行ってしまう。そのたびにわたしは、ますます惨めに、ますますあさましく、ますますあの女たちそっくりに」

——シライナはほかの房に向かって顎をしゃくった——「堕ちていくのよ」

ため息をついて、シライナは眼を閉じた。わたしはついと歩み寄り、手を取った——人間らしい触れ合いで、落ち着いてもらえればと思ったのだ。実際、落ち着いたようだった。シライナは眼を開けて、わたしの手の中でそっと指を動かした。それがあまりに冷たく、硬いので、と胸をつかれる思いがした。もう、規則がどうだろうとかまわなかった。手袋を脱いで、シライナの手にはめ、その上からまた手を握った。「違反よ」そうシライナは言ったが、手を引っこめようとはせず、しばらくすると、その指がほぐれるのが感じられた。まるで、慣れない手袋の感触を味わうかのように。

わたしたちはそうやってしばらく立ちつくしていた。「持っていて」わたしが言うと、シライナは首を振った。「それじゃ、霊に手袋を持ってくるように言わなくちゃ。お花なんかより、ずっとあなたのためよ」

シライナは顔をそむけた。そして小声で言った。わたしが霊に何を頼んだのかを知れば、きっと呆れるわ。食物や、水と石鹸や——顔を映す鏡まで。そんなものは持ってきてくれたのよ、できる時は。「それ以外は……」

鍵を頼んだことがあるのだという。ミルバンクの鍵を全部と、服をひと揃いと、お金。

「あさましいと思う?」シライナはぽつりと訊いた。

わたしは、いいえ、と答えた。でも、霊があなたの言うことをきかなくてよかったと思うわ。脱獄は本当に間違ったことだもの。

シライナは頷いた。「わたしの友達もそう言ったわ」

「あなたのお友達はとても賢いのね」

「ええ、そうよ。ただ、時々辛《つら》くなるの。あの子たちはわたしを出すことができるのに、閉じこめているんだもの、何日も、何日も」――わたしがぎょっとしたのを見たのだろう、シライナは続けた。「ええ、そうよ、わたしをここに閉じこめているのはあの子たち！　自由にしようと思えばできるの、一瞬のうちに。いますぐにも連れ出せるの、こうやってあなたに手を握られていても。鍵なんて関係ないわ」

シライナは熱に浮かされたように喋り続けた。わたしは手をほどいた。あれこれ想像して、辛さがいくらかでもまぎれるならいい。けれども、ほかのことを――現実を――歪めて考えてはいけない。「あなたをここにとどめているのは、ハクスビー長官よ、シライナ。ハクスビー長官とシリトー様と看守たち」

「霊よ」シライナは頑固に言った。「霊がわたしをここに連れてきて、ここに閉じこめているのよ、時が来るまで――」

時って？

「目的が達成される時よ」

わたしは首を振った。目的ってどんな？　あなたが罰を受けること？　でも、ピーター・クイックは？　罰を受けるべきなのはピーター・クイックのはずでしょう？　するとシライナは苛立ったように言った。「その目的じゃないわ、それはハクスビー長官の目的よ！　わたしが言っているのは――」

シライナが言っているのは、霊の目的だった。わたしは答えた。「前にもそう言ってたわね。あの時もわからなかったけど、いまもわからないわ、霊の目的なんて。あなたもわかってないんでしょう？」

うつむき加減だったシライナが、また顔をあげてわたしを見た。顔つきは変化し、あたりを払う荘厳さに満ちていた。口を開くと囁くような声で言った。「わたしはわかり始めた気がするわ。でも――怖い」

その言葉、その表情、押し寄せる闇――苛立って、シライナにとげとげしく接していたわたしは、握る手にまた力をこめた。それから、手袋をシライナの手から取ると、その指をじかにわたしのてのひらでぬくめた。どうして？　とわたしは訊いた。何が怖いの？　シライナは答えずに、ただ顔をそむけた。彼女の手がねじれて、そのはずみに手袋が落ちたので、わたしはかがんで拾おうとした。

冷たい、何もない板石の上の手袋を拾い上げた時、ふと、その脇の床に白い染みを見つけた。白い染みは鈍く光り、指で押してみると、ひび割れた。それは、壁からたらたらと流れ落ちた石膏ではなかった。

蠟だった。

蠟。見つめるうちに身体が震えだした。立ち上がって、シライナを見た。彼女はわたしが蒼褪めているのに気づいたが、わたしの見たものには気づいていないようだった。「どうしたの？」シライナは訊いた。「ねえ、オーロラ？」そう呼ばれて、わたしは怯《ひる》んだ。その言葉のうしろにヘレンの声を聞いたからだ——物語の中から名前をつけてくれたヘレン。そしてわたしは、ヘレンに新しい名前を見つけられなかった、だってヘレンにはヘレン以上にふさわしい名前なんて……

「どうしたの？」

わたしはシライナの両腕をつかんだ。贋金作りのアグネス・ナッシュが、シライナの房から幽霊の声が聞こえると言っていたのを思い出した。「あなたが恐れているのは——何？　彼？いまもここに来るの？　夜に来るの、いまもここに？」

囚人服の袖の下に華奢な腕を、その薄い肉の下に細い骨を感じた。シライナが痛みをこらえるように息をのんだ。それを聞いたわたしは、つかんだ腕を放し、一歩さがった。恥ずかしさがこみあげてきた。それというのも、わたしが思い浮かべたのはピーター・クイックの蠟の手だったから。あれはミルバンクから一マイルも離れたところで、戸棚に厳重にしまわれている。それにあれはただの蠟の型で、シライナに危害を加えるはずがない。

それでも、それでも——どこかしら悪夢のように筋道が通っていて、頭から振り払うことができず、震えが止まらなかった。あの手は蠟だった——そうわかってはいても、あの閲覧室を思い浮かべて、わたしは混乱してきた。夜はどうだろう？　闇に包まれ、しんと静まり返った部屋で、棚の蠟の型だけは静かにしていないかもしれない。表面がひくひくと動くだろうか。霊の顔の型はくちびるが引きつり、目蓋《まぶた》がめくれて、赤子の腕は這うように動いて、腕のえくぼがくっきりと深くなる――シライナから一歩さがったわたしは、その時見たものにぞっとした。ピーター・クイックの拳《こぶし》の節《ふし》くれだった指――わたしは見た、本当に見た！――それがいやらしく不気味に蠢《うごめ》くのを。じりじりと戸棚の中を、板の上で伸び縮みする指が手首をひきずって進む。やがて、その手は戸棚を押し開け――硝子にぺたりと痕を残す。

いまや、すべての蠟の型が這い出し、誰もいない閲覧室の床に出てくるのが見えた。戸棚の外に出た蠟の型はゆるゆると融け、まざり合い、ひとつになる。それらは蠟の川になり、街を流れ、ミルバンクを、静かな監獄をめざす――細い砂利道を抜けて、監獄にはいりこみ、扉の蝶番のひび割れを、門の隙間を、格子を、鍵穴を抜けて。ガス灯の下で、蠟は白く光るけれども、そんなものを探そうという人は誰もいない。音もたてずにそっと流れていく。眠りについた監獄でただひとり、シライナだけが、砂をまいた通路をするすると蠟が近づいてくるかすかな音を聞きつける。わたしには見える。蠟が、扉の脇の石膏塗りの煉瓦を這い上がる。わたしには見える。蠟が、覗き窓の鉄の蓋をそっと押し、とろとろと暗い房の中にこぼれていき、冷たい石の床の上でひとつに集まる。わたしには見える。蠟は、むくむくと石筍《せきじゅん》のように立ち上がり、硬くなる。

そして、ピーター・クイックの姿になり、シライナの身体を抱き締める。

ほんの一瞬のうちに、わたしはそれだけのことをまざまざと見た――あまりの生々しさに、吐き気を催した。シライナが近寄ると、わたしはまたあとずさった。そして彼女を見返し、笑いだした――自分でもぞっとするような笑い声だった。「今日はあなたの力になれないわ、シライナ。あなたを慰めに来たのに。わたしったら、なんでもないことにびくついちゃって」
けれども、なんでもないことではなかった。そんなふうに片づけられる問題ではない。シライナの踵《かかと》の横。蠟の滴《しずく》が石の床の上で、真っ白に光っている――どうやってここにそんなものが？　シライナがもう一歩踏み出すと、蠟の滴は囚人服の裾の陰になり、見えなくなった。

　それからしばらくシライナの房にいたが、落ち着かない気分だった。ついには、もし看守が通りかかって、蒼褪め、そわそわしているわたしを見たらどう思うだろうと気になり始めた。悟られてしまうに違いない、心の中の嵐を、酔ったような惑乱を――そういえば、ヘレンの家から帰った時も、様子が変だと母に悟られそうになったものだ。わたしはジェルフ看守を呼んだ。やってきた彼女は、わたしではなくシライナを見た。やがて並んで通路を歩きだしたが、どちらも無言だった。監房区を仕切る門で、ジェルフ看守は喉に手をあて、ようやく口を開いた。「今日は女囚たちがずいぶん不安そうでしたでしょう。いつもなんです、牢破りが起きると。かわいそうに」

　そう言われると、わたしの行為が急にひどいことに思えてきた。あれほどシライナが訴えたのに――ひとりぼっちで慄《おのの》く彼女を置き去りにするなんて、それも蠟がひとかけ、床で光っていたというだけで！　でも、戻ることはできなかった。鉄格子の仕切り門の前に立ちつくすわたしを、ジェルフ看守は親切そうな辛抱強い褐色の眼で見守っていた。わたしは言った。実際、女囚は皆、不安そうだったけれども、ドーズが――シライナ・ドーズが――いちばん不安そうだったと思う、と。

「ジェルフさん、彼女の受け持ちがほかの誰でもなくあなたで、本当によかった」

ジェルフ看守は慎み深く眼を伏せて、女囚全員の友達でいてあげたいんです、と答えた。

「シライナ・ドーズのことなら——お嬢様、なんの心配もありません、このわたしがここを仕切るかぎり」

彼女は仕切り門に鍵を差しこんだ。影の中で青白く浮かぶ大きな手に、流れる蠟の残像をふたたび見て慄然とした。

外に出ると空はもう暗く、街は厚みを増す霧に、視界がおぼろになっていた。門番はなかなか馬車をつかまえられなかった。ようやく乗りこんだ時には、霧の糸をひと束も巻きつけられたようで、スカートはずっしりと重かった。いま、霧はたちのぼってきている。カーテンの裏から忍びこんでくる。エリスが母に言われて夜食を運んできた時、わたしはちょうど窓ぎわに立って、上げ下げ窓の隙間に紙を詰めていた。エリスに言われた。何をなさってるんですか？——お風邪を召しますよ、お手を怪我なさったらどうするんです。

わたしは答えた。霧がはいってくるのが怖いの。暗闇の中、鼻を口をふさがれて、息を止められるのが。

一八七三年　一月二十五日

今朝、わたしはブリンク夫人の前に行き、大事な話があると言った。「それは霊のこと？」と訊かれて頷くと、ブリンク夫人はわたしを寝室に連れていき、手を取り合って向かい合わせに坐った。「霊がわたしの前に現われました」ブリンク夫人の顔色が変わった。誰の霊だと思われたのかを見て取り、わたしは続けた。「いいえ、彼女ではありません、まったく新しい霊。わたしの守護霊です、奥様。霊媒なら誰でも待ち望む支配霊。彼がとうとうわたしの前に姿を見せてくれたんです！」とたんにブリンク夫人は叫んだ。「彼ですって？」わたしはなだめた。「彼でも彼女でも、霊界では違いはないんです。ただ、現世にあった時にこの霊は紳士だったので、その姿をとってわたしの前に現われたんです。心霊主義の真理を広めるために。彼はこのお屋敷で交霊会を開くようにと言っています！」

ブリンク夫人は喜ぶと思ったのだが、逆だった。握っていた手をほどいてうつむいた。「ああ、そういうことなのね！　わたくしたちだけの交霊会はおしまいなのね！　こんなふうにあなたを独り占めしていてはいけない、いつか罰が当たってあなたを失うとは思っていたけれど。殿方が迎えに来るとは思ってもみなかった！」

この時、なぜブリンク夫人がわたしを掌中の珠《たま》のように隠して、ひと握りのお友達のご婦人にしか会わせようとしなかったのか、ようやく合点がいった。わたしは笑いだし、またブリンク夫人の手を取った。「何をおっしゃるんです？　ほかの人々の相談を受けたら、もう奥様のための力が残っていないとでも？」わたしはなおも言った。「マージェリーはママがまた遠くに行って、もう戻ってこないと思うの？　マージェリーのママはもっともっとそばにいてくれるわ、わたしの守護霊が手助けをしてくれるなら！　でも、守護霊が来てくれないと、わたしの能力《ちから》は駄目になるかもしれない。そうしたらこの先どうなることか」

ブリンク夫人はわたしを見た。しだいに蒼褪めていく。そして囁いた。「わたくしはどうすれば？」わたしは霊との約束を告げた――明日の夜、六、七人の友達を〈闇の会〉に招待すること。内房《キャビネット》を壁のもうひとつのくぼみに移すこと。そちらのほうが霊界との相性がいい。燐油の壺を用意し、霊の姿が見えるようにすること。そしてわたしには白身の肉を少しと赤葡萄酒だけを与えること。「きっと素晴らしい、びっくりするような交霊会になります。ええ、絶対に」

そうは言ったものの、内心では慄《おのの》いていた。けれどもブリンク夫人はベルを鳴らしてルースを呼び、わたしの言葉を繰り返した。ルースはみずから、ブリンク夫人の友達のお屋敷を回りに行った。やがて帰ってくると、七人のかたがたがぜひ出席すると言ったうえに、モリス夫人は交霊会の大好きな姪のアデア姉妹が屋敷に来ているので同行させたいと申し出たと報告した。ということは総勢九人。霊の物質化を始める前でさえ、そんな人数を相手にしたことはない。わたしの表情を見てブリンク夫人は言った。「まあ、不安なの？　あれだけ自信ありげだったじゃありませんか」ルースも言った。

「怖がらないでくださいまし。きっと素晴らしい会になりますわ」

一八七三年　一月二十六日

日曜日なので、今朝はいつもどおりブリンク夫人と教会に出かけた。そのあとは自室に閉じこもり、部屋を出たのは、ルースがわたしのために特別に用意してくれた、冷たい鶏肉をひとかけと魚をひときれ食べる時だけだった。温かい葡萄酒を飲ませられると、少し気分が落ち着いた。居間にはいっていく人々のざわめきを坐って聞いていたが、やがてブリンク夫人に誘《いざな》われて中にはいると、すでに壁のくぼみの前に椅子が並べられており、貴婦人たちに見つめられたわたしは、がたがたと震えだした。「今夜はわかりませんせん、知らないかたばかりで。でも、守護霊のお告げですから、交霊会を開かせていただきます」その時、誰かが言った。「どうしてドアのあるくぼみの前に内房《キャビネット》を移したの？」あちらのほうが霊界との相性がいいのだとブリンク夫人は答え、女中が鍵をなくして以来、あそこのドアは開かないうえに、ドアの前に衝《つい》立《たて》を立てたから気にしないようにと言った。

一同は黙りこんでこちらを見た。わたしは、部屋を暗くして霊からの接触を待たなければならないと告げた。十分ほどたつと、ラップ音がした。霊からの合図です、内房《キャビネット》にはいります、燐油の壺の蓋を取ってくださいと言い、一同がそのとおりにすると、壁のくぼみの前にかけたカーテンの上の隙間を通して、青い燐光がぼうっと天井に映るのが、内房《キャビネット》の内側にいるわたしにも見えた。わたしが、それでは唄ってくださいと声をかけると、皆は賛美歌をふたつ唄いきった。わたしは本当にうまくいくのか不安になりだし、はたしてこれでいいのかわからなくなった。だが、諦めかけたその時、傍《かたわ》らに大きな姿が現われ、わたしは思わず叫んだ。「ああ、霊が！」

想像とは全然違っていた。眼の前に紳士がいる、その力強い両腕、真っ黒な頬髯、真っ赤なくちびる。わたしは彼を見つめ、震え、やっと声を出した。「本当に、あなた？」わたしの声が震えているのを聞いて、彼はひょいと眉をあげ、にっこりして頷いた。ブリンク夫人が呼んだ。「どうしたの、ドーズさん、誰がいるの？」わたしは訊ねた。「どう答えたらいいの？」彼はかがみこみ、わたしの耳元にくちびるを寄せた。「おまえの主人だと言え」わたしがそのとおりに言うと、彼はすっと離れて、部屋の中に出現した。その途端、悲鳴が聞こえてきた。「きゃあ！」「助けて！」「霊よ！」モリス夫人が訊いた。「あなたはどなた？」すると彼は轟《とどろ》くような声で言った。「我が霊名は〈抗《あらが》えぬ者〉。我が俗名はピーター・クイック。おまえたち人間は俗名で呼びたまえ、おまえたちの前には人間の男の姿で現われるからな！」誰かが「ピーター・クイック」と言うのが聞こえた。わたしも一緒に同じ言葉を唱えていた。この瞬間まで、わたしもその名を知らなかった。

やがてブリンク夫人の声がした。「こちらに来てくださる、ピーター？」けれども、彼はそうせず、その場に立ったまま質問に答えていった――彼が真の答えを言うごとに、驚嘆の声があがった。ピーターは、彼のために用意しておいた紙巻き煙草を吸い、レモネードに口をつけ、笑って言った。「霊《スピリット》に馳走するなら、酒《スピリット》の一滴も垂らしておきたまえよ」誰かが、ピーターが霊界に戻ったあと、レモネードはどこにいくのかと訊いた。ピーターはつかのま考えてから言った。「ドーズ嬢の腹の中だね」やがてレナルズ夫人が、彼がグラスを持っているのを見て言った。「手を握らせてくださらない、ピーター？　どれだけしっかりしているか知りたいわ」彼は躊躇しているようだったが、やっと、夫人に近寄るように言った。「そら。どんな具合だね？」「まあ、温かくてしっかりしてるわ！」彼は笑った。「ああ、もう少しこうしていてもらいたいな。私の住む霊界には、別嬪《べっぴん》さんがいないんだ」彼はカーテンに向かって言ったが、わたしをいじめるためではなく、「どうだ？　私が誰を別嬪だと思っているか、この女にわからせてやりたいものだね」とでも言うかのようだった。けれども、彼の言葉にレナルズ夫人はねっとりした笑い声をあげた。やがてカーテンの裏に戻ってきた彼がわたしの頰に手をあてると、そのてのひらから夫人の香水がねっとりと漂った。わたしは皆に、また大声で唄うようにと叫んだ。誰かが「あのかたは大丈夫なの？」と言うと、ブリンク夫人は、わたしが魂の素《もと》を身体の中に取り戻している最中だから、それがすむまではそっとしておかなければならないのだと答えた。

わたしはまたひとりになった。ガス灯をつけるように言ってから、皆の前に戻ったが、全身が震えて、歩くのがやっとだった。それを見た一同は、わたしを長椅子に寝かせてくれた。ブリンク夫人がベルを鳴らすと、まずジェニーが、次にルースが来た。ルースは誰にともなく訊いていた。「何があったんです？　成功したんですか？　なぜお嬢様はあんなにお具合が悪そうなんです？」その声にますます激しく震えだしたわたしを見て、ブリンク夫人は手をさすってくれながら言った。「大丈夫でしょう？」ルースがわたしの部屋履きを脱がせて、足を両手で包みこむと、かがみこみ、息をかけて温めてくれた。とうとう、アデア姉妹の姉のほうが「もう十分よ、わたしが替わるわ」と言い、わたしの横に腰かけた。別の婦人がわたしの手を握る。やがて、アデア嬢が言った。「ああ、ドーズさん、あれほど素晴らしい霊は見たことがないわ！　どんな感じなの、暗闇で彼が現われる時は？」

帰りぎわに、客の二、三人がわたしにと言ってルースにお金を渡していった。ルースの手に硬貨が置かれる音が聞こえる。わたしは疲れ果てていて、銅貨でも金貨でもかまわなかった。ただ、暗い場所でぬくぬくと横になっていたかった。わたしは長椅子に横たわったまま、ルースがかんぬきをかける音を聞いていた。やがて、ブリンク夫人が上階の自分の寝室に戻り、ベッドにはいって待っている気配がした。ふと、ブリンク夫人が誰を待っているのか気づいた。わたしは階段の下に行き、顔に手を押しあてた。ルースが一度、わたしを見て、頷いた。「いってらっしゃい」彼女は言った。

第三部

一八七四年　十一月五日

父が亡くなったのは、あれは二年前の昨日のこと。今日は、プリシラがついに結婚した——チェルシーの教会で、アーサー・バークリーと。ロンドンを去って、来年はじめまで帰ってこない。十週間の新婚旅行を楽しんだあと、イタリアからまっすぐウォリックシャーに行くのだ。わたしたちもそこで一緒に、一月から春先までゆっくりしようという話が持ち上がっているけれど——そんな気分にはなれない……いまはまだ。教会では、母とヘレンとともに坐るわたしの前に、プリシラがスティーヴンに付き添われ、花籠を持ったバークリー家の子供を従えて登場した。純白のレースに包まれて聖具室からしずしずと進んできた花嫁、そのベールを、アーサーが取りのけると——このふた月ほど、顔に皺を作らないように努力してきた効果は素晴らしく、眼も眩《くら》むほどの美しさだった。母はハンカチーフを目頭にあて、エリスが教会の扉のそばで忍び泣く声が聞こえた。今後プリシラを世話するのはマリシュの家政婦がよこした侍女なのだ。

妹が横を行き過ぎるのを見送る時には取り乱すかもしれないと思っていたが、取り乱しはしなかった。別れのキスをする時に少し動揺しただけだった。荷造りし、ラベルを貼ったたくさんの荷物の横で、プリシラは芥子《からし》色のマントをまとい——もちろん、我が家としては二年ぶりの色鮮やかな着物だ——顔を輝かせて、ミラノからお土産を送ると約束していた。ひとりふたり、憐れむような眼でわたしを見る者がいたけれど——スティーヴンの結婚式の時ほどではなかった。当時は母のお荷物だったわたしも、いまは母の慰めというわけらしく、朝食の席ではこんな言葉が聞こえてきた。「マーガレットがいてくれて、本当によかったですわねえ、奥様！　ご主人によく似てらして！　心の支えにおなりで」

わたしが母の心の支え？　母は自分の夫の顔や癖を、娘の上に見たくはないのに！　式に招いた人々が帰ってしまうと、母は首を振り振り、家じゅうを歩き回っては、ため息をついた——「ずいぶん静かだこと！」——妹がまだまだ子供で、上階できゃっきゃっとはしゃぐ声が聞こえないのを訝《いぶか》しむように。わたしは母のあとについて、プリシラの寝室の戸口に立ち、からの棚を見つめた。棚の物はすべてマリシュに送られていた。こまごました子供用の品も——プリシラが自分の娘に与えるのだろう。「空き部屋だらけの家になってしまったわね」わたしが言うと、母はまたため息をついた。

やがて母はベッドに歩み寄った。天蓋のカーテンを引いてベッドの上がけをめくりながら、湿気《しけ》って黴《かび》だらけになるわ、とつぶやくと、ベルを鳴らしてヴァイガーズを呼び、寝具を全部片づけたら、敷物も外で埃を叩いて、暖炉をよく磨くように命じた。客間で坐っていると、耳慣れない大きな音が聞こえてくる——その間、母はヴァイガーズが「牛のようにぐずだ」と苛立ったように繰り返し、炉棚の置時計を見てため息をついては、「サザンプトン港に着いたかしら」とか、「もう船に乗ったかしらね」などと言う……

「うるさい時計だこと！」そう言ったかと思うと、母はいつも鸚鵡《おうむ》の止まっていた場所を見てつぶやいた。「本当に静かだわ、ガリバーがいないと」

生きものを飼うとこれだからいやだ、と母は言った。いることが当たり前になってから急にいなくなると、こたえるものだ。

時計が鳴った。わたしたちは結婚式や、招待客や、マリシュのお屋敷や、アーサーの美しい姉妹や、ドレスのことを話した。やがて母は縫い物を取り上げ、手を動かし始めた。九時頃に、わたしは立ち上がり、いつもどおりにおやすみなさいと言った——すると母は妙な眼でわたしを一瞥した。「あら、ひとりにして、わたしを惚《ぼ》けさせるつもり？　部屋から本を持ってきて、読んでちょうだい。お父様が亡くなってから、誰も本を読んでくれなかったわ」絶望的な気分で、お母様が好きそうな本なんて持ってないわ、と弁解すると、好きそうな本を持っておいで、物語でも書簡集でも、と言い返された。呆然と立ちつくしていると、母は立ち上がって暖炉脇の書棚から適当に一冊抜き出した。『リトル・ドリット』の第一巻を。

わたしは朗読を始めた。母は針で布をつつきながら、前よりも頻繁に置時計に眼をやっていたけれど、とうとう呼び鈴を鳴らしてお茶とケーキを命じ、ヴァイガーズがカップの音をたてると舌打ちした。クリモーン庭園から花火の弾《はじ》ける音が聞こえ、通りから時々、叫び声や笑い声が響いてきた。わたしは朗読を続けた——母はにこりともせず、眉をひそめるでもなく、首を傾けるでもなく、身を入れて聞いているとは思えなかった——けれども、わたしが息をつくと、顎をしゃくった。「続けて。次の章も」言われたとおりにしながら、上目《うわめ》づかいに母を見て——はっと、と胸をつかれた。

母は老いていた。老いて、縮んで、気難しくなって——耳も遠くなった母。気難しくなったのは、息子も気にいりの娘も、別に家庭を——もっと明るい、子供たちや大勢の足音や若い男たちや新しいドレスに彩られた家庭を持っているから。こんな嫁《い》き遅れの娘さえ——流行服装《ファッションプレ》図《ート》や晩餐会よりも、監獄や詩などにうつつを抜かす娘、なんの慰めにもならない慰め相手さえいなければ——その輪の中に招かれたはずなのに。プリシラがいなくなれば我が家がこうなると、わたしはなぜ予測できなかったのだろう？　嫉妬しか頭になかった。こうして母を見ていると不意にぞっとして、そんな自分がまた恥ずかしくなった。

母が立ち上がって寝室に引きあげると、わたしは窓辺に寄って外を眺めた。打ち上げ花火はクリモーン庭園の木々の向こうであがり続けていた。雨だというのに。

こうして今夜は終わった。明日の晩は、ヘレンが友達のパーマー嬢を連れてくる。彼女もじきに嫁いでいくのだとか。

わたしは二十九歳。あと三《み》月《つき》で三十歳。母は背が丸くなり、気難しくなっていく。わたしは？

わたしは干《ひ》涸《から》び、色は褪せて、紙のように薄くなる——陰気な台帳のページにはさまれて忘れられた押し葉のように。昨日、そんな葉を見つけてしまった——蔦《つた》の葉を一枚——父の机のうしろにあった書棚の本に。書簡を整理すると言って書斎にはいったわたしは、ただ父の思い出にふけっていた。部屋は生前のままにしてある。吸い取り紙にのせたペンも、封蠟も、葉巻を切る小刀も、鏡も……

癌だとわかって二週間が過ぎたあの日。鏡の前に立った父は、ぞっとするような笑みを浮かべ、顔をそむけた。父は子供の頃、乳母《ばあ》やに言われたのだ。病気持ちは鏡を覗いてはいけない、魂が吸いこまれて死んでしまう、と。

わたしは鏡の前に立ち、父の姿を探した——煙でも、幻でもいい、ひと目会いたい。鏡の中には、わたしだけがいた。

一八七四年　十一月十日

今朝、階下におりると、帽子かけには父の帽子が、壁の見慣れた場所には父の杖が立てかけられていた。一瞬、恐怖で金縛りになり、ロケットのことを思い出した。「シライナね、でも、どうやってみんなに説明すればいいの？」エリスが現われて、怪訝《けげん》そうにわたしを見た。聞けば、これは母が出してきたのだった。家に男性がいるように見せかければ、泥棒よけになるというのだ！　さらに、警官にこのあたりを巡回するように頼んだそうで、外に出てみるとたしかに警官がいて、わたしを見ると帽子のひさしに手をあてた——「こんにちは」。この分ではカーライル家のように、弾をこめた銃を料理女の枕の下に入れさせるかもしれない。そのうち、料理女は寝返りを打ったはずみに頭を撃ち抜かれるだろう。すると母は言う。まあ、残念だこと、ヴィンセントさんくらい、おいしいカツレツや煮込み《ラグー》を作れる料理女はめったにいないのに……

わたしは意地悪になった――と、そう言われた。今晩、スティーヴンと連れ立ってやってきたヘレンに。ふたりに母の相手をまかせて部屋に戻ると、しばらくしてノックの音がした――ヘレンはよく、おやすみの挨拶に来てくれる。けれど、今日の彼女は気まずそうで、手になにかを持っていた。わたしのクロラールの壜を。

ヘレンはうつむいた。「あなたの部屋に行くと言ったら頼まれたの、持っていくように。いやがると思ったけれど、お母様が階段をのぼりたくないと――足が痛むんですって。女中よりもわたしのほうが信頼できるって」

ヴァイガーズが持ってきてくれたほうがずっとましだ。「そのうち、わたしを客間に立たせて、見物人の前でスプーンで口に入れてくれるかもしれないわね。お母様の部屋から持ってきたの、あなたひとりで？　隠し場所を教えてもらえるなんて、たいした出世ね。わたしには教えてくれないのよ」

ヘレンがおぼつかない手つきで粉薬を水に溶くのを、わたしは見ていた。差し出されたグラスを机に置いて口をつけずにいると、ヘレンは困ったように言った。「飲んでしまうまで見ていなさいって」わたしは答えた。ええ、すぐに飲んであげるわ。ぐずぐずのばしたりしないわよ、あなたを引き留めるためだけに。ヘレンは赤くなり、顔をそむけた。

朝にパリから届いたプリシラとアーサーの手紙のことを話した。「結婚式以来、この家でどれだけ息苦しい思いをしているかわかる？　わたしを軽蔑する？」ヘレンは躊躇し、やがて言った。いいえ、いまはあなたにとって辛《つら》い時期だもの、妹さんが結婚して……

わたしはまじまじとヘレンを見つめ、激しく首を横に振った。ああ、もうたくさん、聞き飽きたわ、そんな言葉、十歳の時から！　スティーヴンが学校に行ってしまうと、みんなに言われた、わたしには〝辛い時期〟だろうって、こんなに勉強ができるのに、どうして学校に行かせてもらえないのか、理解できないだろうって、弟がケンブリッジに進学して、卒業して、家に帰ってきて、法曹界にはいった時も、プリシラは美人になると誰の眼にも明らかになった時も、やっぱり言われた、辛い思いをするだろうって、ええ、わたしは不器量よ、知ってるわよ、スティーヴンが結婚した時も、お父様が亡くなった時も、ジョージーが生まれた時も――次から次に何が起きても、みんないつも同じことしか言わない、わかってるわよ、当たり前だもの、そういうことがあるたびに辛そうだと思われるのは、だって、わたしは嫁き遅れの姉娘だもの。

「でも、ヘレン、ヘレン、辛いだろうって言ってくれるなら、どうして誰も世の中を変えようとしないの、わたしのような女が少しでも辛い思いをしなくてすむように。ああ、少しでも自由になれたら――」

ヘレンは訊いた。自由？　何をしたいの？　答えられずにいるわたしに、彼女はただこう言った。もっとしょっちゅうガーデンコートに遊びに来てちょうだいな。

「あなたとスティーヴンを見るために？」わたしは言い捨てた。「ジョージー坊やを見るために？」ヘレンは答えた。プリシラが戻ってくればマリシュにも招かれるから、もっと気晴らしが――「マリシュ！」わたしは怒鳴った。「晩餐の席では牧師の息子の隣に坐らせられるわけね。日がないちにちアーサーの売れ残りの従姉妹と過ごさせられるのね――緑の羅紗《ラシャ》を張った板に甲虫をピンで留める手伝いをして」

ヘレンはわたしをじっと見つめた。そして言った。あなたは意地悪になったわ、と。わたしは言い返した。いつだってわたしは意地悪だったわ――あなたがそういう言葉を使わなかっただけ。〝勇敢〟だとか。〝独創的〟だとか。憧れる口振りで。

また赤くなり、ため息をつくと、ヘレンはベッドのほうに歩いていった――わたしはすかさず言葉を叩きつけた。「そのベッドに近寄らないことね！　わたしたちのキスの亡霊がいるわ。祟《たた》られたい？」

「ああ！」彼女はベッドの柱を拳《こぶし》で叩き、坐って顔をおおうと声を絞りだした。死ぬまでわたしを苦しめたいの？　だって勇敢だと思ってたのよ、本気で――いまだってそう思ってるわ。でも、自分も勇敢だと信じてた――「でも違ったの、マーガレット、そこまでの勇気はなかった、あなたを満足させられるほどは。いまも親友でいてほしいのに――ああ！　わたし、あなたが大好きよ！　でも、すぐに責めるんだもの！　もういや。いやよ」

ヘレンは頭を振って、眼を閉じた。その疲れたような様子に、わたしもまた自分の疲労に気づいた。それは暗く、重くのしかかってくる。これまでに飲まされたどんな薬より――死のような重苦しさ。わたしはベッドを見た。自分たちがキスしている姿が見えた。亡霊はカーテンに鈴なりになっている。いまにも飛びかかろうとする蝙蝠《こうもり》のよう。天蓋の柱を揺すったら、落ちて、砕けて、粉々になるだろうか。

「ごめんなさい」わたしは謝り、そして――全然、心にもない、考えたこともない、金輪際思うこともない言葉をかけた――「あなたを手に入れたのが、ほかの誰でもなくて、スティーヴンでよかった。優しくしてくれるでしょう」

この世でいちばん優しい人だわ。そう答えたあと、ヘレンはためらいがちに言った――あなたも少し社交界に顔を出したら――優しい殿方はほかにもいてよ……

わたしは思った。そう、優しいでしょうね。気を使ってくれて、親切で。でも、あなたと同じじゃない。

けれども、口には出さなかった。何を言ってもヘレンの心には届かない。だからわたしは――当たり障りのない、毒にも薬にもならない台詞を言った。どんな言葉だったか、覚えていないけれど。やがて彼女はわたしに歩み寄り、頬にキスをして立ち去った。

ヘレンは立ち去る時にクロラールの壜を持っていった――けれども、薬を飲み干すのを見届けることを忘れていった。机の上で濁っていた水は澄んで、涙のように透き通り、グラスの底にはクロラールが泥のようにたまっている。わたしは立ち上がり、水を捨てて、スプーンで薬を口に入れた――取れない分は指ですくってなめた。いまは口じゅうが苦く痺《しび》れて何も感じない。このまま血が出るまで舌を嚙んでも、きっと何も感じない。

一八七四年　十一月十四日

とうとう『リトル・ドリット』の二〇章まで来た。われながら、この一週間、よくも辛抱したと思う。母のお供をして、ウォレス家のお茶会に行き、ガーデンコートの晩餐に呼ばれて、パーマー嬢と婚約者に会い、ハノーヴァー街のブティックめぐり。まったく！　いやなおつとめ。つんとした顎の、鹿爪らしい、喉のきれいなモデルたちが作り笑いしてしゃなりしゃなりと歩き、貴婦人たちがモデルのスカートをめくって、その下のうね織《ファイユ》生地や赤すぐり色《グロゼィユ》や薄絹《フラール》を確かめる様を眺めているだけでうんざり。わたしは訊いた。灰色のドレスはないの？——売り子はさあ、という顔になった。もっとあっさりした、ふわふわしていないドレスは？——売り子は鎧の胸当てのようなドレスを着たモデルを連れてきた。小柄でほっそりしたモデルが着ると——形のよい深靴にぴたりとおさまった足首を見るようだった。わたしでは、鞘におさまった剣のように見えるだろう。

結局、わたしは子山羊《キッド》のもみ革の手袋を買い——あと一ダース、余分に買いたいと思った。冷たい房にいるシライナのために。

それでも、母はわたしが前進していると信じていたのだろう。今朝の食卓で、贈り物をくれた。銀のケース入りの名刺。黒い曲線の縁取りの中に、わたしたちの名が並んで印刷されている——母の名と、その下にやや控えめな書体で、わたしの名が。

見つめるうちに、胃がきつく絞り上げられるのがわかった。

わたしが監獄のことをひとことも話さず、もう二週間近く足が遠のいているのは——母のお供をして歩いているからなのに。そのくらい察して、感謝してくれているのではと思っていたのに。だから今朝、名刺を渡されて、これから友達の家に行くけれど一緒に行きたいか、それとも家で本を読んでいるかと訊かれて、わたしは即座に答えた。ミルバンクに行きたいわ――母は心底から仰天して、わたしを凝視した。「ミルバンク？　もうあんなものは卒業したはずでしょう」

「卒業？　冗談じゃないわ、どうして？」

母はバッグの留め金を乱暴に閉めた。「好きにしないと気がすまないの、あなたは」

わたしは、プリシラが出ていく前と同じ生活をするだけだと答えた。「何も変わったことはないはずよ、プリシラがいないこと以外は」――母は無言だった。

母の苛立ちも、退屈な社交も、『リトル・ドリット』も、慰問を〝卒業した〟という馬鹿げた思いこみも、もううんざり。ミルバンク監獄は――少し間《ま》をおくといつも感じることだけれど――ひどく惨《みじ》めで、女囚たちはますます哀れに見えた。エレン・パワーは熱を出して咳きこんでいる。激しい咳に身をよじって、口をぬぐう布には幾筋もの血が――親切なジェルフ看守の差し入れる肉や赤いネルの襟巻の効果も、それまでなのかもしれない。堕胎屋のジプシー娘〈黒い瞳のスーザン〉は、汚れた包帯を顔に巻いていて、羊肉を手で食べさせられている。入所して三週間とたたないうちに絶望か狂気に駆られて、食事用のナイフで自分の眼をえぐろうとした。看守の話では、刺したほうの眼は失明したのだとか。あいかわらず、房は食料貯蔵庫のように冷え冷えとしていた。次の監房区に導かれながら、思わずリドレー看守長に訊ねた。こんなに寒くてひどい場所に女囚を閉じこめておくことに、どんな意義がありますの――あの女《ひと》たちを病気にしたいんですの？　看守長は答えた。「わたしたちは連中を助けるためにこんな場所にいるわけじゃありません。罰するためです。世間には、貧しくて、病気で、ひもじい、善良な女たちがごろごろしています。くずどもを心配する余裕なんて」縫い物の手をてきぱきと動かせば、十分に温まることはできる、と看守長は言った。

約束どおりパワーを見舞い、クックの房に寄り、ヘイマーという女囚の相手をしてから、シライナの房に行った。足音を聞きつけて顔をあげたシライナは、看守のなで肩ごしに眼があうと、瞳を輝かせた。その瞬間、思い知った。ミルバンク監獄からだけではない、シライナから離れていることが、どれほど辛いことだったか。とくん、と、胸の奥が震える。おなかの子が初めて動けば、きっとこんなふうに感じるのだろう。

そんな小さな、静かな、秘めやかな胎動を感じたわたしは……？

けれど、その時は気にならなかった。シライナの房の中では。

わたしが来たことを、シライナは心から喜んでくれたのだから！「この前、ひどいことを言ったのに、辛抱強く話を聞いてくれたでしょう。なのにずっと来てくれなかったから――そんなに長くはないってわかっているけど、死ぬほど長く感じるの、ミルバンクにいると。とにかく全然来てくれないから、もしかすると、やっぱり気が変わって、もう二度と来てくれないんじゃないかって……」

そう言われて、前回、ひどく奇妙で不思議な心持ちになったことを思い出した。そんなふうに考えないで、と返しつつ、わたしは石の床を見た――白い染みはなかった。蠟も、脂《あぶら》も、石膏さえも。ちょっと来ることができなくて、とわたしは続けた。忙しかったの、家でいろいろあって。

シライナは頷き、淋しげな顔になって言った。お友達がたくさんいるんでしょう？　そうよね、お友達と過ごしたほうが楽しいものね、ミルバンクなんかに来るよりも。

わたしの毎日がどれほどのろのろとして、退屈で、空虚なものか――シライナのそれと同じくらい殺伐としたものか、ああ、わかってもらえたら！　わたしは椅子に坐ると、テーブルに腕をのせて、口を開いた。プリシラが結婚したの、あの子がいなくなってから、母がわたしを家に縛りたがるのよ。シライナは瞠目し、やがて頷いた。「妹さんが結婚したのね。良縁なの？」――このうえない良縁だと、わたしは答えた。「それなら、喜んであげなくちゃ」――微笑むだけで答えずにいると、シライナはそっと顔を寄せてきた。

「オーロラ、妹さんが羨ましいんでしょ」

わたしは微笑した。ええ、そうね、羨ましい。「でもね。夫を持ったからじゃないわ、そんなことじゃないの！　ただ、あの子は――どう言えばいいのかしら？　上の階層に進んだのよ、あなたの霊の友達のように。あの子は先に行ってしまった。なのにわたしは取りのこされたまま。ますます上の階層に進めなくなってしまったわ」

「じゃあ、わたしと同じね。そう、ミルバンクのわたしたちと同じなのね」

そのとおりだとわたしは言った。それでもここの人たちは刑期が決まっていて、いつかは出ることが……

わたしはうつむいた。シライナの視線は感じ続けていた。やがて彼女は言った。妹さんのことをもっと話してくれる？　わたしは答えた。あなたはきっとわたしが自分勝手な女だと思う――「まさか！」シライナは言下《げんか》に否定した。「絶対にそんなこと思わない」

「思うわよ。あの子が新婚旅行に旅立つのを見送るのが、辛くて辛くてしょうがなかった。お別れのキスも、いってらっしゃいと言ってあげるのもやっとだった。ええ、嫉ましかった！　わたしの血管には血のかわりに酢が流れてるの！」

はっと口をつぐんだ。シライナはまだわたしを見ていたが、やがて静かに言った。本音を吐き出すことを恥じる必要はない、ミルバンクでは。言葉を聞くものは、この石の壁と――石のような沈黙を科されて、誰にも喋ることのできない彼女だけだと。

前にも言われた言葉なのに、あの時は今日ほど力強く耳に響かなかった。喋りだすと、胸に閉じこめられていた言葉が、糸につながれたように、あとからあとから引き出されてきた。

「妹はイタリアに行ったの、イタリアに。わたしが行くはずだったのに、父と――友達と」ミルバンクでヘレンの話をするつもりはなかった。だから、フィレンツェとローマに行く予定だったとだけ――父は古文書保管所や博物館で研究をし、わたしと友達は助手として付き添う予定だったとだけ言った。あのイタリア行きはわたしの夢だった、悲願だった。「プリシラが結婚する前に行く予定だったの、母をひとりにしたらかわいそうだから。それがいまでは、プリシラは結婚している。しかもイタリアに行ってしまった、わたしがあんなに楽しみにして、一生懸命に計画を立ててたことなんか忘れて。わたしは――」

もう幾月も泣いたことはなかったのに、あさましくも情けなくも、泣きだしそうになったわたしは、身をよじるようにシライナに背を向け、泡立つ石膏塗りの壁を見つめた。振り返ると、シライナはいっそう近寄ってきていた。そしてテーブルに肘をつき、手に顎をのせた。

彼女は、あなたはとても勇敢よ、と言った。先週、ヘレンに言われたのと同じ言葉を耳にして、わたしは笑いだしそうになった。勇敢ですって！　そうね、生き恥をさらす度胸はあるものね！　わたしは死んでしまいたかったのに――でもできなくて、思いどおりにやれなくて、それすらまともにできな――

「いいえ」シライナは首を振った。「勇敢よ、あなたはここに来てくれた、このミルバンクに、あなたを待つわたしたちのために……」

触れるほどそばにいるシライナ。氷室のような房で温もりを感じた。彼女の生命を。不意にシライナが、わたしを見つめたまま立ち上がり、背をのばした。「妹さんを羨ましがってるけど、何を羨ましがる必要があるの？　妹さんはそんなに素晴らしいことをした？　上の階層に進んだと言うけれど――そうかしら？　誰でもすることをしただけよ。結局、横並びなのは変わらない。それがそんなに賢いこと？」

わたしはプリシラを思った――スティーヴンとそっくりで、母に似た妹。父に似たわたしと違って。二十年後のあの子も、自分の娘たちを怒鳴っているのだろうか。

わたしは言った。でもね人は賢さなんて望まないものよ――すくなくとも女には。「女は横並びに、枠からはみ出さないように育てられる――世間のしきたりよ。わたしのような変人だけがはみ出して、枠を乱して――」

シライナは首を振った。横並びで同じことばかり繰り返していると〝地上に縛りつけられる〞。上の階層に進むことこそが生きる目的なのに、自分たちが変わらなければそれもかなわない。女とか男とか――それこそ真っ先に捨てなければならない枠。

わたしは瞠目した。シライナはくすりと笑った。「人間が上の階層に進む時に、現世の姿のままだと思う？　なりたての新しい霊だけよ、肉体なるものをあれこれ気にするのは。迎えに来た案内者をじっと見つめて、どう挨拶をすればいいか、考えこんで――〝殿方ですか、それともご婦人ですか？〞なんて。案内者は、男でも女でもあり、男でも女でもない。霊も同じこと。それが理解できてようやく、上の階層に連れていってもらえる」

シライナの描く世界を想像しようとした――お父様がいるという世界。想像の中の父は男でも女でもなく、裸でわたしの横に立っている。考えただけで汗が出た。

わたしはかぶりを振った。そんなの変よ、おかしいわ。嘘よ。そんな、恐ろしい。なんの秩序もないなんて！

「自由ということよ」

なんの区別もない世界。それは愛のない世界ではないのか。

「愛の世界よ。妹さんとご主人の間にあるような愛の形しかないと思う？　愛には髯をはやした男性とドレスを着た女性が必要だと？　霊の世界には髯もドレスもないと言ったでしょう。もし妹さんがご主人を亡くして再婚したら？　霊界に行ったら誰のもとに飛んでいくのかしら。そう、霊は誰かのもとに飛んでいく。わたしたちはみんな誰かのもとに飛んでいって、ふたりでひとつの光輝く魂に戻る。裂かれた魂のかたわれと、ふたりでひとつ。魂の半身と。妹さんの魂の半身はいまのご主人かもしれない――そうだといいわ。でも、次のご主人かもしれないし、どちらも違うかもしれない。地上にいた時には眼を向けようとも思わなかった相手かも。かりそめの枠に隔てられて……」

いま思えば、なんと不思議な会話だったのか――鉄格子に閉じこめられ、その外をジェルフ看守が巡回し、三百人の女たちの咳や呻《うめ》き声やため息と、かんぬきや鍵の音が四方八方から押し寄せていたというのに。けれど、シライナの翠《みどり》の眼に見つめられると何も気にならなかった。眼に映るのはシライナだけ。耳にはいるのはシライナの声だけ。やっと、わたしは声を出した。

「どうすればわかるの、魂の半身に出会えたと?」

「自然とわかるわ。呼吸をする時に空気を探すかしら? 愛がいずれ導くのよ。めぐりあえば、半身だとわかる。めぐりあえたら、愛する半身とひとつでいるためにどんなことでもする。半身を失うのは、死ぬも同然だから」

シライナはまだわたしを見つめていた――いつしか、その眼は不思議なものに変わっていた。見知らぬ者を見るような眼。不意に彼女は顔をそむけた。みずからをさらけ出しすぎたとでもいうように。それを恥じるように。

わたしはもう一度、房の床に視線を落とし、蠟の染みを探した――なかった。何も。

一八七四年　十一月二十日

今日、またプリシラとアーサーから手紙が届いた――今度のはイタリアのピアチェンツァから。シライナに言うと、三度か四度、その地の名前を繰り返させられた。「ピアチェンツァ、ピアチェンツァ……」――唱えると、シライナは微笑した。「詩に出てきそうな言葉ね」

わたしは頷いた。よくそう思ったわ。父が生きていた頃は、ベッドにはいってお祈りや詩を唱えるかわりに、イタリアの都市の名前を数え上げたの――ヴェローナ、レッジオ、リミニ、コモ、パルマ、ピアチェンツァ、コゼンツァ、ミラノ……どんな場所か、何時間も眠れずに空想したものよ。

機会はいくらでもあるわ、あなたにも、とシライナは言った。

わたしは苦笑した。「それは――無理よ」

「でも、何年も何年もイタリアに行きたいと思ってたんでしょう！」

「そうね。でも、いまはあの頃ほどじゃないわ」

「いまも行きたいでしょう、オーロラ。行きたいはずよ、いつかは」

じっと見つめられて、わたしは眼をそらした。

やがてシライナが訊いた。イタリアのどこにそんなに憧れてるの？　わたしはすぐに答えた。「あら！　イタリアはこの世でいちばん完璧な世界だもの……」長年、父の研究を手伝って、イタリアの素晴らしい絵画や彫刻を見てきた、書物や版画で――黒と白と灰色と煉瓦色の印刷で。「でもウフィツィや、ヴァチカンや、ううん、どんな田舎の小さな教会でもいい、フレスコ画の空間に足を踏み入れることができたなら――色と光の世界にはばたけたら！」わたしはフィレンツェのギベリナ通りに面したある家の話をした。そこではミケランジェロの部屋にはいったり、遺品である履物や杖やアトリエまで見ることができる。じかに見られるのだ！　ラヴェンナではダンテのお墓にお参りする。一年じゅう、日の長い、暖かい国。街角ごとに泉があって、オレンジの枝が腕をのばして――オレンジの花の香りに包まれた街、こんな、霧に沈んだ街とは違う！「気さくで明るい人たちばかり。英国の淑女だって、きっと街中《まちなか》を自由に歩けるわ――自由気ままに。海だって輝いて！　そして、ああ、ヴェニス――海の中の街だから移動はゴンドラで……」

喋り続けて――自分の声にわれに返ると、シライナはにこにこして、わたしを見ていた。窓から射しこむ光に横顔を照らされ、左右が少し違う目鼻立ちも整って見える。初めて彼女を見た時に感じた興奮と、クリヴェッリの《真実》を連想した気持ちを――思い出して、わたしの表情が変わったのかもしれない。シライナが訊いてきた。どうして黙ってるの？　何を考えてるの？

フィレンツェの美術館のことだとわたしは言った。そこにある一枚の絵のこと。

お父様やお友達と一緒に研究するつもりだった絵？　とシライナは訊いた。

いいえ、当時はわたしにとってなんの意味も持たない絵だった……

シライナは、わけがわからないというように眉を寄せ、わたしが何も言わずにいると、首を振り、声をたてて笑った。

次からは笑い声をたてないように気をつけてもらわなければ。ジェルフ看守に房から出してもらい、通路を抜けて女囚監獄と男囚監獄を隔てる門まで来ると、誰かに名を呼ばれた。振り向くと、ハクスビー長官がいくぶん硬張った顔で歩いてくるのが見えた。彼女とは懲罰房に一緒におりて以来、一度も会っていない。あの暗がりの中でしがみついてしまったことを思い出し、わたしは赤くなった。長官は言った。少しお話をする時間はありますか？——頷くと、ハクスビー長官は付き添いの看守を持ち場に帰し、みずからわたしを門から出して、奥の通路に導いた。

「首尾はいかがですか？」長官は切り出した。「この前はせっかくお目にかかれたのに、間《ま》が悪くて、あなたの仕事ぶりについてお話ができなかったものですから。怠慢な長官だと呆れましたでしょう」わたしの扱いについては看守を信用しているし、報告も——〝特に、リドレー看守長からは〟——受けているのだという。助けがほとんど必要ないくらい、うまくやっていると。

わたしが〝報告〟の対象になっているなんて、ハクスビー長官とその部下たちの話題になっているなんて、想像もしなかった。長官の机の上の巨大な黒い台帳。あれには特別な項目が設けられているのだろうか、〈慰問の貴婦人〉とでも記されて。

そんなことを思いながらも、皆さん、とても親切で、よく助けてくださいますわ、と答えた。やがてわたしたちは立ち止まり、看守が次の門を開けてくれるのを待った——男の監獄では、当然、ハクスビー長官の鍵束は役にたたない。

長官は、女囚たちをどう思うかと訊ねた。ひとり、ふたりは——エレン・パワーやメアリ・

アン・クックが――いつもわたしを誉めているのだとか。「親しくなったようですね！　連中にとって、ありがたい友情です。貴婦人が気にかけてくれると知れば、自分を大切に思う心が芽生えるでしょうから」

ええ、そう願いますわ、とわたしは答えた。長官はちらりとわたしを見ると、眼をそらして言った。もちろん、そういう友情が女囚を間違った方向に導く危険はある――自分を大切に思い、い、い、いすぎるのだと。「女囚は一日のほとんどを孤独に過ごすことになっていますが、それが時として連中の妄想をかきたてる原因になります。貴婦人はここに来て、女囚を〈お友達〉と呼びますが、所詮は住む世界が違う――それがわからない女囚もいるんです」貴婦人にも、ことの重大さをよく自覚していただきたい、と長官は言った。わたしは、肝に銘じますと答えた。するとハクスビー長官はかぶりを振った。それが言うはやすく、行なうはかたしで……

「思い過ごしかもしれませんが」長官はついに切り出した。「あなたはある女囚たちに対して、少々――特別な――関心を抱いているように聞いています」

思わず立ち止まりかけて、すぐにわたしは、前よりもきびきびと歩きだした。もちろん、誰のことを言われているのかは――明々白々だ。けれども、わざと訊ねた。「どの女囚たちでしょう？」

長官は答えた。「女囚たち、というよりも、特にひとりの女囚ですが」

わたしは眼を合わせられなかった。「それは、シライナ・ドーズのことですか？」

彼女は頷いた。わたしがドーズの房でいつも長い時間を過ごしていると、看守たちから報告されたのだという。

リドレー看守長ね。わたしは苦いものを噛み締め、心の中で言った。この人たちのやりそうなことだ。シライナの髪を奪い、衣服を奪って。汚らしい囚人服に押しこめて、垢まみれにさせたうえに、美しい手を不毛な労働で荒れさせて――もちろん、わたしとの間にようやく芽生えたほんの小さな安らぎと慰めのかけらさえ、どうにかして奪おうとするにきまっている。初めて見た時、シライナは菫《すみれ》を手にしていた。あの時から――わたしにはわかっていた――見つかれば、花は取り上げられ、踏みにじられる。あの時の花と同じだ、この人たちはわたしたちの友情を踏み潰そうとしている。規則違反だから。

とはいえ、内心の憤慨を面《おもて》に出さないようにするくらいの頭はあった。わたしはドーズの事件に興味を持っているだけだと言った。慰問貴婦人が特別に気を配る対象を持つのは、よくあることだと思っていたのだが、と続けると、ハクスビー長官は、それはそのとおりだと答えた。多くの貴婦人に女囚の更生を助けられ――出獄後の身の振り方も決めてもらった。もとの悪癖や、悪い仲間から切り離された新生活を営《いとな》めるように、時にはイングランドを離れて、植民地に嫁がせたり。

そして長官は鋭い眼でわたしを見据えた。シライナ・ドーズについて、将来の計画をお持ちなのですか?

そんなものは何も持ちあわせていないとわたしは答えた。ただ、少しでも慰めになればと思っているだけだと。「彼女の経歴をご存じならおわかりでしょう、あの女《ひと》の場合は特別だと」

単に侍女として仕えていたのとは違う。思慮深く、自分のことを――貴婦人そのもののように思っている。「この監獄の厳しい暮らしは、ほかの女囚よりずっとこたえているはずです」

「監獄に世間一般の価値観を当てはめておいでのようですね」しばらく考えて、ハクスビー長官は言った。「ミルバンクにおける生き方の幅は――よくご存じだと思いますが――はるかに狭いものなのですよ」そこで長官は微笑をもらした。狭いという言葉が口にされると同時に通路が狭くなり、スカートをかき寄せて一列で歩かなければならなくなったからだ。彼女は続けて、ここでは看守たちの番人としての判断によるもの以外はどんな区別もない、と言った。ドーズはすでにその恩恵を受けているはずだ。わたしがひとりの女囚に特別な関心を寄せ続ければ、その女囚はひたすらわたしを求めて満足するということがなく、ほかの女囚にも不満な思いを残すだけだろう。

要するに、今後はドーズを慰問する回数も時間も減らしてほしい、と言うのだった。

わたしは眼をそらした。最初に感じた憤《いきどお》りは、恐怖に似たものに変わっていた。シライナの笑い声を思い出した。初めて会った時は、決して笑おうとしなかったシライナ。すねて、ひどく淋しげだった。どんなにわたしが来るのを楽しみにしているか、わたしが来なくてどんなに淋しかったか、このミルバンクでは時がどんなに足踏みして進まないか、シライナの言葉が耳によみがえる。わたしの慰問を禁じるなんて、シライナを懲罰房の闇に閉じこめるようなものだ！

頭の中で囁く声――わたしが闇に閉じこめられるほうがましだ。

そんな思いを悟られたくはなかった。けれども長官はじっとわたしを観察していて——一号棟の門に着くと、今度は看守にも好奇の眼でじろじろ見られているようで、ますます頬が熱くなり、胸の前でしっかり両手を組んだ。その時、うしろの通路から足音が聞こえた。振り返ると、シリトー様だった。やあ、お会いできてよかった！　そう言うと、ハクスビー長官に頷いてみせ、わたしの手を取った。慰問活動の首尾はいかがかな？

「このうえないほどうまくいっていますわ」——驚くほどしっかりした声が出た——「ハクスビーさんに注意を受けましたけれど」——「ほほう」

ハクスビー長官は、特定の女囚に関心を注がないようにご注意したのだと説明した。わたしが、とある女囚を〈お気にいり《プロテジェ》〉に——長官はその単語をわざとらしく発音した——しているようで、その女囚が最近、落ち着きをなくしている。あのドーズが、霊媒の。

シリトー様は「ほほう」と、少し違った調子で言った。シライナ・ドーズのことはシリトー様も気にしているとのことだった。ここの生活はどうだろうかと。

ここぞとわたしは訴えた。とても気の毒ですわ、弱々しくて——すると、シリトー様は即座に答えた。そうだろうね。ああいう女はみんな弱いはずだ、性根が弱いからこそ、心霊などと呼ぶ怪しげな術のとりこになる。霊の世界か何か知らんが、連中の中には〝信心というもの〟が——聖なるもの、善なるものが——皆無で、遅かれ早かれ、よこしまな醜い本性を現わす。ああ、ドーズがいい例だ！　我が国の心霊主義者とやらを一匹残らず捕まえて、一緒に押しこめてやりたいものだ！

思わず眼を瞠《みは》った。傍《かたわ》らで、ハクスビー長官がマントの肩を引っ張ってなおしている。わたしはゆっくりと言った。ええ、おっしゃるとおりかもしれません。あのドーズは利用されて――化かされていたんですわ、まやかしに。でも気立ての優しい娘さんで、この監獄での孤独はとてもこたえているんです。妄想を抱くことがあっても、自分の意志で振り払うことができないんですわ。彼女を導く手が必要なんです。

「受け持ちの看守が導いています」ハクスビー長官が口をはさんだ。「ほかの女囚たちと同じように」

わたしは首を振った。慰問に来る人々の導きが必要なんですわ――友達や、とにかく塀の外から来る人々の。なにか夢中になれるものが必要ですわ、働いている時や、横になってじっとしている時――深夜、静まり返った監獄の空気を、人一倍、陰気に感じているはずですわ。弱い女《ひと》ですもの。ほうっておけば――また迷うことでしょう。

すると長官が口をはさんだ。連中が迷うたびに甘やかしてやらなければならないのなら、慰問貴婦人が一大隊も必要ですよ！

シリトー様は眼をすがめて、通路の敷石を靴でとんとん叩いて考えていた。わたしはシリトー様の顔をじっと見つめ、ハクスビー長官も彼を見つめた。彼の前に並び立つわたしたちはまるで、猛り狂ったふたりの母親――本物と偽物の――のようだった。ソロモン王の御前で、ひとりの子供を争う……

ついにシリトー様は長官に向き直ると、やはり〝プライアさんが正しい〟のかもしれないと言った。自分たちには女囚に対する責務がある――罰するばかりでなく、保護する義務が。ドーズの場合はそういう保護が多少は必要なのかもしれない――よく考えてみると。まさに慰問貴婦人部隊が必要というものだ！「プライアさんが進んでその仕事をしてくださるのなら、実にありがたいことではないかね」

　するとハクスビー長官は、本当にありがたいことです、と答えて膝を折り、シリトー様に頭をさげた。腰の鍵束が鈍い音をたてた。

　長官が行ってしまうと、シリトー様はまたわたしの手を取った。「お父上がご存命なら、さぞあなたを誇りにお思いだろう！」

一八七三年　三月十日

最近では客が大挙して押し寄せてくるので、とうとう、満席の時にはジェニーを玄関に立たせ、名刺を受け取って、日をあらためて予約させるようにした。来るのはほとんどが貴婦人だったが、時々、紳士も付き添いで参加した。ピーターは貴婦人のほうが好きだった。彼女たちの中を歩き回り、手を握らせ、髯を触らせた。煙草をくわえて、火をつけさせた。「おやおや、別嬪《べっぴん》さんだな！　楽園のこっち側の世界でいちばんのいい女だ！」そんなことを言って笑わせ、「まあ、悪い人！」などと言われていた。ピーター・クイックの接吻は浮気にならないと思っているらしい。

紳士たちに対しては意地が悪かった。「先週、見かけたよ、かわいい女の子の部屋にはいるところを。あんたの花束を喜んでたじゃないか！」そして紳士の夫人をちらりと見て口笛を吹き、「やや、雲行きが怪しくなってきた、もう喋るまいぞ」と言う。「私は口が堅いんだ、安心したまえ」今夜の交霊会にはハーヴェイ氏というシルクハットの紳士が出席していた。ピーターはその帽子を取り上げ、頭にのせて歩き回った。「我輩《わがはい》も伊達《だて》者の仲間入りだ。これからはサヴィル・ローのピーター・クイックと呼んでくれたまえ」ハーヴェイ氏が「それはきみに進呈しよう」と言うと、ピーターは驚いたようだった。「いいのか？」内房《キャビネット》に戻ってくると、帽子を見せて囁いた。「これをどうする？　ブリンク夫人の部屋のおまるにでもつっこもうか？」思わず声をたてて笑ってしまい、居間に向かって叫んだ。「いやだわ！　ピーターったら笑わせないで！」

もちろん、あとで内房《キャビネット》を調べられたが、何もないので誰もが首をひねり、ピーターがハーヴェイ氏の帽子をかぶって霊界に帰る様を想像した。帽子は見つかった。玄関ホールの額長押《なげし》の釘にかかっていた。つばは破れ、頭の部分にはきれいに穴があいていた。ハーヴェイ氏は、この世とあの世の壁を突き抜けるのは、実体があるものには無理だったんだ、と結論を出し、持ち帰ろうとしたピーターは度胸がある、と誉めそやした。そして硝子細工でも持つようにそっと取り上げ、霊からの贈り物として額に入れて飾ると言った。

あとでルースが、あの帽子はサヴィル・ローの一級品ではなく、ベイズウオーターの安物だったと言った。ハーヴェイ氏は金持ちらしく振る舞っていたが、帽子の趣味はあまりよくないようだ。

一八七四年　十一月二十一日

真夜中が近い。凍えるほどに寒く、疲れて、クロラールのせいでだるい――けれど、誰にも邪魔されないいまのうちに書いておかなければ。またシライナの霊の訪問を受けたというか、しるしを受け取った。こんなことを誰に言えるだろう。

それはガーデンコートに行っている間に来た。今朝から三時までいて、帰宅したわたしは、いつもどおりまっすぐここにあがってきた。部屋にはいった瞬間、なにかをいじられたか、持ち出されたか、持ちこまれたかしたと知った。暗くて何も見えなかったけれども、感じたのだ。まず頭に浮かんだのは、母が机を荒らして、この日記を見つけ、隅から隅まで読んだのではという恐怖だった。

日記ではなかった。もう一歩、足を踏み出すと、それは見えた。炉棚の上にあった花瓶に花が生けられている。机に置かれたその花瓶にはオレンジの花――オレンジの花、イギリスの冬に！

すぐには近寄れなかった。外套を脱ぐことも忘れ、手袋を握り締め、ただ立ちつくしていた。暖炉に火がはいり、空気は暖かく、花の香がふわりとのって――さっき気づいたのはその香りだったのだろう。わたしは震えだした。シライナはわたしを喜ばせようとしたのだ。でも、でも怖い――わたしはシライナが恐ろしい！

　そのあと思いなおした。まあ、わたしったらなんて馬鹿なの！　お父様の帽子を帽子かけに見つけた時と同じよ。プリシラにきまっているじゃない。プリシラが送ってくれたんだわ、イタリアから……わたしはやっと歩み寄り、花瓶を持ち上げ、花に顔を埋めた。なんのことはない、プリシラよ、プリシラからのお花よ――先ほどの恐怖と同じくらい鋭く、失望が胸を刺した。

　とはいえ、まだ確信は持てない。確かめなければ。花瓶をおろして呼び鈴を鳴らすと、歩き回ってエリスのノックを待った。来たのはエリスではなかった――ヴァイガーズだった。ひょろ長い顔はいちだんとこけて蒼白く、袖を肘の上までまくっている。ヴァイガーズは言った。あのう、エリスは食堂のテーブルの支度をしてて、あたしと料理番しか手があいてなかったんです。わたしは言った。おまえでもいいわ。「この花だけど――誰が持ってきたの？」ヴァイガーズはぽかんとして机を、花瓶を、わたしを見た――「なんですか？」花よ！　今朝はなかったわ。誰かが持ってきて、そこのマヨリカの花瓶に生けたはずよ。おまえがやったの？――いいえ。おまえは一日、家にいた？――はあ。じゃあ、小包みを持った使い走りが来たはずよ。誰からのでございますか？　妹よ、プリシ――バークリー夫人よ――イタリアの。

　ヴァイガーズはわからない様子だった。

　おまえは何も知らないの？　いいわ、エリスを呼んでおいで。ヴァイガーズはすぐに出ていき、エリスを連れて戸口に戻ると、並んで眼をぱちくりさせて、わたしが歩き回りながら身ぶり手ぶりをまじえて叫ぶのをこわごわ見ていた。花よ！　その花！　誰が部屋に持ってきて花瓶に生けたの？　誰が受け取ったの、妹からの小包みを？

「小包みですか？」――そんなものはありませんでした。

プリシラから来てないの？――はい、誰からも。

わたしはまた恐ろしくなった。思わず口をおおった手が震えているのを、エリスに見られた気がした。エリスは言った。その花は片づけましょうか？――わからなかった、なんと言えばいいのか、どうすればいいのか。エリスも、ヴァイガーズも待っている。どうしていいかわからずに立ちつくしていると、ドアの開く音に続き、母のスカートの衣擦《きぬず》れの音がした――「エリス？　エリス、どこにいるの？」呼び鈴を鳴らしている。

わたしは素早く言った。「いいわ、いいわ！　花はそのままにして、ふたりとも行きなさい！」

けれども、母のほうが速かった。ホールに出て階段を見上げ、ふたりがわたしの部屋の前に立っているのを見つけた。

「どうしたの、エリス？　マーガレット、あなたなの？」母の足音が階段をのぼってくる。エリスが振り返り、マーガレットお嬢様がお花のことでお訊ねでしたので、と答えた――するとまた母の声がした。お花？　なんの？

「なんでもないわ、お母様」わたしは大声で言った。エリスもヴァイガーズも、戸口でぐずぐずしている。「行きなさい」わたしは言った。「行って」けれども、母がすでにふたりのうしろに立って、道をふさいでいた。母はわたしを、そして机を見た——まあ、きれいなお花だこと！　またわたしを見た。どうしたの？　真っ青よ。どうしてこんなに暗いの、この部屋は。母はヴァイガーズに命じて、暖炉の火でランプをつけさせた。

なんでもないの、とわたしは言った。ちょっと勘違いしただけで、このふたりを混乱させて悪かったわ。

勘違い？　どんな？　「エリス？」

「誰がお花を持ってきたかわからないとおっしゃるんです、奥様」

「わからない？　マーガレット、わからないはずがないでしょうに」

わたしは、もちろんわかっている、ちょっと混乱しただけだと答えた。わたし——わたしが自分で持ってきたのだと。眼をそらしたが、母の視線が鋭くなるのを感じた。とうとう、母は低い声でふたりをさがらせると、部屋にはいってドアを閉めた。身がすくむ思いだった——母は普段、夜にしかやってこない。母が口を開いた。どういうことなの？　わたしは眼をそらしたままで答えた。なんでもないの、ただの勘違い。もう出てって。靴を脱いで、着替えるんだから。母を避けるように部屋の隅に歩いていき、外套をかけて、手袋を取り落とし——拾い上げて——また落とした。

追及はやまなかった。どういう意味なの、勘違いって？　そんな花を買ってきて忘れるなんてことがある？　何を考えているの？　おまけに使用人の前で取り乱したり……

取り乱してなんかないわ。そう言い返した声は、おかしいほど震えていた。母が近寄ってきた。わたしは——自分の腕を、母につかまれるより先につかみ——顔をそむけた。すると眼の前にくだんの花があり、前より強く香りに打たれて、もう一度顔をそむけるはめになった。いますぐ出ていってくれなければ、泣きだすか、母を叩くかしてしまう！

母はまだ近づいてくる。「大丈夫なの？」——返事をしないでいると——「よくないのね……」

そうなるんじゃないかと思っていたと母は言った。ふらふら出歩きすぎるから、よくなってもいないのに。そのせいでぶり返したのだと。

「でも、わたしはすっかりよくなったのよ」

すっかりよくなった？　自分で自分の声を聞いてみたらいいんだわ。女中たちにどんな醜態をさらしたかわかってないの？　あのふたりはいまごろ階下で顔を突きあわせて話しているよ、ひそひそ、ひそひそと——

「わたしは病気じゃない！」とうとう叫んだ。「もう健康でどこも悪くない。ノイローゼだって治ったわ！　みんな言ってる。ウォレスさんだってそう言ってるじゃない」

ウォレスさんはこんな状態のところを知らないからだ、という答えが返ってきた。ミルバンクから帰ってきて、幽霊のように真っ青な顔をしているのを見たことがない。真夜中まで眠れないで机の前で何時間も坐っているのを……

そう言われて、ようやく気づいた。どんなに気をつけていても——この部屋で息を殺してじっとおとなしくしていても――母はわたしを見張っているのだ、リドレー看守長のように、ハクスビー長官のように。わたしは言い返した。昔から寝つきは悪かったのよ、お父様が亡くなる前から、ええ、子供の頃から。それがどうしたって言うの――そんなの薬を飲めばすむことじゃないの、薬はちゃんと効くんだから。すると母は痛いところをついてきた。本当に、子供の頃から甘やかしすぎた。お父様にまかせきりにしておいたら、すっかり甘やかされて。そうやって我儘《わがまま》に育てたおかげで、いつまでもめそめそ、めそめそ――「いつも言ってたでしょう！　好き勝手なことばかりして、それで病気になって、ほんとにこの子はもう――」

わたしは怒鳴った。ほっといてくれないと、本当に病気になるわよ！　足を踏み鳴らして母から遠ざかると、手近の窓の外を睨んだ。その間《かん》、背後で母が何を喋っていたのか。聞きもしなければ、答えもしなかった――とうとう母は、いいから階下《した》にいなさい、と言った。二十分たってもおりてこなければ、エリスをよこしますからね。母は出ていった。

わたしは立ったまま窓の外を見つめた。川に浮かぶ小舟の上で、男が鉄板にハンマーを打ちおろしている。腕があがってはさがり、あがってはさがるのをじっと見ていた。鉄板の上で火花が散ると、ひと息ふた息ついてから、かあんという音が――聞こえるより先に、ハンマーはもうあがっている。

三十回数えてから、母のいる部屋におりていった。

何も話しかけてこないけれども、こちらの顔や手に病《やまい》の兆候を探しているのは明らかだった。わたしはいっさい、弱みを見せなかった。『リトル・ドリット』を、しっかりした声で読んでやり、そしていまは、ランプの芯をうんとさげて、気をつけて――クロラールを飲んでいても、集中することはできる――ペンを動かしている。母がドアに耳を押しあてても、聞こえたりしないように。膝をついて鍵穴に眼をあてるかもしれない。布でふさいだけれど。

オレンジの花はいま眼の前にある。閉ざされた部屋の空気をその香りが濃密に満たす。眩暈《めまい》がするほどに。

一八七四年　十一月二十三日

今日はまた心霊協会の閲覧室に行った。シライナの記事を探して、ピーター・クイックの肖像画を見て、蠟の型が並ぶ戸棚の前に立ってみたかった。当たり前だけれど、棚も、手足の蠟の型や石膏像も埃を分厚くかぶったままで、動いた気配などかけらもなかった。

じっと見つめていると、ヒザー氏が寄ってきた。今日はトルコ風のサンダルを履いて、襟に花をさしていた。彼もキスリングベリーさんも、わたしが戻ってくるとわかっていたのだとか――「やはり、ここにおいでだ。ようこそ、ようこそ」そう言うと、わたしの顔を覗きこんだ。「しかし、おや？　難しい顔をしておいでだ！　我々の展示物を見て、いろいろ考えるところがあったのですな。それはよいことです。しかし、しかめつらになってはいけない。笑ってくださらねば」

わたしは思わず笑みを浮かべた。するとヒザー氏も微笑し、いっそう邪気のない親切そうな眼になった。ほかに閲覧者が現われなかったので、わたしたちは立ったまま一時間近く喋ることになった。わたしはいちばん気になっていたことを訊いた。いつ頃から心霊主義者におなりですの──もともとの動機はなんですの？

「最初に心霊協会にはいったのは兄だったのですよ。そんな馬鹿馬鹿しいものにはいるなど、なんというまぬけだと思いましたね。両親があの世から私たちを常に見守っているのが見えると言うんです。いやはや、ぞっとしました！」

ではなぜ意識が変わったのかと訊ねると、彼はためらい、やがて、兄が亡くなったのだと答えた。すぐにわたしは非礼を詫びて、悔やみを述べた。彼は首を振り、笑いだしそうになった──「いやいや、悔やみの言葉などおっしゃってはいけない、ここでは。兄は亡くなってひと月もたたずに、私の前に戻ってきたのですよ。会いに来て、抱き締めるその身体は、いまここにいる私やあなたと同じくらいしっかりしていた──生前よりよほど健康そうでしたよ、なんといっても病気のもとがなくなったわけですからね。兄は私に心霊主義を信じろと言いに来たのです。実を言うと、それでもまだ信じられなかった。これは夢だと自分に言い聞かせ、ほかにいろいろ心霊現象が起きても、それも全部夢だと言い聞かせていました。いや、頑固者というのは頭が固くていけませんな！　ようやく信じることができました。いまでは兄はいちばんの親友ですよ」

「あなたには霊が見えますの？」──まあ、向こうから姿を現わしてくれればですが、とヒザー氏は答えた。自分は偉大な霊媒ではないと。「こう、ちらっと感じる──ミスタ・テニソンの言う〝光や、神秘的な気配〟程度で──はっきりと見えるわけじゃない。あとは音だ──たまに聞こえますよ、単旋律ですけどね。もっと能力《ちから》のある人なら和声が聞こえる」

　霊が見えるためには、それなりの……

「いや、一度でも見たら、見ないほうが難しい！　それはまあ」――ヒザー氏は微笑した――

「実際に見るのは、少々怖いかもしれませんが」腕を組み、こんなたとえ話をしてくれた。国じゅうの九割がたの人間の眼が、そう、赤という色を認識できない状態になっていると想像してください。あなたもそのひとりだ。あなたはロンドンの街を馬車で通りながら、青い空、黄色い花を見る――あなたはそんな世界に満足している。自分には世界の一部が見えていないことに気づかない。ひと握りの人があなたに――もうひとつ、別の素晴らしい色があると教えてくれる――もちろんあなたは、何を馬鹿なと思う。あなたの友達は、あなたの言うとおりだと言う。新聞もあなたの考えを後押しする。何を読んでも、連中は愚か者だというあなたの確信は深まるばかりだ。《パンチ》誌などはきっと、その馬鹿さ加減を笑いとばす風刺絵をでかでかと載せるでしょうな！　あなたはそんな風刺絵を見て、それ見たことかとほくそ笑む。

「そして」彼は続けた。「ある朝、目覚めると――あなたの眼はすべてが見えるようになっている。いまや、郵便ポストも、くちびるも、けしも、さくらんぼも、近衛兵の制服も違って見える。あなたはすべての赤色を見ることができる――臙脂《えんじ》、緋、紅《くれない》、朱《あけ》、珊瑚《さんご》、薔薇……はじめは恐怖と困惑で眼をおおいたくなる。あなたはあたりを見回し、その事実を友人に、家族に話す――彼らはあなたを笑い、眉をひそめ、ついには医者や精神病院に連れていく。赤という素晴らしい色が見えるようになったことは、辛《つら》い生活を意味する。それでも――いいですか、ミス・プライア——一度でも見てしまったなら、青と黄と緑だけの世界に我慢できますか？」

答えることができなかった。相手の言葉に考えこんでしまった。やっと口を開いたわたしは、こんなことを言った。「あなたの言うような人は」——もちろん、頭にあったのはシライナのことだ。「赤い色が見えるようになった人は、どうすればいいんですの？」

ヒザー氏は即答した。「仲間を探すことです！ 彼らが導き、身に降りかかる危険から守ってくれる……」

霊能力の発動は実に深刻な問題なのに、まだまだ正確に認知されていないのだという。その人は心身の変化に戸惑うだろう。新たな世界の戸口に導かれ、見晴るかすことを許されたわけだが、その人を導く〈善なる指導霊〉ばかりでなく、〈よこしまな下等霊〉も存在する。そういう邪霊は、魅力的でいかにも善良そうな顔で擦り寄ってくるが——連中は自分たちの目的のために、その人を利用することしか考えていない。人間を操り、自分たちの失った地上の富を得ようと、欲望のままに……

そんな邪霊から、どうやって身を守ればいいんですの？——と訊ねると、地上での友人をよく選ぶことにつきます、とヒザー氏は答えた。「能力《ちから》の使い方を誤って、どれほど多くの娘さんが追いこまれたでしょうか、絶望の淵に——狂気に！ たとえば交霊をそそのかされる——絶対にしてはならないことです。遊び半分でやたらと交霊会を開かせられる場合もある——霊媒は消耗し、生命を削るのですよ。時に、ひとりきりで交霊をしてみろとけしかけられたり——これこそ最悪の誘惑だ。邪霊が憑きやすい。私の知人は——若い男で、身分のある紳士ですが、なぜ知り合ったかと言うと、友人の病院付き司祭に引き合わされたからですよ。この紳士は友人の病院に、喉をかっさばかれ、半死半生でかつぎこまれました。そして、実に興味深い告白をしたのです。紳士は自動書記を行ないました――この言葉はご存じですか？　彼は考えなしの友人に紙とペンを渡されて坐り、やがて霊からの交信が無意識の腕の動きによって伝えられました……」

これは素晴らしい心霊術だとヒザー氏は言った。多くの霊媒がほどほどにこれを行なっている。しかし、紳士はほどほどを知らなかった。夜中にひとりで交霊を行なうようになった――それからというもの、霊界からの交信はますます頻繁になった。寝ていても起こされるほどに。手が布団の上で勝手に動いて起こす。起きて、ペンを握らせてやるまで手は動き回り――ペンをもらった手は紙に、壁に、そして自分の肌にまで字を書き続ける！　指が豆だらけになるまでペンを離さない。最初は、交信してきているのは、亡くなった親類だと信じていたが――「善なる霊はそんなふうに霊媒を苦しめたりはしない。自動書記をさせていたのは、一匹の下等霊だったのです」

ついに霊は紳士の前に邪悪な本性を現わした。ひきがえるの姿で。「霊は彼の肉体にはいりこみました、ここの」――ヒザー氏は肩に軽く触れた――「首の付け根から。こうして肉体にはいりこみ、彼を支配した。数々のおぞましい行為を強いたのです。彼に抗《あらが》うすべはなかった……」

まさに拷問だとヒザー氏は言った。挙げ句の果てに霊は、剃刀を取って自分の指を切り落とせと囁いた。紳士は剃刀を取り上げたが、手ではなく、喉にあてた。——「邪霊を追い出そうとしたのです。それで病院に来るはめになった。生命《いのち》は取りとめましたが、憑いた霊はまだ彼を支配下においていた。邪悪な力にしだいにおかされ、ついに発狂しました。いまごろはたぶん、精神病院に収容されているでしょう。気の毒に！　彼の運命はいかほど違っていたことか——わかりますか？——同類を探して、正しく導かれてさえいれば……」

語尾を落として、意味ありげにわたしを見つめた——シライナ・ドーズを念頭においていると見透かされている気がした。この前、彼女にばかり興味を示していたのだから、当然と言うべきだろう。わたしたちはしばらく無言で向き合っていた。ヒザー氏はわたしが口を開くのを期待しているようだった。けれどもわたしにはその機会がなかった——キスリングベリーさんが図書室のドアを押し開け、ヒザー氏を呼んだのだ。「すぐ行く！」ヒザー氏はそう言うと、わたしの腕に手をかけて囁いた。「もっと深くお話をしたい。いかがです？　また、来てください——ええ、ぜひ。私の手があいている時に、声をかけてください」

わたしもヒザー氏が行ってしまうのは残念だった。彼がシライナをどう思っているか知りたかった。彼の言う、赤色の見える眼を持つことを、シライナはどう感じているのか。恐れていたのは知っている——けれど、自分は幸運だとも言っていた。賢い友人がいて、彼女を導き、その能力《ちから》をのばし、磨き、希有のものにしたのだから。

シライナはきっとそう感じているのだろう。でも、実際にまわりにいたのは誰だった？　彼女の伯母は——シライナを見世物にした。シデナムのブリンク夫人は——見知らぬ人々を呼び集め、カーテンを吊し、その裏にシライナを坐らせ、ベルベットの首輪と紐で縛り、そして自分のためだけに、母親のためだけに、彼女を独り占めし——ピーター・クイックと引き合わせた。

彼はシライナにどんなことをして、でなければ、どんなことをさせて、ミルバンク送りにしたのだろう？

そしてミルバンクでシライナを保護するのは？　ハクスビー長官に、リドレー看守長に、クレイヴン看守。監獄じゅう探しても、シライナに親切な人間は誰も、ひとりもいない、優しいジェルフ看守のほかは。

ヒザー氏とキスリングベリーさんの声にまじって、訪問者のものらしい声が聞こえてくる。戸は閉まったまま、誰もはいってくる気配はない。わたしはまだ、霊の型をおさめた戸棚の前に立っていた。かがみこんでじっと見てみる。ピーター・クイックの手はあいかわらず、いちばん低い棚の指定席に鎮座し、節《ふし》くれだった太い指は硝子にはりつかんばかりだった。この間は、中までしっかり詰まっているように思えたけれども、今日は前回とは違う角度で見ようと、棚の横に回った。蠟の型の端がどうなっているか、手首の骨のあたりを覗いた。中はまったくの空洞だった。型の内側の黄ばんだ表面には、てのひらの皺や紋や、節のくぼみまでがくっきりと残っていた。

わたしはこれをとても堅い手のように思ってきたけれども、実際には、蠟でできた一種の手袋なのだった。ほんの一瞬前に型をとられて、その指先が離れたばかりで、いまは蠟を冷ましているところのよう――そんな空想をして、急に無人の図書室にぞくりとした。わたしはそこを出て、家路についた。

いまはスティーヴンが家に来ている。母になにか喋っているけれども、怒ったような大声を出している。明日、法廷に立つ予定だったのに、依頼人がフランスに逃亡してしまい、警察も追うことができないのだ。スティーヴンはこの依頼を諦め、料金もふいになってしまったのだとか――またスティーヴンの声がする。前よりも大きく。

なぜ殿方の声はよく通るのに、女の声はくぐもるのだろう?

一八七四年　十一月二十四日

ミルバンクはシライナのもとに。会いに行った――最初にふたりほど別の女囚を慰問して、彼女たちの話を筆記帳に記録するのをまわりに見せつけてから――ようやく、シライナの房に行った。開口一番、彼女は言った。お花は気に入った? イタリアの雰囲気を味わってほしかったの、暖かい日々を想像して、愉しんでほしかったの。「霊が運んだのよ。ひと月は飾っておけるわ。枯れないから」

わたしは、怖かったわ、と答えた。

そこで三十分ほど過ごした。すると監房区の仕切り門の音が響き、足音が近づいてきた――シライナが小声で言った。「リドレー看守長だわ」わたしは鉄格子に近づき、看守長が通りかかると、出してほしいと合図し、無表情に立ったまま、ひとことだけ言った。「ごきげんよう、ドーズ」シライナは両手をきちんと重ね、従順そうな顔で、深々と頭をさげて答えた。「ありがとうございました、お嬢様」もちろん看守長の眼をはばかってのことだ。

それからわたしは見守っていた。リドレー看守長がシライナの房の鍵を取り出すのを。その鍵が、監獄の凍てついた錠の中で回るのを。あの鍵を、わたしのものにしたい。

一八七三年　四月二日

ピーターが言った。内房《キャビネット》の中で縛られなければ駄目だと。今夜の交霊会に現われると、わたしの肩を強くつかみ、カーテンの外に出る前に皆に言った。「与えられた使命をまっとうできないかぎり、姿を現わすわけにはいかない。心霊主義の真実を知らしめるために、私はこの世に送りこまれた。だが、この街には不信の輩《やから》がうようよしている、霊の存在を否定する連中が。霊媒の能力《ちから》を侮《あなど》り、霊媒が変装して内房《キャビネット》から現われ、交霊会の輪の中を歩き回ると考える連中が。そんな疑念、不信の中に、私は現われることはできないね」ブリンク夫人の声がした。「ここにはそんな人はいませんよ、ピーター、いつものように現われてくださいな」「いいや、駄目だ。ひとつだけやってもらわないと。いいか、私の霊媒を見て、今日のことを喋ったり、書いたりして広めるんだ、そうすれば不信の輩も信じるだろう」そしてカーテンを持ってゆっくりと開け放った――

いままでそんなことはされたことがなかった。闇の中で動くこともできずにいたが、交霊会の客全員に見つめられているのがわかる。ひとりの貴婦人が、「彼女が見える？」と訊くと、別の貴婦人が、「椅子に坐っている形が見えるわ」と答えた。ピーターが言った。「私がこの世にいる間に人の眼にさらされると、霊媒は消耗する。あえてこんなことをしたのは疑いを晴らしたいからで、もうひとつ、真偽を確かめるテストをしよう。そこのテーブルの引き出しを開けて、中の物を持ってきてくれ」引き出しの開く音に続いて、声がした。「紐がはいっているわ」ピーターが言った。「ああ、持ってきてくれ」彼はわたしを椅子に縛りつけながら先を続けた。「今後は交霊会のたびにこうしてもらう。そうでなければ私は来ない」彼はわたしの手首、足首を縛り、目隠しをした。そうして、また部屋の中に出ていくと、椅子が引かれる音とピーターの「一緒に来てくれ」という声がした。彼はデステール嬢という貴婦人を連れてきた。「霊媒がしっかり縛られているのが見えるか？　触って、結び目がしっかりしているか確かめてくれ。手袋ははずしてだ」手袋を脱ぐ音に続いて、指がわたしの肌にそっと触れた。ピーターがその上から手で押さえつけたので、指はひどく熱く感じた。デステール嬢が言った。「震えてらっしゃいますわ！」ピーターは答えた。「彼女のためだ」デステール嬢をもとの席に帰すと、わたしの上にかがみこんで囁いた。「おまえのためにしているんだよ」「ええ、ピーター」「おまえの主人は私だ」わかっている、とわたしは答えた。

するとピーターは絹の帯でわたしの口をふさぎ、カーテンを閉めて、皆の前に戻った。紳士の声がした。「なあ、ピーター、どうも気が進まないんだが。あんなふうに縛られて、ドーズさんの能力《ちから》に影響はないのかね？」ピーターは笑った。「はっ、たった三、四本の絹紐ごときで弱るようなら、たいした霊媒じゃないってことだ！」紐は肉体を縛るだけで、魂や霊を束縛することはできない、と。「愛に錠前は勝てないって言い回しがあるだろう？　それと同じさ。霊に錠前は勝てない」

あとで皆が来て、わたしを自由にしてくれたが、紐で手首も足首もこすれて、血が出ていた。それを見たルースは叫んだ。「まあ、お嬢様にこんなことを！　なんて野蛮な霊でしょう！」そしてデステール嬢に言った。「お部屋に連れていくのに、お手を拝借できますか？」ふたりでわたしをこの部屋に連れてきて、ルースが薬を塗ってくれた。デステール嬢は、ピーターに内房《キャビネット》に連れていかれた時には本当に驚いたと言った。ルースは、きっとほかの貴婦人たちにはない、なにか特別なものを感じて、あなた様を選んだのでしょうと言った。デステール嬢はルースを、そしてわたしを見た。「そう思う？」小声で言った。「わたしもそう感じることがあるの、たまに」デステール嬢はうつむいた。

ルースの眼がデステール嬢をじっと見つめている。ピーター・クイックの声が頭の中でよみがえった気がして、わたしは言った。「ルースの言うとおり、ピーターはあなたに特別なものを感じたはずです。またいらして、今度はもっと静かなところでピーターとお会いになったらいかがでしょうか。そうしますか？　またいらっしゃいますか？　ご希望なら、わたしたちふたりだけで交霊をしてみますか？」デステール嬢は無言で薬壺を見つめていた。ルースはしばらく待って言った。「今夜、ピーターのことを考えてごらんなさいませ。静かなお部屋で、ひとりきりの時に。彼はあなた様に好意を持ったんですわ。霊媒を通さずに直接、あなた様に会いに来るかもしれません。あなた様の寝室に夜中いきなり現われられるより、ここでうちのお嬢様と一緒にお会いになったほうがよろしいんじゃありませんか」デステール嬢は言った。「まあ、それじゃ妹のベッドで一緒に休みますわ」ルースは言った。「ですけど、ピーターはそちらに現われるかもしれませんでしょう」そう言うと、薬壺を取り上げて蓋を閉めた。「さあ、お嬢様、もう大丈夫ですわ」デステール嬢は無言のまま階下におりていった。

わたしは彼女のことを考え、ブリンク夫人の部屋に行った。

一八七四年　十一月二十八日

今日はミルバンクへ——書くのも恥ずかしい、悲惨な慰問だった。

女囚監獄の門で出迎えてくれたのは、いかつい顔のクレイヴン看守だった。リドレー看守長の手があいていなかったので、かわりに付き添ってくれることになったのだ。内心、嬉しかった。よかった。これならシライナの房に連れていってもらっても、リドレー看守長やハクスビー長官に知られずにすむ……

それでも、すぐには監房区に行かなかった。というのも、歩きながらクレイヴン看守が、先にどこか見学したい場所はありますか、と訊いたからだ。「それとも」看守は疑わしげに言った。「そんなことより女囚たちに会いたいですか?」きっと案内役に選ばれたのは名誉なことなのだろう、粗相のないようにと張り切っているふうではあった。けれど、気のせいか、その口調はどことなく思わせぶりで——もしかすると、わたしを監視するように言いつかっているのかも、と気を引き締めた。わたしは、どこでもおすすめの場所に案内してくださいな、と答えた。少しくらい女囚たちを待たせてもかまいませんよね。「全然、かまやしませんよ」

そして案内されたのは浴室と、囚人服倉庫だった。

特筆することはたいしてない。浴室というのは、大きな水槽を置いた部屋のことで、新入りがひとまとめに入れられ、石鹸で身体を洗わせられる。今日は新しく来た女囚がいなかったので浴槽はからで、ごきぶりが半ダースも脂《あぶら》にたかっているだけだった。倉庫にはいくつもの棚があり、あらゆる寸法の茶の囚人服や白のボンネットがしまわれ、靴の箱が山ほど積まれていた。靴はすべて左右ひと組を靴紐で結ばれていた。クレイヴン看守は、わたしにあいそうな寸法の靴を取り上げた――恐ろしい品で、看守はそれを持ち上げながらにやにやしているように見えた。監獄の靴は世界一武骨で不細工なんですよ、兵士の靴よりも。聞いた話では、昔、ミルバンクの女囚が看守を殴り倒し、マントと鍵束を奪って、門から出ようとしたんですが、門番に靴を見られたことで、女囚だとばれて――結局、連れ戻されて、懲罰房行きになったそうです。

クレイヴン看守は靴を箱の中に戻して笑った。それから、別の倉庫に案内してくれた。そこは〈私服倉庫〉と呼ばれていた。ここは――そんな場所があると考えたこともなかったけれど、もちろんあるはずだった――女囚がミルバンクにはいる時に身につけていた服や帽子や靴、所持品を保管する部屋だった。

この部屋自体に、もろもろの保管物に、恐ろしくも不思議な空気がまとわりついていた。壁は――ミルバンク監獄の不可思議な構造そのままに――六角形の六辺をなし、天井から床までびっしりと並ぶ棚は箱で埋めつくされていた。箱は黄色っぽいボール紙を真鍮の鋲《びょう》で留め、角を真鍮の金具で補強したもので、厚みのない長四角の箱それぞれに女囚の名札がつけられている。どう見ても、それは小さな棺だった。そしてこの、一歩はいった時からぞっとしたこの部屋は――子供の霊廟か、死体置場のようだった。

クレイヴン看守はわたしが身震いするのを見て、両手を腰にあてた。「たしかに不気味ですね」あたりを見回した。「この部屋に来るたびに、わたしが何を考えると思います？　ぶん、ぶん、ぶん、ですよ。蜜蜂だのすずめ蜂だのが巣に戻ると、こんな感じじゃないでしょうかね」

わたしたちは壁を見つめ、しばらく立っていた。わたしは訊ねた。ここには、女囚全員分の箱があるんですの？　看守は頷いた。「そうです。それと予備が少し」棚に近づいて、適当に箱をひとつ抜き出すと、前に置いた――そこに机があり、椅子が一脚添えてある。かすかに硫黄の匂いがした。保管する衣類はすべて燻《いぶ》さなければならない、たいてい蝨《しらみ》だらけなのだという。「もちろん、そうする必要のないものもありますが」

眼の前の箱から衣服を取り出した。洗いざらしのプリントドレスは、燻された恩恵をあまり受けているとは見えなかった。襟はぼろぼろになってずり落ち、袖口は焦げているようだった。その下からは、黄ばんだ下着、すり減った赤い革靴、ひび割れた真珠のブローチつきの帽子、黒ずんだ結婚指輪が現われた。箱の名札を見てみた――メアリ・ブリーンとある。前に一度慰問したことのある、腕に自分で歯形をつけて、鼠に齧《かじ》られたと言っていた女囚だ。

クレイヴン看守が箱を閉めて棚に戻す際に、わたしは壁に近づいて何げなく名札を見始めた。看守はそのまま箱の蓋を次々に開けては、中を覗いていく。「ありがたいことですよ」ある箱を覗きこみながら言った。「女たちの持ち物がほとんどなくて」

わたしは彼女のそばに行って、見せてもらった。着古した黒い服に、布の浅靴、より糸を結びつけた鍵がひとつ――どこの鍵なのだろう。看守は箱を閉めて、低く舌打ちをした。「頭をおおうスカーフ一枚ないなんて」列に沿って歩いていくのについていきながら、わたしも箱の中をひとつひとつ覗いていった。ある箱には、とても上等なドレスに、くちばしと眼の輝く剝製の小鳥を飾ったベルベットの帽子がはいっていたけれども、下着は真っ黒に汚れて裂けており、馬に踏みにじられたようだった。別の箱には、ペティコートに茶色い染みが点々と、まるでインクを振りまいたように広がっていて、ぞっとした。血に違いない。また別の箱を覗いて、驚いた――服とペティコートと靴と靴下のほかに、赤茶色の髪が、馬の尾か奇妙な小さな鞭のように、束ねて入れてある。入獄した時に、女囚の頭から刈り取られた髪だ。「髢《かもじ》にするのにとっておくんですよ」クレイヴン看守が説明してくれた。「出獄した時のために。さぞ役にたつでしょうよ、あの女には！　チャップリンの髪です――ご存じですか？　毒殺の罪で絞首台に送られる寸前まで行った女です。これを取り戻す頃には、頭なんか真っ白でしょうよ！」

蓋を閉めると、手慣れた乱暴な手つきで箱を戻した。ボンネットの下から見える彼女自身の髪は、地味な鼠色だった。ふと、受付の看守が、あのジプシー娘、〈黒い瞳のスーザン〉の刈り取られた髪の房を撫でていた様子を思い出した――そして急に、いやな想像をしてしまった。あの看守とクレイヴン看守が、刈られた髪や、ドレスや、小鳥のついた帽子を間に、ひそひそと話し合っている様を。「ちょっと借りたらいいわよ――あら、逢うんでしょ？　恋人が喜ぶわよ！　大丈夫、最後に誰が身につけたかなんて、四年後にばれるわけないじゃない？」

その光景も囁きもあまりに生々しく、うつむいて顔に手をあてて追い払わなければならなかった。次に顔をあげると、クレイヴン看守は別の箱の前に移動し、中を覗いて小馬鹿にしたように笑っていた。わたしは彼女を見つめた。急に、ひどく浅ましいことに思われた。女たちの日常のなごり、悲しく眠るそれぞれのかけらを見て回るなんて。これはやはり棺で、看守とわたしは、中の小さな遺体を覗いているのだ、上階で嘆く母親たちが知らないうちに。とはいえ、恥の感覚が、いっそう胸をときめかせることも事実だった。クレイヴン看守が無頓着に次の棚に移ると、内心、慄《おのの》きながらも、あとをついていかずにいられなかった。ここには、贋金作りのアグネス・ナッシュの箱があった。かわいそうなエレン・パワーの箱には少女の肖像画がはいっている——孫娘なのだろう。もしかすると、房に持ちこめると思っていたのかもしれない。

ここまで来て、どうして考えずにいられるだろう？　わたしはシライナの箱を探し始めていた。どんなものがはいっているのだろう。ああ、見ることができたら——たとえば——なんでもいい、シライナの、あの女《ひと》の——なにか、なんでも、少しでもシライナを理解できて、身近に感じられるものを……クレイヴン看守は箱を抜き出しては、服がみすぼらしいとか、上物だとか言い、時代遅れのものを見つけては笑っていた。そばに立つわたしは正視できなかった。かわりに眼をあげて、あたりを探し始めた。ついにわたしは訊いた。「ここはどういう順番で並べてありますの？　ここにある箱は？」

看守が指し示して説明する間に、わたしは求める名札を見つけた。クレイヴン看守が背のびをしたとしても届きそうにないところだ。梯子が立てかけられていたけれども彼女はのぼろうとはせず、それどころか、指先を拭き始め、もう監房区に案内する気でいる。そしてまた腰に手をあて、あたりを見回した。低いつぶやきが聞こえてくる。「ぶん、ぶん、ぶん、ぶん……」なんとか追い払わなければ。浮かんだ方法はひとつだった。「ああ！」――頭に手をあてて呻《うめ》いた。ああ、ずっと見ていたら気分が、と――もちろん、本当に眩暈《めまい》がしていた――不安で――それに蒼褪めてもいたに違いない、クレイヴン看守はわたしの顔を見ると、あっと叫び、近寄ってきた。わたしはこめかみをおさえて言った。大丈夫、卒倒したりしませんから、でも、ただ――お手数ですけれど――お水をいただけまして――？

クレイヴン看守はわたしを椅子に導いて坐らせた。「ひとりで大丈夫ですか？　医師《せんせい》の部屋に気つけの芳香塩があると思いますけど、いまはちょうど診療所で治療していて不在ですから、鍵をもらってこないと――リドレー看守長が鍵を持ってるんです。でも、お嬢様が倒れそうなら――」

わたしは大丈夫、倒れたりしない、と答えた。クレイヴン看守は大げさに両手を組んだ――予想もしなかった一幕に違いない！　彼女は慌ただしく部屋を出ていった。鍵束の鳴る音、遠ざかる足音、そして鉄格子の閉まる音。

やにわにわたしは立ち上がり、梯子をつかむと目当ての場所に運び、スカートをたくし上げてよじのぼり、シライナの箱を引き出し、蓋をはねのけた。

たちまち、眼にしみる硫黄の匂いに、顔をそむけて、またたいた。光が背後にあると、自分の影で何も見えないと気づき――身体を横に向けると、頬を棚の堅い角にあてがい、危なっかしく梯子に寄りかかった。そうしてから、中の衣服をかき分け始めた――外套、帽子、黒いベルベットのドレス、靴、ペティコート、白い絹の靴下……

わたしはそれらすべてに触れ、持ち上げ、ひっくり返した――探して、まだ探し続けていた、何を求めているのかわからないままに。結局、誰のものとでも言えるような品ばかりだった。ドレスも外套もほとんど袖を通していないように見える。靴は堅く、よく磨かれて、踵《かかと》もすり減っていない。ハンカチーフの端にくるまれていた黒玉《ジェット》の質素な耳飾りも、金具は変色していない――ハンカチーフそのものが、よく糊がきいていて、黒い絹糸の縁取りもまったく傷《いた》んでいない。ここには何もなかった、何も。ブティックの売り子に新しい喪服を着せられたのだろうか。シライナの歩んできた生活のかけらはひとつもなかった――どの衣類も、シライナの細い身体がまとった気配が感じられない。ここには何もない。

そう思っていた――最後にベルベットと絹をひっくり返して、箱の底にあるものを見つけるまでは。物陰で眠る蛇のようにとぐろを巻いているそれは――

髪。シライナの髪。しっかりと束ねられ、太いロープのように三つ編みにされた、シライナの頭から無残にも刈り取られた髪。そっと触れてみた。重たく、乾燥している――蛇にそっくり、とわたしは思った。蛇というのはあれほど光っているけれど、触るとかさかさしていると聞く。光が当たると、髪は鈍い黄金色《きん》に輝いた。その黄金色には、さまざまな色がまざっていた――銀の条《すじ》がはいったり、ほとんど緑に光ったり。

そういえばシライナの写真の銅版画を見た時、その凝った結い髪と華やかな巻き髪に眼を奪われたものだった。この髪でシライナは生々しい、ひどく身近な存在となった。棺桶のような箱、そして空気のない部屋――突然、シライナの髪をこの暗い恐ろしい場所に閉じこめるに忍びなくなった。ああ、もう少しここに光と、空気を入れることができたら……また、ひそひそ話している看守の姿が浮かんだ。あの女たちがここでシライナの髪を、笑いながら、その節《ふし》くれだった手で梳《す》いて、弄《もてあそ》んでいたら?

すぐに持ち出さなければ、看守たちが本当にこの髪を駄目にしてしまうような気がした。わたしはそれをつかんで、小さくまとめようとした――外套のポケットか、服の胸の内側に入れてしまうつもりだったのだと思う。けれど、梯子にもたれ、ざらざらの棚に頰をこすりつけて、もたもたと手を動かしているうちに――通路の端で鉄格子の音がし、話し声が聞こえてきた。クレイヴン看守と、リドレー看守長! ぞっとして落ちそうになった。髪の束は本当に蛇だったのかもしれない。突然、眼をさまして牙をむいたかのようで、わたしは箱の蓋を閉め、慌てて梯子段をおりた――看守たちの声はどんどん、どんどん、近づいてくる。

ふたりが部屋にはいってきた時、わたしは椅子の背に手をかけ、恐怖と恥ずかしさに震えていた。きっと頰には棚の跡がついて、外套は埃まみれだろう。クレイヴン看守は気つけの芳香塩を持ってきてくれたが、リドレー看守長は鋭い眼になった。梯子を、棚を、その上の箱を見ているような気がした――慌てふためいて、きちんと片づけそこなったかもしれない。振り向くことはできなかった。一度だけ、リドレー看守長を見たけれど、すぐに顔をそむけ、いっそう激しく震えた。その無遠慮な眼に、眼差しに、気分が悪くなる――クレイヴン看守についた嘘と同じくらいに。あと少し早くはいってきていたら、リドレー看守長の眼は何を見ただろう。いまなら――そう、いまなら、わたしにもはっきりと、現実が見える。

色褪せた不器量な老嬢が、汗をかいて躍起になり、ふらつく梯子にしがみつき、美しい娘から切り取られた金髪を握り締めている、それがわたし……

クレイヴン看守が口元に水のコップを近づけてくれる。わたしはされるがままになった。シライナが冷たい房の中で、淋しく、心待ちにしてくれているのはわかっていた。けれども、どうしても行くことはできなかった――いま行けば自己嫌悪でやりきれなくなる。わたしは、今日は監房のほうはやめておくと言った。リドレー看守長は、それがよろしいでしょう、と同意した。そして、みずから門番小屋までわたしを連れていった。

今夜、本を朗読していると、母が訊ねた。その顔の痣《あざ》はなんなの？　鏡を見ると、擦り傷になっていた――棚の角でこすれたのだ。そのあとは、しどろもどろになり、とうとうわたしは本を置いた。もうお湯を使いたい、と言って、ヴァイガーズにわたしの部屋の暖炉の前にお湯の桶を用意させた。脚を曲げてお湯につかり、自分の肌を見つめ、やがて冷めてきたお湯に顔をつけた。顔をあげると、ヴァイガーズがタオルをささげて立っていた。その眼は暗く、顔はわたしと同じくらい色褪せている。母と同じことを言った。「頬に怪我をなさってますよ、お嬢様」お酢を塗ってさしあげます、と言われ、わたしは坐って子供のようにおとなしく、湿布をあててもらった。

やがてヴァイガーズは言った。今日、お留守で残念でございましたね、プライアの奥様が

——若奥様のヘレン様が——坊っちゃまを連れてらして、お嬢様にお目にかかれないのを残念がっておいででした。「お美しいかたですねえ」

その言葉にヴァイガーズを突きのけて、お酢で気分が悪くなったと言った。お湯の桶を片づけて、母に薬を持ってくるように頼んでと命じた。すぐに薬が欲しかった。部屋に来た母に訊かれた。「どうしたの？」「なんでもないわ」けれども、わたしの手がひどく震えているので、母はグラスを持たせてくれず、ささえていた——クレイヴン看守のように。

監獄でそんなに動転するほど恐ろしいものを見たの？　と訊かれた。そんなふうになるなら、もう慰問なんて行かせないと。

母が出ていってしまうと、わたしは両手をよじりあわせて歩き回った。わたしの馬鹿、馬鹿、馬鹿……やがてこの日記を取り上げて、ページをめくりだした。アーサーの言葉が思い出される。女に書けるものは〝心の日記〟くらいだろう。ミルバンクの慰問を始めて、この日記を書くにあたって、わたしはその言葉を否定し、見返してやろうと決意したはずだった。人生や愛といったものを抜きにした——目録と記録に終始した日記を書けると思っていた。けれども結局、紙の上にはわたしの情念が這っているのだった。その曲がりくねった足跡《そくせき》は、ページを繰るごとにしっかりとし始め、いよいよ形をなし、ついにはひとつの名を綴る——

シライナ。

今夜、日記を燃やしてしまおうかと思った。この前の日記のように。できなかった。顔をあげると、机に置いた花瓶のオレンジの花が眼にはいった。シライナの言ったとおり、オレンジの花の白さも香りも、届けられた時のままに新鮮だった。わたしは花瓶に近寄り、水がこぼれるのもかまわず、花を引き抜いた。そして燃やした。薪の上にかざし、枝がはぜて、ねじくれ、黒くなるのを見つめていた。一輪だけとっておいた。このページにはさんで、押し花にしよう。次に日記を開いた時、香りがきっと戒《いまし》めてくれる。鋭く、刺すように、血の出るほどに。短剣の刃のように。

一八七四年　十二月二日

どうやって書けばいいのかわからない。それどころか、どうやって坐り、立ち、歩き、話したらいいのか、すべてわからなくなってしまった。一日半、わたしは半狂乱で、医師が呼ばれ、ヘレンも来てくれた――スティーヴンまで駆けつけ、ベッドの足元に立って寝巻姿のわたしを見守りながら、眠っていると思ってなにかつぶやいていた。皆が大騒ぎしている間じゅう、とにかくほっといて、考えさせて、日記を書かせてさえくれればよくなるのだと、わたしにはわかっていた。いまはヴァイガーズが部屋の外に坐っている。声をあげたらすぐ聞こえるように、ドアを半開きにして。わたしはそっと起きだして机に向かい、ようやく日記を開いた。ここだけだ、自分をさらけ出せるのは――とはいえ、眩暈《めまい》がしてろくに罫線さえ見定められない。

シライナが懲罰房の闇に入れられた！――しかも、その原因はわたしなのだ。会いに行くべきなのに、でも怖い。

最後の慰問のあと、シライナから遠ざかろうと辛《つら》い決心をした。彼女に会うと、自分が変になる、わたし自身ではないような――いや、もっと悪いことに、あまりにもわたし自身に、昔のわたし、心の奥に潜むオーロラにかえってしまう。いま、マーガレットに戻りたいのに、戻れない。マーガレットはまるで古着のように縮んでしまった。マーガレットはどうしていただろう、歩き方も、喋り方も、忘れてしまった。母のそばに坐っていても――わたしは人形のように、紙人形のように、からっぽで頷くばかりだった。ヘレンが来ても、彼女を見ることができなかった。キスをされても、ヘレンのくちびるが、わたしの乾いた頬に触れると思うと、身震いした。

　こうして、最後の慰問から何日かが過ぎた。昨日はひとりで国立美術館《ナショナル・ギャラリー》に行き、気分を晴らそうとした。学生の日で、ひとりの少女がクリヴェッリの《受胎告知》の前にイーゼルを置き、カンバスにコンテで聖母の手や顔を模写していた――その顔はシライナのもので、記憶のそれよりさらに生々しかった。突然、なぜシライナから遠ざかっていたのかわからなくなった。もう五時半で、母が晩餐に客を招待していたけれど――そんなことは頭から飛んでいた。その足でまっすぐミルバンクに行き、看守に監房区に案内させた。女囚たちは食事を終えるところで、木皿をパンの端でぬぐっていた。シライナのいる監房区の仕切り門に着くと、ジェルフ看守の声が聞こえてきた。通路の曲がり角に立って、夕べの祈りを捧げているところで、声は通路に反響し、わあんと震えた。

　歩いてきたジェルフ看守は、待っているわたしを見つけて仰天した。二、三人の女囚に会わせてくれて――最後はエレン・パワーだった。ぎょっとするほど面変わりしていた。ひどく病みやつれて、訪れたことをそれはそれは喜んでくれたので、とても早々に切り上げることはできず、わたしは彼女のそばに坐り、手を握って、ごつごつした節《ふし》をさすりながら慰めた。パワーはもはや咳きこまずに喋ることができなくなっていた。医師は薬をくれたけれど、医務室には寝かせてもらえないのだという。ベッドが若い女たちで埋まっているからだった。パワーの傍《かたわ》らには、木の盆にのった編みかけの靴下があった——こんなになってもまだ働かされるのだ。それでも、のらくら寝ているより、手を動かしているほうが性にあっていると言った。「そんな、ひどい話ってないわ。ハクスビー長官に話してあげる」パワーはきっぱりと、そんなことをしても無駄ですよ、と言った。どっちにしろ、余計なことをしないでいてくれたほうが、ありがたいと。

「あと七週間で出られるんですよ。面倒を起こしたなんて思われたら、延期されるかもしれないからねえ」面倒を起こすのはわたしよ、あなたではないわ——そう言いながらも、恥ずかしいことに、わたしの中にかすかな恐怖が生まれた。実際に口出しをしたら、ハクスビー長官がそれを狡猾《こうかつ》な脅しの種にするかもしれない——たとえば、わたしの慰問をやめさせるとか……

するとパワーは言った。「絶対によしてくださいよ、お嬢様、頼みますよ」運動の時間に、自分のような病人が二十人もいるのを見たのだという。パワーのために規則を曲げるなら、その二十人のためにも曲げなければならない。「そんなことをしてくれると思いますか?」彼女は胸を叩いた。「ネルの襟巻をしてますからね」健気《けなげ》に片眼をつぶってみせた。「まだ取り上げられないですんでるんです、ありがたいことにねえ!」

房を出してもらうと、ジェルフ看守に訊ねた。パワーが診療所のベッドに寝かせてもらえないのは本当？　彼女は答えた。医師《せんせい》に頼んでみたんですが、素人が余計な口出しをするなとけんもほろろに言われました。パワーのことを〈やりてばばあ〉なんて呼ぶんです。「リドレー看守長なら」彼女は続けた。「医師《せんせい》に少しは敬意を払ってもらえるんでしょうけど、あのかたは女囚を罰することに熱心ですから。そしてわたしが従わなければならないのは、リドレー看守長で――」眼をそらして言った。「――エレン・パワーでも、ほかのどの女囚でもないんです」

と胸をつかれた。あなたもまた、ミルバンクの囚われ人なのね。

シライナの房に連れていかれた。わたしはエレン・パワーを忘れた。鉄格子の外に立つと、震えがきた――そんなわたしにジェルフ看守は眼を見開いた。「お寒いんじゃありませんか、お嬢様！」言われるまで、自分でも気づかなかった。凍りついて、身も心も麻痺していたのかもしれない。けれど、シライナの眼差しがわたしの中に生命の火をともした。甘美で、刺すように痛く、辛《つら》く、切ない炎。やっとわかった、シライナを避けたりして、なんて愚かだったのだろう――離れていた間に、気持ちはしぼむどころか、ますます大きく膨れあがり、いっそう熱く、激しく、貪欲になっている。シライナが怯えたような眼でわたしを見て言った。「ごめんなさい」なぜ、謝るの？　と訊ねると、シライナは答えた。花のせいなの？　贈り物のつもりだったのよ。そのあとずっと来てくれなくて、あなたがあの花が怖かったと言ってたのを思い出して。もしかしたら、これは罰のつもりかもしれないと思って。

「シライナ、なぜそんなことを思うの？　わたしが来なかったのはただ——怖かったの——」

怖かったの、わたしの慕情が。とは、言えなかった。頭にあのおぞましい図がよみがえったからだ、老嬢が美しい娘の髪の束を握り締める……

シライナの手を一度だけそっと握り、すぐに放した。「なんでもないわ」うつむいて、プリシラが嫁《とつ》いでいったからいろいろと用事が増えたのよ、と言った。

わたしたちは話を続けた——シライナは半分怯えたようにこちらをうかがいながら。わたしは近づきすぎないように、見つめすぎないように、慄《おのの》きながら。やがて足音が近づいて、鉄格子の外に現われたジェルフ看守の隣には、別の人間が立っていた。最初は誰なのかわからなかったけれど、さげている革の鞄を見て、手紙を配達する教誨師《きょうかいし》秘書のブルーアさんだと気づいた。彼女はわたしに微笑みかけて、次に秘密めかした笑顔をシライナに向けた。まるで贈り物を背中に隠して来たかのようだった。わたしは——すぐに勘づいた！　シライナも勘づいた——と思う。この人は災厄を持ってきたのだ。禍《わざわい》を。

ヴァイガーズが部屋の外で坐りなおしてため息をついている。静かに、静かに書かないと、はいってきて日記を取り上げて眠らせようとするに違いない。でも、こんな気持ちのまま、どうして眠れるだろう？　ブルーアさんは房にはいってきた。ジェルフ看守は鉄格子を閉めたが、鍵はかけず、そのまま通路を歩いていき、立ち止まるのが聞こえた——ほかの女囚の様子を見ているのかもしれない。ブルーアさんは、お嬢様もいらしてちょうどよかったと言った。ドーズに素晴らしい報《しら》せがあるんです。喜んでくださいな。シライナの手が喉元に動き、それから口を開いた。なんですか、報せって？　ブルーアさんは自分の使命に嬉しそうに頰を赤くした。

「移送が決定したのよ！」シライナに言った。「三日後に。フラム監獄へ」

　移送？　シライナは繰り返した。フラムへ？　ブルーアさんは頷いた。〈特級〉女囚全員の移送命令がくだったの。ハクスビー長官が、すぐ全員に通達するように言われたのよ。

「考えてもみてくださいな」今度はわたしに顔を向けた。「フラムの規則や義務はここより軽いんです。女囚たちの作業は全部共同で、お喋りもできるんですよ。食事もほんの少しですが上等です。フラムじゃ、お茶のかわりにチョコレートが飲めるんですから！　どう、ドーズ？」

　シライナは無言だった。全身を硬張らせ、喉を手でおさえていた。眼だけが、まるで抱き人形の眼のように、小さくまたたいていた。わたしの心臓はブルーアさんの言葉に引きしぼられるようだったけれど、でもなにか喋らなければ、本心を隠し通さなければと思った。「フラムに行ったら、シライナ」――どうやって、ああ、どうやってあなたに会いに行けばいいの？

　わたしの声も表情も、本心を明かしていたに違いない。ブルーアさんは変な顔をした。

　唐突にシライナが口を開いた。「いやです。ミルバンクを出たくありません」ブルーアさんはわたしを見た。出たくないって、何を言ってるんですか、あなたは？　ねえ、どうしたの？罰を与えると言ってるわけじゃないのよ――「行きたくありません」シライナは言った。

「でも、行くのよ！」――「行くのよ」わたしは弱々しく、ブルーアさんの言葉をなぞった。

「行けと言われているんだから」――「いや」眼はまだ動いていたが、わたしを見ようとはしなかった。どうしてそんなところに行かされるんですか？　従順に仕事をしたし、義務も果たしました。命令されたことは、文句ひとつ言わずにやってきたのに。シライナの声はまるで別人のようだった。

「礼拝堂では祈禱もしました。勉強も先生に言われるとおりにやりました。スープも残してません。房だっていつも片づけてます」

ブルーアさんはにっこりして首を振った。移送するのは行儀よくしていたからよ。あなたは――ご褒美《ほうび》が欲しくないの？　そしていっそう優しい声で、ちょっと驚いただけなのだろうと言った。ミルバンクにいると、ここよりいい環境の場所があることを理解できないのだろうと。鉄格子に向かって歩きだした。「それじゃ、お嬢様とお話を続けて。納得させてもらいなさい」あとでハクスビー長官が詳しいことを話しに来るとつけ加えた。

返答を期待していたのだろうか。わたしたちが黙っていると、ブルーアさんはまた戸惑い顔になった。そのまま鉄格子に向き直り、手をかけたようだけれど、はっきり覚えていない。ただ、シライナが動いた――あまりに突然だったので、わたしは卒倒したのかと思い、受けとめようと前に出かけた。そうではなかった。シライナはテーブルの奥の棚に躍《おど》りかかり、そこにのっているなにかをつかんだ。錫《すず》のカップとスプーンと本が落ちて大きな音をたて――ブルーアさんがうしろを向いた。その顔が歪んだ。シライナは振りあげた腕をすさまじい勢いでおろした。その手は木皿をつかんでいた。ブルーアさんは腕をあげたが、一瞬遅れた。木皿は――皿の縁《ふち》が、眼の上を直撃したのだろう、彼女はあっと眼をおおい、両腕で顔をかばった。

そのまま床に倒れて、彼女は眼が見えないまま、身をくねらせ、のたうち、スカートを蹴り上げ、粗《あら》い毛糸の靴下や、靴下留めや、桃色の内股をさらした。

一連の出来事は、こうして書くよりずっと素早く、そして頭で思うより、ずっと静かに過ぎ去った。カップやスプーンが落ちたあとに聞こえたのは、木皿の恐ろしい音と、ブルーアさんの激しい息づかいと、彼女のさげている鞄の金具が壁にすれる音だけだった。わたしは両手で顔をおおった。「まあ、神様」――知らず、指に当たるくちびるがそう動いた――ようやく、わたしはブルーアさんのほうに向き直った。その時、シライナの手に木皿がまだしっかりと握られているのが見えた。顔を見上げると、蒼白で汗をかき、奇妙な表情をしていた。

一瞬――ほんの一瞬――あの傷ついた、シルヴェスター嬢を思い出した――あなたはやはり危害を加えたのね！　そのシライナと、わたしはここに閉じこめられている！　思わず恐怖し、あとずさり、椅子の背に手をかけた。

不意にシライナは木皿を落とすと、たたんだハンモックの上にくずおれた。わたしよりひどく震えている。

ブルーアさんは呻《うめ》きながら、壁やテーブルにすがろうとし、わたしもようやく傍《かたわ》らに寄ってひざまずき、震える手をその頭にのせた。「立たないで。横になっていて」――彼女は泣き始めた。わたしは通路に向かって呼ばわった。「ジェルフさん！　ねえ、ジェルフさん、早く来て、急いで！」

ジェルフ看守はすぐに走ってくると、鉄格子に手をかけて息を整え、房内をひと目見て悲鳴をあげた。わたしは言った。「ブルーアさんが、怪我を」——そして声をひそめた。「叩かれたの、顔を」ジェルフ看守は真っ青になり、信じられないという眼でシライナを見つめ、手で胸をおさえて立ちつくしていたが、突然、鉄格子を押し開けようとした。格子はブルーアさんのスカートや脚に引っかかって、わたしたちは彼女の乱れた裾や投げ出した手足を押したり引いたり、情けない時間を費やした——シライナは黙りこみ、震え通しでわたしたちを見ていた。ブルーアさんの目蓋《まぶた》はみるみるうちに腫れて開かなくなり、眉間《みけん》から頬骨にかけて、白い肌にくっきりと痣《あざ》が浮かんだ。服もボンネットも、房の壁から流れる石灰でべたべただった。ジェルフ看守は言った。「わたしの部屋に連れていきます、手伝ってください。そのあと、どちらかが医師《せんせい》と——看守長を呼んでこなければ」ジェルフ看守はわたしの眼を見つめ、シライナに視線を戻した。シライナは膝をかかえて、頭を埋めていた。袖の縫い目の曲がった星が影の中で輝いている。震えている彼女を、このまま置き去りに——次に誰の手がかかると知りながら、慄くシライナに慰めの言葉をかけず、見捨てていくのが、急に非道なことに思われた。わたしは声をかけた。「シライナ」——看守に聞かれようとかまわなかった——シライナは頭をあげた。眼はうつろで、焦点があっていない。誰を見ているのだろう、わたしか、ジェルフ看守か、それとも、わたしたちの間に横たわって傷つき泣いている娘か——たぶんわたしだ。けれど、シライナは無言で、とうとう看守はわたしを房から追いたてた。鉄格子に施錠したあと、一度ためらって、すぐに木の扉に手をのばし、かんぬきをかけた。

それから、わたしたちはジェルフ看守の部屋まで行軍を始めた——なんという道程だったろう！　わたしの叫びと、看守の悲鳴と、ブルーアさんの泣き声を聞いていた女囚たちは皆、房の入り口に殺到し、鉄格子に顔を押しつけて、何度も止まりながらよろよろ進むわたしたちを、食い入るように見ていた。ひとりが叫んだ。誰だい、ミス・ブルーアを怪我させたのは？　別の女囚が怒鳴った。「ドーズだよ！　シライナ・ドーズがぶち切れた！　ミス・ブルーアの顔をかち割りやがった！」シライナ・ドーズ！　その名は女囚から女囚へ、房から房へ、汚水の小波のように伝わっていった。ジェルフ看守は、静かにするようにと叫んだけれども焼け石に水で、騒ぎはおさまらなかった。ついに、ひとつの声が他を圧して響き渡った――誰に教えるのでも、訊ねるのでもなく、ただ嘲笑する声が。「とうとうシライナ・ドーズがぶっ壊れたか！　しゃれたべべ着せられて、闇房行きかよ！」

わたしは叫んだ。「ああ、もう！　黙れないの？」こんな声を聞かされていたら、シライナが狂ってしまう。そう思った時、鉄格子の仕切り門の開く音に続いて誰かの叫び声がすると、声は潮が引くように消えた――リドレー看守長とプリティ看守が、女囚たちの声を聞いて、下の監房区からあがってきたのだ。わたしたちはやっと看守の部屋にたどりついた。ジェルフ看守が扉の鍵を開けて、ブルーアさんを椅子に坐らせ、ハンカチーフを濡らして、眼にあててやった。わたしは素早く囁いた。「シライナは本当に懲罰房行きなの？」――「はい」同じように低く答えて、ブルーアさんの上にかがみこんだ。そこにリドレー看守長がはいってきた。「ジェルフさん、お嬢様。この騒ぎはなんです？」彼女の手は少しも震えておらず、その顔は無表情だった。

「シライナ・ドーズがブルーアさんを木皿で殴りました」ジェルフ看守が報告した。

　リドレー看守長は頭をそびやかすと、ブルーアさんに歩み寄って訊いた。どんな具合です？

「眼が、見えない」――それを聞くと、プリティ看守はよく見ようと前に出た。リドレー看守長はハンカチーフを取りのけた。「目蓋が腫れて開かなくなってる。それだけね。一応、ジェルフさんに医師《せんせい》を呼んでもらって」――ジェルフ看守はすぐに出ていった。リドレー看守長は湿布をあてなおし、その上に片手をのせ、もう片方の手でブルーアさんの首を撫で、わたしには見向きもせずにプリティ看守を振り返った。「ドーズを」看守が通路に歩きだすと、リドレー看守長は言い添えた。「暴れるようなら呼びなさい」

　わたしはその場に立って聞いていることしかできなかった。プリティ看守が足早に砂を撒いた敷石を踏みしめる音、シライナの房を閉ざす木の扉のかんぬきが引き抜かれ、鉄格子に鍵の当たる音。囁くような声。悲鳴のようなもの。それから沈黙が続き、やがてまた、足早の重たい足音が、前よりくぐもって聞こえ、軽い足音が、つまずくように、ひきずられるように、ついていった。しばらくすると、遠くで扉が重々しい音をたて、それからは何も聞こえなかった。

　リドレー看守長の視線を感じた。「お嬢様はドーズと一緒でしたね、事件が起きた時に？」わたしは頷いた。何がきっかけでしたか？――わかりません。「なぜ、ブルーアさんを殴ったんです。お嬢様はご無事で？」ふたたびこう言うしかなかった。わかりません。あの女が他人《ひと》を傷つけるなんて、思いもしませんでした。「ブルーアさんは報せを持ってきたんです」――「その報せを聞いて、暴れだしたんですか？」――「ええ」

「ブルーアさん、どんな報せでしたか？」

「移送の報せです」ブルーアさんは惨《みじ》めに答えた。片手をついた傍《かたわ》らのテーブルには、ジェルフ看守がペイシェンス（トランプの一人遊びのゲーム）で並べていたカードが崩れていた。「ドーズはフラムに移送されるんです」

リドレー看守長は鼻を鳴らした。「されるはずだったけど」意地悪く満足げに言った。不意に、その顔が痙攣した——さながら時計の文字盤が、裏の歯車の振動でひくつくように——彼女の眼はまたわたしを見つめた。

リドレー看守長が考えたことにわたしも思い当たり、はっとした。ああ、まさか！

わたしはたまらず背を向けた。それ以上、リドレー看守長は何も言わず、やがてジェルフ看守が医師を連れて戻ってきた。医師はわたしを見つけて会釈すると、リドレー看守長のかわりにブルーアさんの傍《かたわ》らに立ち、ハンカチーフをめくって舌打ちすると、粉を出してジェルフ看守にグラスの水に溶かすように命じた。わたしには馴染みの匂いがした。ブルーアさんが少しずつ薬を飲み、一度、ほんの少しこぼした時、思わず駆け寄って、その滴《しずく》を受けとめたくなった。

「こりゃあ、痣になるよ」だが、だんだん薄くなるからね、と医師は続けた。鼻やら頬やら、骨を割られなくて運がよかった。包帯を巻きおわると、医師はこちらを振り返った。「一緒だったんですか？　襲われなかった？」大丈夫ですと答えると、こんなことに巻きこまれたんだから、まったく大丈夫なはずはないとしぶり、小間使いに迎えに来てもらって、すぐに帰りなさいと言った。リドレー看守長が、ハクスビー長官にまだ報告してもらってません、と抗議すると、〝こちらはお嬢様なんだから〟ハクスビー長官だって文句は言わないだろう、と切り返した。いまこうして書いていると、かわいそうなエレン・パワーに病棟のベッドを使わせないのはあの男なのだと思い出す。けれども、その時にはそんなことは全然、考えもしなかった。彼には感謝の気持ちしか浮かばなかった。あの時ハクスビー長官に質問や憶測を浴びせられたら、きっと死にたくなっただろう。わたしは医師とともに通路を歩き、シライナの房の脇を通り過ぎる際に歩調を落とし、その小さな暴動の痕を目《ま》のあたりにして身を震わせた――鉄格子扉も木の扉も開け放たれて、木皿もカップもスプーンも床に転がり、ミルバンク式にたたまれたハンモックの山は乱れ、本は――『囚人の友』は――破れ、表紙は石灰まみれだった。じっと見ているわたしの視線を追い、医師は首を振った。

「おとなしい娘だと聞いていたが。ま、いちばんおとなしい犬ころでも、飼い主の手を咬むことはあるからね」

　召使を迎えに来させて、馬車で帰りなさいと言われた。けれども、狭い空間には耐えられる気がしなかった。もっと狭い場所に閉じこめられたシライナの姿が脳裏をよぎる。わたしは歩いて帰った、足早に、闇をついて、身の危険を顧《かえり》みずに。タイト街に差しかかって、足をゆるめ、風に顔を向けて火照《ほて》りを冷ました。母は訊くだろう、今日の慰問はどうだったの、と。答えを用意しておかなければ。「今日は女囚がひとり暴れだして、職員を殴ったの。突然、狂いだして、大騒ぎだったのよ」とはまさか言えない。口が裂けても言えるはずがない。女囚は従順で、幽閉されて、憐れむべき存在なのだと、母が信じこんでいるからではない——そうではなく、うっかりするとわたし自身が泣きだし、おろおろ震えて、真相を声高に叫びだしそうだったから——

シライナ・ドーズが職員の眉間を割って、拘禁服を着せられて、懲罰房の闇に入れられたのは、ただミルバンクを離れたくないから、わたしと別れたくないからだと。

結局わたしは、無言のまま、黙って静かに部屋に戻ろうと決めた。気分が悪いから、このまま休ませてと言えばいい。けれども、扉を開けたエリスの顔を見て胸が騒いだ。エリスが脇にどくと、食堂のテーブルに、花や蠟燭や食器が並んでいるのが見えた。そうして、母が駆け出してきた。不安と苛立ちで真っ青だった。「どうしてあなたはそう、考えなしなの！　言うことを聞かないで、心配ばかりかけるの！」

今夜はプリシラの結婚後、最初の晩餐会で、招待客がいたことをすっかり忘れていた。母が近寄ってきて、手をあげた——ぶたれる。そう思って、わたしは身をすくめた。

叩かれなかった。母は外套をはぎ取ると、わたしの襟元に手をかけた。「服を脱がせて持っておいき、エリス！」母は怒鳴った。「こんなどろどろを家に入れられないわ、ああ、汚い、絨毯が」そう言われて初めて、自分が石灰まみれなことに気がついた。ブルーアさんを助け起こした時に違いない。呆然と立ちつくしていると、母とエリスが袖を片方ずつ引き抜いた。胴着をはがされ、スカートからようやく足を抜くと、帽子も、手袋も、さらには通りの泥にまみれた靴まで脱がされた。エリスは汚れ物を持ち去り、母は、粟立《あわだ》っているわたしの腕をつかむと、食堂にひきずりこんで、扉を閉めた。

わたしはあらかじめ考えておいたとおり、気分が悪いと言った。けれど、そう言うと、母は馬鹿にしたように笑った。「気分が悪い？　駄目、駄目、マーガレット。都合の悪い時にすぐ、そうやって切札を使うんだから。気分が悪いなんて」

「本当に気分が悪いのよ。お母様がそんなふうだと、ますます――」

「元気じゃないの、ミルバンクの女囚のところには行けるんでしょう！」わたしはこめかみに手をあてた。母はその手を払いのけた。「ほんとに自分勝手で、我儘《わがまま》で。いいかげんにおし」

「お願いだから」わたしは言った。「お願いよ。部屋に戻って、ちょっと横になれば――」

さっさと部屋に戻って、服を着ておいで――ひとりで着なさい、みんな忙しくて、着替えを手伝えないからね、と言われた。わたしは答えた。無理よ、気分が――今日は本当にもう、ひどい目にあったの、監獄で。

「あなたの居場所はここ！」母は叫んだ。「――監獄じゃない。いいかげん、眼をおさまし。プリシラがお嫁に行ったんだから、これからはあなたがこの家の義務を果たすのよ。あなたの居場所はここ、ここよ。ここで、わたしのそばで、お客様をお出迎えして……」

母は喋り続けた。スティーヴンがいるじゃない、ヘレンも――そうわたしが遮ると、母の声はいっそう鋭くなった。何を言ってるの！　冗談じゃない！　お友達に勘繰られるなんて、娘が病人だとか、変人だとか――その言葉を、母は吐き捨てるように言った。「あなたはブラウニング夫人じゃないんだから――いくら、そうなりたいと願っても。だいたい誰の奥様でもない。老嬢のくせに。あなたの居場所は——何度言えばわかるの——ここよ、このわたしのそば」

　ミルバンクで痛みだしたわたしの頭は、いまではふたつに割れそうだった。けれども、そう訴えると、母はただ手を振って、クロラールを飲みなさい、と言った。持っていってやるひまがないから、自分で勝手にお飲み——母は薬の隠し場所を言った。箪笥《たんす》の引き出しの中だった。

　そしてわたしは自分の部屋に来た。ホールでヴァイガーズと行きあったけれども、わたしが腕をさらしペティコートと靴下姿なのを見て眼を丸くした。わたしは顔をそむけた。ベッドの上にはドレスが広げてあり、それにあわせるブローチまで置いてあった。必死に紐を結ぶ間《ま》に、最初の馬車が着くのが見えた——スティーヴンとヘレンを乗せた辻馬車だった。エリスがいないとうまく着られない——腰のあたりで針金が変に引っかかっているけれど、どうなおせばいいのかわからない。頭が痛くて考えられない。髪についた石灰をブラシでこそげ落とす。針のブラシのように感じる。鏡に顔を映すと、眼は痣のように黒く、喉の骨はコルセットの骨のように飛び出していた。階下からスティーヴンの声が聞こえて、客間のドアが閉まるのを確認してから、母の部屋に行き、クロラールを見つけた。二十スクループル（一スクループルは約一・三グラム）飲み——しばらく坐って待ち、効果が現われなかったので、もう十スクループル飲んだ。

　血がとろみを増すように、顔が腫れぼったくなり、こめかみの痛みがおさまってきて、ようやく薬が効き始めたのがわかる。引き出しにクロラールをきちんとしまった。母に文句を言われないように。階下におりて、母の隣に立ち、到着する客を笑顔で出迎えた。母はちらりと振り返り、わたしがきちんとしているのを見ると、あとはもうこちらを向こうとしなかった。ヘレンがわたしにキスをしに来た。「また喧嘩したのね」囁かれて、わたしは答えた。「ああ、ヘレン、プリシラがいてくれたらいいのに！」ふと、薬の匂いに気づかれるかもしれない、と思い、くちびるに残る薬の匂いを消すために、ヴァイガーズの持っている盆から葡萄酒のグラスを取った。

そんなわたしを見て、ヴァイガーズはそっと言った。「お髪《ぐし》のピンがゆるんでますよ」そして盆を腰でささえて、片手でわたしの髪をなおしてくれた——いままでいちばん温かい親切を受けた気がした。何よりも。誰よりも。

エリスが夕食のベルを鳴らした。スティーヴンが母に腕を差し出し、ヘレンはウォレス様に、わたしはパーマー嬢の恋人、ダンス様にエスコートされた。彼は頬髯をはやし、眉毛は驚くほど太かった。わたしは言った——いま思い出すと、自分の言葉ではないようだ——「ダンス様のお顔っておもしろいですわね！　子供の頃、父がよくあなたのような顔を描いてくれましたわ。スティーヴン、覚えてる？」ダンス様は笑った。ヘレンはきょとんとしていた。「逆立ちして、もうひとつのお顔を見せてくださいな！」

ダンス様はまた大笑いした。夕食の間じゅう、彼はひっきりなしに笑い、その笑い声に疲れたわたしは眼をこすりだした。ウォレス夫人が言った。「マーガレットは今晩、疲れてるみたいねえ。疲れたの、マーガレット？　あの女たちに熱心になりすぎて」眼を開けると、テーブルの燭台がひどく眩しかった。ダンス様が訊いた。女たちとはなんですか？　ウォレス夫人がわたしのかわりに答えた。ミルバンク監獄に通《かよ》って、女囚たちと親しくしているんですのよ。ダンス様は口元を拭いて、それは奇特な、と言った。またドレスの針金がちくちくといっそうひどく気になりだした。「マーガレットの話では」ウォレス夫人が先を続けるのが聞こえた。「そこの規則は本当に厳しいんですって。もちろん女囚たちは、ひどい生活に慣れてるんですのよ」わたしは夫人を、そしてダンス様を見つめた。「お嬢様は女囚を観察しに行っているわけですか？　それとも、先生として？」――「慰問と模範のためですのよ」ウォレス夫人が言う。「導いてあげるためですわ、貴婦人として」――「なるほど、貴婦人のつとめですか……」

今度はわたしが笑う番だった。ダンス様は振り返ってまばたきした。「ずいぶんひどいものをごらんになったんでしょうな」

わたしは、彼の前の皿を見つめていた。ビスケット、ブルーチーズ、象牙の手がついたナイフ、その刃にこびりついたバターと、バターにつく汗のような水滴。わたしはゆっくりと言った。ええ、ひどい光景を眼にしましたわ。看守に沈黙を強いられて、話すことのいっさいできない女たち。耐えきれずに、自分の身を傷つける女囚。発狂する女囚。ある女囚は死にかけていますわ、寒さの中に放置されて、ろくに食物ももらえなくて。そうそう、自分の眼をえぐり出そうとした女囚も――

ダンス様はつかんでいた象牙の手のナイフを、皿に置いた。パーマー嬢が、ひっと声をあげた。母が叫んだ。「マーガレット！」ヘレンがスティーヴンを振り返った。けれど、わたしの言葉は止まらなかった。言葉が口から出るたび、舌に味も形も感じられた。胃の中のものをテーブルの上にもどしているようで――誰にも止められない。

「物置と懲罰房を見ましたわ。物置には手枷、足枷、拘禁服、脚帯がありました。脚帯というのは、女囚の手首足首を腿に縛りつけるもので、そんなものを巻かれた女は、幼児のように食物をスプーンで食べさせてもらって、粗相《そそう》をしても汚物の中に放置され――」母が前より激しく叱責《しっせき》し、スティーヴンの声も加わった。わたしは言った。「懲罰房――闇房には仕切り門と、扉が二枚あって、扉の一枚には藁を詰めた当て物を張って音がもれないようにしてあります。女囚は拘禁服で両腕の自由を奪われ、闇の中に閉じこめられるんですわ。いまも、ひとりの娘が入れられていて――ねえ、ご存じかしら、ダンス様、いちばんおもしろいお話を?」わたしは身を寄せて囁いた。「そこに入れられるべきなのは、このわたしなんですの！――彼女じゃなくて。ええ、彼女なんかじゃない」

ダンス様はウォレス夫人を振り返った。夫人はわたしの囁きに息をのんでいた。誰かが不安げに言った。どういう意味なんです？　それは？

「あら、ご存じなくて？」わたしは答えた。「自殺未遂の女も、監獄に送られるんですのよ」

ここで母が早口に割りこんだ。「マーガレットは病気だったんですの、主人が亡くなったショックで。病気だったものですから――不幸な事故が起きて！――睡眠薬の量をはかり間違えて――」

「モルヒネを飲みましたの！」わたしは叫んだ。「そして死ねたのよ、あのまま見つからなければ。見つかるなんて、不注意もいいところ。でも、わたしにはなんのお咎めもなし――わかる？——助けた人も、自殺未遂だとはっきり知ってるくせに。おかしいでしょう？　普通の貧しい女がモルヒネを飲んだら監獄送りになるのに、わたしは助けられて、そんな女たちを慰問しているなんて——わたしが貴婦人だから！」

　たぶん、いままでにないほどわたしは狂っていたのだろうけれど、いやにきっぱりとした口調だったので、気色《けしき》ばんでいる程度にしか見えなかったと思う。食卓を見回すと、誰も眼を合わそうとはせず、母だけが——見知らぬ者を見るように、わたしを凝視していた。とうとう、おかしいほど静かな声で言った。「ヘレン、マーガレットを部屋に」そう言って立ち上がると、貴婦人たちは皆、立ち上がり、殿方も立ち上がってお辞儀をし、出ていく彼女たちを見送った。ヘレンがそばに来た。「あなたに手なんか貸してもらう必要ないわ！」ヘレンはびくっとした——次に何を言われるかと不安に駆られたからだろう。それでもわたしの腰に手をかけて立たせ、スティーヴン、ウォレス様、ダンス様、戸口に立つヴァイガーズの前を通って、部屋を出た。母が貴婦人たちを客間に案内していくあとを、少し離れてついていき、やがて客間の前を通り過ぎた。ヘレンは言った。「どうしたの、マーガレット？　あんなのって——全然、あなたらしくない」

　この時には少し落ち着いていた。気にしないで、疲れてるだけ、頭が痛いし、ドレスの針金は出てるし。わたしはヘレンを部屋に入れず、客間に戻って母を手伝うように言った。少し眠れば、朝までにはよくなってると思う。ヘレンは本当だろうか、という顔をしていた。けれども、ヘレンの顔に手をあてると——安心させようと優しく！——はっと身を引いたので、わたしのことを、わたしが何をしだすか、何を言いだすかを、怖がっているのだとわかった。わたしは大声で笑いだした。するとようやく、ヘレンは階下におりていった――ずっと振り向いたままの顔は、どんどん小さくなり、色も形も階段の暗がりにぼやけて溶けていった。

真っ暗で静かで、光といえば淡く輝く暖炉のおきと、日除けの外の街灯だけ。暗さがかえって嬉しかった。蠟燭でランプに火をつけようとも思わなかった。ただ、戸口と窓辺を行ったり来たり、行ったり来たりし続け、身体を締めつける胴着をゆるめようとした。けれど思ったように指が動かず――ドレスは肩からほんの少し滑り落ちて、いよいよ身体を締めつける。それでもわたしは歩き続けた。そして思った。まだ暗さが十分じゃないわ！　もっと暗い場所がいい。どこが暗い？　衣装戸棚の戸が開きかけているのに気づいた。戸が半開きでさえ、奥はどこよりも暗く思えた。わたしは衣装戸棚の中に潜りこみ、縮こまり、膝に顔を埋めた。握り潰すように締めつけてくるドレスを脱ごうともがけばもがくほど、ますますきつく、きつく、身体が絞られて――背中にねじがついてるんだわ！　わたしは思った。それを締められてる！

その時、わたしは自分がどこにいるのかを知った。わたしは彼女とともにいた、ぴったりと、片時も離れずに――そう、彼女の言葉だ、封蠟よりもぴったりと。わたしは闇房にいる、拘禁服を着て――

それでいて、この眼を絹の帯でふさがれているのも感じる。喉にはベルベットの首輪を巻かれて。

どれほど長くそこにいたのだろう。一度、階段をあがってくる足音に続き、かすかなノックの音がして、誰かが囁いた――「大丈夫？」ヘレンか、小間使いだ。母ではない。答えずにいると、眠っていると思ったのか、部屋にはいってこなかった――からのベッドを見て、どうしてそう思ったのだろう？　ホールのざわめきが聞こえてきた。スティーヴンが口笛で辻馬車を止めている。窓の下の通りからダンス様の笑う声が響いてくる。玄関は閉められ、かんぬきをおろされ、母が鋭い声を出しながら部屋から部屋を回って、火の始末を確認している。わたしは耳をふさいだ。次に聞こえたのは、ヴァイガーズが真上の部屋で動き回り、やがてベッドのスプリングがきしむ音だった。

　立ち上がろうとして、よろめいた。縮めていた脚は冷たく、痺《しび》れて、ドレスはまだ両腕を身体に縛りつけていた。立ち上がると、ドレスは簡単に滑り落ちた。薬の効果が切れていたのかどうかはわからないけれど、吐き気がした。暗がりの中を歩いて、顔を洗い、口をゆすぐと、おまるの上にかがみこんでもどした。暖炉の火格子にはまだ、おきがふたつ、みっつ、かすかに光っている。そばに寄って、しばらく手をかざしたあと、蠟燭に火をともした。くちびるも、舌も、眼も、自分のもののような気がしなかった。鏡の前に行って、どうなったのか見てみなければ。振り向いて、ベッドを見たわたしは、枕になにかがのっているのを見つけた。指が震え、蠟燭を取り落とした。

　頭があると思った。わたしの頭かと思った。恐怖に凍りついて、立ちつくした。わたしはあそこに眠っているのだ――でも、衣装戸棚の中で縮こまって眠り、起きて、歩いて、この場所に立って、いま、自分を抱き締めているのもわたし。明かりをつけるのよ！　明かりをつけるの！　暗がりで飛びかかってこられたらどうするの！　かがみこんで蠟燭を拾い――火をつけなおして、もう落とさないように両手でしっかりと持ち――枕元に近づいて、それを見つめた。頭ではなかった。拳《こぶし》ふたつ分ほどもある、金髪を編んだ束だった。わたしがミルバンク監獄で盗もうとした髪――シライナの髪。シライナがわたしのもとに送ってくれたのだ、闇の中から、街を、夜を、ひととびに越えて。わたしは髪に顔を押しあてた。硫黄の匂いがした。

今朝は六時に起きた。ミルバンクの鐘が聞こえた気がした。闇に囚《とら》われ、泥土にまみれてよみがえった死者は、こんな気分なのだろうか。傍《かたわ》らにシライナの髪がある。艶やかな三つ編みは、ゆるんでいるところが少し影になっている――昨夜は同じベッドで寝た。その髪を見て、昨夜のことを思い出し、わたしは震えだした。けれども、起き上がってそれをスカーフでくるみ、日記をしまってある引き出しに隠す分別は残っていた。足早に部屋を横切ると、絨毯は客船のデッキのようにぐらぐらした。立ち止まっても、床はかしいでいた。エリスが来て、部屋を覗くなり母を呼びに行った。眉間に皺を寄せて、叱るつもりで来た母は、真っ青になって震えるわたしの惨めな姿を見て声をあげ、アッシュ医師《せんせい》を呼びにヴァイガーズを送り出した。医師が来ると、わたしはたまらず泣きだした。月のものが来ただけですと言うと、クロラールはやめて阿片チンキを飲んで安静にしているように、と言われた。

医師が帰ると母は、腹痛がするのならおなかにあてがうようにと、ヴァイガーズに皿を温めさせ、阿片チンキを持ってきた。すくなくとも、前の薬よりはましな味だった。

「そんなに具合が悪いとわかっていれば、昨夜、無理強いはしなかったんだけど」これからは、わたしの様子にもっと気をつけなければと言うと、ヘレンとスティーヴンを連れてきて、小声で話し合った。一度、眠ったように思うけれど、急に泣きだして自分の悲鳴で眼をさましてから、三十分も混乱していた。今度、みんなが見守る前で、熱に浮かされて変なことを口走ったらどうしよう、と思ったわたしは、ひとりにしておいてくれればよくなるから、と言った。

「ひとりに？　何を言ってるの！　病気のあなたをほっとけるわけないでしょうに」――母は一晩じゅう、付き添っているつもりだったのだろう。とうとう、わたしがおとなしく横たわり静かになったので、小間使いに番をさせておけばいいだろう、と皆は判断した。それでいま、ヴァイガーズはドアの外で、夜が明けるまで坐っている。母はヴァイガーズに、わたしが動き回らないように見張っていなさいと命じていた――ページをめくる音が聞こえるだろうに、ヴァイガーズは部屋にはいってこない。一度だけ、糖蜜と卵を溶いて甘くしたミルクを温めて、そっと持ってきてくれた。これを一日に一杯飲めばすぐお元気になりますよ、と言われたけれど、飲めなかった。一時間後、カップを取りに来たヴァイガーズの不器量な顔は、落胆していた。わたしは水とパンを少し口にしただけで、鎧戸を閉めたまま蠟燭をともし、横になっていた。母が明るいランプをつけた時、わたしは顔をそむけた。眼が痛くて。

一八七三年　五月二十六日

　午後、部屋でひとり静かに坐っていると、呼び鈴が鳴って、ルースが来客を案内してきた。先週の水曜日に交霊会に来たイシャーウッド嬢だった。わたしの顔を見ると、彼女は急に泣きだした。あれから一晩も眠れない、ピーター・クイックのせいだという。顔や手に触れたピーターの指の感触がいつまでも消えず、眼に見えない痕をつけられて、そこから水か涙のようになにかが流れ出るのを感じると。わたしは言った。「お手を。いまもその水のようなものを感じますか？」はい、と彼女は言った。わたしはしばらく見つめて言った。「わたしも感じます」イシャーウッド嬢は眼を瞠《みは》った。わたしは笑いだした。もちろん、あなたのかかえている問題はわかります。「あなたはわたしの同類です。能力《ちから》がある！　体内に霊気が満ち、身体の外にあふれてきている。それをあなたは水のように感じているのです。霊は出現したがっている。望みに従えばあなたの能力《ちから》は強くなる。霊はただ、開発を望んでいるのです。霊の声を無視すれば能力《ちから》は、いずれ消えてなくなればよし、さもなければ体内で歪み、病《やまい》となるでしょう」イシャーウッド嬢は蒼白になった。「あなたはもう安全です。よくなったでしょう、いま、わたしが触れて？　大丈夫、ピーター・クイックの手を借りて、あなたをお助けします」ルースに居間の準備をするように頼むと、呼び鈴を鳴らしてジェニーを呼び、これから一時間の間、居間とそのまわりの部屋に誰も近づけないように命じた。

しばらく待ってから、イシャーウッド嬢を連れて階下におりた。ブリンク夫人と行きあったので、イシャーウッド嬢は私的交霊会のために来たのだと説明した。それを聞いて、ブリンク夫人は言った。「まあ、幸運なかたね！ でも、お願いですから、わたくしの天使をあまり疲れさせないでくださいましな」イシャーウッド嬢は、無理はかけませんと言った。居間に行くと、ルースがカーテンをかけてくれていたけれども、燐油を用意するひまはなかったようで、かわりにランプの火がうんと絞られていた。「ランプはこのままつけておいて、ピーター・クイックが来たとわかったら言ってください。あなたに能力《ちから》があれば、彼は来るでしょう。今日はカーテンのうしろに行きません。大人数の交霊会では、人々の眼から放たれる気を遮るために必要ですが」かれこれ二十分ほど坐っていただろうか、イシャーウッド嬢はずっとびくびくしていたが、突然、壁を叩く音がすると囁いた。「あれは？」「さあ」そして、叩く音はさらに大きくなり、彼女は叫びだした。「来ていますわ！」するとピーターが内房《キャビネット》から現われて、首を振って言った。「なんだってこんな時間に呼び出したんだ？」わたしは答えた。「こちらの貴婦人にあなたの助けが必要なの。霊媒の力を持っているらしいけど、まだ力が弱くて、開発してあげなければいけないの。力を目覚めさせたのはあなたでしょう」「イシャーウッド嬢か？ ああ、この間、つけてやったしるしが見える。いいかな、お嬢さん、これは非常に重いつとめだ、軽《かろ》んじてはいけない。おまえの持つ力は時に宿命の能力と呼ばれることもあるものだ。これからこの部屋で行なわれることは、無知蒙昧《もうまい》の輩《やから》には奇異にしか思われない。奴らの果てしない迫害を呼ばないためにも、この修業については秘密を守ってもらう。できるか？」イシャーウッド嬢は答えた。「できると思いますわ。ドーズさんの言葉を信じていますもの。わたしも同類で、同じようになれるはずだと」

　ピーターを見ると、彼は微笑していた。「私の霊媒は特殊なんだ。おまえも、霊媒は自分の意識を追いやって霊に身体を明け渡すものだと思っているだろう。それは違う。霊媒は霊のしもべになるというほうが正解だ、霊の手で思うままに動く道具になる。おまえは霊の奴隷になる、祈りの言葉は常に〈わたしは奴隷〉だ。シライナ、唱えろ」わたしは言われたとおりにした。ピーターはイシャーウッド嬢に言った。「おまえが命じてみろ」彼女は言った。「唱えて、ドーズさん」わたしは唱えた。「わたしは奴隷です」ピーターは言った。「わかったか？　霊媒は命令に抗《あらが》うことはできない。起きているように見えるだろうが、いま入神状態《トランス》にある。別の命令をしてみろ」イシャーウッド嬢が唾を飲む音がした。「立ってくださいますか、ドーズさん？」すぐにピーターは言った。「くださいますか、じゃない。命令するんだ」それでイシャーウッド嬢は言った。「お立ちなさい、ドーズさん！」わたしは立ち上がった。ピーターの声がした。「ほかのことを言ってみろ」「てのひらをあわせて、眼を閉じて、アーメンと言いなさい」わたしがすべて言われたとおりにすると、ピーターは吹き出して、げらげらと笑いだした。彼は言った。「キスをしろと言ってみろ」「わたしにキスなさい、ドーズさん！」「私にキスしろと言え！」「ドーズさん、ピーターにキスなさい！」そして彼は言った。「服を脱げと言え！」イシャーウッド嬢は叫んだ。「そんなこと言えませんわ！」「言え！」彼女はわたしに命じた。ピーターは言った。「ボタンをはずしてやれ」イシャーウッド嬢は言われたとおりにしながら叫んだ。「まあ、胸が波打ってらっしゃいますわ！」

ピーターは言った。「霊媒の姿を見ろ。肉体を抜け出た霊はこんな姿をしている。肌に触れてみろ。熱いか？」イシャーウッド嬢は、とても熱いと答えた。「霊が肌すれすれまできているからだ。おまえも熱くならなければな」「わたしも火照《ほて》ってきましたわ」「それは結構。だが、開発するにはまだまだだ、霊媒におまえをもっと熱くさせる。服を脱いで、霊媒と抱き合え」イシャーウッド嬢がそのとおりにする気配がした。わたしはまだ眼を閉じていた。ピーターの許しがなかったから。彼女の両腕が巻きつき、顔が近づくのがわかる。ピーターの声がした。「どうだ？」「よくわかりませんわ」「もう一度、訊こう。おまえの唱える文句は？」「わたしは奴隷です」「もう一度、言え」唱えると、ピーターはもっと速く言えと叱り、彼女は従った。ピーターが近づいてうなじに触れると、彼女はびくんと震えた。「駄目だ、まだ熱くない！もっともっと、身体が融けるほど熱くなって、私をおまえの中に呼べ！」彼はイシャーウッド嬢の身体に両腕を回し、わたしの身体に触れた。わたしたちの間にぴったりはさまれ、彼女は震えだした。ピーターは言った。「祈りの文句はどうした？　さあ、唱えてみろ」彼女は唱えた。何度も、何度も、何度も、声がかすれるまで。そしてピーターが、わたしに囁いた。「眼を開けてごらん」

一八七四年　十二月十一日

一週間、聞こえないはずの音で眼をさました。女囚たちを義務に追いたてる鐘の音。女たちが起床し、毛糸の靴下を履き、リンジーの囚人服を着る様や、食器を持って鉄格子扉の前に立ち、お茶のカップで手を温め、仕事に取りかかって手をかじかませる様が、ありありと見える。シライナはまた房に戻ったのだろう。懲罰房で寄り添っていたわたしの心の一部から、闇がふっと軽くなったのを感じたから。シライナがひどく惨《みじ》めな思いをしているのはわかっていた。けれど、あれからわたしは会いに行っていない。

最初に足を遠のかせたものは恐れと羞恥だった。いまは母だ。わたしが回復するにつれて、母はまたぐちっぽくなってきた。医師《せんせい》の往診の翌日、枕元に坐り、ヴァイガーズがまた温めたお皿を持ってくるのを見て頭を振った――「こんな病気になることなんかなかったのよ、結婚してさえいれば」昨日は、入浴している間、そばに立って見ていたうえに、服を着させてくれず、寝巻のままで部屋にいなさいと言った。そこに衣装戸棚の中から、ミルバンクの慰問用にあつらえた外出着をかかえて、ヴァイガーズが現われた。晩餐会の夜、そこにしまわれたまま忘れていたけれど、母はわたしに洗わせるつもりだったのだろう。外出着にこびりついた石灰を見て、壁にすがるようにしていたブルーアさんの姿を思い出した。母はわたしを一瞥すると、その服を持っていって洗って、奥に片づけてしまいなさい、とヴァイガーズに命じた。わたしが、待って、と――ミルバンクに行く服がないと困るから、と――言うと、母は眼をむいた。こんな目にあって、まさか、まだ通《かよ》うつもりなの？

母はヴァイガーズに小声になって言った。「服を持っておいき」ヴァイガーズは一度わたしを見てから、命令に従った。足音が素早く階段に消えていく。

それから、いつものうんざりするような口論になった。「ミルバンクには行かせませんからね」母は頑強だった。「行けばそうやって病気になるくせに」行くつもりになれば止めることはできないでしょう、と言い返すと、母は怒鳴った。「良識をわきまえていたら、そんな口がきけるものですか。親不孝ばかりして！」

慰問がなぜ良識にはずれているのか、どうして親不孝なのかと訴えると、母は答えた。ダンス様とパーマーのお嬢さんの前で恥をかかせて！　前からわかっていたけれど、アッシュ医師《せんせい》も同じことをおっしゃったわ。せっかくよくなっていたのに、ミルバンクに通うようになってから、病気がぶり返したって。勝手ばかりするから、神経が参るの。影響されやすいくせに、監獄の荒くれ女たちの慰問なんてするから、淑女の振る舞いを忘れて。いつもいつもぼんやりして、ますます空想ばかりするようになって――云々《うんぬん》。

「シリトー様が」最後に母は言った。「心配して手紙をくださったわ」慰問した翌日に届けられたらしい。母は、わたしが病気でもう行けないと返事を書くつもりだと宣言した。

また口論になり、わたしはぐったりしし、ついに堪忍袋の緒《お》が切れた。黙れ、ばばあ！――頭の中にそんな言葉が浮かんだ。無意識に声に出さずにそう言って、あまりに自然に口が動いたことに愕然とした。聞かれただろうか。けれども母は振り返らず、まっすぐドアに向かっていく。決然としたその足音に、わたしはなすべきことを悟った。ハンカチーフを取ってくちびるをぬぐうと、手紙を書いてくれる必要はない、と母の背中に呼びかけた。自分で書くから。お母様のおっしゃるとおりミルバンクにはもう行かない。そう言いながら眼を伏せているのを、反省のしるしと見て取ったのだろう、母はまた戻ってきて、わたしの頬に手をあてた。

「あなたの身体だけよ、わたしが心配してるのは」

指輪が顔に冷たかった。モルヒネの昏睡から意識を取り戻した時にも、こうして枕元にいてくれたことを思い出した。あの日の母は喪服で、髪をおろしていた。わたしの胸に顔を埋め、夜着を涙で濡らしていた。

母は紙とペンを手渡すと、ベッドの足元に立ち、わたしが手紙を書くのを見守った。わたしは書いた。

シライナ・ドーズ
シライナ・ドーズ
シライナ・ドーズ
シライナ・ドーズ

紙の上でペンが動くのを見届けて、母は出ていった。わたしは紙を暖炉で灰にした。呼び鈴を鳴らしてヴァイガーズを呼んで命じた。さっきのは間違いだから、服をきれいにしたら、母がいない時にわたしのところに持ってきて。このことは、母にもエリスにも言わないでおいて。

それと、届けなければならない手紙はある？――ヴァイガーズが頷いて、一通だけあると答えた。それなら、いますぐそれをポストに持っていって。誰かに訊かれたら、わたしの手紙だと言うのよ。ヴァイガーズは眼を伏せたまま、お辞儀をした。それが昨日のことだった。あとで母が来て、わたしの顔にまた手をあてた。この時は眠ったふりをして、母を見なかった。

チェイン通りに馬車の音がする。ウォレス夫人が母を演奏会に迎えに来たのだ。じきに母は部屋に来るだろう。家を出る前に、わたしに薬を飲ませるために。

ミルバンクに行って、シライナに会った。いまではすべてが変わってしまった。

もちろん、皆は待っていた。門番もよく言い含められていたのだろう、わたしを見ると、わけ知り顔に通してくれた。女囚監獄に行くと、看守が待ち構えていた。すぐに連れていかれたハクスビー長官の部屋には、シリトー様とリドレー看守長もいた。初めてここに来た日のようだった。いまにして思えば天と地ほどの差があったのだ――今日の午後には気づかなかったけれど。ただ、違いがあるのは感じた。ハクスビー長官はにこりともせず、シリトー様は厳しい顔をしていた。

シリトー様は、また来てくれて嬉しい、手紙の返事をもらえなかったので、先週の事件で怯えて、二度と来てくれないと思っていたと言った。わたしは、少し具合が悪かっただけです、と答えた。手紙はうちの女中が渡すのをうっかり忘れていたのだと。そう答えるわたしの眼や隈《くま》をハクスビー長官はじっと見ていた——阿片チンキで眼は淀んでいるだろう。けれども、薬を飲んでいなければ、もっとひどい有様だった。寝室を出たのは一週間ぶりのことで、薬になんとか力を貸してもらっているようなものだった。

ハクスビー長官が、回復なさったようで何よりです、あの事件のあとに、お話をうかがえなくて残念でしたと言った。「実際に事情を聞けたのは、気の毒なブルーアさんからだけでした。ドーズは頑として口を割らないのです」

リドレー看守長が楽な姿勢になろうと体重を移し、靴が床にこすれる音がした。シリトー様は無言だった。わたしは訊ねた。ドーズはどのくらい懲罰房に入れられていたんですの？——

「三日間です」それは〝法的手続きなしで〟女囚を入れることのできる、最長期間だった。

「三日間なんてずいぶん厳しいと思いますけれど」

職員に暴行を加えた罪にしてはということですか？　ハクスビー長官は表情を引き締めた。そうは思いません。ブルーアさんは重傷を負い、ひどいショックを受けて、ミルバンク監獄を辞めました——復職することもないでしょう。

シリトー様は首を振った。「実に残念な出来事だった」

頷いて、わたしは訊ねた。「ドーズはどうしてますの？」——「分相応に惨めに暮らしています」とハクスビー長官が答えた。プリティ看守の監房で、椰子《やし》の繊維ほぐしをしているはずです。フラム監獄行きの話は当然、お流れになりました。そこまで言って、ハクスビー長官はわたしの眼を見つめた。「あなたも喜んでいらっしゃるのでしょうね」

そう訊かれることは予想していた。わたしは落ち着き払って答えた。ええ、嬉しいですわ。ドーズにはいっそう、お友達が必要だということですもの。これまでよりずっと、慰問の友情が——

「いいえ」ハクスビー長官は言った。「いけません」ドーズはあなたの友情に影響を受けて、看守を襲ったり、暴れたりしたのですよ。あなたが特別に関心を寄せた結果、このようなことになったのですよ。「ご自分をドーズの友達とおっしゃる。あなたが来るまでは、ドーズはミルバンク一おとなしい女囚でした！　あんな激情を起こさせるなんて、どんな友情です？」

「もうドーズと会ってはいけないと？」

「ドーズをそっとしておきたいだけです。あなたがまわりにいては気持ちが乱れます」

「わたしが行かなければ、かえって気持ちが乱れるはずですわ！」

「では、慣れさせるしかありませんね」

「ハクスビーさん——」舌がもつれた。危うく、お母様ったら！　と言いそうになったのだった。喉を手でおさえて、シリトー様を見た。

「あの暴行は実に深刻な問題だった。考えてごらん、次はあなたが襲われるかもしれないだろう？」

「わたしは襲われません！」ドーズがどんなに辛《つら》かったか、わたしが行くことでどれほど慰めになっていたか、わかりませんの？　ありのままのドーズを見てください。頭がよくて、優しくて――ミルバンク一おとなしい娘さんですわ、ハクスビーさんがおっしゃるとおりに！　監獄がドーズをどんなふうに変えたか、考えてもみてください――悔悛させたわけでもない、更生させたわけでもない、ただ惨めにさせて、房の外の世界を想像する力すら奪って。だからこそ、ここを出なければならない、と伝えに来た看守に乱暴してしまったんですわ！「沈黙を守らせて、そのうえ、慰問も禁止されたりしたら、ドーズは狂ってしまいます――でなければ、死んでしまいますわ……」

こんな調子でわたしは喋り続けた。自分の生命がかかっていても、ここまで饒舌《じょうぜつ》になれないと思った――でもいまならわかる。かかっていたのは、まさにわたしの生命。喋っていたのはわたしの口を借りた何者かの声。シリトー様はこの前のようにじっと考えこんでいた。具体的にどんな会話をかわしたのかはよく覚えていない。わかっているのは、面会の許可がおりたことと、彼女の美点を見るようにすると同意させたことだけだ。「ドーズを監督していたジェルフさんも、あなたをかばっていたよ」――どうやらそれが、シリトー様の心を動かしたらしい。

振り返ると、ハクスビー長官は眼を伏せていた。シリトー様がいなくなり、わたしが慰問に行こうと立ち上がると、ようやく顔をあげた。その表情を見て驚いた。怒りも、気まずい様子も、羞恥も浮かんでいない。とはいえ当然、顔をつぶされたと感じて、心にしこりができているだろう。わたしは言った。「言い争いはやめましょう」ハクスビー長官は即座に、言い争うつもりはないと答え、ただ、わたしが監獄についてなんの知識も持たずに来たわけで――ここで長官は言いよどみ、ちらりとリドレー看守長を見た。「もちろんわたしはシリトー様の決定に従わなければなりません。けれども、シリトー様がここを完全に管理することはできないのです、なぜならここは女囚監獄ですから。あのかたには女囚監獄の空気や女たちの癇癪が理解できません。前に冗談を申し上げたでしょう、わたしはもう何十年も監獄に閉じこめられているとき――そう、わたしはずっとここにいますから、監獄暮らしの歪みがどんなふうに現われるのかを、よく知っているのです。あなたもシリトー様も知らないし、理解することもできないでしょう、女たちの――」ハクスビー長官は言葉を探していたが、また同じ言葉を繰り返した。「癇癪を――驚くほどの癇癪を――ドーズのような娘が監獄にはいった場合に起こす――」

長官はまだ言葉を探しているようだった。彼女自身、監獄の外で普通に使われる単語が出てこない点では囚人のひとりであったのかもしれない。それでも、言いたいことはわかった。けれど、そこで口にされる癇癪は、ジェーン・ジャーヴィスやエマ・ホワイトが起こすような、ありふれたつまらないものでしかない――シライナやわたしとは違う。ハクスビー長官が言葉を見つける前に、わたしは、気をつけますと答えた。彼女は長すぎるほどわたしを見つめてから、リドレー看守長に監房区に連れていくように命じた。

監獄の白い通路を歩いていると、薬の効果が身に染みた。監房区にはいると、ますますそれを実感した。風にガス灯の炎があおられて、平面のはずの壁が揺らめき、膨らみ、震えて見える。わたしはいつものように、厳罰房の陰鬱な空気と、悪臭と、重たい沈黙に、胸が悪くなった。わたしに気がついて、プリティ看守がいやらしい眼つきでこちらを見た。その顔は歪んだ金属の板に映ったように、横に広がって不気味に見えた。「おや、おや、お嬢様」そして——たしかにこう言った。「戻ってきたんですか、あなたのいたずら子羊に会いに？」とある扉の前にわたしを案内し、彼女は覗き窓にこっそりと眼をあて、おもむろに木の扉のかんぬきと、鉄格子扉の鍵をはずした。「どうぞ。懲罰房に入れられて以来、おとなしいもんです」

シライナが移された独房は、厳罰房ではない監房よりも狭く、小窓は鉄で鎧張りされ、ガス灯のまわりには、女囚を火から遠ざけるために金網が張られて、胸が痛くなるほどに暗かった。テーブルも椅子もない。シライナは堅い木のベッドに腰かけて、椰子の繊維が盛られた盆の上に、窮屈そうにかがんでいた。扉が開けられると、シライナは盆を膝からおろして、立ち上がろうとした。が、よろめいて、壁に手をついた。袖の星は奪われて、身体よりひとまわりも大きい囚人服を着せられている。頬は白く透け、こめかみと口元に紫の痣《あざ》ができ、額《ひたい》には擦り傷の痕が残っていた。爪は椰子の繊維で肉まで裂けていた。繊維の埃が、シライナの帽子に、エプロンに、袖口に、寝具につもっている。

プリティ看守が扉を閉めて鍵をかけると、わたしは一歩、近づいた。わたしたちは無言で、互いに慄《おのの》きつつ、ただ見つめ合った。沈黙を破ったのはわたしのほうだった。「何をされたの？　いったい、何を？」——すると、シライナはぴくんと頭をあげて、微笑した。けれども見つめるうちに、笑顔はまるで蠟の仮面のように歪み、溶けていった。やがて彼女は片手を顔に押しあてて泣きだした。わたしにはそばに行って肩を抱いて、ベッドに坐らせ、傷ついた顔を落ち着くまで撫でてあげることしかできなかった。シライナはわたしの外套の襟に顔を押しあてて、ぎゅっとしがみついてきた。しばらくしてやっと、囁くような声を出した。「気弱だと呆れた？」

「気弱だなんて、シライナ」

「会いたかったの。会いたかった」

シライナの身体の震えが、やっとおさまってきた。わたしは手を取り、割れた爪を調べて悲鳴をあげた。シライナは、一日に四ポンドの繊維をほぐさないといけないのだと言った。「それをやらないと、次の日、ミセス・プリティがもっとたくさん持ってくるの。そこらじゅう繊維だらけになって――窒息しそう」食事は水と黒パンだけ。礼拝堂に連れていかれる時には、手足に枷をされる――それを聞いて、わたしはもう耐えられなくなった。だが、もう一度手を取ると、シライナは身を硬張らせて、指を引っこめた。「ミセス・プリティに」と口ごもった。

「あの人に見られたら……」

その時、扉の向こうで気配がし、覗き窓の垂れ蓋が、血色の悪い太い指にそろそろと開けられるのが見えた。わたしは叫んだ。「見張らなくても結構よ、プリティさん！」すると看守は笑い、この監房では常に監視をしていなければならないのだと言った。けれども覗き窓はぱたんと閉じ、彼女が遠ざかって別の房の前に行く音が聞こえた。

ふたりとも、しばらく無言で坐っていた。わたしはシライナの額の傷を見た――闇房の中で転んだの、とシライナは言って、その時のことを思い出したのか、身震いした。「とても恐ろしい場所でしょう」というわたしの言葉に頷いて、彼女は答えた。「あなたは知っているもの、闇房がどんなに恐ろしいか」――そして言い添えた。「わたしが耐えられたのは、あなたが闇を少し背負ってくれたから」

　わたしが見つめると、シライナは続けた。「その時わかったの、あんな姿を見ても、まだ来てくれるとしたら、あなたは本当にいい人だと。闇房の最初の一時間で、いちばん怖かったのはなにかわかる？　ええ、まるで拷問だった！――あの人たちの罰なんて、それに比べたらなんでもない。本当に怖かったのは、あなたがわたしから離れていくかもしれない、ということだった。あなたを遠ざけてしまったかもしれない、ということ。わたしはただ、あなたのそばにいたかったの！」

　わかっていたことだった――けれど、はっきり聞かされると眼が眩《くら》み、耳をふさぎたくなった。「駄目よ、そんな」――するとシライナは激しい声で囁いた。何度でも言うわ！　ああ、あのお気の毒なミス・ブルーアのことを思うと！　あの人には悪気なんてなかった。でも、移送されて――あの人たちの言う、ほかの女囚とお喋りする自由をもらえだなんて！　「ほかの女囚とお喋りして何になるの、あなたと話せないのに」

　シライナの口を手でふさぐと、わたしはあらためて、駄目、駄目よ、と言った――だが、彼女はわたしの手をはずしてしまうと、なおも言葉をあふれさせた。これを言うためにミス・ブルーアを傷つけたのよ。拘禁服と懲罰房の闇に耐えたのよ。それでも黙れと言うの？

　わたしはシライナの両腕をつかんで、叫ぶように言った。あなたのやったことでどうなったと思う？　かえって監視が厳しくなったのよ！　ハクスビー長官は、わたしをあなたに近づけないようにしたがっている。リドレー看守長は、長時間一緒にいないように見張っている。プリティ看守も――シリトー様さえ。「わかってるの、この先、わたしたちがどんなに注意深く、狡《ずる》く立ち回らなければならないか」

いつのまにか、わたしはシライナの身体を引き寄せていた。彼女の眼が、くちびるが、温かく甘酸っぱい吐息がそこにある。ふと、自分の言葉に本心を聞いて、はっとした。

わたしは手を離して、背を向けた。シライナの声がした。「オーロラ」

即座に答えた。「やめて」

けれども彼女は繰り返した。オ、ー、ロ、ラ。オ、ー、ロ、ラ。

「よして」

「なぜ？　闇房の中で呼んだら、喜んで答えてくれたでしょう！　なぜいまさらよそよそしくするの？」

わたしはベッドから立ち上がった。「そうしなければならないから」

「どうして？」

こんなに近づくのは正しいことではないから、と答えた。間違っているし、ミルバンクの規則に違反しているから。それを聞くと、シライナは立ち上がった。房は狭く、逃げ場所がなかった。わたしのスカートの縁《ふち》が盆を引っかけて、椰子の繊維が舞い上がる。シライナは平然と繊維の雲の中を抜けてくると、わたしの腕に手をかけた。「あなたはわたしといたいのよ」違うと、言下《げんか》に答えると――「いいえ、あなたはわたしを欲している。でなければ――なぜ、あなたは日記にわたしの名を書いてるの？　わたしの花を受け取ったの？　オーロラ、なぜわたしの髪を持ってるの？」

「あなたが送ってきたんじゃない！　わたしは頼んでないわ！」

「送れなかったわ」シライナは静かに言った。「あなたが心から望んでいなければ」

わたしは絶句した。シライナはわたしの顔を見ると一歩さがり、そして表情が変化した。彼女は囁いた。そこにいてちょうだい、ミセス・プリティが覗くかもしれない。落ち着いて、黙って聞いて。わたしはあの闇の中ですべてを知った。いまそれを、あなたに伝えるから……

こころもち前かがみのシライナの眼は、正面からわたしを見つめ、魔術師の眼のように暗く、どんどん大きくなっていく。彼女は言った。前に話したわね、ここに来たのは目的を達成するためだったと。いつか霊が、その目的を明らかにしてくれると。「霊が来たの、オーロラ、闇房で倒れたわたしの前に。現われて話してくれた。あなたにはわかってる？　わたしはうすうす気づいていた。それで怖くなったの」

そこまで言うと、くちびるをなめ、こくりと喉を鳴らした。わたしは身じろぎもせずに見つめた。そして訊いた。何？　なんなの？　なぜ霊はあなたをここに連れてきたの？

「あなたのため。あなたと出会うため。出会って、知り合って――ひとつになるため……」

ナイフを突き立て、えぐるような言葉。鼓動が高まり、その早鐘《はやがね》の奥で、鋭い疼《うず》きが――あの胎動のような疼きが、いままでになく強く、激しく、それに呼応するシライナの中の疼きも、はっきり感じられて……

　まるで拷問のよう。

　シライナの言葉はただただ恐ろしかったから。「やめて。なぜわたしにそんなことを？　霊の言葉なんて何になるの。そんな恐ろしい――わたしたちは冷静に、落ち着いて、普通にしていないといけないの。あなたが釈放される日まで通《かよ》ってこようと思うなら――」

「四年よ」四年間、会わせてもらえると思う？　ハクスビー長官が許すと思う？　あなたのお母様が許す？　もし許しが出ても、週に一度か月に一度、たった三十分しか会えなくて――それで、耐えられるの、あなたは？

　わたしは言った。いままでだって耐えられたのよ。刑期を縮めてもらえるように、上告しましょう。辛抱すれば――

「辛抱できるの？」シライナは鋭く言った。「今日のあとで？　冷静に、落ち着いていられるの？　駄目！――」一歩、踏み出そうとして遮られた。「動かないで！　静かにして、わたしから離れて。ミセス・プリティに見られる……」

　わたしは両手を手袋が燃えるほど激しくからませた。どんな道があるというの？　からかわないで！　ひとつになるなんて――ここで、ミルバンクで！　霊はどういうつもりでそんなことを？　なぜわたしにそんな話を？

「あなたに話すのは」その声はあまりに細く、埃の渦に向かってかがみこまなければ聞こえないほどだった。「ひとつだけ道があるから。あなたにその道を選んでほしいの。わたしは脱獄する、、、こ、、と、、が、、で、、き、、る、、」

気がつくと、わたしは笑っていた。口に手をあてて、笑いだしていた。そんなわたしをシライナはじっと見つめた。真顔だった――闇房の日々が彼女の理性にひびを入れたのかもしれないと、その時、初めて思った。蠟のように白い頬と、眉間《みけん》の痣を、わたしは見た。冷静な気持ちを取り戻したわたしは、静かに言った。「口が滑ったのね」

「わたしにはできる」シライナは淡々と言った。

駄目、とわたしは応じた。間違ってる。

「間違っているというのは、あの人たちの法に照らせばの話でしょう」

駄目よ。だいたい、ミルバンクからどうやって出るつもり？――通路は全部、鍵のかかった鉄格子門で仕切られているし、どこもかしこも看守だらけで……。わたしは木の扉や鎧張りの窓を見回した。「鍵がいくつもいるはずだわ。ほかにも――いろいろ必要なものがあるはずよ。それに、逃げることができたとしてもどうするの？　どこに行くつもり？」

シライナはまだわたしを見つめている。その眼はあいかわらず闇のように暗い。やがて彼女は口を開いた。「鍵はいらない。霊が助けてくれる。わたしはここを出て、あなたのもとに行く。オーロラ、遠くに行きましょう、ふたりで」

なんでもないことのように、彼女は言った。簡単なことのように。わたしはもう笑わなかった。わたしが一緒に行くと思う？　と訊いた。

シライナは言った。あなたは行かなければならないと思う。

わたしは言い返した。わたしが捨てると思うの——

「捨てる？　何を？　誰を？」

母を。ヘレンとスティーヴンとジョージーとこれから生まれてくる甥姪たちを。父のお墓を。大英博物館の閲覧室の入室券を——「わたしの人生を」ようやくそれだけ言った。

シライナは答えた。わたしがもっといい人生をあげる。

「無一文なのよ」

「あなたのお金がある」

「財産は母のものよ！」

「あなた自身のお金があるはずよ。売ることのできる品物だって、きっと……」

わたしは首を振った。馬鹿げてるわ、こんなの。いえ——おかしいもいいところ！　どうやって生活していくつもり、わたしたちだけで、頼るってもないのに？　どこに行けばいいのよ？

問い詰めながら、眼を見ているうちに、わたしは答えを知った……

「きまってるわ！　あの国に住むのよ、毎日、陽の光を浴びて。あなたが行きたかった、あの明るい国——レッジオ、パルマ、ミラノ、ヴェネチア。どこにだって住める。わたしたちは自由になる」

思わずまじまじと見つめた——不意に、プリティ看守の重々しい足音と、踵《かかと》が砂を踏みしめる鈍い音が聞こえてきた。わたしは声を落とした。「わたしたちふたりとも狂ってる。逃げるなんて、ミルバンクから！　無理よ。すぐ捕まる」シライナは霊が守ってくれるから大丈夫だと言った。信じられない！　とわたしは叫んだ。彼女は問い返した。どうして？　いろいろ送り届けたのに。わたし自身を送れないはずないでしょう。

そんなはずない、とわたしは言った。「それが本当なら、一年前にここを出ていたはずよ」

——待っていたのよ、あなたが必要だった。わたしを呼び寄せてくれる、あなたが。

シライナは続けた。「いま、わたしを受け入れず——ここに来ることを止められたら、あなたはどうするの？　妹さんを羨んで過ごす？　一生、自分の中の闇房に囚《とら》われたまま？」

呪わしい光景がよみがえった。老いてますます口うるさくなった母——朗読が速いの、聞こえないのと文句を言うその傍《かたわ》らで、泥のような陰気な色のドレスを着て坐っているわたし。

わたしは首を振った。だけど、きっと見つかってしまう。警察に。

「警察には手が出せないわ、国境を越えてしまえば」

でも、わたしたちの罪は世界じゅうに広まる。どこを歩いていても気づかれて、指差される。世間からつまはじきにされる！

問い返された。あなたがいつ世間なんて気にした？　なぜいまさら気にするの？　そんな煩わしいもの全部から離れた場所を見つけましょう。わたしたちの運命の地。必ず探してみせる、それがわたしの使命……

シライナは軽く頭を振った。「いままで生きてきて、来る日も、来る月も、来る年も、わたしは自分がわかったつもりでいた。でも、何も知らなかった。光の中にいたと思っていたのに、眼は開いていなかった！　訪ねてきた不幸な貴婦人たちは手に触れて、わたしの魂にほんの少し触れていったけれど――あの女《ひと》たちはみんな影だった。オーロラ、あなたの影だった！　わたしはあなたを探すために生まれてきた、あなたはわたしを探すために生まれてきた。あなたはわたしを求めていたの、あなたの半身を。このまま引き裂かれたら、あなたもわたしも死んでしまう！」

わたしの半身。気づいていた？　気づいていたはずだとシライナは言う。彼女は続けた。

「わかっていたはずよ、感じていたはずよ。わたしよりも先に気づいていたはずだわ！　初めてわたしを見た時に感じたでしょう」

言われて思い出した、明るい房でシライナを見つけた日のことを――陽の光に顔を向けて、両手で菫《すみれ》の花を持ったシライナの姿を。わたしがあの時見惚《みと》れたのは、何ものかの意志があったから？

思わず口をおおった。「わからない。わからないわ」

「わからない？　自分の指を見て。あなたのものかどうかわからない？　どこでもいい、自分の身体の一部を見て――あなたが見ているものはわたし！　わたしたちはひとつの魂。同じ光のかたまりを分けられたふたつの半身。ええ、愛していると――言うのは簡単、妹さんがご主人に言うように。年に四度、この監獄から手紙で書くこともできる。でもわたしの魂は、あなたの魂を愛してはいない――もう溶け合っている。わたしたちの肉体は愛し合っていない。もともと同じものがひとつに戻りたがっている。ひとつに戻らなければ死んでしまう！　あなたはわたしと同じ。知っているはずよ、生命が、魂が——服を脱ぐように肉体を脱ぎ捨てる感覚を。あなたは引き戻された、魂が本当に離れていってしまう前に。捕まえられ、引き戻された——あなたは戻りたくなかったのに……」

シライナは続けた。目的もなしに、霊がそんなことをさせたと思う？　本当にあなたが霊界に行くべきだと知っていたら、あなたのお父様は迎えに来たはず。「でも、お父様はあなたをこの世に送り返した。そしていま、あなたはわたしのものよ。あなたは命を粗末にしたけれど、でも、いまはわたしのものよ。それでも抗《あらが》うの？」

いまやわたしの胸は轟《とどろ》くほど激しく鼓動を打っていた。いつもロケットがあった場所で、痛いほどに、金槌で叩くように。「わたしはあなただと言うけれど、同じ光のかたまりからできたわたしの手足はあなたの手足だと言うけれど、あなたはこのわたしの姿をちゃんと見て言っているの——」

「見ているわ」シライナは静かに答えた。「でも、わたしが普通の人間の眼であなたを見ると思っている？　わたしが見ていないと思っているの、灰色の地味なドレスを脱いだあなたを——髪をおろして、暗がりで、ミルクのように白い身体を横たえるあなたを……？」

そして最後に言った。「わたしも彼女と同じだと思っているの——あなたを裏切って、弟さんを選んだ彼女と同じだと？」

その時、知ったのだ。シライナの言ったことは、いままで彼女が話したことはすべて本当だったのだと。立ったまま、わたしは泣きだした。立って泣きながら震えるわたしを、シライナは慰めようとせず、ただ見守って頷いた。「わかったでしょう。なぜ辛抱強く、こそこそ立ち回るだけではいけないのか。なぜあなたがわたしに惹かれるのか——なぜあなたの肉体がわたしに引きつけられるのか、どうしたがっているのか。抗わないで、オーロラ。わたしのもとに来て、わたしのもとに……」

シライナの声は力強い、ゆっくりと波打つ囁きに変わっていた。麻薬のように、血管の奥まではいりこみ、鈍く重く脈打った。不意に、シライナに触れたくなった。手をのばして、捕まえたい。椰子の繊維が渦巻く空気を通り抜けて、小さく動くくちびるに吸い寄せられそうになる。わたしは壁につかまろうとした——けれども壁はたいらで、石灰で滑りやすかった——寄りかかると、ずるずると滑るのがわかる。自分の身体がのびて、膨れあがってきたような気がする——顔は襟の上で膨らみ、指は手袋の中で腫れあがり……

わたしは自分の手を見た。シライナはこれを彼女の手だと言うけれど、大きくて不恰好だ。手を撫でると、皺やごつごつした節《ふし》が指先に伝わってくる。

それが硬くなり、ひびがはいるのを感じた。

それがやわらかくなり、滴《したた》りだすのを感じた。

その時、これが誰の手かわかった。シライナの手ではない、これは彼の手だ——この手の蠟の型がとられ、この手が夜な夜なシライナの房を訪れて、蠟の跡を残したのだ。わたしの手、ピーター・クイックの手が！　おぞましかった。

「いいいえ、できないわ。わたしはそんなことしない！」——その瞬間、全身の膨張と、脈打つ痛みは嘘のように消えた。わたしはその場を離れて、扉に手をのせた――それはわたしの手だった、黒い絹の手袋におさまっているのは。シライナの声がした。「オーロラ」――わたしは言った。「その名前で呼ばないで、そんな名前は嘘！　本当だったことはない、最初からみんな嘘だった！」わたしは扉に拳《こぶし》をあてて叫んだ。「プリティさん！　プリティさん！」振り返ると、シライナの顔は平手打ちされたように、まだらに赤くなっていた。絶望に打ちのめされ棒立ちになって――彼女は泣きだした。

「別の道を見つけましょう」わたしは声をかけた。けれども、シライナは首を振って、かぼそい声を出した。「わからないの？　わかってくれないの、ほかに道がないと？」涙がひと滴《しずく》、睫《まつ》毛《げ》の先で光り、震えたかと思うと、頬を伝って、埃を濡らした。

やがて現われたプリティ看守が会釈する前を通り、わたしは一度も振り向かなかった――振り向けばシライナの涙に、顔の傷痕に、わたし自身の激しい慕情に、引き戻されるのがわかっていた。扉が閉まり、かんぬきがかけられ、わたしは歩き去った――口輪をひかれ、棒でつかれる家畜のように。骨から肉が引きはがされるように。

わたしは小塔の階段で足を止めた。プリティ看守は、わたしが下におりていくだろうと考えて、持ち場に戻っていった。わたしはおりていかなかった。暗がりに立ちつくし、冷たい白い壁に顔を押しあてた。上の階段から足音が聞こえてきて、はっと頭をあげた。リドレー看守長だと思ったわたしは、振り向きざまに頬を手でぬぐった。涙や石灰がついた顔を見られたくなかった。足音が近づいてきた。

リドレー看守長ではなかった。ジェルフ看守だった。

わたしを見て、彼女は眼を瞠《みは》った。階段で音がしたものですから、なにかあったのかと思って……。わたしは首を振った。シライナ・ドーズに会ってきたところだと言うと、彼女は身体を震わせた。ジェルフ看守はわたしと同じくらい惨めな顔をしていた。「わたしの監房区はまったく変わってしまいました、彼女が連れ去られてからは。特級の女囚は全員移送されて、新しい女囚ばかりです。まったく知らない顔も。それに、エレン・パワーが――エレン・パワーもいってしまって」

「パワーがいってしまったの？」わたしはぼんやりと言った。「嬉しいわ、よかった。ここにいるよりも、大事にしてもらえるでしょう、フラム監獄なら」

わたしの言葉を聞いて、彼女はいままでにないほど惨めな顔になった。「フラムじゃないんです、お嬢様」ご存じなかったんですね、パワーはやっと五日前に、診療所に移されたんです、とジェルフ看守は言った。けれども間に合わなかった――孫娘が遺体を引き取っていったという。ジェルフ看守の親切はなんにもならなかった。パワーの囚人服の下に赤いネルの襟巻が見つかり、彼女は厳しく叱責《しっせき》され、減棒処分になった。

わたしは呆然となった。「そんな」やっと声が出た。「どうしてそんなことを我慢しなきゃならないの。どうしてこの先、我慢できるの」――あと四年間も、と胸の奥でつぶやいた。

ジェルフ看守は首を横に振ると、顔に片手をあてて、わたしに背を向けた。じゃりじゃりという足音が階段を遠ざかり、やがて静寂が戻った。

そのあとわたしはマニング看守の監房におりていき、端から端まで歩いて、房の中に坐りこむ女囚たちを見て回った――ひとり残らず身体を縮めて惨めに震えており、ひとり残らず病人か半病人だった。そしてひとり残らず、飢えているか、物も食べられないほど衰弱しきっていた。指は監獄の労働と寒さでひび割れていた。監房区の端では、別の看守が待っていて、わたしを五角形の獄舎の二号棟の門に案内し、そこからは男の看守が男の監獄の中を先導していく――わたしはどちらにも話しかけなかった。門番小屋に続く砂利道の口に出ると、空はすでに暗く、川からはびょうびょうと風が吹きつけてきた。わたしを囲むようにそばだつミルバンク監獄は、墓標にも似て寒々と、吐息ひとつ聞こえないのに、その実、哀れな男や女でいっぱいなのだ。何度となく通《かよ》ったけれど、いまほど彼らの絶望の重みを感じたことはない。わたしに感謝し、いまはこの世にいないパワー。傷つき、涙を流し、わたしを半身と呼んだ――わたしたちは互いを探すために生まれてきた、このまま引き裂かれたら、あなたもわたしも死んでしまう、と言ったシライナ。テムズ河を見下ろすわたしの部屋。扉の外で椅子に坐るヴァイガーズ――眼の前では門番が鍵束を振り振り、辻馬車を呼びにやった助手を待っている。いまは何時かしら？　六時かもしれない、十二時かもしれない。お母様が帰っていたら――どう言えばいい？　服には石灰がついているし、監房の匂いがしみついている。もし、シリトー様に手紙を書かれたら、いえ、アッシュ医師《せんせい》を呼ばれたりしたら。

いつのまにか気持ちがぐらつきだした。門番小屋の戸口で、頭の上には霧にふさがれた汚らしいロンドンの空が広がり、足の下では花ひとつ育たないミルバンクの腐った地面が匂っている。顔に雹《ひょう》の粒が針のように鋭くぶつかりだした。門番が立ち上がって、小屋に招き入れようとしている――けれども、わたしの心は揺れていた。「お嬢様？　どうしたんでさ？」門番は片手で顔の水滴をぬぐった。

「待って」――最初は声が小さすぎて、門番は眉を寄せて耳を近づけてきた。わたしはもう一度言った。「待って」――前よりも大きな声で。「待って、お願いだから待って、戻らなくちゃ、戻らなくちゃ！」し忘れたことがあるの、どうしてもしておかなくちゃいけないことが！

門番がなにか言った――わたしはすでに聞いていなかった。きびすを返し、監獄の薄闇に戻っていった――砂利に踵《かかと》をとられそうになりながら、ほとんど走るように。看守に見咎められるたびに、同じことを言った――戻らなくちゃならないの、女囚監房に！――皆は不思議そうな顔をしたものの、黙って通してくれた。女囚監獄の門には、持ち場を交替したばかりのクレイヴン看守が立っていた。顔見知りだったので、わたしが案内はいらないと――ちょっと忘れたことがあるだけだと言うと――あっさり通してくれ、振り返りもしなかった。監房区一階の看守たちも同じ言い訳でやり過ごし、わたしは小塔の階段をのぼり始めた。プリティ看守の足音が聞こえたので、別の通路に行ってしまうのを待って、シライナの房まで走り、覗き窓に顔を押しあて、中を覗いた。彼女は盆のそばに坐りこみ、指に血をにじませ、椰子の繊維をより分けていた。眼はまだ濡れて赤く、肩は震えている。わたしは呼ばなかった。けれどもシライナは顔をあげて、身を硬張らせた。わたしは囁いた。「速く、こっち！」シライナは走ってくると、壁に身体をあずけて、息がかかるほど、顔を寄せてきた。

わたしは言った。「言うとおりにするわ。あなたと一緒に行く。愛してるわ、離れることなんてできない。どうすればいいか教えて、言うとおりにするから！」

シライナの瞳は黒く輝き、わたしの顔が真珠のように白く浮かんでいるのが見えた。姿見を覗きこんでいた父のように、わたしの魂は身体を離れ——ふわりと飛び立ち、彼女の中に降り立った。

一八七三年　五月三十日

昨夜は恐ろしい夢を見た。夢の中で、目覚めると手足が動かなかった。両眼は糊のようなものでふさがれ、その糊は流れて口までふさいでいた。ルースかブリンク夫人を呼ぼうとしても、出せたのは呻《うめ》き声だけ。窒息するか餓死するまで、こうしていなければならないのかと、恐ろしくなって泣きだした。すると涙が眼の糊を洗い流し、ようやく隙間ができた。〝やっと部屋が見える〟その時、思っていた部屋は、なぜかシデナムの部屋ではなく、ヴィンシー師の宿の部屋だった。

見えたのは暗闇だった。きっと棺桶に入れられたのだ。死んだと思われたのだ。わたしは棺の中で泣き続け、涙が口を固めていた糊を溶かすと、助けを求めて叫びだした。〝大声を出せば誰かが聞きつけて出してくれる〟誰も助けに来てくれなかった。頭をあげると、木にぶつかった。その時の音から、ここは地面の下だと、墓に埋められたのだと悟った。どんなに大声を出しても誰も聞いてはくれないだろう。

わたしは叫ぶのをやめた。どうしようと考え始めたその時、不意に傍《かたわ》らで囁く声がした。身体がぞくりと震えた。「ひとりだと思った？　こうしてそばにいるのに？」声の主を探したが、暗くて何も見えず、耳にくちびるが触れるのを感じるだけ。くちびるの主はルースか、ブリンク夫人か、伯母さんか、それとも全然、別の誰かだろうか。わかったのは、不思議なくちびるが微笑んでいることだけだった。

第四部

一八七四年　十二月二十一日

いまでは毎日届く、シライナからの愛のしるしが。花や、香りや、時にはほんの少し部屋のものが動く――部屋に戻ると、置物が一度持ち上げられたようにずれていたり、衣装戸棚の扉が半開きになって、ドレスの絹やベルベットに指で触れた跡があったり、クッションが頭の形にくぼんでいたり。わたしが部屋で眼を光らせている間は届かない。ああ、眼の前で届いてくれたなら。もう怖がったりしない。それが途絶えることだけが怖い！　届いている間は、わたしたちの距離が埋まっていることが確かめられる。闇から紡いだ震える糸が、ミルバンク監獄からチェイン通りにのびて、それを伝ってシライナの魂がわたしのもとに飛んでくるのだから。

糸は夜、わたしが阿片チンキで眠る間に、もっとも太くなる。そのことになぜ気づかなかったのだろう？　いまのわたしは喜んで薬を飲む。時々、母が留守の際に――糸を日中もつなぎとめるために――母の引き出しをそっと開けて、余分に飲む。

もちろん、こんな薬もいらなくなる。イタリアに行ってしまえば。

最近の母はわたしに対して寛容だ。「マーガレットはもうミルバンクに三週間も行っていないのよ」と、ヘレンやウォレス夫妻に報告している。「この子の変わりようを見てちょうだい！」父親を亡くして以来、これほど元気なわたしを見たことがない、と。母の外出中に監獄に出かけたことに気づいていない。灰色の訪問着が衣装戸棚の底にひっそりと眠っていることも知らない——善良なヴァイガーズは口をつぐんでいてくれた。最近わたしは身のまわりの世話を、エリスでなくヴァイガーズにまかせている。母は、わたしがかわした約束を知らない。大胆にも、残酷にも、母を見捨て、辱《はずかし》めることになる約束を。

それを思うと、身体が少し震える。

でも、考えなければ。闇の糸でつながってはいても、本当に駆け落ちするなら、脱獄するなら——まあ！　あらためて文字にすると、なんだか三文新聞に書きたてられる追剝ぎのようだ——急がなければ、計画を立てなければ、準備をしなければ。これは冒険。わたしはひとつの生命を捨てて、新たな生命を得る。これはまるで、死。

かつては、死ぬことなんて簡単だと思っていた。でも、とても難しかった。今度のこれは——もっと難しいのだろうか？

今日も母の留守中に会いに行った。シライナはまだプリティ看守の監房にいた。あいかわらず惨《みじ》めで、指の出血はひどくなっているくらいだったけれども、泣きごとひとつ言わなかった。わたしと同じだ。シライナは「どんなことでも耐えられるわ、なんのための試練かわかったいまは」と言った。激しさはよみがえっていたけれど、それはシライナの内側に封じこめられていた。ランプのほやに守られて燃え盛る炎のように。看守がその炎に気づき、たくらみを見破るのではないかと、いまはそれが怖い。今日も、看守の視線が怖かった。通路を進む一歩ごとに慄《おのの》き、初めてここに来た日を思い出した。あらためて感じる、その威容、押し潰されそうな——壁の、かんぬきの、鉄格子の、錠の、革と毛糸の制服に身を固めた番人の、悪臭の、ざわめきの、まるで鉛のようなそれらの重み。歩くうちに、ふとわれに返った。こんなところから逃げられると思うなんて、わたしもシライナもなんて馬鹿だったのだろう！　自信を取り戻すのは、彼女の激しさに触れる時だけだった。

まず、わたしのしなければならない準備について話し合った。シライナは、お金がいる、集められるだけのお金を集めなければ、と言った。それから、服や、靴や、そんなものをしまう旅行鞄も。フランスに着いてから買い揃えればいいなんて悠長なことは言っていられない。汽車の中で怪しまれないように、旅行中の貴婦人と付き添い《コンパニオン》らしく、旅行鞄を見せつけて歩く。シライナに言われるまで、考えもしなかったことばかりだった。自分の部屋で考えていると馬鹿馬鹿しく思える。けれども、シライナが眼をきらきらさせて、力強く指示する言葉は、ちっとも馬鹿げて聞こえなかった。

「切符がいるわ」シライナは囁いた。「汽車と船の。そしてふたり分の旅券」わたしは、それならアーサーが話すのを聞いていたから大丈夫、と請け合った。それどころかイタリア旅行に必要な手続きなら、一から十まで知りつくしていた。妹が新婚旅行の計画を、何度も何度も喋るのを聞かされていたのだから。

シライナは言った。「わたしがあなたのそばに行くまでに準備しておいて」——どうやって来るのか、話してもらっていないわたしは、気がつくと震えていた。「大丈夫かしら！　なにか術を使うの？　わたしも暗いところにこもったり、呪文を唱えたりするの？」

シライナはくすりと笑った。「そんなものだと思っているの？　必要なのは――愛よ。互いに求め合う心ね。あなたはただ、わたしが欲しいと念じてくれればいい。そうすれば、わたしはあなたのもとに行ける」

だから、言ったとおりの準備を整えておいて、と彼女は結んだ。

今夜、母に本を読んでと頼まれた時、わたしは『オーロラ・リー』（ブラウニング夫人の八巻からなる長編物語詩。ヒロインの孤児オーロラが文筆で立ち、従兄ロムニーと結婚する）を選んだ。母は本を見て言った。「ロムニーが戻るところを読んで――かわいそうな――傷だらけで、眼も見えなくなって戻るところを」――けれどもわたしは従わなかった。金輪際、そのくだりを読むつもりはない。わたしは七巻を読んだ。マリアン・アール（オーロラ・リーの親友）に向けたオーロラの言葉の巻を。一時間ほど朗読して本を閉じると、母はにっこりした。「今夜のあなたの声は心地よいことねえ！」

今日はシライナの手を一度も取らなかった。いまは手に触れさせてくれないのだ。看守に見られるかもしれないから。けれども話している間、坐っているわたしのすぐそばにシライナは立ち、足を触れあわせた――わたしの不恰好な靴と、もっと不恰好なシライナの囚人靴。リンジーのスカートと絹のスカートを、わたしたちはそっと持ち上げた――ほんの少しだけ。ふたりの革靴の先が接吻できるだけ。

一八七四年　十二月二十三日

今日はプリシラとアーサーから小包みが届いた。同封の手紙は一月六日に帰国するとあり、全員――母と、わたしと、スティーヴンと、ヘレンと、ジョージー――に対する招待状をかねていた。マリシュの屋敷で春まで一緒に休暇を愉しもうというのだった。そういえば、何ヵ月も前からそんな話は出ていたけれど、母がそんなに早く出立《しゅったつ》する心積もりでいたとは知らなかった。年が明けて二週め、一月の九日に家を出ると――いまから三週間もない。これを知って、わたしは頭が真っ白になった。あのふたりが帰国してそんなにすぐにお邪魔したりしていいの？　と母に訊ねた。プリシラは大きなお屋敷で大勢の使用人を取り仕切る女主人になるのよ。少しあの子が家の仕事に慣れるまで遠慮したほうがいいんじゃない？　すると母は、そういう時こそ新妻が母親の助言を必要とする時なのだと言った。「あちらの小姑たちの親切なんて、あてにできないでしょう」

そして、あなたも結婚式の日より少しはプリシラに優しくしてくれないとね、と釘を刺された。

母はわたしの弱みをすべて見通したと思っている。もちろん、最大の弱みなど見えていない。実を言えば、もうひと月以上、プリシラのことも、そのささやかな勝利のことも、頭になかった。そんなものははるか後方に置き去りにしていた。わたしは別れを告げていたのだ、わたし自身や、過去の生活や、すべての知人に――母に、スティーヴンに、ジョージーに……ヘレンすら赤の他人のように思えた。彼女は昨夜、ここに来て言った。「お母様はあなたがずっと落ち着いて、しっかりしてきたとおっしゃったわ。本当なの?」ただおとなしくしているだけではという気がして仕方がないのだという――前より悩みを内に閉じこめているだけかもしれないと。

わたしはヘレンを、その親切で情愛深い顔を見つめて思った。教えてほしい? 聞きたい? 一瞬、本当に話してしまいたくなった。そうすることがいちばん自然で単純なことに思えて――なにより、理解してくれる人がいるとすれば、彼女をおいてほかにない。わたしはただこう言えばよかった。「ヘレン、わたしは恋をしてるの! 恋してるのよ! この世にふたりといない、とてもすてきで、不思議な娘に――ヘレン、わたしの生命は彼女のものなの!」

そう言った自分を想像した――あまりに鮮明で、自分の言葉の激しさに涙が出そうになった。本当に口にしてしまったのではないかと思ったが、大丈夫だった――ヘレンはまだ心配そうな眼で気遣わしげに見つめ、わたしが口を開くのを待っている。わたしは振り向いて、机の上に鋲《びょう》で留めたクリヴェッリの版画に顎をしゃくり、指で撫でた。そして訊いた――ヘレンを試すために――「この絵を魅力的だと思う?」

ヘレンはきょとんとして、ええ、それなりにと答えた。かがんで絵に顔を寄せると、言葉を継いだ。「でも、この娘さんの顔がよくわからないわ。ずいぶんこすれて、汚れていて」

それでわたしは悟った。シライナのことを話してはいけないと。たとえ話してもわかってもらえない。いまシライナを眼の前に連れてきても、本当の彼女を見てもらえない――ちょうどこの《真実》を見て、そのくっきりとした力強い顔を見ることができないように。ヘレンの眼には見えない。

わたしもまた、とらえがたい希薄な存在になりつつある。わたしは進化している。誰もそのことに気づかない。皆、わたしが血色がよくなって、笑っているのを見て——母はわたしの腰がたっぷりしてきたと言う！　誰も知らないのだ、わたしが団欒《だんらん》に加わっておとなしく坐っているのは、ただ意志の力によるのだと。そのたびに心底疲れる。いまのようにひとりになると、わたしは変わる。そんな時は——いまも——自分の身体を見つめると、その下に骨格が透けて見えてくる。日いちにちと、白く見えてくる。

わたしの肉体は流れていく。わたしはわたし自身の霊になる！

新たな人生を始めたら、わたしの霊はこの部屋に憑くかもしれない。

けれども、しばらくはいまの人生にとどまらなければ。今日の午後、ガーデンコートに行って、母とヘレンがジョージーをあやして笑っている間にスティーヴンを探し出し、訊きたいことがあると言った。「お母様とわたしの財産がどうなっているか、説明してほしいのよ。全然、知らないから」スティーヴンは答えた——以前と同じように——そんなことは知る必要がないよ、ぼくが管財人としてうまくやっておくからね。今度はわたしも引きさがらなかった。父が亡くなってからうちの面倒を全部引き受けてくれて、本当にありがたく思っている、でも、わたしも少しは知っておきたいのだと。「お母様だって心配しているわ、うちのことを——お母様に万が一のことがあった時、わたしの収入がどうなるか」知っていれば相談もできるのだから、とわたしは主張した。

弟は一瞬ためらったあと、わたしの手首にそっと手をのせ、声を低めて、姉さんも不安なんだねと言った。でも、覚えていてほしい、いつだって姉さんの居場所はある——万が一のことがあれば——一緒に暮らそう、ヘレンとぼくと、この家で。

この世でいちばん優しい人、とヘレンは言っていた。その時、弟の優しさにわたしは吐き気を覚えた。急に気づいたのだ。どんなにか弟は傷つくだろう——弁護士としての履歴もどんなにか傷つくだろう——計画を実行したら。わたしたちが駆け落ちすれば、世間はシライナを脱獄させたのは霊でなく、わたしだと思う。やがて突き止められるだろう、切符のことも、旅券のことも……

けれども、弁護士たちがどんなにシライナを傷つけたかを思い出し、ただ礼を言って、それ以上のことは口にしなかった。スティーヴンは続けた。「実家の財産については、何も心配する必要はないよ！」父は考えの深い人だった。普段、仕事であれこれ助言をさせられる世の父親が、父の半分も思慮深ければと思う！　おかげで母は唸るほど財産を持っているし、この先もそれは変わらない。「姉さんもだ、自分の財産を相当持っている」

もちろんそんなことは知っていた。けれどもわたしにとってそれはいつも、からっぽの知識でしかなく——使い道を持たないかぎり、なんの役にもたたない知識だった。わたしは母に眼をやった。母は小さな黒人の操り人形をジョージーのために踊らせていて、その陶器の足がテーブルの上で硬い音をたてていた。わたしはスティーヴンに顔を寄せた。どれくらいわたしが裕福なのかを知りたいのよ。どこからそのお金が来ているのか、どうやって現金に換えるのか。

「わたしは理屈を知りたいの」素早くつけ加えると、スティーヴンは笑って、わかってるよ、姉さんはいつも理屈を知りたがるからね、どんなものについてもと言った。

けれども、いますぐには計算できない、と続けた。必要な書類は全部、父の書斎に保管されているのだと。それでわたしたちは明日の夜、書斎に一時間ほどこもる約束をした。スティーヴンが言った。「いいの？　明日はクリスマスイヴだよ」わたしはクリスマスだということをすっかり忘れていた。弟はまた笑った。

その時、母がわたしたちを呼んだ。ちょっと来てごらん、ジョージーがお人形を見て喜ぶのよ。それから、母はわたしが考えこんでいるのを見てとった。「スティーヴン、マーガレットに何を言ったの？　あの子を悩ませちゃ駄目よ！　あとひと月ふた月で、悩みなんてなくなるでしょうけど」

新年になれば、わたしの日々を満たす計画をたくさん立ててあると母は言った。

一八七四年　十二月二十四日

ふう、やっとスティーヴンの講義から戻ってきた。眼の前の紙に書かれた数字を見て、わたしは震えた。「驚いたんだな」と、弟は言ったけれども、それは違う。震えたのは、父がわたしの財産の確保に気を配ったことが不思議に思えたからだ。まるで父が、病《やまい》の紗幕を通して、未来のわたしの密《ひそ》やかなたくらみをすべて見通し、その手助けをしようとしたようだった。いまでも父は傍《かたわ》らで微笑みながら見守っている、とシライナは言うけれども、どうにも信じられない。この身を絞る妖しい飢《かつ》えに苦しむわたしを見て――このなりふりかまわない、嘘で固めた計略を見て――なぜ微笑んでいられるのだろう？　シライナは、父はいま霊の眼を通して見ているから、世界が変わってしまっているはずだと言うけれど。

父の机の前に坐るわたしに、スティーヴンは言った。「驚いたんだな。こんなにあるとは想像もしなかったろう」もちろん、大半は現金の形では存在しない――不動産や株券の形だ。けれども収入を産み出し、父が遺してくれた現金とともに、自由にできるわたし個人の確かな財産だった。――「もちろん」とスティーヴンはつけ加えた。「姉さんが結婚しないかぎりは、ということだけどね」

ここでわたしたちは微笑み合った――たぶん、お互い内心で思っていたのは別のことだろうけれど。このお金はどこに住んでいても引き出せるの？　そう訊くと、スティーヴンは、受け取り場所はチェイン通りに限定されてはいないと答えた。――そういう意味じゃないの。たとえば、外国に行ったらどうなるの？　スティーヴンは眼を見開いた。わたしは、そんなにびっくりしないで――母の許しをもらえたら、ちょっと旅行に行きたいと思ったのと言った。誰か〝付き添い《コンパニオン》と一緒に〟。

たぶん弟は、わたしがミルバンクか大英博物館で積極的な独身の女友達を作ったと思ったのだろう。それはいい考えだ、と喜んでくれた。その現金収入は――わたし個人のものだから好きなように使っていいし、どこで受け取ってもかまわない。誰の干渉も受けないと。

本当に干渉されないの――そう訊きながら、わたしはまた震えた――たとえば、母を本気で怒らせるようなことをしても？

このお金はわたし個人のもので、母のものではないことを、弟はあらためて強調した。スティーヴンが管財人であるかぎり、誰の干渉も受けさせないと。

「それじゃ、わたしがあなたを怒らせたら？」

スティーヴンはわたしを見つめた。家のどこかから、ヘレンがジョージーを呼ぶ声が聞こえる。わたしたちはふたりを母のそばに残してきた。母には、父の遺産や書簡についていろいろ話し合うことがあると説明した——母は苦い顔をし、ヘレンは微笑した。スティーヴンは前に置いた書類に触れながら、その財産管理については父さんと同じ考えだ、と答えた。「姉さんの心に迷いがなくて、誰かにおかしな考えを吹きこまれたり——姉さんのためにならないおかしなたくらみのために、その金を使えと強要されたり——しないかぎり、ぼくはなんの口出しもしないと、神かけて誓うよ」

これがその時の言葉だ。言いおわると、スティーヴンは声をたてて笑った——一瞬、弟の優しさはただの見せかけで、わたしの秘密をすべて知ったうえで、いたぶっているだけではないか、という疑惑が胸に湧いた。どちらの見方が正しいとも言えなかった。次にわたしは訊ねた。いまロンドンでお金が必要になったら——普段、お母様に渡されているよりもたくさん——どうすればいいの？

スティーヴンは、銀行に行けば引き出せる、と教えてくれた。管財人の署名がはいった小切手を持っていけばいいのだと言いながら、弟は紙ばさみから小切手を取り出し、万年筆のキャップをはずして署名した。あとはわたしがこの横に自分の名前を書いて、金額やなにかを埋めればいい。

わたしは弟の署名を見つめて、これはいつも使っている正規の署名だったろうかと考えていた——たぶん、そうなのだろう。スティーヴンはわたしを見守っていた。「小切手が必要な時は、遠慮なくいつでもそう言ってよ」

わたしは小切手を取り上げて見つめた。表面には空白があった——わたしが金額で埋めなければならない空白が。スティーヴンが書類を片づける間、坐って小切手を見つめていると、その空白はどんどん大きく——わたしのてのひらほどになるかに思われた。わたしがよほどおかしな眼つきで見ていたのだろう、ついにスティーヴンは小切手にそっと指を触れさせて、小声で言った。「言うまでもないだろうけど、これは本当に慎重に扱ってくれよ。こんなものは、たとえば小間使いにも見せちゃいけない。それに——」弟は微笑した。「——まさかミルバンクに持っていったりしないだろう？」

その瞬間、小切手を取り上げられるかと思った。わたしは素早く小切手をたたみ、服の帯の裏にしまった。一緒に立ち上がりながら、わたしは言った。「ミルバンクに行くのをやめたのは知ってるでしょう」——わたしたちはホールに出て、書斎の扉を閉めた。もう元気になったから必要なくなったのよ、とわたしはつけ加えた。

スティーヴンは、すっかり忘れていたと答えた。ヘレンが何度も、わたしがとても元気になったと言っていた……また、スティーヴンはわたしを見つめた。わたしが笑って歩きだそうとすると、弟はわたしの腕に手をかけて、声をひそめて素早く囁いた。「お節介だと思わないでくれよ。そりゃあ、母さんやアッシュ医師《せんせい》のほうが、姉さんの身体のことはよく知ってると思う。だけどヘレンに聞いたんだ、いまじゃ阿片チンキを飲まされてるんだろう？　考えたくないけど、でもクロラールを飲み続けたあとで――いや、とにかく、そんなふうに薬をあれこれ飲んで大丈夫なのか、心配なんだよ」わたしはスティーヴンを見つめた。恥ずかしそうに赤らめた顔を見て、わたしの頬も熱くなってきた。「なんともないの？　その――いやな夢を見て飛び起きるとか、むやみに怖くなるとか、幻覚を見るとか？」

わたしは思った。スティーヴンはお金を取り返したいんじゃない。薬を取り上げたいんだわ！　シライナの魂がわたしのところに通《かよ》うのをやめさせたいのよ！　自分で薬を飲んで、そして、シライナを自分のところに呼び寄せたいんだわ！

弟の手はまだわたしの腕をとらえていた。青く血管の浮き出た、黒い毛がはえた手。その時、階段の上から足音が聞こえて、小間使いがひとり現われた――石炭入れを持ったヴァイガーズが。彼女を見たスティーヴンは手を放し、わたしは背を向けて、わたしはどこも悪くないし、それは誰に訊いてもらってもいいと言った。「ヴァイガーズに訊いてごらんなさい。ねえ、ヴァイガーズ、プライア様に話してておあげ、わたしがどれだけ元気か」

ヴァイガーズは眼をぱちくりさせて、石炭入れを中身が見えないように持ちかえた。そうしながら顔を赤らめ――わたしたちは三人とも真っ赤になっていた！　「はい、お嬢様はとてもお元気でございますよ」ヴァイガーズはもう一度、スティーヴンを見つめ、わたしも視線を向けた。弟は居心地悪そうにして、ただこう言った。「そうか、それならよかった」結局はヴァイガーズの言葉など鵜呑みにできないと知っていたのだ。わたしに頷いてみせると、弟は客間のほうに歩いていった。やがてドアが開いて、閉まる音がした。

その音を待って、わたしはそっと階段をのぼり、この部屋に戻ってきた。坐って小切手を取り出し、見つめていると、金額欄の空白がまた膨らんできた。とうとう、それは一面に霜のついた窓硝子ほどになり、凝視するうちに、霜は溶けて消えて、その向こうにわたしの姿のひび割れのような線と色がしだいにくっきりと浮かんできた。

その時、階下で物音が響いたので、わたしは引き出しを開けて日記帳を取り出し、小切手をはさんで隠そうとした。日記帳は少し膨らんでいるようだった。傾けるとなにかが滑り落ち――細く黒いそれはスカートの上に落ちて、動かなくなった。取り上げると、人肌のぬくもりを感じた。

初めて見たものなのに、すぐに何かわかった。真鍮の鍵がついたベルベットの首輪。シライナが身につけていた首輪だ、これをわたしに送ってくれたのだ――ご褒美《ほうび》として。スティーヴンを出し抜いてうまくやりとげたことに！

わたしは鏡の前に立ち、喉に巻いた。ぴったりではあるものの、少しきつい。鼓動のたびに食いこむような気がした。まるで、首輪につながれた紐の先をシライナが握り、時々引いて、いつもそばにいると思い出させてくれるかのように。

一八七五年　一月六日

最後にミルバンクに行ってからもう五日もたっているけれど、その空白が驚くほど苦痛でなくなっていた。いまでは、シライナがわたしのところに来てくれていると――じきにわたしのそばに来て、永遠に一緒にいられると、知っているから！　だから喜んで家に落ち着き、来客をもてなしたり、母とふたりきりで話をしたりさえした。母もまた、いつもより家にいることが多くなっていた。マリシュに持っていくドレスを選ぶのに何時間もかけて、女中たちを屋根裏部屋にやっては、トランクや旅行鞄や、わたしたちの留守中に家具や絨毯にかぶせる埃よけの布を持ってこさせていた。

わたしたちの留守中に、と書いたけれども――すくなくともひとつの進展があった。母の計画を、わたしの計画の隠れ蓑にする方法を見つけたのだ。

先週のある夜、わたしたちは部屋で一緒にくつろいでいた――母は紙とペンを持ってリストを作り、わたしは膝に本をのせて、ナイフを持っていた。袋とじのページを切り離しながら、眼は暖炉の火を見つめ、やけにぼんやりしていたのだろう。自分でも気づかなかったけれども、母が顔をあげて舌打ちした。どうしてそうぼんやり黙って坐っていられるの？　もうあと十日でマリシュに行くんだから、家を出る前にやっておくことが山ほどあるでしょう。だいたいあなたのドレスをどうするか、エリスに言ったの？

わたしは炎から視線も動かさず、ナイフのゆっくりとした動きも止めなかった。「進歩したことね、お母様。一ヵ月前は、わたしに落ち着きがないって怒ってたのに。まあ、落ち着きがある、と言って怒るのは不本意でしょうけど」

そんな態度をとったのは母に腹を立てたからではなく、この日記帳のためだ。わたしの言葉に、母はリストを押しやった。落ち着きがあるなんて言っていませんよ、おまえの生意気な態度を怒ってるの！

わたしは母を見た。いままでは自分がうつろに思えなかった。わたしは――きっと、喋ったのはわたしでなくシライナだったのだ！――自分のではない、そう、絶対自分のではない光に輝いている気分だった。「わたしはいいように扱われる女中じゃないわ。お母様が前に言ったとおり、普通の娘でもない。そのくせ、そんなふうに扱おうとするのね」

「もうたくさん！」母はぴしゃりと言った。「わたしの家で、自分の娘に、そんな口はきかせないわ。もちろんマリシュでも――」

ええ、とわたしは言った。そうね、マリシュでもね。だってわたしはマリシュに行かないもの――すくなくとも、ひと月かそこらは。わたしはここにひとりで残るわ、お母様はスティーヴンやヘレンとあちらに行って。

残る？　ひとりで？　何を馬鹿なことを言っているの？――馬鹿なことじゃないわよ、とわたしは応じた。それどころかまったく理性的だわ。

「またあなたの我儘《わがまま》ね、ああ、まったく！　マーガレット、何十回、こんな喧嘩をすれば――」

「それじゃ、なおさら、新しい喧嘩を始める必要はないじゃない」だって、理由なんてないのよ。ただ、ちょっとひとりになりたいだけよ。それに、マリシュのみんなだって、わたしがチェルシーに残っていたほうがずっと気楽でしょう！

これには母は答えなかった。わたしはまた本にナイフの刃をあて、前より速く滑らせた。紙の切れる音に、母は眼をぱちくりさせた。置き去りにしていったら、みんなになんと言われると思うの、と言うので、好きなように思わせておけば、とわたしは答えた。好きなように言えばいい。わたしが父親の書簡を本にまとめる準備をしているとか——本当の話、そうするかもしれない、家が静かになったら。

母は首を振った。「あなたは病気だったでしょう。家に誰も面倒を見る人間がいなくて、ぶり返したらどうするの」

ぶり返したりしないとわたしは言った。それにまったくひとりというわけじゃないわ、料理女が残るし——お父様が亡くなったばかりの頃のように、誰か男の子を階下に寝かせればいい。それにヴァイガーズもいるし。そうよ、ヴァイガーズをおいていってちょうだい、ウォリックシャーにはエリスを連れてって……

わたしはひと息にこれだけのことを言った。口にするまで全然考えもしなかった言葉が、ナイフを滑らせるごとに、本からどんどん飛び出してくるかのようだった。母は思案を始めた——けれども、眉間《みけん》に皺が寄っていた。「でも、万一ぶり返したら——」

「どうしてぶり返すの？　こんなに元気になったのに。よく見てよ！」

すると母はわたしを見た。わたしの眼はたぶん阿片チンキのおかげで輝き、頬は暖炉の炎か、でなければ紙を切る手の動きのせいで火照《ほて》っていた。母はわたしの服を見た。衣装戸棚からヴァイガーズに持ってこさせて、詰めさせた李色《すももいろ》のドレス――灰色や黒の服はどれも、ベルベットの首輪を隠せるほど襟が高くなかった。

そのドレスが、たぶん母に踏ん切りをつけさせたのだろう。わたしは言った。「ね、おいてってちょうだい。いつまでも親子べったりでいられないんだから、ね？　スティーヴンとヘレンだって、わたし抜きのほうが、水入らずで愉しめるんじゃなくて？」

いまこうして書くと、巧みな言い抜けに思えるけれども、その時はそんなつもりではなかった。ヘレンに対するわたしの気持ちに母が気づいていたと知っていれば、そんなことを言ったりしなかった。わたしがヘレンを見つめる眼差しに、ヘレンの名を呼ぶ口調に、ヘレンがスティーヴンにキスをするたびに顔をそむけるのに、母が気づいていたなんて知らなかった。この時のわたしがごくさりげなく軽い調子だったのを聞いて、母の表情は、安心とも満足とも言えなくても、似たものに、とても似たものに変わり――その瞬間、わたしは母がすべてを知っていたと悟った。母はこの二年半、すべてを見ていたのだ。

思えば、いまごろ母とわたしの関係はどんなに違うものになっていただろう。この慕情を胸に秘めていたなら――いえ、慕情などまったく持たずにいたなら。

母は椅子の中で坐りなおし、スカートの膝の皺をなおして言った。あまり賛成はできないけど、でも、ヴァイガーズが残って、ひと月たったら、おまえもマリシュに来るというなら……まずヘレンとスティーヴンに話してみないとわからない、と母は結論した。そして次にふたりを訪ねた大晦日に——わたしはもうヘレンを見つめる必要がなくなっていることに気づき、新年が来ると同時にスティーヴンにキスをするヘレンを見ても、にっこりと見守った。母がわたしの言い分を話すと、ふたりはわたしを見て言った。自分の家にひとりで残っていても、間違いなんて起きないでしょう、ひとりには慣れているんだから。同じ食卓に招かれていたウォレス夫人も、列車の長旅で参ってしまうより、チェイン通りでゆっくり静養しているほうが、よっぽど賢いわ、と言ってくれた！

その夜、家に戻ったのは午前二時だった。戸締まりをしてしまうと、身体に外套を巻きつけたまま、部屋の上げ下げ窓を少し開け、新年の霧雨を顔に受けて、窓辺に立ちつくした。三時になっても、船の鐘が聞こえ、河からは男たちの声が、往来からは少年たちの走る足音が聞こえていた。見守るうちに喧騒は死に絶え、暁闇はしんと静まり返った。雨は細かく——小波もたたないテムズ河の川面《かわも》は鏡のように輝き、橋や階段の街灯は赤や黄の光の蛇をうねらせる。舗道は眼のさめるような青に光っていた——磁器のお皿を見るようだった。

闇夜がこんなにも色彩にあふれているなんて思いもしなかった。

翌日、母の留守中にわたしはミルバンクに、シライナのもとに行った。もう前の房に戻されて、いまではきちんと食事も与えられ、椰子《やし》の繊維ではなく毛糸を扱って——看守は情の深いジェルフ看守だった。シライナの房に歩いていきながら思い出す。以前はほかの女囚を先に訪れ、存分に彼女を見つめる喜びを最後までとっておくことが快感だった。いまはどうして離れていられるだろう？　ほかの女囚にどう思われようと、それがなんだというの？　監房区を仕切る門に着くたび、わたしは「新年おめでとうございます」と挨拶し、手を握った。三階の監房区はなんだか変わってしまったようで、泥色の囚人服を着た血色の悪い女たちは、ほとんど見覚えのない顔ばかりだった。わたしがよく通《かよ》っていた二、三人はフラムに移送され、エレン・パワーはもちろん亡くなって、その房には見知らぬ女囚がはいっている。メアリ・アン・クックはわたしの顔を見て喜んでくれた——贋金作りのアグネス・ナッシュも。けれど、わたしが会いに来たのはシライナだった。

彼女はそっと言った。「準備はどれだけできたの?」わたしはスティーヴンに言われたとおりのことを話した。するとシライナは、本当に現金化できるかどうか安心できないから、銀行に行って、引き出せるだけ現金を引き出して、決行の日まで安全な場所に隠しておいたほうがいいと言った。母だけがマリシュに行くことになったとわたしが言うと、シライナはにっこりした。「あなたは賢いわ、オーロラ」いいえ、わたしじゃない、全部、あなたからはいってきた考えだもの。わたしはあなたの入れ物でしかなかった。

「あなたはわたしの霊媒なのよ」シライナは言った。

そして、つと寄ると、わたしのドレスを、そして喉元を見つめた。「わたしを身近に感じていた? そばにいたのがわかった? わたしの魂はあなたのもとに飛んでいくのよ、夜中に」

わたしは答えた。「知ってる」

するとシライナは言った。「首輪をつけてくれた? 見せて」

わたしは襟元をさげて、その下で温かくぴったりと喉にはりつくベルベットの首輪を見せた。

シライナが頷くと、それが締めつけてくるのがわかった。

「いいわ、とても」彼女は囁いた——その声はまるで愛撫する指のように肌を滑る。「これが闇の中、あなたをわたしのもとに引き寄せる。いけない、いけない——」思わず一歩踏み出したわたしを、遮った。「——いけない。今度見られたら、わたしたちは引き離される。もう少し待って。すぐにわたしはあなたのもとに行く。そしたら——一緒にいられる、誰にも気がねはいらない」

わたしはシライナを見つめた。頭の奥がちりりと疼《うず》く。「いつなの、シライナ？」

あなたが決めて、とシライナは言った。あなたがひとりになるのが確実な夜——お母様がマリシュに行ってしまって、あなたが必要な準備をすべて整えた夜。わたしは答えた。「母は九日に発《た》つの。そのあとならいつでも……」

その時、ふと思いついた。わたしは微笑した——声をたてて笑ったのかもしれない。シライナが言った。「しっ、ミセス・ジェルフに聞かれる！」

「ごめんなさい。ただ——ぴったりな夜があるから、あなたが馬鹿げていると思わなければ」シライナはきょとんとした。わたしはまた笑いだしそうになった。「一月二十日よ、シライナ——聖アグネスのイヴ！（聖アグネスのイヴの夜に若い娘が儀式を行なうと、未来の夫の姿が見られるとの俗信がある）」

けれどもシライナはまだきょとんとしていた。しばらくして言った。それはあなたの誕生日なの？

わたしはかぶりを振った。聖アグネスのイヴよ！　聖アグネス前夜祭！　「はばたける霊のごと——」

影のように大広間の中を走る
鉄の門に向かって　また影のように走る
門衛はぶざまな恰好で眠りこけている
ひとつまたひとつ閂がなめらかに滑る――
鎖がすり減った石床に音もなく置かれ
鍵が廻る　大扉が蝶番の上で重くきしむ

（キーツ「聖アグネス祭の前夜」。高島誠氏の訳文を参考にさせていただきました）

シライナはぽかんとしてわたしを見つめていた、わからないのだ――わからないのだ！　わたしは口をつぐんだ。胸に湧いてきたのは――失望と、憐愍《れんびん》と、純粋な愛。そう、シライナが知っているはずがない。こんなことを教えてくれる人がいつ、どこにいたというの？
わたしは思った。いるわ、これからは。

一八七三年　六月十四日

〈闇の会〉のあと、ドライヴァー嬢が残る。先月、私的交霊会でピーターに会いに来たイシャーウッド嬢の友人だ。イシャーウッド嬢はこんなにいい気持ちでいられるのは生まれて初めてで、これもみんな霊のおかげだと言っていたらしい。「お願いしますわ、ドーズ様、わたくしもピーターに助けてもらえません？」わたしはさっきから落ち着かず、疼《うず》きが波のように襲うのを感じていた。あなたもイシャーウッド嬢と同じで、開発が必要だと言った。ドライヴァー嬢は一時間半、残っていた。同じような治療だったけれども、イシャーウッド嬢より時間がかかった。ピーターはまた来るようにと言った。1ポンド。

一八七三年　六月二十一日

開発、ドライヴァー嬢、一時間。2ポンド。

初交霊、ティルニー夫人とノークス嬢。ノークス嬢、関節の痛み。1ポンド。

一八七三年　六月二十五日

開発――ノークス嬢。ピーターが彼女の頭をささえ、わたしはひざまずいて息を吹きかけた。

二時間。3ポンド。

一八七三年　七月三日

モーティマー嬢、背筋の痛み。神経質。

ウィルソン嬢、身体の痛み。ピーターの眼から見て不器量。

一八七五年　一月十五日

皆、ウォリックシャーに行った——一週間前に。わたしは玄関に立ち、皆が荷物を辻馬車に積みこみ、窓から手を振って遠ざかるのを見送った。そのあと、部屋に戻って泣いた。去りぎわに、母にキスをした。ヘレンをそっと脇に連れ出し、「神のお恵みがありますように！」と言った。ほかに何も思いつかなかったから。けれども、そう言うと、ヘレンは笑いだした——変なことを言うのね、と。「ひと月たてばまた会えるじゃない。それまでに手紙をくれるでしょう？」いままでこんなに長く離ればなれになることはなかった。書くと言って、一週間が過ぎたけれども、まだ一通も書いていない。そのうち書く。でも、いまはまだ。

かつてないほど家は静かだった。料理女が階下で寝かせるために甥を呼んでいたけれども、今夜はふたりとも眠ってしまっている。ヴァイガーズが部屋に石炭と水を運んできたあとは仕事がないからだ。玄関の扉は九時半に戸締まりをした。

それにしても、なんて静かなのだろう！　このペンに口がきけたなら、お喋りをさせたい。わたしたちのお金を手に入れた。一三〇〇ポンド。昨日、銀行から引き出してきた。わたしのお金なのに、引き出す時には泥棒になった気分だった。行員にスティーヴンの小切手を渡すと、少し戸惑っていて——カウンターを離れて上司に相談し、戻ってくるとわたしに訊いた。小切手の形のほうがよろしゅうございますか？　いいえ、小切手じゃ駄目——そう言いながら、震えていた——彼らがたくらみを見破って、スティーヴンを呼んでくるのではないかと思って。けれど、彼らに何ができるだろう？　わたしは貴婦人で、お金は合法的にわたしのものなのだ。彼らは紙の札入れを持ってきて、恭《うやうや》しくお辞儀をした。

　わたしは、このお金は慈善のためのものだと言った。貧しい矯正院の娘たちが、外国に出る旅費なのだと。行員は——酸っぱそうな顔をしながら——それはまことに結構なお志でございますね、と言った。

　銀行を出ると、辻馬車を拾って、ウォータールー駅に行き、臨港列車（汽船に連絡する列車）の切符を買った。それからヴィクトリア駅の旅行案内所に行き、わたしのと、付き添いの旅券をもらった。付き添いの名はマリアン・アールだと告げると、秘書はなんの疑いも持たずにその名を書いた！——綴りを訊いただけ。それ以来、今後、訪ねるすべての役所で、言わなければならない嘘を想像している。これから何人、騙すことができるだろう。捕まる日まで。

　今朝、窓辺に立って外を見ると、警官が通りを巡回しているのが見えた。母は、わたしがひとりでいるのを心配して、この家を特に気をつけて見張るように頼んでいったのだ。会釈をされて、心臓が縮みあがった。今日、巡回警官のことを話すと、シライナは微笑した。「怖いの？」彼女は言った。「怖がらないで！　わたしがいなくなって、どうしてあなたが疑われるの？」何日も何日もかかるわ、彼らがそんなことを思いつくまでには。

一八七五年　一月十六日

今日、ウォレス夫人が家に来た。わたしは父の書簡整理で忙しいので、申し訳ないけれども仕事を続けさせてほしいと話した。もしもまた来たら、外出中だとヴァイガーズに言わせよう。五日後にはもちろんわたしはいない。ああ、なんて待ち遠しいのだろう！　いまのわたしは、その時を待ち焦がれるほかは何もできない。ほかの何もかもがわたしの中から砂のように崩れていく。この場所からどんどん遠くに吸い寄せられていく。青白い時計の顔を、二本の腕が撫でていくごとに。母は少しだけ阿片チンキを残していったけれど――もう全部飲んでしまって、あらたに買った。本当に簡単だった。薬局に行ってひと壜買い求めるだけ！　いまのわたしはなんでも好きなことができる。一晩じゅう起きていても、昼の間眠りこけてもかまわない。子供の頃の遊びを思い出す――大人になって、自分の家を持ったら、何をしたい？――屋根に塔を立てて大砲を撃つ！　一日じゅう、お菓子だけ食べる！　執事の上着をわんちゃんのお布団にする――枕を鼠のベッドにする……。実際、いまのわたしは人生でいちばん時間を好きにできるのに、蓋を開けてみると普段と同じことしかしていない。昔はそのすべてが空虚なものだったけれど、シライナが意味を与えてくれたいま、わたしは彼女のためにそれをしている。わたしは待っている、彼女のために――いえ、待つ、という言葉は貧弱すぎる。時の流れと戦っている。この肉体の表面が震えるのがわかる――まるで月が近づきつつあるのを知る海面のようだ。どの本を手に取っても、一行も読んだことがないように思える――どれも、わたしにだけあてたメッセージに満ちている。一時間前にはこんな一節を見つけた。

我が血潮は、身の内にて耳をそばだて
濃き影を、嵐のごとくかき寄せて
涙あふるる我が眼をおおう……

恋の詩を書いた世界じゅうの詩人が、密《ひそ》かにわたしとシライナの恋を詠《うた》っているかのように感じられる。わたしの血潮も、筋肉も、この身のどんな一片までも、シライナの気配に耳をそばだてている。眠れば、シライナが夢枕に立つ。眼の前を横切る影は、シライナの影。わたしの部屋は静かだけれども、決して音が絶えることはない——夜の向こう側でわたしの鼓動と同調するシライナの心臓の音が聞こえる。部屋は暗いけれども、違って感じられる。いまのわたしには感触がわかる、闇の深みも手触りの違いも——ベルベットのような闇、フェルトのような闇、椰子《やし》の繊維や女囚服の生地のように毳立《けばだ》った闇。

この家もわたしの力で静かになった。まるで魔法！　使用人たちは、時計の針のように仕事をこなす。無人の部屋を暖める火を熾《おこ》して回り、カーテンを夜になれば引き、朝になれば開ける——窓から外を眺める者は誰もいないのに、それでもカーテンは開かれる。料理女が食事の盆を運んでくる。フルコースはいらないから、スープか、魚か、鶏肉だけにしてと言ったのに、料理女は長年の習慣を破ることができなかった。せっかく届けられた食事を、罪悪感に駆られながらも子供のように、肉をかぶやじゃがいもの下に隠して、階下に戻した。食欲がない。わたしの分はきっと料理女の甥が食べるだろう。厨房《ちゅうぼう》では皆、おなかいっぱいに食べているだろう。階下に行って言ってやろうか。お食べ！　全部、お食べ！　皆が何を食べようと、もうわたしには関係がない。

ヴァイガーズまでいつもどおり六時に起きている――ミルバンクの起床の鐘を感じているように――わたしの習慣にあわせなくてもかまわないから、七時まで寝ていなさいと言ったのだけれど。一、二度、部屋に来て、わたしを奇妙な眼でじっと見つめていった。昨夜は、全然手をつけていない盆を見て言った。「召し上がってください、お嬢様！　奥様がごらんになったら、あたしが叱られます」

だがわたしが笑うと、ヴァイガーズは微笑した。笑顔はひどく不器量だったけれども、その眼は本当に美しかった。ヴァイガーズはまったくわたしを煩わせなかった。わたしが見ていないと思ったのか、ベルベットの首輪の錠を不思議そうに見つめていたけれども、ただひとこと、こう訊ねただけだった。それは旦那様の喪章のかわりですか？

時々、わたしの情熱はヴァイガーズに伝染するに違いない気がした。夢があまりにも鮮明になることがあり、ヴァイガーズは夢の中でその形や色をとらえているに違いないと。

ヴァイガーズなら、このたくらみをすべて話しても、真面目な顔で、ただ頷いてくれる気がする。頼めば、一緒に行ってくれるかも……

そこまで考えて、たとえ女中の手でも、シライナに触れる手には嫉妬してしまうだろうと思いなおした。今日はオックスフォード街の有名店で、何列もの既製品のドレスの間を歩き回り、さらに外套や、帽子や、靴や、下着を買い揃えた。シライナのためにこういうことをするのがどんな気分か、想像もしていなかった――シライナの居場所を、わたしの手で作り上げる。服を買う時、プリシラや母の好みとはいつもぶつかったけれど、シライナの服を選ぶのは簡単だった。もちろん、わたしはシライナのサイズを知らない――でも、わかっている。背丈はわたしの顎にシライナの頰が当たるほど。胴まわりは、シライナの身体に回した、この腕の記憶が役にたつ。まず、葡萄酒色のすっきりした旅行服を選んだ。とりあえずこれだけ買っておいて、フランスでまた新しいのを買えばいい。そう思った矢先に、別のドレスに眼を奪われた――パールグレーのカシミアのドレス。アンダースカートは濃い緑色の絹。シライナの翠《みどり》の瞳にきっと似合う。それにカシミアなら温かい、イタリアの冬でも。

両方とも買った――そしてもう一着、ベルベットの縁飾りのついた、細い、細いウエストの純白のドレスを。ミルバンクで殺された娘らしさをすべて取り戻すために。

ドレスを着るにはペティコートが必要なので、ペティコートを買った。コルセットを買い、シュミーズを買い、黒の靴下を買った。靴下を買っても靴がなければ仕方がないので、それも買った――黒い靴、淡い黄褐色のブーツ、娘らしいドレスにあわせる、白いベルベットの靴。帽子も買った――ベールつきのつば広帽子、これは刈り取られた髪がのびるまで隠すためだ。外套を買い、カシミアドレスにあわせるマントを買い、黄色い絹の房飾りのあるドルマン（袖のかわりにケープのついた外衣）を買った。イタリアの太陽の下、隣を歩くシライナの胸で、房飾りは煌《きら》めいて揺れるだろう。

買い揃えた服はすべて衣装戸棚の中で、買ってきた時の箱にはいったまま、眠っている。時々わたしは、そばに行っては厚紙の箱に手をのせる。すると、絹やカシミアが息づくのが聞こえる。ゆっくりとした服の鼓動さえ感じる。

やっとわかった。服も待っているのだ、わたしのように。シライナの身体にまとわれるのを――生命を吹きこまれ、実体を与えられ、光と息吹に身を震わせる日を。

一八七五年　一月十九日

さあ、すべての準備が整った――わたしたちの逃避行の。けれども、もうひとつだけ、わたしには今日のうちにしておかなければならないことが残っている。わたしはウエストミンスター墓地に行き、父の墓前で一時間ほど、面影を偲《しの》んだ。年が明けてからいちばん冷えこんだ日だった。葬列が近づいてくると、この薄い静かな一月の空気の中、とてもはっきりと声が聞こえる。立っていると、この冬初めての雪がちらちらと降り始め、わたしの外套も、参列者たちの外套も、粉化粧に白く染まる。昔は父と一緒に、ローマに眠るキーツやシェリーの墓に、花を供《そな》えようと思っていた。今日、わたしは父の墓にひいらぎの花輪を供えた。その上に雪は降り積み、緋色の実を隠した――ピンのように鋭い葉の刺はそのままだったけれども。わたしは牧師が別れの言葉を手向《たむ》けるのに耳を傾けた。ぽっかりとあいた墓穴に横たわる棺の上に、土が落とされていく。土は硬く、弾丸のような音をたて、女がひとり、泣き叫んだ。棺は小さかった――たぶん子供のだろう。

見守ってくれている父の気配はまったく感じなかったけれども、そのこと自体が父の承認のように思えた。わたしは別れを言いに行ったのだから。きっと、イタリアでまた会える。

墓地から街の中心に戻ると、通りから通りへ、この先もう何年も見ることのない景色を眼に焼きつけて回った。そうして二時から六時半まで歩いていた。

それから、ミルバンクに、最後の慰問に行った。

監獄に着くと、夕食はとっくに終わり、すべて片づけられたあとで――普段、わたしが訪れるよりずっと遅い時間だった。ジェルフ看守の監房区の女たちは、日課を終わらせようとしているところだった。女囚にとって、一日でいちばんありがたい時刻。夜七時の鐘が鳴ると、皆はいっせいに仕事道具を脇に置く。看守は房からひとりの女を外に出し、うしろに従えて通路を進み、今日いちにち、各自の使った待ち針や縫い針やなまくらな鋏《はさみ》を集めていく。わたしは立ったまま、ジェルフ看守の作業を見守った。彼女はフェルトのエプロンに待ち針や縫い針を刺し、鋏の持ち手をまるで魚の眼を通すように針金でつないでまとめていった。七時四十五分にはハンモックを広げて吊さなければならず、八時になると木の扉が閉められ、消灯となる――それまでは自由時間だった。この時間の女たちは、見ていて興味深かった――手紙を書く者、聖書を暗記する者、鉢に水をあけて顔を洗う者、ボンネットを脱いで、昼間の編み物からくすねた毛糸で髪をカールする者。最近のわたしはチェイン通りの幽霊になった気がしていたけれど、今夜はまるでミルバンクの幽霊。監房区ふたつ分を歩いても、女たちはわたしに眼をくれようともせず、知った顔に声をかけても、お辞儀をするだけで注意散慢だった。わたしのために仕事は喜んで中断しても、一日の終わりの貴重な自由時間は――犠牲にする気になれないのはよくわかる。

　もちろん、シライナにとってわたしは幽霊ではない。房の前を通り過ぎるわたしを見て、わたしが戻ってくるのをじっと待っていた。その顔はとても静かで蒼褪めていたけれども、顎の陰になった喉元が細かく脈打つのが見えて――わたしの心臓は大きく跳ね上がった。

　もうかまわないのだ、どれだけ長くシライナと過ごしたか知られても、どんなに近く寄り添っているのを見られても。だからわたしたちは触れ合うほどに寄り添い、シライナは耳元で、明日の夜のことを囁いた。

「あなたは坐って、待って、ずっとわたしのことを考えていなければ駄目。部屋を一歩も出ずに、蠟燭を一本だけともして、炎におおいをかけて。わたしは行くわ、火がつきる前に……」

　シライナはひどく真剣な、厳しい顔で、そしてわたしはとても怖くなり始めた。「どうやって来るの？　ああ、シライナ、本当にそんなことができるの？　どうやってわたしのところに来るの、何もない空間から？」

　彼女はわたしを見て微笑むと、手をのばし、わたしの手を取った。丸まったわたしの指をのばし、手袋をずらして、手首を自分の口のすぐ前に持ち上げた。「わたしの口とあなたの裸の腕の間になにかある？　でも、こうしたら、わたしを感じない？」そう言うと、わたしの青く血管の浮き出た手首に息を吹きかけた――全身の熱がその一点に吸い寄せられたような気がして、身震いした。

「こんなふうにあなたのもとに行くのよ、明日の夜が明ける前に」シライナは言った。

わたしは想像した。シライナの身体が長くのびて、まるで一本の矢のように、髪の毛のように、バイオリンの弦のように、迷宮の中をつたう一条《ひとすじ》の糸のように、細く、震え、ぴんと張るのを――ぴんとしすぎて、荒々しい影にぶつかったらはじけてしまうほどに！　わたしが震えているのを見ると、シライナは怖がらないでと言った――恐怖の念があると、行くのが難しくなるの。とたんに、そのことに対する恐怖が沸き起こった――シライナの邪魔をし、疲れさせ、それどころか害をなし、わたしのもとから遠ざけるかもしれない恐怖こそが恐ろしい。わたしは思わず言った。もしわたしが無意識にあなたの能力《ちから》の邪魔をしたら？　もしあなたが失敗したら？　わたしはシライナが来ない場合を想像した。そうなった時の、シライナのことではなく、わたし自身のことを。突然、シライナがわたしをどんな女に変えたのか、わたしがどんな女になったのか――思い知らされた。恐ろしいほどに。

「このまま引き裂かれたら、わたしは死んでしまう、シライナ」同じことをずっと前に彼女に言われていたけれど、わたしがぽつりと捨てるように言うと、シライナはわたしを見て、すっと表情を変えた。その顔は白く、緊張し、心があらわに見えた。シライナはわたしに近寄って両腕を身体に回し、喉に顔を寄せて囁いた。「わたしの半身」そのまま静かに立っていたけれど、彼女が身体を離すと、わたしの襟はシライナの涙で濡れていた。

ジェルフ看守の足音が響いて、やがて、自由時間の終わりを告げだすと、シライナは手で両眼をぬぐい、わたしに背を向けた。わたしは鉄格子に指をからませて立ちつくし、シライナがハンモックを壁から吊し、シーツと毛布を広げ、灰色の枕を叩いて埃を払うのを見ていた。彼女の心臓がわたしと同じくらい激しく打っているのがわかる。手はわたしと同じく、かすかに震えている。それでもシライナはからくり人形のようにてきぱきと動き続け、ハンモックの綱を結び、支給の毛布を白い縁《ふち》が見えるように折り返した。まるで、この一年整然と過ごしてきたように、今夜もそうしなければならないと——もしかすると、永遠にそうしなければならないと思っているかのように。

彼女を見ていることに耐えられなくなり、背を向けて、通路沿いの女囚たちが、同じ作業をしている物音を聞いていた。もう一度、振り返ると、シライナは囚人服のボタンに指をかけて、はずしていた。「寝ていなくちゃいけないの。消灯までに」シライナは恥ずかしそうに、眼をそらして言った——それなのに、わたしはジェルフ看守を呼ばなかった。わたしはただこう言った。「見せて」——口にするまで、そんなことを言うつもりだとは知らず、自分の声に自分で驚いた。シライナも眼を瞬《しばたた》かせて、ためらった。やがて、はらりと囚人服を滑らせ、スカートを脱ぎ、靴を脱ぎ、そしてもう一度ためらってから、ボンネットを脱ぐと、毛糸の靴下とペティコートの姿で小刻みに震えながら立っていた。両腕でかたく胸を抱き、顔をそむけたまま——わたしの視線が痛いかのように。シライナはその痛みに耐えてくれているのだ、わたしのために。くっきりとした鎖骨は、不思議な楽器の、象牙でできた鍵《けん》のよう。腕は黄ばんだ下着より白く、手首から肘にかけて血管が、青い優美な透かし模様のように浮いている。髪は——帽子を脱いだシライナを見たのは初めてだった——耳たぶのあたりで、少年のように切り揃えられていた。息が白く揺れる中、髪は黄金色《きん》に輝いていた。

「ああ、きれいよ、シライナ」すると、驚いたようにわたしを見た。

「ひどくやつれたと思わない？」シライナは小さな声で言った。

そんなこと、考えるはずがないじゃないの――そう言うと、彼女は首を振って、また身震いした。

通路の端から順に扉を閉めて、かんぬきを滑らせる音に続き、叫び声や囁きが聞こえてくる。音はだんだん近づいてきた。ジェルフ看守の声がする――扉を閉めるごとに、女囚に声をかけているのだ。「大丈夫？」女囚たちが答えている。「はい、ミセス・ジェルフ」「おやすみなさい、ミセス・ジェルフ！」わたしはまだシライナを見つめていた、声も出さず――息もせずに。やがて近くの扉が閉められ、シライナの房の鉄格子を震わせるようになると、とうとうハンモックに潜りこみ、顎の先まで毛布をかぶった。

そこにジェルフ看守が現われて、鍵をひねり、鉄格子を押し開けた。そしてなんとも奇妙な一瞬、彼女とわたしはためらいがちに立ちつくし、寝床の中のシライナを見つめた――まるで、子供部屋の戸口で我が子を心配する両親のように。

「この人は本当にきちんとしていますでしょう」看守は静かに言った。そして、囁くようにシライナに声をかけた。「大丈夫？」

シライナは頷いた。まだわたしを見つめて、震えている――シライナに吸い寄せられる、わたしのこの肌を、肉を、感じているのだろう。扉が閉められ、鉄格子がふたりを隔てる間、わたしはシライナの顔から眼を離さなかった。ジェルフ看守はさらに木の扉を音をたてて閉め、かんぬきをかけると、次の房に歩いていった。

しばらくその木の扉を、かんぬきを、鉄の鋲《びょう》を見つめていたわたしは、ジェルフ看守のあとを追い、E監房区の残りとF監房区全部を一緒に回った——彼女はひとりひとりに声をかけ、そのたびに風変わりな答えが返ってきた。「おやすみ、おばちゃん！」「ありがとさん！」「おさらばまで一日減りましたよ！」

昂《たかぶ》って神経を張り詰めさせていたわたしは、ジェルフ看守の規則正しい仕事に、落ち着きを取り戻し始めた——呼びかける声と、扉を閉める落ち着いた音の繰り返しに。ようやく、ふたつめの受け持ち区域の終点にたどりつくと、彼女は房のガス灯全部につながる元栓を閉めた。すると、通路のガス灯の炎が急に立ち上がり、前よりも明るくなった。ジェルフ看守が小声で言った。「夜番のキャドマンさんです、わたしと交替の。こんばんは、キャドマンさん。こちらはプライア様。慰問の貴婦人です」キャドマン看守はわたしに挨拶すると、手袋を脱いであくびをした。看守用の粗い羅紗《ラシャ》のマントを着ていたけれども、フードはかぶらずに背中に垂らしていた。「今日は問題を起こした女はいた、ジェルフさん？」もう一度、あくびをした。部屋に向かうキャドマン看守の長靴は底がゴム張りで、砂の音をたてなかった。女囚たちはこんな靴にもあだ名をつけている——ふと、そんなことを思い出した。女たちは〈こそ泥〉と呼んでいた。

わたしはジェルフ看守の手を取った。その途端、罪悪感で胸がいっぱいになった。彼女を残していくことが――ここに残していくことが。わたしは未来にはばたいていくのに。「あなたは優しいかたね」わたしは言った。「この監獄でいちばん優しいかただわ」彼女はわたしの指をぎゅっと握って首を横に振った。わたしの言葉も、気分も、看守の毎晩の勤めも、何もかもがジェルフ看守の気分を暗くしているようだった。「神のおめぐみがありますように！」彼女は言った。

外に出る途中、リドレー看守長とは会わなかった――必ず会うような気がしていたのだけれど。プリティ看守は見かけた。小塔の階段で交替の夜番と喋りながら、黒い手袋をはめて、拳《こぶし》で革を叩いて手になじませている。ハクスビー長官ともすれ違った。下の階の房で騒ぎを起こした女囚を叱りに呼ばれたのだとか。「ずいぶん遅くまでいらっしゃいましたね！」

こう書くと奇異に響くだろうか。この監獄がなごり惜しく、離れがたかった、と――わざとゆっくり歩き、外に案内してくれた男を帰してからも、砂利道でぐずぐずしていた、と。これまではよく思ったものだった。この慰問を続けていては、わたしは石灰と鉄のかたまりになってしまう――実際に、そうなっていたのかもしれない。今夜のミルバンク監獄は、まるで磁石のようにわたしを引き寄せる。門番小屋まで歩き、立ち止まって振り向いた。しばらくすると、傍《かたわ》らに人の気配がした。戸口で誰がうろうろしているのかと見に来た門番だった。闇を透かしてわたしを認めると、門番は挨拶し、わたしの視線を追い、両手をこすりあわせた――寒さを払うためか、満足してか。

「陰気なばあさんじゃござんせんか、お嬢様？」微光を放つ壁と、光のない窓の列に向かって顎をしゃくった。「てえした怪物でさあ——門番のあたしが言うのもなんですがね。水にもずいぶんやられて——ご存じで？　昔は洪水がひどかったんでさ——もう、しょっちゅう。この土が悪いんで、このしょうもない土が。ここにゃ、草一本はえやしねえし、何ひとつまっすぐ立ってられねえ——このでかい陰気な怪物、ミルバンクさえ、でんと立ってられねえくれえでさ」

　わたしは無言で門番を見た。彼はポケットから黒いパイプを取り出し、火皿に親指で葉を詰めて、煉瓦にマッチをこすりつけると、風をよけて塀の陰にはいった——頬がすぼまると、炎がぱっと輝き、ふっと消えた。それからマッチを投げ捨て、監獄に向かってまた顎をしゃくった。「あんな化物が土台の上でのたうち回ることができると思いますかい？」——わたしは首を振った。「誰だって信じられませんやね。けど、あたしの前にこの仕事をやっていた男は——あいつは、洪水でこの化物がのたうち回るのを話してくれたもんだ！　真夜中に雷のような音がして、朝に監獄長が来てみると、五角の獄のひとつがぱっくり裂けて、十人も脱獄しちまったんでさ！　監獄の下水からテムズの水がはいりこんで、六人が溺れ死んだ。その時に、土台に何ガロンもセメントがぶちこまれたんですがね、そんなもんでこいつが尻を落ち着けると思いますかい？　牢番たちに訊いてごらんなせえ、扉の蝶番がずれて、つっかえて、鍵が閉まりにくいことはねえか。誰もいねえのに、窓が震えたり、割れたりしねえか。この化物はお嬢様の眼には静かに見えるだろうが、時々、風のない夜にゃ、ちょうどいま、お嬢様が立っていなさる場所に立つと、呻《うめ》き声が聞こえるんでさ——女の声のような」

そう言うと、片手を耳にあてた。聞こえてくるのは、遠くで波立つ河の水音、汽車の轟音、馬車の鐘の音……門番は首を振った。「いつか、こいつは崩れ落ちて、あたしらのほとんどを道連れにするんでさ！　でなけりゃ、地面がばあさんをぱっくり飲みこんで、あたしらもみんな沈むんだ」

彼は一服吸って、咳きこんだ。わたしたちはもう一度、耳をすました……けれども、監獄は静かで、大地はしっかりと堅く、菅《すげ》の葉は針のように鋭く立っている。やがて風がひどく冷たくなって、ふたりとも我慢できなくなった。わたしは震えだしていた。彼は小屋に招き入れてくれ、辻馬車がつかまるまで、わたしは小屋の火で暖をとった。

待っている間に、看守がひとりやってきた。誰だかわからなかったけれど、フードを少しあげてみせたその顔は、ジェルフ看守のものだった。わたしに会釈をすると、門番に出してもらっていた。あとで辻馬車の窓から、また彼女の姿を眼にした。無人の通りを足早に歩いていく――暗く細い日常というリボンを、少しでも早くつかみたいのだろう。

それは、どんな人生なのかしら？　想像もできない。

一八七五年　一月二十日

聖アグネスのイヴ――とうとうめぐってきた。

厳しい夜。風は煙突で呻《うめ》き、窓をがたつかせる。暖炉の火に雹《ひょう》がはいり、鋭い音をたてる。いまは九時。家は静まり返っている。ヴィンセントさんと甥は今夜は実家に帰したけれども、ヴァイガーズだけは残した。「もし怖くなって呼んだら、来てくれる？」——「泥棒が怖いんですか、お嬢様？」そう言うと、ヴァイガーズは袖をまくって太い腕を見せて笑った。大丈夫です、家じゅうの扉も窓もしっかり戸締まりしておきますから心配ないです、と言った。そのあと、ヴァイガーズがかんぬきをがちゃつかせる音が聞こえてきたのは、きっともう一度、戸締まりを確かめに行ったのだろう——いま、ヴァイガーズはそっと屋根裏部屋にのぼっていき、自分の部屋の鍵をかけている……

ヴァイガーズまで不安にさせてしまったようだ。

ミルバンクではいまごろ、夜番のキャドマン看守が監房の見回りをしているだろう。消灯から一時間たったはずだ。夜が明ける前にあなたのもとに行く、とシライナは言った。窓の向こうの夜闇はすでに見たこともないほど濃くなっている。この夜が明けるなんて信じられない。二度と夜明けなんて来てほしくない。シライナが先に来てくれるのでなければ。

この部屋には陽が翳《かげ》りだす四時頃からこもっている。からの棚を眺めていると、不思議な気分になった——わたしは蔵書の半分を荷物に入れた。最初は、全部をトランクに詰めたのだけれど、もちろん、トランクは持ち上がらなかった。自分で持てるだけの品物しか持っていけないということに、今日、初めて気がついた。気づいていれば、本を詰めた箱をパリに送っておけたのに——もう遅すぎる。だから、どれを持っていって、どれを置いていくか、選ばなければならなかった。コールリッジを持っていきたかったけれど、聖書を選んだのは、聖書がヘレンのものだったから——コールリッジはまた手にはいる。父の部屋からは文鎮を持ってきた。

硝子の半球の中に、たつのおとしごが二匹封じこめられた、子供の頃から眺めるのが大好きだった品。シライナの服はすべて、ひとつのトランクにまとめた――葡萄酒色の旅行服と、外套と、靴と靴下一足ずつ以外は全部。シライナに着せる服をベッドの上に広げると、暗がりの中では、まるで眠っているか、気を失っている彼女を見ているようだった。

霊はシライナを囚人服のままで連れてくるのだろうか、それとも、生まれたままの姿で運んでくるのだろうか。

ヴァイガーズのベッドがきしむ音に続いて、炭がはぜる音がする。

もう十時四十五分。

もう十一時。

今朝、マリシュのヘレンから手紙が届いた。屋敷は広いけれど、アーサーの姉妹が威張っている。プリシラは身ごもっているらしい。地所には凍った湖があって、スケートを愉しんでいるのだとか。わたしは手紙を読みながら、眼を閉じた。目蓋《まぶた》の裏にひとつの光景がくっきりと浮かんでくる。シライナが肩先で髪を揺らし、緋色の帽子をかぶって、ベルベットの外套に身を包み、スケートを愉しんでいる――きっとなにかの絵で見た光景だろう。傍《かたわ》らに寄り添うわたしの姿、口に激しく飛びこむ空気の冷たさまで想像した。イタリアでなく妹の家に、マリシュに連れていったらどうなるだろう。晩餐の席でシライナの隣に坐ったなら。シライナと寝室を同じにしたなら。シライナとキスをしたなら――

いったい何がいちばん皆を慌てさせるだろう――シライナが霊媒だということ？　女囚だと

いうこと？　娘だということ？

〝ウォレス夫人から聞かされたわ〟ヘレンは手紙に書いていた。〝あなたが仕事に一生懸命で、愛想が悪いと。――わたしはよく知っているわ、本当に元気になったのね！　でも、熱中しすぎて、こちらに来るのを忘れないでね。わたしにも義理のお姉様が必要なの、プリシラの小姑さんたちに一緒に立ち向かってくれる同志が！　でも、とりあえずお手紙くらいは先にちょうだい。ね？〟

今日の午後、わたしは手紙を書いてヴァイガーズに渡し、彼女がそれを恭《うやうや》しくポストに運んでいくのを眼で追った――もう取り戻すことはできない。それでも宛先をマリシュではなくガーデンコートにし、〝プライア夫人のご帰宅まで保管されたし〟と記しておいた。手紙にはこう書いた。

親愛なるヘレン

なんておかしな手紙かしら！――いままでこんなにおかしな手紙を誰にも書いたことがないし、もちろん、もう二度と――計画が成功すれば！――書く機会はないはずだわ。うまく言葉にできればいいのだけれど。

わたしのしようとしていることを知って、嫌ったり、憐れんだりしないで。わたしの中にも自分自身を嫌悪するわたしがいる――お母様やスティーヴンやプリシラを辱《はずかし》めることになるのはよくわかっています。わたしがあなたの前から姿を消すことを残念だと思うにとどめて、その方法を非難しないでくれることを願っています。そして、わたしを思い出す時には、胸が痛みではなく、優しさで満たされますように。あなたの痛みはこれからのわたしの助けにはならないけれど、あなたの優しさは、昔そうだったように母と弟を癒《いや》してくれるでしょう。

将来、人が今度のことに過《あやま》ちを求めるなら、すべてわたしの中に見つけてくれるといいのだけれど。この奇妙な性質のせいで、世間とそのあらゆるきまりからはぐれたわたしは、心から満足して生きられる場所をついに見つけることができませんでした。それは真実で――あなたはもちろん、誰よりもよくそれを知っている。でも、わたしの見つけた光を――わたしを招く、もうひとつの煌《きら》めく新世界を、あなたは知らない！ ヘレン、わたしはそこにいざなわれたの、とても不思議で素晴らしい女《ひと》に。あなたの知ることのない世界に。人はその女《ひと》を薄汚い小娘として語り、わたしの慕情《おもい》を気味の悪いよこしまなものと囃《はや》したてるでしょう。でも、あなたならそうではないとわかってくれるわね。これは愛なのよ、ヘレン――純粋な愛。

彼女と引き離されては生きていけない！

母はよく、わたしを我儘《わがまま》だと言うけれど、今度のこともきっと我儘だと言うわね。でも、なぜこれが我儘なの？ 自分から望んだのではなく、降服しただけなのに！ わたしは古い人生を捨てて、新しい、もっといい人生を手に入れます。ここを遠く離れます、わたしが――きっと――ずっと願っていたように。わたしは

……太陽のもとに馳せ急ぎます
人々のよく眠れる地へ（『オーロラ・リー』第五巻より）

ヘレン、弟があなたに優しい夫で、本当によかった。

――そう書いて、署名を入れた。引用した句に気持ちが浮き立ち、不思議な気分でそれを書いた。こんな句を引用するのも、これが最後だ。シライナがわたしのそばに来た瞬間から、わたしは生きるのだから！

シライナはいつ来るのだろう？　いまは十二時。もともと天気の悪い夜は、ますます荒れてきた。どうして荒れる夜というのは真夜中に必ずひどくなるのかしら？　ミルバンク監獄の独房にいては、この夜の嵐も聞こえない。なんの心の準備もせずにいきなり飛び出て、風に吹き飛ばされ、怪我をして、道に迷ったら――それなのに、わたしは何もしてあげられない、待つことしか。いつ来るのだろう？――夜明け前とシライナは言った。夜明けはいつなの？　あと六時間もある。

首輪に指をあて、そっとベルベットを撫でた――シライナはこの首輪に引き寄せられると言った。

いまは、一時。

いまは、二時――さっきからもう一時間がたっている。この紙の上を時間はあっという間《ま》に過ぎていく！　今夜だけで、もう一年もたってしまいそう。

ねえ、いつ来るの？　もう三時半――人が亡くなるという時刻。父が亡くなったのは、昼間だったけれど。父の最後の夜以来、こんなにも眼が冴えて、一心不乱でいたことはない。父に逝《い》かないでほしいと祈った時以来、こんなにも無我夢中で祈ったことはない――今夜、シライナに来てほしいと。父はシライナの言うとおり、見守ってくれているのだろうか？　紙の上を滑るこのペン先を見ていらっしゃるの？　ああ、お父様、いまのわたしを見守ってくださっているなら――この闇の中でわたしを探す彼女を見つけたなら――わたしたちの魂を引き合わせてください！　わたしを愛してくださるなら、わたしの愛する女《ひと》と会わせて！

　わたしは急に恐ろしくなりだした。恐ろしい、と思ってはいけないのに。いいえ、来るにきまっている、わたしの不安に邪魔されて、どこかに行ってしまったりはしない。でも、どうやって来るの？　身体が透けて、死神のように蒼褪めて――身体は弱ってしまうのかしら、いえ、心が壊れてしまったらどうしよう！　わたしはシライナの服を出してきた――旅行服だけでなく、用意した服を全部。スカートが彼女の瞳と同じ色の、パールグレーのドレスも、ベルベットの縁飾りのついた純白のドレスも。そのすべてを部屋じゅうに広げて、蠟燭の光が当たるようにした。まるで、プリズムに反射したシライナの影に取り囲まれた気分になれた。

　シライナの髪の束を取り出して、梳《くしけず》り、きれいに編む。それをかき抱いて、時々、接吻をする。

いつ来るの？　もう五時。まだ夜明け前だけれど、でも、ああ！　会いたくて、心が痛くて、死んでしまいそう！　窓辺に寄って、上げ下げ窓を持ち上げる。風が吹きこみ、蠟燭の火を明るく躍《おど》らせ、わたしの髪をかき乱し、頬に雹を打ちつける――血がにじむほどに。それでもわたしは夜気の中に身をのり出し、彼女を探す。シライナの名を呼んだかもしれない――たぶん呼んだ。風が木霊《こだま》を返してよこした気がするだけ。わたしは震えた――家まで震えるほど激しく震え、ヴァイガーズに悟られるかもしれないとさえ思った。簡易ベッドの下で床板がきしむ音、ヴァイガーズが寝返りを打つ音が聞こえる――首輪が締まるごとに、寝返りを打つような音がする。起きたのかしら、わたしの叫び声を聞いて――いつ来るの？　いつ来るのよ？――わたしはもう一度叫んだ。シライナ！　その声も木霊となって、雹とともに跳ね返ってくる――

ところが、返ってきたのはシライナの声に聞こえた。わたしの名を呼んでいる？　身を硬くして立ち、もう一度聞こうと耳をすました。ヴァイガーズは夢を見なくなったのか、静かになった。風さえも少しやわらいで、雹もいくらか弱まった。川面《かわも》の水は黒くたいらに光っていた。声は聞こえなかった――けれども、彼女の気配がすぐそばに感じられる。来てくれるなら、もうすぐのはず。

すぐよ。もうすぐ。夜明けまでの最後の一時間のうちに、きっと。

七時が近い。夜は明けた。荷車の音、犬の吠える声、鶏の作るときが街に戻ってきた。わたしを取り囲んで散乱するシライナのドレス。その煌めきは陽の光に溶けていく。もう少ししたら立ち上がって、ドレスをたたんで薄紙に包みなおそう。風はやみ、雹は雪に変わった。テムズ河には霧がおりている。ヴァイガーズがベッドから起きだし、新たな一日のために暖炉に火を入れ始める。変だわ！——今日はミルバンクの鐘が聞こえない。

シライナは来なかった。

第五部

一八七五年　一月二十一日

二年前のあの日、命を絶つつもりでモルヒネを飲んだわたし。命の緒《お》が切れる前に、母に見つかり、医師に胃を洗浄されて、自分の泣き声で眼をさました。父の待つ天国で眼を開けるはずだったのに、地獄に引き戻されただけ。だけどあの日、シライナに言われた。〝あなたは命を粗末にしたけれど、でも、いまはわたしのものよ〟――その瞬間、命を救われた理由を知った。この命はシライナのものになるのだと思った。命がシライナのもとに跳んでいくのを感じさえした！　けれども、シライナはとうの昔に、わたしの命に糸をからめていたのだ。いまなら見える。ミルバンクの夜の薄闇の中で、シライナの白魚のような指にその糸が巻きついているのが。いまもこの身に感じられる。シライナがそっとときほぐす糸の震えが。そう、命は一瞬で糸からはずせるものではなく、ゆっくりと少しずつほどかなければならない。

そのうち指の動きも止まる。シライナがほどきおわるまで、わたしも待とう。

シライナに会いに、ミルバンクに行った。ほかに何ができただろう？　闇の中をわたしのもとに来ると言ったのに――シライナは来なかった。こちらから行くほかにいったい何ができるだろう？　わたしは昨夜の服を着たままだった。ヴァイガーズは呼ばなかった――こんな姿を見られたくなかった。どこまでも真っ白な外を見て戸口でうろたえたけれど、辻馬車をつかまえればいいと気づいて、呼び止めた。自分でも冷静だった。一睡もしなかったのでぼうっとしていたのかもしれない。

　馬車の中で、囁く声が聞こえ続けた。耳元で悪魔のような声が――「そう！　これでよかったのよ！　四年間待つのが、いちばんいい。ほかに道があると思った？　本気で思ったの？　馬鹿ね！」

　その声には聞き覚えがあるような気がした。聞こえていたのに耳をふさいでいただけかもしれない。回らない舌で話すような声を聞きながら、わたしは静かに坐っていた。いまさら、そんな言葉を聞いてどうなる？　わたしが心配なのはシライナのことだった。いまごろは蒼褪め、打ちひしがれ、くじかれて――倒れているかもしれないのに。

　シライナのもとに駆けつける以外、何ができるだろう？　もちろん、シライナはわたしが行くのを知っていて、待っている。

　夜はひどく荒れていたのに、朝はとても穏やかだった。ミルバンクの外門の前で御者におろされた時はまだ白白明けで、監獄の小塔の先端は霧で鈍り、雪の吹きつけた塀は白い条《すじ》に汚れ、門番小屋では古い灰をかき出し、薪をくべていた。ノックに応えて出てきた門番が奇妙な表情をしているので、その時初めて、自分はよほどひどい有様なのだろうと思った。「おや、こんなにすぐお会いできると思わんかったですよ！」けれどもそのあと、気遣わしげな顔になった。

女牢から使いが行ったんですかい？　そう言って首を横に振った。「今度のことじゃあ、あたしらはずいぶんやっつけられまさあね。お嬢様も覚悟しなせえ」

わたしは何も言わなかった。門番の言葉に心が乱れ、その意味を考えることなど、とてもできなかった。通路を抜けながら、監獄は変わってしまったように思えた――けれど、それは予期していたこと。変えてしまったのはわたし自身かもしれなかった、わたしの不安が看守たちの不安を呼び起こしたのかもしれない。ひとりの看守に、通行証を持ってますか、と訊かれた。シリトー様の書いた通行証がなければ通すことはできないと。これまでそんなことを言われたことがなく、わたしは彼を見つめたまま、頭の中を鈍いナイフで切り裂かれるような焦燥感がうねりだすのを感じた。とうとう決まったのね、わたしとシライナを引き離すと……

すると、別の男が走ってきて言った。「こちらは慰問の貴婦人だ、馬鹿者。すぐにお通ししろ！」ふたりは帽子のつばに手をかけて、門の錠をはずした。門が閉まると、背後でふたりが小声で喋っているのが聞こえた。

女囚監獄も同じ有様だった。迎えてくれたクレイヴン看守は、門番がそうしたようにわたしを奇妙な表情で見つめた。「お嬢様も呼ばれたんですか！　まあ！　どう思います？　こんなに早く戻ってくるとは思わなかったでしょう、よりによってこんな日に！」

わたしは口もきけずに首を振るばかりだった。彼女はきびきびと先に立ち――監房の女囚たちもひどく静かで、押し黙っていた。また怖くなりだした。看守の言葉にではない。いまも鉄格子と煉瓦の中に閉じこめられたシライナを見ることが怖かった。

よろめきそうになり、壁に手をついて歩き続けた。そういえば、丸一日半、何も口にしていない。一晩じゅう興奮して、灰ばかりになった暖炉の前で凍えそうになりながら泣き明かしたのだった。クレイヴン看守がまた口を開いたので、わたしは言葉を聞き取ろうと、じっと見つめた。

「あの房を見にいらしたんですよね？」

「あの房？」

　クレイヴン看守は頷いた。「ええ、あの房を」その顔が紅潮していることに、ようやく気がついた。声も喉につかえるふうだった。

「わたしはシライナ・ドーズに会いに来たのよ」――すると、彼女は腰を抜かすほど仰天し、わたしの腕をつかんだ。

　なんですって！　クレイヴン看守は言った。ご存じないんですか？　ドーズはいなくなったんですよ。

「脱獄です！　煙のように消えたんですよ！　何ひとつ壊されてないし、監獄じゅうのどの鍵も壊されたり、はずされたりしてない！　わけがわかりません。女囚たちは、悪魔があの女を連れ去ったと騒いでます」

「脱獄した」しばらくして悲鳴をあげた。「嘘！　そんなはずないわ！」

「ハクスビー長官も今朝、そう言いました。わたしたちみんなも！」

喋り続ける看守に背を向け、恐怖に震えだした――ああ、神様、シライナはわたしを求めてチェイン通りに行ったんだわ！　なのに、わたしったら、こんなところに来てしまって。シライナが迷ってしまう！　帰らなくちゃ！　帰らなくちゃ！

その時、クレイヴン看守の言葉が耳によみがえった。ハクスビー長官も今朝、そう言いました……

今度は、わたしがクレイヴン看守の腕をつかんだ。何時だったの、シライナが消えたとわかったのは？

六時です、という答えが返ってきた。女囚たちを起こしに来た時に。

「六時？　それじゃ本当に消えたのは？」

誰も知らないという。キャドマン看守が真夜中に物音を聞きつけて覗いた時には、ベッドで眠っていた。六時に扉を開けたジェルフ看守が、ハンモックがからだと気づいた。わかっているのは夜のうちにドーズが消えたことだけで……

夜のうちに。その夜の間じゅう、わたしは時を指折り数え、彼女の髪に口づけし、首輪を撫でながら、シライナの気配を感じていた。そして、彼女を失った。

わたしのところでないとすれば、霊はどこに連れ去ったのだろう？

わたしは看守を見た。「どうすればいいの。どうすれば。クレイヴンさん。わたしはどうすれば？」

彼女はきょとんとした。さあ。ドーズの房を見に行きますか？　ハクスビー長官もそこにいるはずです、シリトー様と一緒に……。無言でいると、クレイヴン看守はまたわたしの腕をつかんだ――「あら、震えてるんですか！」――そう言うと、先に立って小塔の階段をのぼりだした。三階の監房区の入り口で、わたしはしばしの猶予を請い、身をすくめた。房の列は通り過ぎてきた階下の監房区同様、奇妙にしんとしていた。女囚たちは房の入り口に立って、鉄格子に顔を押しつけて――身じろぎもせず、声も出さず、静かに食い入るように外を見ている。女囚を仕事に戻そうという者はいなかった。わたしがクレイヴン看守とともに現われると、いっせいに眼を向けてきた。そのひとりは――メアリ・アン・クックだと思うけれど――手招きをしていた。けれどわたしは、誰にも眼をくれなかった。ただ――ゆっくりと、よろめくように、クレイヴン看守のあとについて――監房区の曲がり角のアーチをくぐり、シライナの房に向かった。

木の扉も鉄格子扉も大きく開け放たれ、ハクスビー長官とシリトー様がその前に立って、房を覗きこんでいた。ふたりの顔がひどく深刻で蒼褪めていたので、一瞬、わたしはクレイヴン看守が報《しら》せを聞き違えているのだと思った。やはりシライナはそこにいるのだ。失意と絶望にハンモックのロープで首を吊ったのだ。わたしは間にあわなかった。

その時、ハクスビー長官が振り返り、わたしを見て怒ったように息を止めた。けれども、わたしは口を開いた。長官はわたしの表情と声にためらったようだった。クレイヴンさんのお話は本当ですの？　という問いにハクスビー長官は答えず、脇にどいて、わたしが奥を見られるようにした――シライナの房はからっぽだった。吊されたハンモックにはきちんとたたんだ毛布が残され、床は掃き清められ、食器も棚の上に整頓されていた。

思わず悲鳴をあげたわたしを、シリトー様がささえてくれた。「こんなところにいてはいけない。ショックだろう――我々もだ」シリトー様はハクスビー長官を振り返り、わたしの肩を優しく叩いた。わたしの驚愕と狼狽がまさに潔白の証《あかし》であるとでもいうように。「シライナ・ドーズが、シリトー様、シライナ・ドーズが！」――「わかっただろう！　せっかくあなたがよかれと思って親切にしたのに、恩を仇で返すとは。ハクスビーさんの忠告はやはり正しかった。しかし、なあ！　こうもずる賢いと、誰が想像したかね？　ミルバンクから脱獄するとは――ここの錠がバターででもできているかのように！」

わたしは鉄格子を、扉を、格子窓を見た。「誰も、監獄の誰も、彼女の姿を見たり物音を聞いたりしていないんですの。朝まで誰も気づかなかったんですの？」

シリトー様はまたハクスビー長官を見た。長官はひどく低い声で言った。「誰かが見ているはずです――それは間違いありません。誰かが脱獄の手引きをしたのです」監獄内の倉庫から、マントとゴム底の靴がひと揃い盗まれていたのだという。ドーズは看守に変装して出ていったらしい。

わたしはシライナの身体が矢のように細くのびる有様を頭に描いていたのではなかったか。裸で、傷つき、震えながら。「看守に変装ですって？」――ハクスビー長官は苦々しげな顔つきになった。ほかにどんな方法があります？　あなたも女囚どものように、悪魔がおぶって飛んでいったと考えるのですか？

そう言うと、わたしに背を向け、ハクスビー長官はシリトー様と小声で話しだした。わたしはまだ無人の房を凝視していた。もうぼうっとしているどころではなく、ひどく気分が悪かった。胸がむかむかして吐き気がした。「もう帰ります、シリトー様。まさか、こんな、ああ、信じられません」

シリトー様はわたしの手を取り、クレイヴン看守に外まで案内するように合図した。わたしを看守に引き渡しながら、こう訊ねた。「ドーズはあなたに何も言わなかったのか？　こんな大それたことをするような気配は、全然なかったのか？」

わたしはシリトー様を見つめ、そしてかぶりを振った――頭を動かすと、ますます気分が悪くなった。ハクスビー長官はじっとわたしを観察している。シリトー様は続けた。「あとでゆっくり話し合うことにしよう、みんなが落ち着いてから。ドーズは捕えることができるかもしれん――そうできればいいんだが！　しかし、捕えられようが、捕えられまいが、無論、審理が行なわれる――何度にもわたって。あなたもドーズの行状を話していただくように召喚される、監獄委員会の前に……」耐えられるかね？　とシリトー様は訊ねた。もう一度、よく考えてもらえないだろうか――どんな小さなことでもいい――手がかりになるようなことは覚えていないか、誰が手引きをしたのか、誰に匿《かくま》われているのか？

ええ、考えます、いまも必死で考えていますわ、と答えていた。わたしが祈っているのは、彼女の無事です、決して――いまは――我が身を案じているわけではありません。

クレイヴン看守の腕にすがり、女囚たちが凝視する中を歩きだした。シライナの房の隣にいるアグネス・ナッシュがわたしの視線をとらえてゆっくり頷いた――わたしは眼をそらして、こう言った。「ジェルフさんは？」ジェルフさんはショックで具合が悪くなって、医師に家に帰されました、と看守は答えた。わたしは気分が悪くて、よく聞いていられなかった。

もうひとつの拷問が待ち受けていた。階段をおりていくと、踊り場で——前に、シライナの房に引き寄せられるように舞い戻る途中、プリティ看守をやり過ごしたあの場所で——リドレー看守長と鉢合わせした。彼女は眼を瞠《みは》ってわたしを見つめると、不意に、薄い笑みを浮かべた。

「これはこれは！　運のいいこと。うちの監獄で今日、あなたにお会いできるなんて！　まさか、ドーズがお屋敷に逃げこんだのを引き渡しに来たんじゃないでしょうね？」リドレー看守長は腕組みをして、仁王立ちになった。鍵束ががちゃつき、革靴が騒々しい音をたてた。わたしの傍《かたわ》らで、クレイヴン看守がおろおろしているのがわかる。

「通して」吐き気はやまず、いまにも泣きだすか、なにかしでかしそうな気がした。わたしはまだ考えていた。とにかく家に帰って、部屋に戻りさえすれば、どこかで迷っているシライナがすぐにも飛んできて、すぐにまた元気になれると。まだ、そう思っていた！

わたしのただごとでない様子を見て、リドレー看守長は少しだけ右に身体をずらした——本当に少しだけだったので、石灰の壁との間をすりぬけようとすると、スカートがこすれ合った。顔が近づくと、リドレー看守長の眼がすっと細くなった。

「それで」と小声で言った。「匿ってるんですか、いないんですか？　あの女を引き渡すのはあなたの義務だと心得ているでしょうね」

それまでわたしはなるべく身体を離そうとしていた。けれど、いやでも眼にはいる彼女の表情や——冷たい錠前のような声音に——わたしはぐっと身を寄せた。「引き渡す？　あなたに、ここに？　本当にわたしが匿っていたらどんなにいいか——あなたから守ってあげられるもの！　引き渡す？　誰が子羊をナイフの下に送りこむような真似を！」

けれども、看守長は平然とした顔のままだった——「子羊は殺して食べるものですからね」

間髪を容《い》れずに言い返した。「そして、性根《ひと》の曲がった娘は矯正されるものですからね」

わたしは首を振った。なんてひどい女なの！　心から同情するわ、あなたに房の鍵をかけられる女囚にも、あなたを模範としてあおがなければならない看守たちにも。「性根の曲がっているのはあなただわ。あなたと、この場所と——」

言いつのるうちにリドレー看守長の表情が動き、色の薄い眼にかかる睫毛《まつげ》のない厚ぼったい目蓋《まぶた》が震えた。「わたしの性根が曲がっている？」わたしは喉を鳴らし、息をのんだ。「閉じこめられた女囚に同情する？　ドーズが行ってしまったからそんなことを言うんでしょう。いままで、わたしたちの鍵が——看守が——残酷だと考えたこともなかったくせに——ドーズが身近に囲われて、なめるように見物できた間は！」

平手打ちされたような気がした。思わずすくんで身を離し、壁に手をついた。傍《かたわ》らではクレイヴン看守が棒立ちになっている——門のようにぴったりと感情を閉ざした顔つきで。その向こうでは、プリティ看守が通路の角から姿を現わし、足を止めてわたしたちを観察しているのが見えた。リドレー看守長はわたしに近寄り、手をあげてその白ちゃけたくちびるをさすった。

ハクスビー長官や監獄長をどう言いくるめたのかは知らない、と看守長は言った。貴婦人だからまさかと思ったのかもしれないし――それはわからない。ただ、これだけは言える。あのふたりは騙せても、この監獄にいるほかの誰も騙されやしない。ドーズのこの脱獄には、怪しい匂いがぷんぷんしている、わたしがドーズに関心を寄せていたことを思うと――鼻が曲がるほど、怪しい匂いが！　もしも、ちょっとでもこれに関わっているという証拠があがれば――

「そう」見守っている看守たちに眼を向けた。「この監獄には貴婦人もいるんですよ――ねえ、プリティさん？　そうそう！　貴婦人には特別、手厚いもてなしを用意してますからね、ミルバンクでは！」

彼女の息が頬に熱くかかった――ねっとりとからむような、羊肉の匂いのする吐息が。通路でプリティ看守の笑う声。

わたしは彼女たちを振り払うように逃げだした――螺旋階段を飛ぶようにおり、五角の獄を、一階の監房区を走り抜けた。あと一瞬でも長くとどまっていれば、永久に閉じこめられてしまいそうな気がした。わたしを閉じこめ、そして、無理矢理シライナの服を着せてしまう。その間じゅう、シライナはずっと外で――闇の中わたしを探してさまよっている――わたしがもとのシライナの房にいることを知らずに。

どこまで逃げてもリドレー看守長の声が聞こえるようで、猟犬が吐く熱い息を感じるようで、わたしはひたすら走り続けた。ようやく外門の前にたどりつくと、塀にもたれて、手袋の手で口にまといつく苦いものをぬぐった。

門番たちはわたしのために辻馬車を拾うことができなかった。雪が深くなって、馬車が通れないのだ。門番たちは、もう少し待てば雪をかいて馬車が通れるようにすると言ったけれども、その時には、ただただ彼らがわたしを引き留めて、シライナを迷わせたままにしようとしているとしか思えなかった。もしかするとハクスビー長官かリドレー看守長が先回りして、門番に命令を伝えたのかもしれない、そう思った途端、わたしはわめきだした。ここから出して、出して、出して！——きっとリドレー看守長より、わたしのほうが怖かったのだろう、門番たちは言うとおりにし、駆け出すわたしを呆然と見ていた。わたしは堤《つつみ》まで走ると、その塀づたいに寒々とした道を歩きだした。河の流れはわたしの足より速かった。いっそ、船に乗って逃げ出したかった。

どんなに足早に歩いても遅々として進めなかった。雪はスカートにまとわりつき、何度も足にからみ、わたしはすぐに疲れてしまった。ピムリコ桟橋で立ち止まり、振り返ると、両手で脇腹をおさえた——針で刺されるように痛い。やがて、また歩きだし、ようやくアルバート橋にたどりついた。

そこから、前の通りに面して立ち並ぶ屋敷を見た。自分の部屋の窓が、葉の落ちた木々の枝の間からよく見える。

眼を凝らしてシライナの姿を探した。けれど窓に人影はなく、窓の桟《さん》の白い十字架が見えるだけだった。それからやっと、我が家の白い正面が眼にはいった。下のほうには、綿帽子をかぶった階段と茂み。

階段には——のぼろうか逃げ帰ろうかと迷っているような——人影がぽつんと立っていた。女の影だった。影は婦人看守のマントに身を包んでいた。

わたしはまた走りだした。凍ったわだちに足をとられ、冷たく鋭い空気に肺が氷漬けになって息が詰まりそうだった。わたしは階段の手摺《てすり》をめざした。黒いマントの女はまだそこにいて、ようやっと階段をのぼりきり、扉に手をのばそうとして——そこで、わたしの気配に気づいて振り返った。顔が隠れるほどにフードを深くかぶった女は、わたしが近寄ると、びくっと身を震わせた。「シライナ！」——わたしが叫ぶと、女はますます身を震わせた。その時、フードがはらりと落ちた。「ああ、お嬢様！」

シライナではなかった。全然、シライナではなかった。ミルバンクのジェルフ看守だった。ジェルフ看守。最初のショックと失望のあとに浮かんだのは、わたしを監獄に連れ戻すために来たのだという考えだった。わたしは近づいてくる彼女を押しのけ、きびすを返し、また走りだそうとした。けれど、スカートがこれ以上ないほど重く、肺も氷につぶれそうで——それに、どこに逃げられるというのだろう？　だから、彼女がなおも近寄って手をかけてくると、振り返ってすがりつき、抱き締められて、わっと泣きだした。ジェルフ看守の腕の中で、立ったまま身も世もなく泣いた。この時のわたしにとって、彼女は看守ではなかった。彼女はわたしの乳母《ばあ》やだった。わたしの母だった。

「あなたが来たのは」やっと声を出した。「彼女のことね」ジェルフ看守は頷いた。あらためて顔を見なおすと——まるで鏡を覗いているかのようだった。雪の白さに。頬は黄ばんで見え、泣いたからか雪のせいか、眼の縁《ふち》は真っ赤になっている。それを見て、たとえジェルフ看守にとってシライナが特別な存在でなくても、彼女なりに悲痛に、異様なほどシライナを失ったことを嘆き、わたしのもとに救いか慰めを求めてきたのだと知った。

　この時のわたしにとっては、シライナにもっとも近い存在だった。わたしはもう一度、無人の窓を見上げ、ジェルフ看守の身体に回していた腕を解いた。ささえられて扉の前に行き、鍵を渡した——わたしの手にはそれを回す力がなかった。わたしたちは泥棒のように、物音をたてなかった。ヴァイガーズも現われない。家はまだ、昨夜のわたしのシライナを呼ぶ念に支配されているようで、とても冷え冷えとして静かだった。

　わたしは父の書斎に連れていき、扉を閉めた。ジェルフ看守はおどおどしていたが、すぐに、震える手をあげて、マントを肩からはずした。皺だらけの制服が現われた。いつものボンネットをかぶっていないので、髪が耳の下まで垂れているのが見えた——白い糸のまじる栗色の髪。わたしはランプをつけた。けれど、暖炉に火を入れるようにヴァイガーズを呼ぶ勇気はなかった。わたしたちは上着と手袋をつけたまま坐り、時々、身を震わせた。

　ジェルフ看守は言った。「こんなふうにお屋敷に押しかけたりして、どう思われたでしょう？　でも、お嬢様がとても親切だと知っていたから、だから——ああ！」彼女は両手を頬にあて、椅子の上で身体を揺らしだした。「ああ、お嬢様！」彼女は叫んだ——その声は手袋でくぐもっていた。「わかりませんよね、わたしが何をしてしまったか！　お嬢様にはきっと、きっと……」

突然、両手に顔を埋めて、わっと泣きだした。さっきわたしが彼女の肩に顔を押しあてて泣いたように。ここにきてその異様な悲嘆が恐ろしくなってきた。わたしは問い詰めた。なんなの？　何をしたの？――「何をしたにしても、話してごらんなさい」

「はい、ええ」わたしの言葉に少し落ち着きを取り戻した。「お話ししなければ！　ああ！　もうどうなってもかまやしません！」そう言うと、真っ赤な眼をあげた。「ミルバンクに行かれたんですね？　あの女《ひと》の脱獄も知ってるんですね？　どうやって脱獄したか、みんなはなんて言ってました？」

ここにいたって、わたしは用心深くなった。この女《ひと》は知っている。霊のことも、切符や逃避行のことも全部知っていて、取引か脅しかわからないけれど、お金の無心に来たに違いない。

「女囚たちは悪魔のしわざだと言ってたわ」――彼女は身震いした。「ハクスビーさんとシリトー様は、看守用のマントと靴が盗まれたようだと」

わたしは首を横に振った。ジェルフ看守は指をくちびるに押しつけ、くちびるに歯を立てながら、黒い眼でわたしをじっと見つめた。「あの人たちは監獄の中に手引きした人間がいると考えてる。でも、誰がなぜそんなことをするの？　あそこには彼女を気にかける人なんて誰もいなかった、誰ひとり、どこにも！　気にかけていたのはわたしひとりよ。わたしだけだったでしょう――」

彼女はまだわたしの眼を見つめたまま、くちびるを噛んでいた。やがて、目蓋を震わせると、口に押しあてた拳《こぶし》ごしに囁いた。

「親切だったのは、お嬢様」ジェルフ看守は言った。「——と、わたしだけです」そう言うと、くるりと背を向けて眼をおおった。「なんですって！」というわたしの声に、彼女は叫んだ。「それじゃ、やっぱりわたしを悪い女だとお思いですね！　でも、あの女《ひと》は約束してくれたんです、約束して——」

六時間前、凍りそうな夜気に身をのり出して叫んだ時から、身体がちっとも温まらずにいた。いま、わたしの身体は大理石のように冷たくなった——冷たく硬く、それでいて心臓は胸の内で激しく鼓動して、いまにも全身を粉々に砕いてしまいそうだった。わたしは囁いた。「何を約束したの？」——「お嬢様は喜ぶと！」ジェルフ看守は叫んだ。「お嬢様ならそれと察して、何も言わないでいてくださると！　わたしも、察してくださってると思ってました。慰問においでになると、知っている、というような眼でわたしをごらんになるから——」

「霊のしわざよ」わたしは言った。「霊が連れていったの。霊の友達が……」

その言葉は急に口の中で苦くなり、ぐっと胃の中のものがこみあげてきた。わたしの様子に気づいたジェルフ看守は呻《うめ》き声をあげた。ああ、そうだったらどんなにいいか、どんなにか！「でも、わたしだったんですよ！　わたしが看守用のマントと靴を盗んで、隠しておいたんです！　わたしが付き添ってミルバンクの中を通り抜けました——連れているのはゴドフリーさんで、喉が腫れているから湿布を巻いているんだと言って！」

「あなたが手引きをしたの？」——彼女は頷いて答えた。はい、九時に。怖くて、怖くて、具合が悪くなるか、叫びだしそうでした。

九時？　でも、夜番のキャドマン看守が——物音を聞いたんでしょう——真夜中に。房を確かめたら、シライナは眠っていたと……

ジェルフ看守はうなだれた。「キャドマンさんは何も見ていません」彼女は言った。「わたしたちが出ていく間、監房から離れていて、話をでっちあげたんです。わたしはお金を払って、あの人に罪を犯させました。ばれたらキャドマンさんも監獄に入れられる。そして、ああ、悪いのは全部わたしなんです！」

また泣きながら呻き、我が身を抱いて身体を揺すりだした。わたしはあいかわらずいまの言葉の意味を理解しようと見つめていた。けれど、彼女の言葉には熱く鋭い針があった——わたしにはその言葉の意味するところが飲みこめず、膨れあがる恐怖と絶望に苛《さいな》まれて、ただぐるぐるとまわりを回るばかり。霊の助けがあったことは一度もなかった——助けたのは婦人看守だった。シライナを助けたものは、ジェルフ看守と、穢《けが》れた賄賂と、窃盗だけ。心臓はまだ轟《とどろ》いていた。けれどわたしは、ひたすら眼を凝らす大理石像のように動けなかった。

ついに、わたしは言った。どうして？　「どうしてあなたはそんなことをしたの——彼女のために？」

ジェルフ看守はわたしを見つめた。その眼は澄んでいた。「でもご存じじゃないんですか？　わかりませんか、お嬢様なら？」彼女は息をついてぶるっと震えた。「あのかたはわたしの坊やを連れてきてくれました！　天国にいるわたしのかわいい坊やの言葉を伝えてくれたんです！　あの子の言葉や贈り物を——ちょうど、あなた様にお父上の言葉を届けたように！」

わたしは絶句した。ジェルフ看守の涙は止まり、割れていた声が陽気にさえ聞こえてきた。

「わたしはミルバンクでは未亡人でとおってます」そう言い始めて、わたしが喋りも身動きもしないのを見て——心臓は彼女の言葉より大きく轟いていたのだけれど——黙って見つめているのは続きをうながしているのだととったのか、いっきに話しだした。

「はい、ミルバンクでは未亡人でとおってます。お嬢様には、昔、お屋敷でご奉公していたと申し上げました。どちらも嘘です。たしかにわたしは昔、結婚していましたが、夫は死んでません——すくなくとも、わたしの知るかぎりでは。もう何年も、うちの人には会ってません。うんと若い頃に結婚して、すぐに後悔しました。結婚してすぐに別の男を見つけたんです。紳士でした！——その人のほうが愛してくれると思ったんです。わたしは主人との間に娘をふたりもうけましたし、うちの人のことは大事に思ってました。でも、しばらくしてまた身ごもって——お恥ずかしいことですが、その紳士の子を……」

紳士は彼女を捨てて去った。夫にはさんざんぶたれて、家から叩き出された。娘たちも取り上げられた。彼女はおなかの子を呪った。だから、赤子殺しでミルバンクに来た娘たちに、辛《つら》くあたったことはない。どうしてできるだろう！　自分も同じ立場になったかもしれないのに！

ジェルフ看守は身体を震わせて大きく息をした。わたしは無言で凝視し続けた。

「あの頃はとても辛かった。本当に惨《みじ》めで。でも、あの子が生まれると、かわいくてかわいくて！　月足らずで病弱な息子でした。ちょっとでも傷つけたら、死んでしまいそうで。でも、あの子は死ななかった。働きました――あの子のためだけに！――わたしのことなんてどうでもよかった。何時間も何時間も働きました、恐ろしい場所で、あの子のためだけに」彼女は唾を飲んだ。「でも――」でも、息子はどのみち四つで亡くなった。これで自分の生命も終わったと思った――「お嬢様ならおわかりでしょう、誰より大切な人を奪われた気持ちが」そのあとは、もっとひどい仕事をほんの少しだけやった。もう、地獄の底だろうと、かまわなかった……

そんな時、知り合いの娘がミルバンクのことを聞いてきた。誰もしたがらない仕事なので賃金は高い。食べるものと、暖炉と椅子のある部屋をもらえれば、それだけでありがたかった。はじめのうち女囚は全員、同じに見えた――「あのかたさえも！　でも、ひと月ほどしたある日、わたしの頬に触れて言ったんです。〝なぜそんなに悲しむの？　あなたが泣くのを見て、坊やが泣いているのが見えない？　あなたは幸せにならなければいけないのに〟もう、心臓が止まるかと思いました！　霊媒なんてものを聞いたことがないし、その頃は、あのかたの能力を知らなくて……」

わたしは震えだした。それを見て、彼女は顎を引いた。「誰もわたしたちのようには知りませんでしょう？　会うたびに坊やからの言葉を伝えてもらいました。夜になるとあの子はあのかたを訪ねるんです――もう大きくて、じき八つになるんです！　どんなにあの子に会いたかったか！　どんなにあのかたが親切にしてくれたか！　どんなにわたしがあのかたを愛して、助けてあげたか――規則ではいけないことも――お嬢様ならおわかりでしょう――ええ、坊やのためならなんでも……そのあと、お嬢様がおいでになって——どんなにわたしが嫉妬したか！　お嬢様があのかたとふたりきりになるのを見るのが、どんなに辛かったか！　でも言われたんです、自分には十分な能力《ちから》があると。わたしには坊やからの言葉を届け、お嬢様にはお父様の言葉を届けるだけの能力《ちから》があると」

わたしは大理石のような口調で言った。「シライナがそう言ったの？」

「お嬢様がしょっちゅう来るのは、お父様の言葉を聞くためだそうで。いらっしゃるようになってから、坊やは前よりもはっきり現われるようになりました！　あのかたのくちびるを通してキスをくれたり。ほかにも——ああ、わたしにとって本当に幸せな毎日でした！　あの子はこんなものを送ってくれたんです、いつも身につけててほしいって」ジェルフ看守は襟元に手を入れた。わたしは、彼女の指が金の鎖を引っ張り出したのを見た。

この瞬間、心臓が激しく飛び跳ねて、わたしの大理石の手足はついに粉々に砕け、力も、生命も、愛も、希望も——すべて流れだし、脱け殻になった。それまでは話を聞きながらも、半分は本気にしていなかったのだ。全部、嘘よ。この人は狂ってるんだわ。馬鹿馬鹿しい——いまにシライナが現われれば、すべてははっきりすることよ！　ジェルフ看守はロケットを首からはずして手にのせると、その蓋を大きく開けた。睫毛がますます涙に濡れ、いっそう喜びに満ちた表情になった。

「見てください」彼女はヘレンの黄金の巻き毛を見せた。「天使があの子の頭から切り取って送ってくれたんです、天国から！」

わたしはそれを見つめ、そして泣きだした――亡くなった彼女の子を悼《いた》んで泣いていると思ったのだろう、ジェルフ看守は言った。「あの子があのかたの房に来て、小さな手をのばして、彼女の頰にキスをして、わたしにキスをことづけるんです――ああ、どんなにかあの子を抱いてやりたかったか！　もう心臓が痛いほど！」彼女はロケットを閉じると、また服の下にしまい、胸元を叩いた。わたしが監獄を訪れている間、あれはずっとあそこで揺れていたのだ……

そしてついにシライナはジェルフ看守に、息子さんを抱く方法がある、と言った。でもそれはミルバンクの監房では無理なこと。だからまず、シライナを自由にしなければならなかった。自由になれば息子を連れてくると、シライナは約束した、ジェルフ看守の世界に、亡くなった子供を連れ戻すと。

一晩だけ待っていればいい。夜明け前に、子供を連れ帰るから。

「本当にそれだけのために助けたんです！　だってどうしようもないじゃありませんか。わたしがあの子を助けなければ――いま坊やがいる世界には母なし子を喜んで世話する貴婦人が大勢いると言って、あのかたは泣いてくれました。本当に親切で、善良で――ミルバンクなんかに入れられるかたじゃありません！　お嬢様だって、看守長にそうおっしゃったじゃありませんか。ああ、看守長！　わたしはあの人が本当に怖かった！　坊やからことづかったキスを受けるところを見られたらと。女囚たちに親切にしているところを見つかったらと。

わたしは言った。「フラム監獄に移送されそうになった時に、シライナがとどまろうとしたのはあなたのためだったのね。あなたのために、シライナはブルーアさんを殴って――あなたのために、シライナは懲罰房の闇に耐えたのね」

ジェルフ看守はいやらしいほど慎ましやかにうつむいた——シライナを失ったと思って、眼の前が真っ暗になったことしか覚えていないと言った。絶望して、そのあと、どんなに嬉しかったか——ええ、どんなに恥ずかしく、申し訳なく、嬉しく思ったか！——かわいそうなブルーアさんが怪我をして……

「でも」——顔をあげて、澄んだ褐色の眼でわたしをまっすぐに見た——「これからどんなに辛いことか、あのかたのいた房に別の女囚がいるのを見なければならないなんて」

わたしは瞠目した。なぜそんなことが言えるの、あなたに？　どうしてそんなことを思えるの、シライナと一緒にいられるくせに？

「一緒に？」彼女は首を振った。どういうことですか？　なぜわたしがここに来たと思ってるんです？「わたしのところにはいません！　来なかったんです！　一晩じゅう、寝ないで待ったのに、来なかった！」

でも、一緒に監獄を出たんでしょう！——ジェルフ看守は首を振った。門番小屋の前で別れたと彼女は言った。シライナはひとりで歩いていったと。「必要な道具を取りに行くと言ったんです、坊やをこの世に連れ戻すために。わたしが寝ないでじっと待っていれば、坊やを連れてくるって。だから部屋で坐って、寝ないで、待ったのに、とうとう、脱獄がばれる時間になって。もう、ミルバンクのあのかたの房に行くしかなかった。でも、戻ってこないし、いまだになんの言葉も、しるしもなくて。怖いんです——あのかたや、わたしや、坊やがどうなるかと思うと！　怖くて怖くて、もう死んでしまいそうなんです！」

途中でわたしは立ち上がっていた。いまは父の机に手をつき、顔をそむけていた。それにしても、この話にはおかしな点がある。シライナはミルバンクからジェルフ看守の手引きで脱獄したという。でも、わたしは闇の中で、シライナの気配をたしかに感じた。それに、シライナはわたしがこの日記に書く以外、誰にも明かしたことのない秘密をいろいろ知っていた。ジェルフ看守はキスをされたと言っているけれど――でも、シライナはわたしに花を送ってくれた。首輪を送ってくれた。彼女の髪を送ってくれた。わたしたちは身も心も魂もひとつ――わたしは彼女の半身。光り輝くひとつの魂をふたつに割られた、その半身なのだもの。

「シライナは嘘をついたのよ。わたしたちふたりに嘘をついたんだわ。でも、シライナを見つければ、きっと説明してもらえる。わたしたちにはうかがい知ることのできない理由があるのよ。シライナが行きそうな場所の心当たりはあって？　匿ってくれそうな人は？」

ジェルフ看守は頷いた。はい、だからこのお屋敷に来たんです。

「でも、わたしは何も知らないわ！　ジェルフさん、わたしはあなたより事情を知らないのよ！」

わたしの声は静寂の中で異様に大きく響いた。ジェルフ看守は少しためらった。「お嬢様は何もご存じないんです」妙な眼でわたしを見て、そう言った。「わたしはあなた様を煩わせに来たわけじゃありません。こちらの、もうひとりのご婦人に会いに来たんです」

もうひとりのご婦人？　わたしはジェルフ看守に向き直った。まさか、わたしの母のことじゃないでしょうね？

けれども、彼女はただ首を振り、ますます妙な表情になった。もしその口からひきがえるや宝石がこぼれ落ちたとしても、次に飛び出した言葉ほど、恐ろしくはなかっただろう。お嬢様にお会いするつもりではなかったんです、とジェルフ看守は言った。あのかたの侍女のルース・ヴァイガーズ様に会いに来ました。

わたしは彼女をまじまじと見つめた。炉棚の置時計からかすかな音が規則正しく聞こえてくる――父がいつもその前に立って腕時計をあわせていた置時計。それ以外、家の中はまったくの無音だった。

ヴァイガーズ。ようやくわたしは口を開いた。わたしの小間使いよ、ヴァイガーズは、わたしの小間使いが、シライナの侍女ですって。

「ええ、そうですとも、お嬢様」――そして、わたしの顔を見て言った。まさか、ご存じなかったんですか？　ヴァイガーズ様をおそばにおいてらっしゃるのは、あのかたのためだと、てっきり……

「ヴァイガーズはどこからともなく来たのよ」わたしは言った。「どこからともなく、どこからともなく」母がヴァイガーズを家に入れた頃、わたしはシライナ・ドーズのことをどう思っていただろう？　わたしのそばにヴァイガーズを送りこむことで、シライナにどんな得があったというのか？

ジェルフ看守は、わたしが好意でヴァイガーズをそばにおいていると思っていた、と言った。

シライナの侍女をそばにおくことで、彼女を偲《しの》んでいるのだろうと。それに、シライナが時々わたしに贈り物を送っていたはずだ、監獄とヴァイガーズの間でかわされた手紙に添えて……「手紙ですって」わたしはようやくこのおどろおどろしく、おぞましいことの全貌をつかみ始めていた。手紙をやりとりしていたの、シライナとヴァイガーズが？

あら、と、ジェルフ看守はすぐに答えた。前からですよ！——お嬢様が慰問にいらっしゃる前から。あのかたはヴァイガーズ様にミルバンクに来てほしくなかったんです——貴婦人が自分の侍女にあんな場所にいる姿を見せたくない気持ちはよくわかります。「坊やのことでとても親切にしていただいたんですから、手紙を届けるくらいなんでもないと思いました。看守はみんな、女囚に身内からの差し入れを届けてやってます——わたしがこんなことを言ったなんて言わないでください、訊いたってみんな認めませんけど！」みんなはお金目当てにやっているのだという。ジェルフ看守は手紙を届けることでシライナの喜ぶ顔を見ることができれば十分だった。それに、「届けた手紙にはいけないものなんてありませんでした」——ただ優しい言葉や、時々、花がはさんであるくらいだった。シライナはよく、花を見ては泣いていた。もらい泣きしないように、眼をそらさなければならないほどだった。

届けてあげて何が悪いんです？　それにあのかたの手紙を監獄の外に届けて何がいけないんです？　誰に迷惑がかかりますか、あのかたに紙を——手紙を書くためのインクと蠟燭を差し入れて？　夜番は何も言いませんでした——わたしが銀貨で買収しましたから。蠟燭は夜が明ける前に燃えつきてなくなります。ほんの少し、気をつけなければいけないだけです、蠟涙《ろうるい》をこぼしておかないように……

「そのうち、手紙にお嬢様のことが書かれるようになったと知りました。そしてあのかたは贈り物を、自分の持ち物を入れた箱から贈り物を届けたいと……ええ」——ここで、彼女の蒼白い顔に血の気がさした——「盗みじゃありませんでしょう？　あのかたの私物を取り返しただけなんですから」

「髪」わたしはつぶやいた。

「あれはあのかたの物です！」彼女は間髪を容《い》れず言い返した。「なくなって困る人がいますか……？」

そうして、髪はここに届けられた。茶色の紙に包まれて。ヴァイガーズがそれを受け取った。髪をわたしの枕に置いたのはヴァイガーズの手。——「シライナはずっと、それは霊のしわざだと言ってたのよ……」

ジェルフ看守はそれを聞いて首をかしげ、眉をひそめた。「あのかたが霊のしわざと言ったんですか？　でも、どうしてそんなことを？」

わたしは答えなかった。わたしはまた震えだした。自分でも知らないうちに机を離れて暖炉のそばに行き、大理石の炉棚に額《ひたい》をのせていた。ジェルフ看守もいつのまにか立ち上がり、わたしの腕にそっと手をかけた。わたしは言った。「あなた、自分が何をしたかわかってるの？　わかってるの、わかってるの？　あのふたりはわたしたちを騙した。そしてあなたはあのふたりを助けたのよ！　あなたの善意で！」

騙された？　どういうことですか、わかりません――

わたしにはわかったわ、やっと――そう言いつつも、すっかりは飲みこめていなかった。それでも、自分を殺したくなる程度には理解していた。その場に立ったまま、一度、顔をあげ、炉棚に額を打ちつけた。

大理石に眉間《みけん》がぶつかると、首輪が喉を締めつけた。跳ねるように身を起こし、首に指をかけて、首輪を引きちぎろうとした。ジェルフ看守は手を口にあててわたしを見ていた。彼女に背を向け、首輪を引っ張り、短い爪でベルベットと鍵をはずそうとした。なぜかちぎれなかった――ちぎれなかった！　締めつけてくるだけ。あたりを見回し、なにか道具になりそうなものを探した。ジェルフ看守をつかまえて、喉に彼女の口をあてがい、ベルベットを食いちぎらせようか――その時、父の葉巻用ナイフが眼にはいった。わたしはそれを取り上げ、刃を首輪にあてがった。

ジェルフ看守は金切り声をあげた。お嬢様！　怪我をします！　喉を切ります！　彼女は叫び続け――そしてナイフは滑った。指に血がかかる――驚くほど温かかった。この冷えきった身体から流れたとは思えなかった。首輪はちぎれた。床に投げ捨てた。それはうねうねとのたくり、絨毯の上で動かなくなった。Sの形に。

ナイフを床に落とすと、机の脇に乱暴に戻った。腰をしたたかに打ち、父のペンや鉛筆が音をたてた。ジェルフ看守はまた心配そうにそばに来て、わたしの手を取り、血が流れている喉に自分のハンカチーフをあてた。

「ご気分が悪いんですね。お嬢様もわたしも！　ヴァイガーズ様を呼びましょう。ヴァイガーズ様がなんとかしてくださいます。ヴァイガーズ様を呼んで、話を聞けば……」

そうやって彼女は喋り続けた——ヴァイガーズ様、ヴァイガーズ様——その名は鋸の刃のようにわたしの肉を切り裂いた。もう一度、シライナの髪を思った。枕の上に置かれた髪を。ロケットを思った。寝ている間に部屋から持ち出されたロケットを。

また、腰をぶつけ、机の上で物が飛び跳ねた。「なぜあのふたりはこんな仕打ちを？　なぜこんなことを、こんなに周到に？」

わたしは思い浮かべた。オレンジの花を。日記の間に見つけた首輪を。

この日記。わたしが自分の秘密をすべて書いた——すべての情熱、すべての愛、そして、駆け落ちの計画を細大もらさずに……

かたかたというペンの音が消えた。わたしは手で口をおおった。「まさか」声を絞り出した。「まさか、そんな、そんな、そんな！」

ジェルフ看守がまた差し出した手を振り払った。あちこちぶつかり、部屋をよろめき出て、無音の薄暗いホールに向かった。「ヴァイガーズ！」——身の毛のよだつほど壊れた絶叫は、からの家の中でうつろに響き、恐ろしいほどの静寂に息の根を止められた。呼び鈴の紐をつかみ、引っ張って、引っ張って、紐を引きちぎった。階段脇のドアを開けて、地下室に向かって叫んだ——地下室は暗闇に塗り潰されていた。ホールに引き返した——ジェルフ看守は恐ろしいものを見るようにわたしを見つめている。血に染まったハンカチーフが指の間で震えている。

階段をのぼり、客間を、母の部屋を、プリシラの部屋を覗き――その間じゅう、叫び続けていた。ヴァイガーズ！　ヴァイガーズ！

けれど、応えは帰ってこなかった。わたしのずたずたの呼吸と、階段にぶつかる足の音のほかは、何も聞こえなかった。

ついに自分の寝室の前に来た。扉は半開きになっていた。ヴァイガーズはきちんと閉めていかなかった、慌てていたらしい。

あの女はすべてを持ち出していた――書物以外は。書物はトランクから出されて、絨毯の上に乱雑に積んであった。そうやってからにしたトランクに、わたしの衣装戸棚の中身を詰めていった――ドレスを、外套を、帽子を、手袋を、ブローチを――貴婦人になりすます小道具を、わたしの小間使いとして働いている間に、洗って、アイロンをかけて、たたんで、きれいにしまって、準備を整えておいた物を。わたしのものすべて――そう、そしてもちろん、わたしがシライナのために買った服も。お金も、切符も、マーガレット・プライアとマリアン・アールの名が印《しる》された二枚の旅券も。

髪の束も。わたしが梳《くしけず》り、監獄で無残に刈り取られた頭を隠してあげようと思っていた髪までも。あの女は、この日記帳だけを残していった。いつもの場所にきちんと、表紙をきれいに拭いて――丁寧な女中が、レシピを書き取った料理本を戻しておくように。

ヴァイガーズ。もう一度、言った――吐き捨てるように。この名は毒のように、わたしの中で膨れあがり、全身を黒く染めていく。ヴァイガーズ。わたしにとってどんな存在だった？

目鼻立ちも、容姿も、仕種《しぐさ》もろくに覚えていない。髪の色も、眼の色も、口の形すらわからない、覚えていない――覚えているのは、ヴァイガーズが不器量だったこと、わたしよりずっと不器量だったこと。なのに、思い知らされた。あの女はシライナをわたしから奪ったのだ。シライナはあの女を求めて泣いていたのだ。シライナはわたしの生命を奪い、その生命を踏み台に、ヴァイガーズの生命を手に入れたのだ！

いまならそれがわかる。でも、この時にはまだわかっていなかった。ただ、ヴァイガーズがわたしを出し抜いただけだと、シライナの弱みを握っていて、罪のない彼女にこんなことを強いたのだと思っていた――まだ思っていたのだ、シライナはわたしを愛している、と。だからわたしは部屋を出ると、ジェルフ看守の待つホールにおりていかなかった。狭い階段を、屋根裏の女中部屋に続く階段をのぼっていった。最後にこの階段をのぼったのはいつだっただろう――子供の頃かもしれない。たしかあの頃、わたしが覗いているのに気づいた女中に叩かれて泣いて――あれ以来、この階段は怖いものになっていた。よくプリシラに、この階段の上には鬼が住んでいて、女中たちは寝に行くのでなく、鬼の世話をしに行くのよ、と言ったものだった。

そしていま、きしむ階段をのぼりながら、子供にかえった気持ちだった。もし、ヴァイガーズがまだここにいたら、いえ、戻ってきてわたしを見つけたら？

もちろん、彼女はいなかった。女中部屋は冷たく、からっぽだった――想像したこともないほどからっぽの部屋だ、とまず思った。ミルバンクの独房のように、なんの色合も、風合《ふうあ》いも、香りもない部屋。色のない壁。床はいまにもばらばらにほぐれてしまいそうな小さなマットがあるきりで、ほとんどが剝出し。棚には鉢がひとつと、汚れて変色した水差しがひとつ。ベッドの黄ばんだ二枚のシーツは、ねじれてからまっている。

残していったものは、使用人の持つブリキのトランク。あの女が我が家に来る時に持ってきたトランク。釘の先で頭文字が粗雑にうがたれている――R.V.と。

わたしはそれを見た。そして、あの女がシライナの赤くやわらかな心臓にその文字を刻みこむ様を思い浮かべた。

けれども、もしもそんなことがあったとすれば、それは、シライナがみずから肋骨を開いて、あの女に心臓を差し出したということだ。シライナは自分の骨をつかみ、泣きながら、進んで胸を開いたに違いない――ちょうどいま、わたしがトランクの蓋を開けて、中にある物を見つけて、泣いているように。

ミルバンクの泥茶色の囚人服と、女中用の黒い服と白いエプロン。睦《むつ》み合う恋人同士のように、ふたつはからまり合っていた。囚人服を引き離そうとしても、それは黒い服にしっかりとからまり、離れようとしなかった。

わたしを苦しめるためにわざとそんなふうに入れたのか、それともただ急いで詰めこんでいったのか、どちらにしろその意味は明白だった。ヴァイガーズはおいしいところをかすめ取ったわけではない――巧妙に練り上げた計画で勝ち取っていったのだ。あの女はシライナをこの部屋に連れてきた。わたしの部屋の真上に。わたしの部屋の前を通り過ぎて、剝出しの階段をのぼって——その間じゅう、わたしはおおいをかぶせた蠟燭の仄暗《ほのぐら》い光の中で坐っていた。ずっとずっと待っていたあの長い夜の間、ふたりはここのベッドで寄り添い、小声で話していた——いや、話などしていなかったのかもしれない。わたしが歩き回り、呻き、窓を開けて名を呼んだ時、あのふたりも呻き、叫んでいたのだ。わたしを嘲って——でなければ、わたしのちぎれそうな熱情を自分たちの熱情に変えて。

けれど、熱情は最初からあのふたりのものだった。シライナの房を訪れて、この身が彼女に引きつけられるのを感じていた時も、ヴァイガーズは鉄格子の向こうに立って、わたしからシライナの視線を盗んでいたのかもしれない。わたしが闇の中で綴った文字をヴァイガーズは光にさらし、その言葉を手紙に記してシライナに伝えた。わたしがベッドで阿片に朦朧とし、輾《てん》転《てん》としていた間にシライナが来てくれたと思ったのは、実はヴァイガーズで、わたしの眼に映ったのはヴァイガーズの影で、シライナの心臓と共鳴していたのはヴァイガーズの心臓で——わたしの心臓は、弱々しく不規則な音を勝手にたてていただけ。

わたしはすべてを知った。ふたりが横たわっていたベッドに歩み寄り、シーツをめくり、その汚れや染みの痕を眼で追った。棚の鉢に近づいた。淀んだ水が底にわずかに残っていて、手に取ると中には黒髪がひとすじと、もうひとすじ黄金《きん》色の髪がたゆたっていた。その瞬間、わたしは鉢を床に叩きつけていた。鉢は粉々になり、水は床板を黒く染めた。わたしは水差しを手に取り、同じように割ろうとした——けれども、それは錫《すず》でできていて、何度も、何度も、何度も叩いて、ようやくへこんだ。マットレスに、ベッドにつかみかかり、シーツを引き裂いた。木綿を引き裂く音は――どう言い表わせばいいだろう――麻薬のようだった。引き裂いて、引き裂いて、シーツが糸になり、両手が腫れるまで引き裂き続けた。固い縫い目は口にくわえて、歯で引き裂いた。床の小さい敷き物も引き裂いた。女中のトランクからふたりの服を取り出して、それも引き裂いた――自分のドレスも、この髪も、全部ばらばらにしてしまいそうだったけれど、肩で息をしながら、窓辺に寄って、硝子に頬を押しあて、窓枠をつかんで、わたしは身を震わせていた。眼の前にはロンドンが純白に染められ、静謐に包まれて広がっている。雪はいまも降り続けて、空は身ごもっているように見える。そこに横たわるのはテムズ河、あれはバターシーの森。そして――ずっと左のほうには、下のわたしの部屋からは低すぎて見えない――ミルバンクのまがまがしい小塔の先端。

チェイン通りでは、真っ黒な外套に身を包んだ警官が巡回している。

その姿を見た瞬間、わたしの頭にひとつの考えが生まれた――それは母の声でわたしに呼びかける。泥棒です、盗まれたんです、うちの女中に！　あの警官に言えば、きっとシライナを止めてくれる――シライナの列車を止めてくれる！　あのふたりをミルバンクに送れる！　ふたりを別々の独房に閉じこめて、そして、シライナをまたわたしだけのものにできる！

部屋を飛び出し、屋根裏の階段からホールに駆けおりた。ジェルフ看守が行ったり来たりしながら、おろおろと泣いている――わたしは彼女を押しのけた。扉を開け、舗道に走り出て、警官を呼んだ。震える悲鳴は自分の声とは思われないほど異様で、警官はすぐに振り返り、わたしの名を呼んで、駆け寄ってきた。わたしはその腕にすがりついた。警官は凝視していた。わたしの乱れた髪を、わたしのひどい顔を、わたしの――すっかり忘れていた――喉の傷を、乱暴にしてまた滴《したた》り始めた血を。


　わたしは訴えた。泥棒です、うちに泥棒が。いまごろはウォータールー駅からフランスに行く列車に乗って――わたしの服を着た女たち、ふたりですわ！

警官は不審そうにわたしを見た。ふたりの女ですか？――「ええ、女ふたり、ひとりはわたしの小間使いで、とてもずる賢くて、わたしをひどく傷つけて、残忍で！　もうひとりは――

もうひとりは――」

もうひとりはミルバンク監獄から脱獄した女囚！　そう言いそうになって、凍った空気をはっと飲みこみ、口に手をあてた。

なぜ、わたしがそんなことを知っている、と問い詰められたら？

なぜ、彼女のためのドレスが用意されていたのか？

なぜ、お金や切符が用意されていたのか？

なぜ、偽名で作った旅券があるのか……？

警官は待っていた。わたしは言った。「わかりません、わかりません」

彼はあたりを見回した。鎖でベルトにつないだ呼び子を手に持っていたけれども――いまはまた手を離して、わたしの上にかがみこんだ。「そんなに混乱して、外を歩き回っては危ないですよ。家までお送りしますから、暖かい部屋でお話をうかがいましょう。首に怪我をしてるじゃないですか、この寒さは毒ですよ」

警官は腕を差し出した。わたしは身を引いた。「いえ、いらっしゃらないで」それからわたしは言った。勘違いだったんです――泥棒なんていません、家には何も変わったことはありません。わたしはきびすを返し、その場を離れた。警官はすぐに追いつき、わたしの名を呼んで手をのばした――それでも、わたしの腕をつかまえることができなかった。わたしが鼻先で門を閉じると、警官は躊躇した。そのすきに家に駆けこみ、扉を閉めてかんぬきをかけると、扉に背を押しつけて、頬をもたせかけた。

警官はやがてやってきて、呼び鈴を鳴らした。暗い台所で呼び鈴が鳴り続けている。不意に、その顔が扉の横にある窓に現われた。顔が真っ赤になるほど硝子に押しつけ、両手を筒にして暗がりを覗きこみ、わたしを呼び、そして女中を呼んだ。やがて、警官は去っていった。わたしはそのあともしばらく扉に背を押しつけていた。やがてタイル貼りの床を横切り、父の書斎に行って、窓のレースを通して外を覗き、警官が門の前に立っているのを見つけた。ポケットから手帳を取り出して、なにか書いている。線を引くと、腕時計を見てから、もう一度、暗い家を覗いた。それから、またあたりを見回して、ゆっくりと引きあげていった。

その時、ようやくわたしはジェルフ看守のことを思い出した。彼女はどこにもいなかった。そっと台所に行くと、ドアが半開きになっていた。逃げたのだ。わたしが走っていって警官をつかまえ、この家を指差したのを見たのだろう。かわいそうに！　今夜はきっと恐怖に汗を流すことだろう、自分の家に迫る警官の足音を聞きながら――昨夜、わたしと同じく無駄に嘆き続けたように。

一八七三年　七月十八日

今夜の交霊会はひどい口論になった！　今日は七人だけ。わたし、ブリンク夫人、ノークス嬢、そして初参加が四名。貴婦人と、その赤毛の令嬢。あとのふたりは紳士で、おもしろ半分に来たらしい。きょろきょろしていて、たぶん隠し扉やテーブルを動かす車輪といったものを探していたのだろう。もしかすると霊を捕まえるつもりかもしれない、いまはそうでなくても、あとでそんな気を起こすかもしれないと思った。彼らはルースに外套を預けながらこんなことを言った。「やあ、娘さん、ぼくたちがここに坐っている間、この外套に霊が取り憑かないようにしまっといてくれたら、あとで半クラウンやろう」彼らはわたしを見ると、お辞儀をしてげらげら笑いだし、ひとりはわたしの手を取って言った。「いや、失礼。あなたが美人だと聞かされてましたが、ぼくは絶対に、太ったばあさんだと思ってたんですよ。女霊媒といえばだいたいそんなものだと、あなたもご存じでしょう？」「わたしはいつも霊の眼を通してしかものを見ません」「それでは、あなたは鏡を見るたびに、もったいないことをしているわけだ。その埋合わせに、ぼくたちが生身の眼を通してあなたを見てさしあげますよ」その紳士の頬髯は貧弱で、腕は女の腕のように細かった。いざ交霊会を始めようとすると、わたしの隣に坐りたがり、両隣の人と手をつないで輪を作るように指示すると、こんなことを言った。「スタンレーの手を握らなければいけませんか？　両方ともあなたの手を握りたいな」令嬢の母親はひどく気分を害したようだった。ブリンク夫人は言った。「今夜の交霊会は全員の気持ちが揃わないようね、ドーズさん。やめにしましょうか」やめたとしても、それはそれで不愉快だった。その男は、霊《スピリット》を待つ間じゅう、わたしに身体を近づけて、「これこそ〈気のあった同士《コンジーニアル・スピリット》〉だね」と言ったりした。不意に、握っていた友達の手を放すと、わたしの剝出しの腕に手をのせた。わたしは叫んだ。「輪が壊れました！」すると彼は言った。「それはスタンレーとぼくじゃないな。スタンレーの手がぼくのシャツをしっかりつかんでるから」わたしが内房《キャビネット》に向かうと、立ち上がってついてきそうになったが、ノークス嬢が言った。「今夜はわたくしがドーズさんのお手伝いをすることになってますの」彼女はわたしに首輪をつけ、縄で縛った。例の男の友人、スタンレー氏はそれを見て言った。「そんな必要があるんですか？　がちょうじゃあるまいし、首輪でつなぐとは」ノークス嬢は答えた。「あなたがたのような人たちのためにこうするんですわ。わたくしたちが好んでこんなことをしていると思います？」

ピーター・クイックが現われて、わたしの肩に手を置くと、一同はそれぞれの椅子で静まり返った。それでも、彼が内房《キャビネット》の外に出ていくと、男たちのひとりが大声で笑いだした。「あの霊は寝巻きを着たままだぞ！」そしてピーターが、なにか霊に質問はないかと訊くと、男たちは、埋もれた財宝のありかを教えてもらえないか、と言った。

ピーターは怒った。「おまえたちは私の霊媒をからかうためだけに来たんだな。おまえたちのくだらん遊びにつきあわせるために、彼女が私を霊界から呼んだと思っているのか？　おまえたちのような、頭のからっぽなひよっこどもに侮辱されるために、私がわざわざ現われたと思うのか？」最初の男が言った。「それじゃ、あんたはなぜ来たのかな」ピーターは言った。「私は素晴らしい報《しら》せを伝えるために来た、心霊主義が本物であることを！」そして言い添えた。「そしておまえたちに贈り物を持ってきた」ピーターはノークス嬢のそばに行った。「この薔薇はノークス嬢に」そしてブリンク夫人に近寄った。「この果実はブリンク夫人に」そう言って梨を渡した。こんなふうに一巡すると、男たちの番になった。スタンレー氏は言った。「ぼくには花かい、くだものかい？」ピーターは答えた。「いいや、おまえには何もない。だが、おまえの友人にはこれをやろう。受け取れ！」

その途端、男のたまぎるような悲鳴があがり、椅子が床を激しくこする音がした。「畜生、この悪魔、何を持ってきやがった！」それは蟹だった。ピーターがそれを男の膝に落とすと、男は蟹の脚がもぞもぞと暗闇の中で動くのを感じて、怪物に取り憑かれたと思ったらしい。その蟹は巨大で、台所の塩水を張ったバケツに入れられていた二匹のうちのひとつで、逃げ出さないように皿をかぶせて、三ポンドの重しがのせられていた――もちろん、これはずっとあとに知ったことだ。ピーターは男たちがまだ暗がりの中で叫んでいる間に内房《キャビネット》に戻ってきた。スタンレー氏は明かりをつけるために席を立っていた。ピーターがわたしの顔に手をかけた時、変な匂いがしたので、騒ぎの理由はうすうす見当がついた。わたしがようやく自由にされた頃、蟹は椅子で叩かれて、甲羅は無残につぶされ、桃色の身がはじけていたが、脚はまだもぞもぞと動いていた。男たちはズボンについた塩水の染みをこすり、わたしに食ってかかった。「よくもやってくれたな！」けれどもブリンク夫人は即座に言った。「あなたがたをお招きしたのが間違いだったわ。ピーターに無体《むたい》な振る舞いをさせたのはあなたがたですよ、自業自得です」

しかし、ふたりの男が帰ってしまうと、わたしたちは大笑いした。ノークス嬢は言った。「まあ、ドーズさん、ピーターったらあなたのことになると、本当に焼き餅やきね！　あのかたたちを殺してしまうかと思ったわ！」わたしが立ったまま葡萄酒のグラスを手に取ると、もうひとりの貴婦人が近づいてきて、いまの男たちの無礼にはがっかりした、と言った。そして、とある若い女霊媒があいう男たちに媚を売ってふしだらに振る舞うのを見ていたので、わたしの毅然とした態度に感心したと言った。「ねえ、ドーズさん、うちの娘を診てくださいません？」わたしは訊いた。「どこがお悪いんですか？」「泣きやまないんです。いま十五ですけれども、十二の歳からもう、それこそ毎日、泣いてばかりですわ。そうやって泣いてばかりいると、眼が溶けてしまうと言っても聞かないんですよ」わたしは近くで見ないとわからないと言った。彼女は呼んだ。「マデリーン、いらっしゃい」令嬢が来ると、わたしは手を取って言った。「今日のピーターをどう思いました？」彼女はすてきだったと言った。無花果《いちじく》をもらったと。彼女はロンドンではなく、アメリカのボストンから来たのだった。そこでも大勢の霊媒に会ったが、わたしほど能力《ちから》のある人はいなかったという。わたしは彼女は幼すぎると思った。母親は訊いてきた。「治療していただけます？」わたしはわからないと言った。どうしようかと考えていると、ルースがわたしのグラスを片づけに来て、少女を見ると、頭に手をのせて言った。「まあ、なんておきれいな赤いお髪《ぐし》！　ピーター・クイックもきっと、もう一度、会いたいと思っていますわ」

きっとよくなりますよ、とルースは言った。お母様と離れて、ひとりでおいでなさいまし。少女は名を、マデリーン・アンジェラ・ローズ・シルヴェスターといった。彼女は明日、わたしたちのもとに戻ってくることになった。午後二時半に。

いまは何時なのだろう。家じゅうの時計が止まっている。この家にはもう、時計を巻く者がいない。街が静まり返っているのなら、たぶん三時か四時——深夜の辻馬車と、朝市に向かう荷馬車が、それぞれ音をたてるはざまの刻《とき》。通りからは風の息ひとつ、雨の滴《しずく》ひとつ、聞こえない。窓には霜がおりていて——もう一時間以上、眼を見開いて見つめているけれど！——その白い層はいつまでもふわりと厚く、外の様子を見せてくれない。

いまごろシライナはどこにいるのだろう？　どこで寝ているの？　夜の中に念を送り、わたしと彼女をきつくかたくつないでいると信じていた、あの闇の糸に手をのばしてみる。けれど、夜闇は厚すぎて、わたしの念はくじけて惑い、闇の糸は——

闇の糸なんてなかった。わたしたちの魂が触れ合っていたことはなかった。あったのはわたしの渇望と——わたしのものだと信じていた、シライナの熱情だけ。いまはもう、わたしの中に熱情はない。胸が苦しくなるほどの熱情は——シライナがすべて奪っていった。わたしに残されたのは無だけ。無というものは、なんて穏やかで軽いのだろう。無で満たされたわたしのこの肉体では、紙の上にペンをまっすぐ立てておくことすら難しい。わたしのこの手！——まるで子供の手のよう。

これがわたしの書く最後のページ。日記はいま、すべて眼の前で燃えている。火格子に火を熾《おこ》して、日記をのせた。いま書いているこの紙も、のたくるような文字でいっぱいになったら火の上にのせる。煙突の煙にするために書くなんて、おかしな気分！　でも書かなければ、息が絶える前に。わたしはただ、前に書いたページを読むことには耐えられない。ヴァイガーズの視線がつけていった白くねばねばとした染みが、紙の表面に残っている気がして。

いま、わたしは思い出していた。初めて我が家に来た時、プリシラがヴァイガーズを見て、不器量だと言って笑ったこと。前の小間使いのボイドが、この家には幽霊がいると言って泣いたこと。ボイドは幽霊なんて見ていなかった。きっとヴァイガーズが近づいて、ボイドを脅したか、お金を与えたかして……

ヴァイガーズ、あのぐずでのろまのヴァイガーズ、わたしの部屋に誰がオレンジの花を持ってきたのと訊ねても、眼をぱちくりさせて突っ立っていたヴァイガーズ、わたしの部屋の開いたドアの向こうに坐って、わたしがため息をついたり、泣いたり、日記を書いたりするのを黙って聞いていたヴァイガーズ――親切だと信じていたのに。お湯を運んできたヴァイガーズ、ランプをともしてくれたヴァイガーズ、台所から食事を運んできたヴァイガーズ。もう食事が運ばれることもない。わたしが不器用に熾した火は煙って、はぜて、いまにも灰になりそうだった。おまるはあけられることなく、淀んだ空気にすえた匂いが漂う。

わたしの身仕度を整えて、髪を梳《と》いてくれたヴァイガーズ。使用人らしい、あの太い腕。霊の蠟の型が誰の手から型をとったのか、やっとわかった。ヴァイガーズの指、ごつごつした、節《ふし》の黄ばんだ指。それがわたしの肌に押しつけられて、体温で温まり、やわらかく溶けて、わたしの身体に染みをつける様を想像した。

ほかの貴婦人たちのことを思った。ヴァイガーズが蠟にまみれた手を押しあてて、肌を汚していった貴婦人たちを——そして、蠟の滴《したた》る手に接吻をしただろう、シライナを——不意に、嫉妬と悲嘆に気が狂いそうになった。わたしは触れられることも、求められることもなく、ひとりぼっちなのだ。今晩、警官が戻ってくるのが見えた。もう一度、彼は呼び鈴を鳴らして、ホールを覗きこんでいた——とうとうわたしが、母の待つウォリックシャーに行ったと思ったのかもしれない。そうではないかもしれない。明日、また戻ってくるかもしれない。明日になれば、帰ってくる料理女をつかまえて、わたしの寝室のドアを叩かせるだろう。料理女はわたしの様子がおかしいことに気づくだろう。彼女はアッシュ医師《せんせい》を呼んで、ご近所を——ウォレス夫人を呼んで、そして、母に使いを送るだろう。それから——それから？　あとは恐ろしいほどの愁嘆場に次ぐ愁嘆場で、もっと薬を飲まされる、阿片チンキか、クロラールか、モルヒネか、阿片安息香《あんそくこう》チンキか——それはまだ飲んだことがないけれど、あとは前と同じように、半年ほど寝たり起きたりで、家に来たお客はわたしの部屋の前を忍び足で通り……それから、また何事もなかったように、いつしか母の日常に吸収される——ウォレス夫妻とカードをしたり、時計の文字盤を針が撫でていくうちに、やがてプリシラの赤ちゃんたちの洗礼式に招待される。いずれミルバンクで調査が始まるだろう。わたしにはもう立ち向かう勇気はない。シライナのいないいま、嘘をつき通す勇気は。彼女のために、わたしのために……

もう。

わたしは、床に散らばった本をもとの棚に戻した。衣装戸棚の扉を閉め、窓に掛け金をかけた。上階にあがって、部屋を片づけた。壊した水差しも鉢も隠し、シーツやマットや服は、自室の暖炉で燃やした。クリヴェッリの肖像画、ミルバンクの平面図も、日記にはさんでおいたオレンジの花も、火にくべた。ベルベットの首輪も、ジェルフ看守が床に落としていった血染めのハンカチーフも、煙にした。父の葉巻用ナイフは、書斎の机のもとの位置に戻した。机はすでにうっすらと埃をかぶっていた。

次にこの埃を拭き取る小間使いはどんな娘だろう？　わたしはもうどんな使用人にかしずかれようと、震えずにいられない。

わたしは冷たい水を鉢にくんで、顔を洗った。喉の傷をきれいにした。髪に櫛を入れた。それ以上はもう、片づけるものも、持っていくものもなかった。ほかにはもう、なおしたいものはなかった。どこにも。

ただひとつ、ヘレン宛《あて》に書いた手紙のほかは。いまごろそれはガーデンコートの玄関の手紙受けに眠っている。最初は、ガーデンコートに行って、女中に返してもらおうと思った。あの手紙を大事にポストに持っていったヴァイガーズを思い出す——彼女がこの家から送った手紙すべてを、この家に届けられた小包みすべてを、そして、わたしが思いのたけを綴っている間じゅう、真上の薄暗い部屋で、彼女がみずからの情熱を切々と手紙にしたためる有様を思う。

どれほどの情熱を、手紙は届けたのだろう？　想像したくもない。もう、疲れてしまった。

そう、もう疲れてしまった！　ロンドンじゅう探しても、わたしほど疲れているものはない——あるとすれば、この河だけ。凍えそうな寒空の下、決まりきった道を通ってのろのろと海に進んでいく、この河だけ。今夜はその水がなんて深く、黒く、濃く見えることか！　川面《かわも》はやわらかな寝床に見えるけれど、その奥はどんなに冷たいだろう。

シライナ、あなたはもうすぐ陽の光の下。あなたの計画は成功したわ。わたしの心臓をこの世につなぎとめる、あなたの指先の糸は最後の一本になった。その糸がゆるんだら——あなたはそれを、感じてくれる？

一八七三年　八月一日

夜は更《ふ》けて、静か。ブリンク夫人は寝室にいる。髪をおろして、リボンを巻いて。わたしを待っている。もう少し待たせてもかまわないだろう。

ルースは靴を脱ぎ捨てて、わたしのベッドに横たわっている。ピーターの煙草をくゆらせながら。「なぜそんなものを書くの」わたしは、日記ばかりでなく何をするにしても、すべて支配霊のためにしていると答えた。「彼のため！」ルースは笑いだし、黒々とした眉をひそめて、肩を波打たせた。ブリンク夫人に聞かれないように。

やがてルースは黙って、天井を見つめた。わたしは訊いた。「何を考えてるの？」ルースは、マデリーン・シルヴェスターのことを考えていると言った。あの娘はこの二週間で四度通《かよ》ってきたが、ピーターに開発されるには幼すぎると、わたしは思っていた。しかしルースは言った。「一度、身体にしるしを刻んでしまえば、あの娘《こ》は永遠にわたしたちのもの。あの娘がどれだけ裕福か知ってる？」

ブリンク夫人の泣き声が聞こえたような気がした。外では月が高くのぼっている――古い月を胸に抱いた、新しい月が。水晶宮にはまだ明かりがともり、夜空はその光をますます冴えて輝かせる。ルースはまだ微笑していた。今度は何を考えているのだろう？　彼女は、シルヴェスターお嬢さんのお金のことを考えているのだと言った。そんなにたくさんのお金をどうやってふたりで使おうかと。「あなたを死ぬまでシデナムに縛りつけておくと思った？　世界にはもっともっと光の射す場所があるのに。考えていたのよ、たとえばフランスやイタリアの陽射しの中で、あなたがどんなにきれいに輝くか。そこに行ったら、あなたは貴婦人たちの注目の的。青白いイギリスの貴婦人たちがうじゃうじゃいるわ、陽射しを浴びれば、美しくなれると思って」

　彼女は煙草をもみ消した。もう、わたしはブリンク夫人の部屋に行かなければならない。

「言ってごらん」ルースが言った。「おまえは誰のものか」

訳者あとがき

人でも本でも、その本質が謎に包まれているほど、魅力的だと思う。

これはどんな本なのだろう――読み進む間、それがずっと不思議だった。

歴史小説だろうか。ラブストーリーだろうか。ゴシックホラーだろうか。ミステリだろうか。

そして最後の最後に、ああ、とわかる。ジャンルは〈謎〉なのだと。


物語の舞台は、かつてロンドンに実在したテムズ河畔にそばだつ巨大な石の獄――ミルバンク監獄である。五角形の獄舎を六つ連結したこの迷宮は、汚染された河の水と湿気で常に冷えとし、伝染病で死者が続出する、まさに地獄だったという。

時は一八七四年。本書の主人公マーガレットは、このミルバンク監獄の女囚の慰問に通《かよ》い始める。監獄の中で彼女はさまざまな女囚と会う。売春宿のおかみ、贋金作り、赤子殺し、等々。

その中に、気品のある不思議な美しい娘がいた。娘の名はシライナ。正体は――霊媒。

こんなところに霊媒が？　こんなにも気品のある娘が、なぜこの獄に？

マーガレットの疑問と好奇心が、美しくも恐ろしい謎の封印を解いていく……

作者サラ・ウォーターズはこのヴィクトリア時代の怪物、ミルバンク監獄を卓越した筆致で現代によみがえらせた。

文字を追うだけで、獄舎がそびえるのが見える。暗くどこまでも長い通路が眼の前に現われる。女囚たちのため息、鉄格子とかんぬきの音、狂ったようなわめき声が聞こえる。支給される食事の味、監房にこもる悪臭。ごわごわの囚人服の手触り。まさに五感に訴える描写力だ。

その確かな力量はさまざまな文学賞、新人賞の受賞で証明されている。本書では、アメリカ図書館協会賞やサンデー・タイムズの若手作家年間最優秀賞に選ばれ、さらに、三十五歳以下の作家が対象のサマセット・モーム賞に輝いた。サマセット・モーム賞はイアン・マキューアン、ジュリアン・バーンズ、ピーター・アクロイドなど錚々《そうそう》たる顔ぶれを輩出し、近年ではローレンス・ノーフォークが『ジョン・ランプリエールの辞書』（東京創元社）で受賞している。

ウォーターズはこれまでに三つの作品を発表してきた。すべてヴィクトリア時代の英国が舞台だが、それぞれまったく印象が違う。デビュー作は、ダンスホールや見世物小屋に関わる少女たちの明るい青春小説。二作めにあたる本書は、監獄と交霊会の様子を綴った不思議な手記。三作めについてはあとでふれるが、作品の印象の違いは、主人公の個性の差によるばかりではない。作者は一作ごとにまったく別の技巧を駆使することで、小説の形態、質、リズム、テンポのすべてを変えている。この技の多彩さ、ヴィクトリア時代のロンドンという同じ舞台からいくらでもテーマを拾える引き出しの多さが、英米の文学畑、ミステリ畑の書評子から絶賛される理由だろう。作者はウェールズ出身ということなので、いずれは彼の地を舞台にした作品を読むことができるかもしれない。
現在翻訳中の第三作 *Fingersmith* は、とある女相続人から財産を騙し取ろうと、泥棒一家が一世一代の大博打をうつ、その顚末記だ。語り手はふたり――城館に潜入する泥棒娘と、その城館に住む令嬢で、ふたりの視点から、大きな計画の転がる様が活き活きと描かれる。チャールズ・ディケンズやウイルキー・コリンズの小説と肩を並べても恥ずかしくない、このスリリングな作品は、英国推理作家協会賞の歴史ミステリ部門にあたるエリス・ピーターズ賞を受賞し、ブッカー賞の最終候補作ともなった。余勢を駆って、文芸誌グランタの Best of Young British Novelists 2003 と題された特集号で、将来を嘱望される英国若手作家のリストに作者は堂々と名をつらねることになった。

いまもっとも注目を浴びている次代女王候補のサラ・ウォーターズ。一九六六年生まれの若い、期待の大型新人だ。願わくば、本書と次作をあわせ読むことで、その七色の魅力と才能を堪能していただきたい。

《サラ・ウォーターズ作品リスト》
1　Tipping the Velvet 1998
2　Affinity 1999　本書
3　Fingersmith 2002　『荊の城』上下　創元推理文庫

解説

巽昌章

手袋にはどこか不気味なところがあります。雨上がりの路傍に捨てられた作業用の真っ赤なゴム手袋。あるいはひっそりと化粧台の上を這う黒絹の手袋。主人に忠実であろうとするあまり、指の曲がりに宿る表情までわが身に写し取ってしまった抜け殻たちの姿に、かすかな胸騒ぎをおぼえるのは私だけではないはずです。

しかも、それが蠟でできているとしたら。

日本では初紹介の作家サラ・ウォーターズの第二長編『半身』は、十九世紀の英国を舞台にとり、孤独な令嬢と謎めいた霊媒との交流を縦糸にしながら、そこに次々と不吉な色調の糸を織りまぜ、やがて美しくも残酷な文様を浮かび上がらせる精緻な作品です。そんな絵柄の中心でひっそりと眠っている異形の小道具、いや、いっそ作品の象徴と呼んでしまってもいいのが、霊魂が残したという蠟の手形なのです。

ご存じの方も多いでしょう。かつて降霊実験で、霊魂の存在を確証するため、しばしば溶けた蠟の中にそのありし日の「身体」を実体化させようとしたことを。霊があの世へと消えうせた後には、生々しい人の姿かたちが抜け殻となって残されるわけです。この小説の舞台となっている十九世紀後半の英国では、霊の世界のあるなしが、科学的世界観とのせめぎ合いの中で論じられていました。霊魂の証明が生命なき物質によってなされること、つまり、霊界への信念が極めて即物的な発想と直結していたことは、大変興味深い現象であるとともに、この小説に複雑な味わいをもたらす原因ともなっています。霊界の神秘に彩られた娘たちのロマンスという、いわばきれいごとの表皮の奥に、ごつごつとした蠟の塊が屹立《きつりつ》しているのです。

霊媒の名はシライナ・ドーズ。彼女はわずか一年前まで、紳士淑女にもてはやされる有能な霊能力者だったのに、今はミルバンク監獄の分厚い壁の中に閉じ込められています。シライナがなぜこんな場所にたどりついたのか、そこには一八七三年八月に起きた忌まわしい事件が秘められているらしいのですが、作者はその全貌をなかなか明かそうとしません。作品の冒頭、惨劇のひとこまが提示されはするものの、それはあまりに異様で、どこまでが現実なのか、直ちには判断しかねるようなものです。

そして、一八七四年九月、裕福な家庭の令嬢マーガレット・プライアがミルバンク監獄を訪れました。彼女は女囚たちを慰問する役目を志願したのですが、何不自由なく育った身には地獄絵図とも見える女囚群像の中に、ふと、神秘な沈黙に閉じこもる少女をみとめます。獄舎を巡るうち、ひとつの独房だけが信じられないような深い静寂に包まれていることに気づき、その中を覗き込んだのです。じっと眼を閉じて陽射しを受ける娘の姿。帽子の縁《ふち》からこぼれる金髪、蒼いほど白い頬。娘はやがて手にした一輪の菫《すみれ》をもてあそび、紫の花弁をその吐息で震わせる。シライナでした。だが、この荒涼とした牢獄のどこに菫が咲いているというのか？

シライナが刻みつけた一瞬の印象は、やがてマーガレットの心をじわじわとひび割れさせてゆくでしょう。こうして『半身』では、シライナの秘密が徐々に明かされる過去の物語と、彼女らの交流を描く七四年の物語という、一年を隔てたふたつの出来事が、日記形式を借りながら交互に語られます。マーガレットにも暗い過去がありました。亡き父への執着、万事に格式ばった母への反発、優しいが保護者の立場を疑おうともしない男たちへの違和感、心を開いて語る相手のいない深い孤独。そうした葛藤の渦中にあった彼女の心は、いったん走った亀裂からひそかに、しかしとめどなく崩壊し、あらたな姿へと変容してゆきます。

その心理のドラマを加速させたのは、シライナが少しずつあらわにしてゆく、異常な能力でした。あの菫の花はどこからあらわれたのか。シライナの漂わせる異様に満ち足りた静けさの正体は。美しい霊媒は、マーガレットにこう答えます。「わたしには友達がいるの——ここに」「贈り物を持ってきてくれるわ」

陰鬱な独房に夜ごとあらわれ、菫や薔薇を捧げてはたちまち消えうせる友達。かつてピーター・クイックと名乗る霊を呼び出し、ピーターが発散させる粗野な雰囲気で人々を魅了したといわれるシライナでした。その霊が今も彼女のそばに、この閉ざされた空間の中に人知れず出現しているなどということがありうるのか。しかし、マーガレットの身辺にも、しだいに奇怪な出来事が忍び寄ります。それは彼女を困惑させながら、さらにシライナへの関心をかきたてる力ともなったのでした。

　囚人と令嬢との心の交流、しかもシライナは、当時隆盛の自然科学的世界観が蔑視する霊媒です。シライナへの接近は、二重三重のタブーであり、それだけにいっそう、マーガレットは身を捨ててのめりこんでゆかざるをえなくなります。それまで旧弊な世間にむりやり順応させられ、おとなしやかな令嬢の殻をまとってきた心が崩れたとき、その破片は、シライナのまわりをめぐりはじめ、この若い霊媒を中心にした新しい自分を作り出そうとします。果たして、マーガレットは生まれ変わって、自由な世界へと旅立つことができるのか。

　むろん、その先をここでいきなり明かすつもりはありません。また、作品を彩る神秘な現象の数々が、結末で合理的に解明されるのか、それとも不可知の彼方に消えてゆくのかも、伏せておくことにしましょう。その上で、あえて言います。この作品は、推理小説ファンにこそまず読んでいただきたいと。というのは、トリックや推理のあるなしにかかわらず『半身』は、いい意味で極度に人工的なつくりもの、ひとすじなわでいかない周到な仕掛けがぴしぴしと決まる、辛口で頭のよい小説だからです。作品がはらんでいる真のモティーフも、こうした仕掛けが一気にあらわになるラストを経《へ》て、ようやく読者の前に立ち上がってくるのです。

　たとえば、マーガレットが初めてシライナの独房を覗き込む場面にも、作者の姿勢がうかがえるでしょう。独房の小窓によって切り取られた鮮やかな絵姿、それはマーガレットがやがて参入しようとする新しい世界の入口を示すとともに、どこからともなく出現した菫の花によって、シライナが身にまとう異様な謎の一端をのぞかせてもいる。描写のための描写ではなく、読者の心のどこかにかすかな不安を抱かせ、その次の展開を期待させる書き方が一貫してなされています。付け加えられてゆくさりげない一筆一筆が、しだいに画面を翳らせてゆき、いつのまにか抜き差しならないところまで局面が移り変わっている、そうした手際のよさが全編を支配しているのです。この意味で、比較的動きが少なく地味な感じを与える前半部分こそ、かえって推理小説に親しんでいる読者には楽しいのではないかと思います。

七三年という時期にも、ひそかなたくらみがあるかもしれません。これは英国怪奇小説の巨匠、レ・ファニュの没年だからです。本文庫に収められているレ・ファニュ晩年の代表作「吸血鬼カーミラ」は、謎の美少女カーミラにひきつけられる娘の手記という体裁や、ふたりの交情に奇怪な現象を織りまぜてゆく呼吸が、本書の下敷きなのではないかと疑わせる一編です。レ・ファニュが自分の属した時代のスタイルの中で実現したことを、こちらの作者はさらに遠慮なく、しかし上品で洗練された筆致を崩さないままに語りなおして見せます。一見満ち足りた令嬢の、その実日々の抑圧の中で自由に飢えた心の有様を精密に描き出すことによって。そう、あの生々しい蠟の手形のように、神秘なもの、彼岸的なものへの憧憬《しょうけい》が、グロテスクといってもよい肉体や物質の劇とないまぜになり、読者を両者の間で迷わせるのが本書の第一のたくらみなのです。

では、第二のたくらみがあるのか?

◆ここから先は、本書読了のかたのみお読みください。

第二の、あるいは結末でおとずれる衝撃を語るためには、まず牢獄のことに触れておく必要があります。この小説に陰鬱な影を落としているミルバンク監獄は、英国に実在しました。十九世紀初頭に築造されたパノプチコン（一望監視装置）形式の監獄として、本当に多くの男女を閉じ込めてきたのです。

一週間前、シリトー様にミルバンクの平面図をもらったわたしは、それを机の横の壁に押しピンで留めた。線で描かれた監獄は不思議な魅力をたたえ、五角形の中庭を囲んだ回廊状の獄舎を六つ、ぐるりと連ねたその有様は、幾何学的な花冠に——でなければ、子供の頃にチェッカーボードの升目《ますめ》を塗って遊んだ落書きに似ている。近くで見れば、ミルバンクはもちろん魅力的ではない。ただただ巨大で、黄色い煉瓦と鎧戸のおりた窓の壁や塔は、輪郭も角度も間違っているか、よじれているように見える。

図面で見れば花のように整然としていながら、その場に身を置くものを悪夢と狂気の中に取り込んでしまう、こんなミルバンクの姿には、受刑者を管理する側の冷徹で周到な意図が反映されていました。哲学者ベンサムが発案したパノプチコンとは、中央の監視廠《しょう》からすべての獄舎を見張ることのできる特殊な構造の監獄を意味します。しかも、囚人の側からは、鎧戸のおりた窓の奥にいる看守の動静をうかがうことができないため、絶えず目に見えない監視者のまなざしを意識し続けなければならない。パノプチコンとは、牢獄のいたるところにまなざしを遍在させる仕組みに他ならないのです。実のところ看守は、見張っている必要さえない。すべては囚人たちの「見られている」という意識によって、さらには意識の表面から消えてなお人を動かす訓練の成果によって、効率的に回転してゆくのですから。

　この用語が刑事政策史の領域を離れて、広く私たちに訴えかけるようになったのは、ミシェル・フーコーの『監獄の誕生』(新潮社) がきっかけでした。彼はパノプチコンに、社会の隅隅までいきわたるような、規律・訓練の仕組みを象徴させたのです。フーコーの著作がもたらしたのは、おそらく、個性や自由といったものへの深い懐疑、ひいては自分とは何だろうという不安でしょう。監獄だけではなく、学校でも職場でも、私たちは他人の視線を意識し、現実には見られていないときでも、ある規範に合わせて自分の行動をコントロールしようとします。その仕組みはあまりに深く、かついたるところに浸透しているので、普段はそれを意識することさえない。自分では自由に振舞っていると思いながら、実は分類、評価の枠の中にとらわれている、むしろそうした分類の結果を「個性」だと思い込んでいるような生のあり方を、読者は感じとったわけでしょう。他人から見られることによってはじめて存在しうる「個性」、それは外皮だけでできた、手袋にもたとえられるイメージではないでしょうか。

　サラ・ウォーターズがミルバンク監獄を舞台に選ぶに当たって、こうした議論を意識していたことは、確かなところだろうと思います。物語の後半、マーガレットが、看守たちもまたこの牢獄に囚《とら》われているのだと感じるところにそれがあらわれています。日々の規律に身をゆだね、他人の眼を意識しつつ生きていることにおいて、囚人も看守も変わりがない。

ここに『半身』という作品が日記の形式を取っていることの意味がみえます。マーガレットはひそかに日記をつけ、そこにはシライナとの交情が、社会との違和感が、そして自分を取り巻くものたちからの脱出の夢がはばかるところなく記されてきたのでした。それは、母親をはじめとする息苦しい家庭の視線の網目をのがれながらかろうじて残った、オアシスのようなものでした。家庭もまた監獄である。あのパノプチコン同様、互いに監視しあい、自分で自分を飼いならさなければ生きていけない場である。彼女はしだいにそう考えるようになります。

しかし、彼女の日記は、そこに記された脱出への夢は、本当に「自由」なのでしょうか。それ自体もまた、知らず知らずのうちに、何ものかの力に監視され、支配された結果生まれたものなのではないでしょうか。小説の末尾で立ち上がり、読者を打ちのめす真のモティーフとは、この自由と支配が織り成すグロテスク模様にほかなりません。

推理小説には、支配をめぐる幻想の物語という面があります。犯人や探偵はしばしば他人を操る超人的存在として描かれ、また、異常な運命や偶然が人々を翻弄し、意図せぬ道を歩ませる物語が再三取り上げられてきました。本書は、そうした試行の歴史に、極めて繊細で垢抜けた、しかし冷徹非情な物語をひとつ、積み上げるものです。

蠟の手形、あの奇怪な手袋めいた抜け殻は、自分が社会に反発する自我をもち、脱出の夢を見る権利があると信じていた人間の、皮肉な肖像画だったのです。

検印
廃止

訳者紹介　1968年生まれ。東京外国語大学卒業。英米文学翻訳家。訳書に，ソーヤー「老人たちの生活と推理」，マゴーン「騙し絵の檻」，フェラーズ「猿来たりなば」，チャールズ「死のさだめ」，キング「タラント氏の事件簿」など。

半《はん》身《しん》

2003年5月23日　初版
2019年3月1日　26版

著者　サラ・ウォーターズ

訳者　中《なか》村《むら》有《ゆ》希《き》

発行所　(株)東京創元社
代表者　長谷川晋一

162-0814/東京都新宿区新小川町1-5
電話　03・3268・8231-営業部
03・3268・8204-編集部
URL　http://www.tsogen.co.jp
振替　00160—9—1565
精興社・本間製本

乱丁・落丁本は，ご面倒ですが小社までご送付ください。送料小社負担にてお取替えいたします。

ISBN 978-4-488-25402-5　C0197